青山在，人未老。

樹化玉

周文 —— 著

江西人民出版社
Jiangxi People's Publishing House
全 国 百 佳 出 版 社

图书在版编目（CIP）数据

树化玉 / 周文著 . — 南昌 : 江西人民出版社，2023.7
ISBN 978-7-210-14681-0

Ⅰ . ①树… Ⅱ . ①周… Ⅲ . ①长篇小说—中国—当代
Ⅳ . ① I247.5

中国国家版本馆 CIP 数据核字（2023）第 085699 号

树化玉
SHUHUAYU

周文　著

责 任 编 辑：张志刚
特 约 编 辑：游灵通
封 面 设 计：游　珑

 江西人民出版社 Jiangxi People's Publishing House 全国百佳出版社 出版发行

地　　　　址：江西省南昌市三经路 47 号附 1 号（330006）
网　　　　址：www.jxpph.com
电 子 信 箱：jxpph@tom.com　web@jxpph.com
编辑部电话：0791-86898873
发行部电话：0791-86898815
承 印 　 厂：长沙超峰印刷有限公司
经　　　销：各地新华书店

开　　　本：787 毫米 ×1 092 毫米　1/16
印　　　张：19
字　　　数：282 千字
版　　　次：2023 年 7 月第 1 版
印　　　次：2023 年 7 月第 1 次印刷
书　　　号：ISBN 978-7-210-14681-0
定　　　价：66.00 元
赣版权登字 -01-2023-235

目录

岁月不曾把谁饶，
老来多送一秃瓢。
当年人前常扮酷，
如今镜里莫细瞧。

这诗有味道，借来做个引子。

人生不比青松

✤

1

欧阳蕙枝的身体滑坡，寒露风刮起来就咳嗽。一咳好些天，吃药不管用，打针不见效，厉害时喉咙里像塞了鸡毛，噗噗地拉风箱。查来查去，也就是支气管的毛病。祝祖明逗她，叫着她的昵称，说老阳老阳，得这病的人不能是你，应该是我呀！医生说不可大意，发展下去有麻烦，会哮喘，还可能转肺心病。单靠药物不行，空调不要多吹，冬天最好到暖和的地方去住，多晒太阳，多呼吸新鲜空气，多做有氧运动。

老祝自己没有气管炎，也没戴"三高"的帽子，但前列腺肥大导致的尿不尽，颈椎骨质增生引发的脖子僵硬，还有骨质疏松、牙龈萎缩等问题也是有的。他倒不太在意，机器转久了总归会发生磨损，一些小毛病，上年纪的人谁免得了？

话虽这般说，前些天办那张卡，却也搞得他郁闷。

本城的老人优惠卡，从今年7月份开始改叫金桂花卡。9月16日祝祖明满六十五周岁，可以办了。他想早点把它办下来。别的无所谓，图个出行方便。

老干处的小甄姑娘工作仔细，提醒老同志办卡的流程没有变化，依然简便。只要掐准了日子，带上身份证和两寸的照片去指定的地方办就

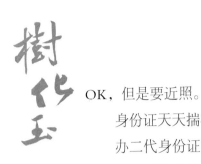

OK，但是要近照。

身份证天天揣在荷包里，近照却没有，得到外面的"美快真"去拍。

办二代身份证时祝祖明感觉吃了些亏。照相时穿的是灰夹克，证件办出来，上面的人怎么看怎么像摆地摊的。他想，这回不可大意，得把相片弄妥帖了，无论如何要整明亮些。

下过两场雨刮过一夜风，倏然转凉，大街小巷里男女老幼都穿上秋衣了。老祝还是义无反顾地选择了 T 恤衫。老伴和女儿都讲过，他穿夹克显老，穿 T 恤显年轻。

从衣橱深处翻出一件米黄色的"Boss"，穿齐整了，老祝站到老伴跟前，问怎么样。老阳忙着自己的事，匆匆扫过一眼，说好、蛮好！又说，你也不怕冷？

二四八月乱穿衣，能冷到哪里去？身上有"Boss"，祝祖明心头泛起的尽是温暖欢喜的涟漪。这衣服是女儿在上海买来的，穿着它，老子在吐鲁番吃过羊腰子，在腾格里骑过骆驼，在广州打过边炉，床头柜上的纪念册里有照片，外孙女雯雯每回翻看，都讲姥爷是帅哥！

"美快真"在小区东门外两百米远的转角上。祝家为这个店做的贡献可不小，照相、洗印、配镜框等全在这儿。店的格局和人马也没怎么变。里外两间，店员就是俩女子。里间的拍照；外间的处理图片兼收钱、开票、发货。女子好，少女妙。"美快真"两娇娃的共性是年轻，五官端正身材傲人。外貌个性呢，里间的个头稍矮肤色偏深言语不多，外间的身材高挑皮肤白嫩喜欢讲话。祝祖明叫不出她们的名字，猜想她们认得出自己。

进到"美快真"，见外间女子全神贯注在电脑上，老祝咳了一声。

老爷子好！女子抬头转身，递过来一个笑。

里间女子请他进里间，问明了情由，展开墙上的布，将一个圆凳放在机器与布之间，吩咐他坐好，要照了！老祝一屁股坐上去，却莫名地有些忐忑起来。听人说"笑不露齿不如哭"，凭经验他也认为眼睛微眯、嘴巴豁开，照出来的效果会好些，便自作主张地轻启干涩的嘴唇，只留一道小缝，双眼也眯缝着。

闭上嘴，张开眼！女子吩咐，不响亮却有力量。

老祝下意识地合嘴、瞪眼。

咔嚓一声，灯闪了，他的心也咯噔一下。

外间女子将照片点开来给老祝看。满脸是苦相。女子笑道，老爷子，这里有好多张，您选一张最好看的！老祝脱口而出：哪张都不好看！女子扑哧一笑说，这都叫不好看？您到街上去转转，会迷倒一片大妈！祝祖明拿她没办法，表示不管好看不好看，由她选一张便是！女子鼓捣一番，放大一图，说：老爷子，我要打印了哈。跟您讲一下，价格有两种，一种是就这样印出来，便宜些；另一种是修下图，贵一些，您要哪种？祝祖明毫不迟疑：修一下吧！

店堂里另有两位顾客，都是来照相办证的。一个穿得像"西红柿炒年糕"的女孩，高中生模样，有点着慌，未曾他顾。一个是在祝祖明之后进店的，衣着光鲜容颜俏丽，乍一看像电视里演华妃的。"华妃"进门便嚷嚷：喂，要等多久？电脑前的女子背对着她，说前面有两个人！转头看了看，又说，你化了妆？要擦掉！"华妃"眉毛一挑，说，化妆？化什么妆？我早上起来就是这个样子！却也没动怒，抽纸巾到墙角，对着镜子擦了一会儿。

钱是男人作怪的根苗，美是女人任性的本钱。擦过了脸，这女子依然光彩照人。她注意到了祝祖明，听到"迷倒一片大妈"时，喷出了笑，且捂住嘴角说了点什么。老祝听到了"扮俏"两个字，也明白其中意味，假装没听见。

"华妃"的普通话很标准。

"美快真"服务规范。两寸和一寸的照片各洗一版，裁剪、装袋，计费一百零九元。祝祖明不便多看与多言，扫码付账，接过袋子走人，去一里之外的地铁大厦。

小甄说得不错，办卡确实简便。大厦角落里有一亭子，亭子中有一女子。递上身份证和照片，等了不到十分钟，亭子里的女子将薄而硬的盒子

递将出来。盒子是透明的，卡就躺在里面，相片紧贴在卡上，占了一多半位置。

踅到人少的地方，借着顶棚上投下来的光，祝祖明端详那卡上的人，一时叫苦不迭："美快真"哪"美快真"，快是快真是真，就是不美呀！盒子里的人，完全是一副苦相、哭相、枯相。皱纹和黑斑倒是修去了不少，可脑袋是新疆狗头枣，脸皮是湖南老酱干，眼珠是爆栗子，眼皮是面口袋。老不老，看脖颈，平日在家刮胡子照镜子，倒也注意到脖子上的筋越来越密越来越暴突，却从未觉得如此刺眼。这算什么鬼脖颈？这简直是鸡颈！还有这嘴，修来修去，修成了鸡屁股！配上身上的"Boss"，这副尊容，和旧戏台上男扮女装的媒婆有什么两样？

老祝哭笑不得，脑子里蹦出一个词儿：弄巧成拙！

祝祖明不是缺少自知之明的人，他只是觉得自己活过六十五个春秋也不容易，办这张卡也是光荣而且神圣的事。他本想这卡办下来就好好试一试，地铁要坐一坐，公交要乘一乘，见到熟人也要晃一晃。乡下老辈子人说新娶老婆初开犁，好事等不得。如今办成这样，万千心绪，皆随雨打风吹去，只好悻悻然回家。

你真以为自己是孙道临啊？老阳听罢故事，笑老祝。她的话有来由。早些年，祝祖明在县里坐主席台，台下的妇女同志们会目不转睛看他、交头接耳议论他，都说他像孙道临。

老祝没接这个哏，只说老阳啊老阳，我也老了，你也老了，想扮俏也扮不成了。我们不能再犹豫了，还是找地方去康养吧！

2

当干部时间太长，容易养出些小毛病。祝祖明也不例外，积习成癖，凡事喜欢整点"理念"。他认为，康养的帽子不是蛤蟆镜，不能随便戴。到了一定年岁的人，寻那山清水秀舒适方便的好地方，一年至少住满三个月，方可叫康养。

祝家原本寻到过好地方，也去住过。却只是小住，算不得康养。

海南的三亚和保亭之间有个槟榔谷。离槟榔谷中心区大约一刻钟车程处，有个地方叫乐什。那是一片丘陵，有山有坳，有田有地，是农垦部门的老基地，以前种橡胶、香蕉或菠萝，后来搞杂交水稻制种，再后来盖了很多房子。盖房子本是为了改善职工的居住条件，可大兴土木之时，人却心不在焉了，所以相当一部分指标转给了岛外人。

岛外人少见多怪。祝祖明刚当厅长那会儿，和农口一干同僚去海南考察，走一路兴奋一路。走到通什、甘什、乐什一带，如入仙境，于是乎手之舞之足之蹈之，相互撺掇起来：买房子，买房子，就在这里买房子，退休了来这地方养老！

老祝算积极分子。他要的是小户型，两室一厅，六十八平方米。受让指标、买毛坯房连同简单装修，拢共花费三十来万元。是小产权房，协议书上明明白白写着："如遇政策改变或其他不可抗因素，需要收回原房或拆迁，在原房价的基础上适当调高予以补偿。调高部分不得超出原房价。"

夫妻俩都上班时，那房子没怎么派用场。老伴儿欧阳蕙枝在银行办了退休而祝祖明还吭哧吭哧上班的几年，全家人去度过几个春节。左邻右舍中有老文老武老吕老廖老肖，相邀着同往同返。那真叫过年，可称其乐融融。满眼是绿，四处是花，看不到海却尽是海的气味，山不高却别有风韵。海南岛上生长的树木，那儿全有；海南岛上出产的瓜果，那附近也都能出产。岛外人多说东山羊、文昌鸡、嘉积鸭、和乐蟹怎么怎么好吃，却较少推崇五脚猪，其味之肥美，其实更胜一筹。乐什那地方也产五脚猪。老祝家和邻居家常打平伙，凑了钱整头买来，烧、烤、炖、炸、蒸，吃出了百般花样，也吃出了无限满足。

若想溜达，往南三十公里是三亚，往北三十公里是保亭，再往北二十公里是五指山。那年初一，在大东海吃排档，椰风海韵，碧浪银沙，暖风吹得人欲醉。小孩子眼尖，外孙女黄曼雯第一个发现邻桌戴墨镜喝啤酒的胖老头是姜昆，在大人们的鼓动下凑了过去，和姜爷爷说上了话还照上了

相。姜爷爷很和气。

人在乐什，欧阳蕙枝不咳嗽。

祝祖明前年退休。各项手续一办，便提议说，老阳，我们去海南岛过冬！

那是初冬，老阳喀喀地咳上了，却犹疑不定，念叨这个记挂那个，说最不放心的是雯雯。

老祝拉老阳过马路，到对面的雅颂华府小区去，打算在女儿家好好开一个会，好好讲一番道理。不料他刚说继刚啊、晶晶啊，你妈这些年啊……女儿祝晶就断然截住，说老爸呀，您不用做报告，我是学医的，肯定赞成你们住到海南岛去，您和我妈打好了商量就行！女婿黄继刚更实在，说二老的健康快乐就是我们最大的心愿，爸妈不用担心，雯雯上学接送我负责，做饭请个钟点工，实在不行，让她爷爷奶奶来。黄曼雯倚在姥姥身旁，先是垂头不语，后听她娘表态，说放了寒假让她爸先送她到姥姥姥爷那儿，脸上才云开日出。

小雪前，祝祖明和欧阳蕙枝飞抵海南；大寒一过，黄继刚送黄曼雯到乐什，并报告预订好了除夕和老婆一同来琼的机票，旋即飞返省城。

然而，然而……突如其来的疫情，把一个皆大欢喜的计划搅得稀巴烂。他们不能成行，只好退票。

再美味的食物，吃多了生腻；再美丽的风景，看多了生厌。雯雯和姥姥姥爷在乐什一住四十多天。屋外百鸟啼啭，屋内女孩对着电视机发呆；屋外花开花落，屋内女孩小脸上阴晴不定。黄曼雯朗读课文，祝祖明旁听，记熟了杨万里的"稚子金盆脱晓冰，彩丝穿取当银钲。敲成玉磬穿林响，忽作玻璃碎地声"。听到《草船借箭》，他又恨自己没有诸葛亮的本领，借不来东风。

上半年算平和，一入深秋，老祝老阳就合计早点去海南。刚要订机票，那边又来了通知，说配合自贸港建设，乐什的小产权房一律清理。补偿事宜统一安排，分步落实。

询问众邻居，都说不去了不去了，别说康养，小住也不去了！

他们想过到三亚租房或干脆买套商品房，盘算来盘算去，放弃了。价格、政策都是迈不过去的门槛。也想过去珠海、北海、腾冲或西双版纳，一一谈及，又一一否定。祝晶则明确表示，雯雯上六年级了，小升初有压力，不能再出去长住！

要是没买乐什这破房子就好了，要是在三亚，哪怕是海口、澄迈、文昌买了商品房就好了。要是那时买了，放到今日，住着安心，价格也不知涨了几多！欧阳蕙枝唉声叹气，说这说那。祝祖明横竖听着。

慈不掌兵，情不立事，老祝好歹也是干过一把手的人，不会没有性格。然而性格这玩意儿一如某物，有时硬有时软。退休了，无论在外头还是在家里，老祝都做了减法，不免用进废退。

老祝是讲规矩的人，对钓鱼、打牌、摘果子、扯闲篇没有多少兴趣，但能积极参加学习，也在熊老省长担纲的协会里挂了一个头衔，做些拾遗补阙的闲事。他明白，人老了就是老了，老了的人和老了的牛、老了的马、老了的猫是一样的。他赞同"官员是果汁，不是白酒"的说法。人退了却不甘寂寞瞎折腾而招来羞辱的例子，实在是不少。因此他告诫自己：不要发癫，不要做那种下了台还不肯脱戏服，拖着青龙偃月刀咿咿呀呀唱个没完的人！外面的世界很精彩也有危险。

老祝对不少的人和事淡漠了，对老伴却越来越在意。只有不散的夫妻，没有完美的男女。在他眼里，身边这个女人是一面镜子，照得见灰暗和干涩，也照得见鲜亮与丰润。黑发难留朱颜易改，谁能躲过岁月的钢刀？虽然还吃得下走得动，但他也日甚一日地感到脆弱、日甚一日地担心孤独。此生之路有多长？只能抬头问苍天！谁能与我同行？唯有这个女人。蕙枝健康才好！

欧阳蕙枝的外婆是被肺气肿折磨走的。她的记忆中，那老太太坐不直、站不久、走不动，是断了腰的蛤蟆，整日蜷在摇椅上，张着嘴进气出气。人多了年岁便少了忌讳，蕙枝说自己像外婆，活不长久。祝祖明宽慰她，说支气管炎算个屁，保你活过九十九！又说你比我强，我小时候家里穷，瘦得像麻秆，后来胡吃海塞，这台破车子跑不了多远，难活过七十！

老阳又反过来呸他，说道，老祝你打乱话！起码活八十四，你自己讲的，怎么忘了？祝祖明听了嘿嘿笑，心里潮潮的。

这也有故事。老祝不吃降压药，在夫妻本分方面依然有点作为，信号接通、消息畅达时，立得起、扛得住、打得响。完事之后也夸过海口，说七十岁还来得！他在外面听到一个说法，回家学给老阳听过。说人的性和命是紧密关联的，有性就有命，性强命就硬。男人不管多大年岁，只要办得下女人，不出意外，至少还能活之前寿命的五分之一。

老阳会算：七十岁的老汉，能办事，活八十四有什么问题？

3

老祝老阳盘算康养之事时，袁应来过一趟。

袁应是永和县华泰实业集团的老总，凤凰湾风景名胜区的开发商。

袁老板先打了一个电话给祝祖明，说好久没见老领导，上省城办事，希望见上一面，一起吃个饭。老祝说见面没问题，疫情期间要小心，吃饭就免了吧——吃也可以，到我家里来！不料对方爽快地答应了。

这袁应没少来省城，邀人吃饭的事也常干，但以往凡是他提议必定他做东，旁人说我来安排，无论真假，他都绝对不肯。他有口头禅：我们搞企业的，专业是赚钱，专长是请客！

饭是在雅园小区祝祖明自己屋子里吃的，没让年轻人掺和。

老祝担心客人提大包小包来。结果多虑了。袁应单人独马、油光水滑地站在门口时，手上的确拎了两个纸袋子，可一张口就打消了主人的顾虑。他伸直手，举着袋子说，凤凰湾土产，蒿菜干，请老领导鉴定。这东西烧肉炖鸡做汤都好吃，就是不值钱！

欧阳蕙枝做饭向来潦草。袁应就着红辣椒炒肉片、醋熘菜心、黄颡鱼焖豆腐和蒿菜蛋花汤，吱吱地喝了半瓶崧阳泥窖酒。这酒是永和县酒厂二十年前的产品，没有名头，却是真正用纯粮酿造的。为找这酒，老祝费了点事。他却没沾，只陪了一听雪花啤。

吃过饭，喝茶、说话。

有酒垫底，少了忌讳。

书记、嫂子，我问问你们，省城好吗？袁老板突兀地来了一句。

祝祖明在他脸上看了半分钟，说，你指哪方面？

各方面，主要是住。这边冬天是冰窟窿，夏天是蒸笼，四处灰蒙蒙臭烘烘，走步路撞到几个人，怎么住得习惯？

许多事上见仁见智。管理一个大城市不容易，祝祖明认为，这些年省城建设进步很大，大家付出了艰辛的劳动，创造了不少的亮点。但是，这座城市的气候不宜人，却是比较普遍的看法。有人玩幽默，说这里只有冬夏，没有春秋——春秋要到战国去找！

该住还得住，习惯如何？不习惯又如何？老祝回话。

我就搞不懂，以前上班是没有办法，现在都退了，还窝在这里做什么？听说你们要去海南岛养老？

想过。听哪个说的？

我知道你们在三亚那边有房子。三亚暖和，冬天住住是可以的，夏天怎么办？又不是商品房，说拆就得拆，怎么住得安稳？相隔一道海，来去坐飞机，不嫌麻烦？有几个熟人？找哪个说话？啷样消磨时间？

袁应放连珠炮。

欧阳蕙枝几次想堵他，都被祝祖明用眼色止住。

老领导、嫂子，吃了你们的饭，喝了你们的酒，我就不绕弯了。这次我来就一个任务，请你们到凤凰湾去住！

袁应脸是红的，话却不乱。

我凤凰湾没有三亚那个凤凰岛名声大，不过除了吹不到海风，哪一点比它差？你们好长时间没去吧，我来汇报汇报。第一，国家 4A 级旅游景区的牌子我早拿了，5A 级乡村旅游点、省级旅游度假区的牌子我也拿了。第二，高铁开通后，省城到我那里四百三十多公里，点对点用不了三个半小时。第三，这些年各地建特色小镇，扯淡的多，我不是，我真刀真

枪干，我搞实实在在的绿色农业小镇、健康养生小镇、家庭休闲小镇、生态文化小镇。住到凤凰湾，每天能听到清脆鸟叫、呼吸新鲜空气、照到温暖阳光，听河水唱歌，看花草跳舞……还能"寻找陈年往事，放飞淡淡乡愁"。

欧阳蕙枝惊讶。

祝祖明寻思，"搞活企业，先要搞活企业家的嘴"，这话没错！

袁应掏出手机，打开一段视频。标题是《如花岁月，似水流年》，配了音乐，有景物、有人物，用了不少老照片。字幕中有"寻找陈年往事，放飞淡淡乡愁"。他让祝祖明夫妇注意其中的两幅图：一幅是水泥公司大旋窑奠基，里面有祝祖明；一幅是金融系统女工三八节郊游，里面有欧阳蕙枝。图片上的祝祖明果然有点像孙道临；欧阳蕙枝唇红齿白，秀发飘飘。袁应说看看、你们看看，多年轻，多有风采！永和的水米养人嘞！

老六，你小子做了功课？祝祖明给他续水。

袁应别号老六，熟悉的人才会用这个称呼。

欧阳蕙枝端着袁老六的手机看个不停，仔细辨认其中的人和物。

我还没有汇报完！袁应眉飞色舞。

第四，书记您关心过的鹤鸣小区，跟您报告一下，销售率达到百分之八十三，入住率超过了百分之六十五。食堂开放，棋牌室、球室、卡拉OK室全免费，业主游景点也免票。第五，医疗保健也没有问题，可以做到小病不出山、大病不耽搁。

你现在说话一套一套的，什么时候当过宣传部部长？别的不用多讲，我只问你，那么偏远的地方，小病不出山、大病不耽搁怎么做得到？

问得好！我和各级医院都有合作。镇医院不用说，县医院在小区设了门诊，白天晚上不离人，对付小伤小病完全不是事，这算小病不出山吧？鸡公岭隧道通车都半年多了，不必绕路，从我小区开车到县城用不到半个钟头，到熙川市区也只消一个小时。县医院是二甲，市医院是三甲，技术跟省里大医院不好比，但大病不耽搁是做得到的！

袁应收不住嘴，又说我那里远是远点偏是偏点，要说看病，也不一定比省城费事！您这里是省城吧，您这房子在城东吧，省城最大的医院在城西吧，要是碰上点急事开车子过去，不花上一个多钟头行吗？

祝祖明坐过多年公车，退休后开私家车，道路交通情况是烂熟于心的，不由得点了一下头。袁应更来劲，说你们省城大是大，未必好，大而不当！意识到跑偏了，自己拍了一下嘴。嗨，还是说吃吧。人生一世，草木一秋，到了你们这个份上，总该吃点放心的东西吧？省城左一个超市右一个广场，货架上那些吃的，有几样是让人放心的？凤凰湾就不一样喽，我那一亩三分地里产出来的，不说百分之百，保证百分之九十九以上无公害，放心吃！不放心也没关系，不放心可以自助，种菜种粮，养鸡养鸭养猪养牛，养什么都可以。干得动你自己干，干不动有人帮……呃，我一下子也说不全，说多了你们也不信。你们去住，住了就明白了！

永和偏南，冬天暖和，夏天也热！

书记说得对，夏天也热！但不管怎么热，总比省城凉快吧？再说了，你们夏天住那边，可以上石鼓坪啊！刚才我没讲，石鼓坪搞出来了。那地方书记您是知道的，海拔八百多米，天然空调，大热天也要盖被子，还没有蚊子。我的生态酒店就在那上头，上个月试营业，八个庭院、十六座平房、四十八间房、六十六个床位，院外竹木茂密，院内瓜果飘香……

酒店？酒店哪住得起？欧阳蕙枝忍不住了。

嫂子呀，看您说的！我的酒店，你们住，还谈钱？是钱的事吗？袁应用手指指自己，又指指老祝和老阳。

老阳剥了一个橘子给他。

凤凰湾好是好，可那里是风景名胜区，我们长住怕是不合适吧？祝祖明说罢，上嘴唇咬下嘴唇。

老领导啊老领导，您想多了！袁应吞下一瓣橘子。我所有的项目都是阳光操作，手续齐全，各级政府没有不支持的。在我那里买房子的，上有省级领导，下有当老师、做医生、磨豆腐、种田种地的，远有上海、广东、湖南、湖北的人，近有本地村民。光明正大的事，有什么不合适？我们都知道您廉洁，可您退休都好几年了，还怕人家说以权谋私？就是想

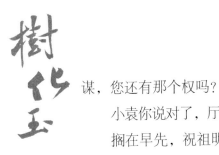

谋，您还有那个权吗？

小袁你说对了，厅长不在位，说话是放屁；局长不在岗，放屁也不响！

搁在早先，祝祖明也会不高兴，发点小脾气。现在无所谓了，跟着幽默起来。

袁应咧嘴笑，说那倒不是那倒不是，书记您听我的没有错，住凤凰湾去，你们感觉一定好！那里的业主，五六百都是永和当地人。

袁总，我们要是去，就不是住十天半个月的事，这房子？

房子没问题呀嫂子！要买房，我有，大的小的、毛坯的精装的都有。袁应瞟过一眼祝祖明，说价格嘛，随行就市！不买也行，我有一套样板房闲在那里，什么都是现成的，你们可以先住，体验体验。见祝祖明有态要表，又赶紧补充：不是白住哈，要收租金的，市场行为！

这样啊？那等一段时间……

等什么哩？晶晶要生二胎？

不是这个事……

话说得多，时间过得也快。袁应起身告辞，祝祖明按住他。

老六，你好像是专门来向我们推销房子的？

也是也不是。

怎么讲？

说是呢，我搞企业的，有产品总要卖出去不是？您以前做报告不是常说"企业要特别重视产品营销，企业家想问题办事情，要考虑的一是市场，二是市场，三还是市场"吗？

那什么是"不是"？

"不是"嘛……"不是"就是……就是我们尊敬您、作兴重视您，永和的老百姓，特别是住在凤凰湾的那些人，喜欢和你们一起"寻找陈年往事，放飞淡淡乡愁"！

祝祖明摇头。

老六啊老六，我和老阳两个退休人、一对老东西，你也好意思来哄？

袁应五十多岁了，不再是当年猴精形象，腆出了肚皮，杂生了白发。

他的笑模样里没有掺假，话也实诚：

老书记、老嫂子，事久见人心，你们人好！大家都说你们好！时间越长越说你们好！

4

袁老六说到省城"就一个任务"是假的，当老板的人没有闲工夫。第二日，在发改委、农业农村厅、文旅厅、商务厅转了一大圈，草草吃过晚饭，他坐"霸道"返回永和去了。

机关里的人现在都客气，打太极的也不少。

在祝家的游说倒是有效果。

康养这桩事，祝祖明想得算比较透彻。他的"理论"不断丰富，初具系统性。有若干要点：康养是锦上添花的事，有钱、有闲、年岁偏大而身体又不太差的人适合康养；康养是悖论，按理说，"康"就不必"养"，"养"则必须"康"，而康养是人"康"着的时候去"养"，"养"的结果还是老而病，迟早会失去"康"；康养是一个提高生活质量、享受生命快乐的过程，所以要有群体行为，抱团很重要；夫妻成双、阴阳两合最宜康养。

这套"理论"在外头的认可度并不高。厅里有个骆副厅长，正师级军官转业的，后以巡视员身份退休。这人品行过硬，偶尔也会摆摆资格，说某某副总长和他是同一年的兵，某某战区副司令是他带过的兵，某某集团军军长当"新兵蛋子"时被他用皮鞋踢过屁股。也不是吹牛。老首长性格豪放，说话爽直。老骆认为，老祝把简单的问题弄复杂了，什么康养不康养，没那么多讲究！能吃能喝能睡，走路咚咚咚、放屁嘣嘣嘣，人就是健康的，住到哪里都可以，都是"养"，别整那些没用的一二三四！

欧阳蕙枝是近朱者赤近墨者黑，开头不理解，后来被同化。要紧的还是领会了"内涵"。祝祖明跟她说，老阳，你我最适合康养。要"养"还得趁早，不能拖！至于蕙枝的气管炎，老祝认为还不足以构成对"康"的

否定，这种情况下最需要"养"，得抓紧"养"！经他这么一鼓动，老阳的紧迫感和危机感陡然增强。

这两年，不光咳，让老阳心气不顺的事还不少。她在一个老女人群里，活跃于其中的都是些年岁差不多的大妈，多为金融系统的老同事，联系密切，走动频繁。老祝不介入她们的活动，但知道她们有三忙：忙轮流做东请客吃饭，高兴了还洗洗脸洗洗脚揉揉肚子；忙结伴旅游，目的地主要在省外和境外；忙投资理财。疫情汹汹，现在还看不到头，理财的难度陡然增大，出境游的路基本堵死，即便是出省，或者聚个餐、做个SPA，也得小心翼翼。鱼在水里闷久了要浮上来透气，何况人乎？女人们憋得慌，天天希望有机会透气。老阳把康养跟这联系起来了，所以有期待。

祝祖明自己也有期待。孤独杀人，闲在省城，家里坐久了，烦闷的情绪会像野草一样蓬勃生长。他也想透气。这座六七百万人口的城市，虽说住了二十多年，总找不到水乳交融的感觉，别看它花枝招展鼓乐喧天，全是无关痛痒的野马尘埃。老祝常做梦，梦里出现的尽是些陈芝麻烂谷子，放牛、捉鱼、打柴、挖地、捡豆子、坐吉普车跑、打赤膊喝土酒……人啊，少时清亮老来偏，在意"陈年往事"，喜欢"淡淡乡愁"。

一年里出去康养几个月，这对于祝祖明夫妇已经不是问题了。让他们一时拿不定主意的，是究竟到哪里去养。

袁应的到访，给他们提供了新的选项。

离开永和的时间很长了，但他们和那片土地的联系从未中断。老六说话有些张狂，大体却不虚妄。在省内，凤凰湾的名气越来越响亮，成了休闲旅游养老的热门地方。祝祖明之前也不是没有想过，只是心有所忌，没说出来。这回袁应掰开肉刷盐，把话挑明了，反倒让他豁然开朗。身正不怕影子歪，凤凰湾是风景名胜区，三亚、北海、西双版纳难道不是？在凤凰湾买房子是买房子，在北京、上海、深圳买难道不是？归根到底无非一条：丁是丁卯是卯，公是公私是私，不贪不占不赖账，就没有什么可顾忌的！换一个角度讲，在省内消费恰恰是促进省里的内循环，到永和消费恰恰是支持基层的发展，这不正是提倡的吗？

老阳，别的地方就不考虑了，我们去凤凰湾好吗？

那晚送走袁应，祝祖明又坐着喝了些茶，郑重其事地征询老伴的意见。

欧阳蕙枝还沉浸在"如花岁月，似水流年"中，不住地点头，说好哦、好哦，听你的、听你的！

房子……是买呢，还是租？

先看看吧。买也好，租也行。

那，这个……祝祖明伸出一只手，大拇指和食指搓着，举给老阳看。

钱没有问题。我来给你报一下经济账吧！

蕙枝进里屋，取了一个本子和几个纸袋子出来。本子是记账的，纸袋子里装的是各种合同、协议和票据。她边翻边讲，最后报出一个数字：流动资产大约五百万。百十来万元的现金，随时凑得出！

这么多？算上车子房子，那不快成千万元户了？老祝做惊讶状。

你少见多怪！放心，你那些紧箍咒，我一条一条都记着！我们家的钱，来得清清白白、堂堂正正。你又不是不晓得，来路不就是这几块：一块是工资、奖金，一块是房子上赚的，再一块就是投资、理财的收益。最近几年，家里没什么大开支，除去你我的退休金，每年理财收入也有几十万。人不理财，财不理人。你总嫌我在外面跑，不跑，天上会掉钞票？

辛苦了，辛苦了！

很多年了，用老阳的话说，老祝在家里是"油瓶子倒了也不扶"的主，当的是甩手掌柜。冠冕堂皇说出来的是"抓大放小"，实际上是把各种麻烦扔给了女人。每次看到老阳架着老花镜，坐在饭桌前写写画画地计算，不停地咳，老祝不仅不忍，而且愧疚。在他眼里，摊在桌上的这些账表，跟缺少负氧离子又饱含 $PM_{2.5}$ 的空气一样，是让老伴脸上多了黄黑少了红白的罪魁祸首。

管家管出了效益，脾气也相应见长。老阳遇事有主张，说话有力量，在家里讨论问题，祝祖明不得不讲究方法。今日是个机会，他觉得不容错过，于是重申了一些主张。

老阳啊，钱这个东西，花出去了才有意义，对吧？照我看，我们的观念还得变一变，从今往后，要少考虑赚钱，多考虑花钱。你想想看，就算没有这些钱，你我的退休金加起来也不少吧？我们吃得了多少、穿得了多少？我的意见是，供你参考哈，不要搞得这么复杂这么辛苦，左一个项目右一个项目，太费神了，不如收收拢，都放到银行去，干干脆脆、稳稳当当，你我也好安安心心养身体，快快乐乐过晚年。再说了，现在的投资环境复杂，哪里不是坑？一不小心掉进去，会鸡飞蛋打！

老阳当然明白老祝的意思。但她另有见解。钱是人的胆，没钱人会软。这些钱来之不易，全存到银行去？银行是干什么的？她和姐妹们做的，都是一些聚合资金定向投资，拿固定回报的项目，比银行存款的收益要高。风险？风险当然也有，关键在人把握呗！银行哪里就一定保险？老爷们不生崽不知痛，总以为女人凑在一块就是玩！信息要分享吧？项目要论证吧？不熟悉的公司要去做尽职调查吧？没搞明白怎么敢出手？前年住海南时间长了点，一个项目没跟进，损失好几万！唉，康养康养，让人欢喜让人愁！凤凰湾那地方虽说在省内，但往来一趟，花在路上的时间也不会比跑海南岛少。只好走一步看一步喽！

老阳有满肚子的话，却不想跟老祝争吵，只说我有数，你莫担心！还是那句话，康养的事你说了算，是买房还是租房，你拿主意就是，钱不要去愁。我最不放心的还是那窝小的，我们拍拍屁股走人，晶晶要吃苦，雯雯要吃苦了！

祝祖明大大咧咧，说你这老太婆！他们有什么苦要吃？是没住的没吃的？会冻着会饿着？老阳啊老阳，你别忘记了，雯雯是我们的外孙女，也是人家黄教授、朱老师的孙女！

老骨头，要是晶晶是儿子、雯雯是孙子，看你会不会这样讲！

欧阳蕙枝嘟哝。

5

祝祖明真心感觉自己的人生目标超预期实现了。唯有一件事不称心意，郁积于胸，挥之难去，就是膝下有女而无儿，有外孙女而无外孙子。无可奈何，又无能为力。

雯雯刚上幼儿园那年，国家就放开了二孩政策。老祝老阳以为机会来了，合计着做一下女儿女婿的工作，让他们再生一孩。那时祝晶才三十出头，正是最会下蛋的母鸡。听了岳母代表岳父提的建议，黄继刚不应声，只拿眼睛瞟老婆。祝晶口无遮拦，直通通来了一句：我不生，谁想要谁生！又补一刀：爸、妈，你们是不是太积极了？急着薪火相传吗？可我就是生再多，他们也不姓祝哇！老阳被噎得眼睛发直，祝祖明脸泛青。他那会儿还没退休，自我感觉还有些力量，于是沉沉地"嗯——"了一声，有暴风骤雨前打雷的意思。祝晶赶紧抱他肩头，甜腻腻地喊老爸呀老爸，怎么开不起玩笑？我愿意生，也生不成嘛！您忘了？我不是申请去瑞金医院进修吗？我们科主任透露了，很快会安排。我怎么生？

老祝不怕女儿哭，不怕女儿闹，就怕女儿搂肩膀。

祝晶的学历不过硬，是省内毕业的医学硕士，费了不少周章才入职省医院的神经科，那会儿还是个主治医师。上海交大附属瑞金医院，神经内科研究和治疗方面在全国名列前茅，有一批顶尖专家，她很想去跟班学习。这个机会是好不容易才争取到的。

进修一年，回来不久祝晶便升了副主任医师，成为院里诊治阿尔茨海默病的骨干。她自己不说生孩子的事，别人也就不好再提。

国泰民安，好事连连，今年又出了放开三孩政策，从上到下，出台了不少的优惠政策，这就具有导向意义。祝祖明讲传承更讲政治，屈指一算，祝晶已是奔四的人，再不动作就真没指望了。便鼓动起老阳，硬着头皮又找了一次女儿女婿。

晶晶、继刚，政策这么好，真不考虑再要一个？祝祖明拍马上阵，单刀直入。

爸爸，我都这么大了，您看还能生吗？

四十岁不到，怎么不能生？比你大的，人家生得好好的！

谁谁，谁谁，老祝举了一串例子。

祝晶接受了先前的教训，拐着弯儿说话：爸、妈，我理解你们的心情。生孩子这件事，比较复杂也比较重大，我和继刚会把握，以后是不是就不讨论了？我考虑过，还是不能生。转年我就是四十岁的人，已经错过了最佳生育期。我也确实忙。还有，雯雯明年就升初中，学校离家会更远，学习负担也会更重，她还在学琵琶、舞蹈，要是再生一个小的出来，怎么弄？

不是还有我们，还有黄教授和朱老师他们吗？欧阳蕙枝表态。

你们？你们不是要去康养？……继刚，你倒是说句话，再生一个，你爸你妈能来吗？

黄继刚坐在一旁剥指甲。

祝祖明心里一凉。

他和老阳是商议过的，只要祝晶肯生，就给他们一笔钱，请月嫂请保姆请钟点工。康养也不是一年四季都在外头，大部分时间还是在省城嘛！再者，老阳的气管炎并不像医生说得那么可怕，就她那脾性，真添了外孙子，恐怕用绳子也绑她不走……看这样子，晶晶吃了秤砣铁了心，继刚蔫头耷脑没主意，说再多也是白费口舌。祝晶那话里支着骨头。她说的也没错，生不生孩子是人家两口子的事，皇帝不急太监急，做外公外婆的还能越俎代庖？

虽说祝祖明豁达，可有些事与豁达不豁达没有关系。北京、上海、广州、深圳那边的人怎么想怎么弄，他管不着；独身、丁克的人怎么发神经，他没兴趣。有样没样看世上，人在此地看此地啊！他做过调查，凡熟悉的人家，不分高低贵贱，笼统算下来，生养了二孩的已经过半，计划生三孩的估计能占到三分之一！自己的女儿女婿怎么就一根筋呢？更让老祝羡慕到流口水的，是老厅长中和他一样只养了女儿的那批人，从前苦中作乐，聚到一块常用"绝户"来相互调侃，后来，人家的女儿不声不响，又开腿骨碌骨碌生，好多生了"带把"的，更有那聪明女婿，主动提一个随爹姓，一个随娘姓。这就对了嘛！自己呢？做梦吧！

老阳没想那么多，但她的想法更实际。家里的房子、票子在她手上攥着，看看眼前，想想日后，她时常叹息，也幽幽地向老头子说过不止一回：不值不值真不值！继刚憨子憨吃猪肝，我们都是在为他们黄家打工！

黄继刚的父亲是工科教授，母亲朱老师是中学老师，都退休了。朱老师性情温和，黄教授不一样，专业上影响不是很大，自视却不低，有些旧知识分子的派头。黄继刚和祝晶的相识、相恋，是同在省城读研究生那会儿，其时祝祖明已经当上了厅长，黄教授却并不看好——他对当官的都不怎么看好。之后，两个年轻人找工作、结婚、生孩子，事事是祝家主导。继刚的婚房是祝家送的，黄家只给了一台途观车；生雯雯找医院、请月嫂，孩子后来上幼儿园、读小学，全是姥爷姥姥操办，黄家只给过一点"奶粉钱"。教授心里不爽。不爽归不爽，左右不了局面——时下，除了那些真有大学问、大名声或者特别善经营的，当大学老师的人，饿不着穷不了，也办不成多少繁难事。在儿子、儿媳妇和孙女面前，黄教授一面端着架子，一面又底气不足。教授有教授的敏感，越来越觉得儿子不像自己的儿子，孙女不像自己的孙女。朱老师劝他别操那份闲心生那份闲气，再怎么着，你儿子和孙女还不是姓黄？

黄教授懂机械，开车和修车都是好手，干脆买了一台二手房车，养了一条不是很纯的金毛犬，将车命名为"黄篷"，给狗取名叫小黄，这几年他和朱老师驾着"黄篷"载着小黄满世界跑，一年倒有半年多时间在外面，看饱了各地的风景，退休金也花得所剩无几。

黄家住的是学校的老房子。教授楼，说着好听，其实面积小，结构也不好。由于相隔较远，祝晶和雯雯去得少，去了也像做客的。朱老师有些想法。她是教了几十年书的人，别的不在意，注重文不文明、礼不礼貌。观察这么多年，她认为祝晶在文明礼貌上有些欠缺，来家里既不喊爸也不

喊妈，更别说帮忙做事。进门包一扔，窝在沙发上玩手机等饭吃。他们很少去儿子家，去了也不舒服。那房子大是大，但凌乱得很，客厅、卧室、厨房、厕所，到处扔着从网上买来的东西，衣服、鞋子、提袋、卫生巾，乱七八糟，有用的无用的都扫进来，好些连包装都没打开……这哪里像过日子？朱老师涵养好，不说。不仅不说，颜面上也不会表露出来。

黄继刚也不憨。父亲母亲想什么他清楚，岳父岳母想什么他也清楚，老婆想什么他更清楚。他很想再生一孩，最好是个儿子。但他说了不算数，也不敢说！祝晶有一个心结：没有博士头衔，在大医院搞专业总是低人一等，她想趁年纪还不是太大，回炉读一个，哪怕是在职的。

黄继刚性格像娘，凡事能忍，在家讨论疑难问题，一般不发表意见，被逼着表态，也只说听晶晶的。对老丈人，他更是心怀敬畏。当年和祝晶在一起，岳母答应得并不痛快，岳父说小伙子看上去不错嘛，年轻人的事，由他们自己做主！他和祝祖明既是翁婿，又像上下级。

月明凤凰湾

———✣———

6

祝祖明用的是一台 2016 款别克商务车,这几年开来开去摸熟了,速度放慢些,中途撒两泡尿喝两壶茶,连续跑个三五百公里,是有把握的。

黄继刚提出用途观送岳父岳母,祝晶赞成。

老祝和老阳商议,决定还是坐高铁。他们考虑,这列纵贯省境的高铁,今后说不定要常坐。

中午两点出小区南门,坐公交到东客站,乘 G5055,17:28 列车稳稳地停到永和北站。这样点对点,算下来真是三个半小时。

有人说,坐飞机可看大写意,坐高铁可欣赏设色山水。透过明净的车窗玻璃,山峦、河流、林木、田畴、作物、房舍、人、畜,绿的、红的、粉的、黄的、黑的、白的,动的、静的,一一闪过,川流不息。老阳座位临窗,她像孩童一般,贴着玻璃往外看,想认出一些地方。可是办不到,车速太快,景物太丰富,变化太大。老祝则想:中国地大物博、人口众多,发展高铁这条路是走对了的,说三道四,不是故作高明,便是无事生非。

此番出门,约定了"三不两少一多":不高调、不摆谱、不占便宜,少生事、少麻烦人,多花自己的钱!因此,事先没有向袁应通报。打算先

到县城住几晚，摸摸情况，再去凤凰湾。蕙枝有亲戚在县里，依老祝的意思，她给表妹挂了电话，请表妹夫接站。

始料未及的是，他们前后脚刚跨出车门，便有一个陌生而秀逸的女孩迎了上来，抢着拎行李。袁应则挺着肚子，笑容可掬地站在不远处，蕙枝的表妹和表妹夫站在他身后。

搞突然袭击啊？袁应说着话走上前来，一手拉上祝祖明，一手拉上欧阳蕙枝，亲切而随意。

亲戚也得走哇！祝祖明长于应对。

"霸道"停在出站口。女孩伶俐，把行李先安置到了车上。袁应将人往车上领。

出站的过道上，老阳放慢了步子，走在表妹和表妹夫中间。表妹怯怯地说，袁总料到你们会来，打过招呼了，说只要得到消息，一定要向他报告。

钻过一个长长的山洞，车子进了凤凰湾的大牌楼。

人坐在车上，通过远方那个垭口，看得到滚圆的太阳在西边天际喷涌着红黄的光焰，不遗余力，熠熠生辉。

老祝瞧了一眼表，自高铁站到凤凰湾，汽车跑的时间也是半个小时。

书记、嫂子，上次在省城你们给了我面子。今天来到凤凰湾，请再给我面子！什么吃啊住的，就别费心思了，都听我安排好不好？

祝祖明把含在嘴里的话咽了回去，只说不要搞复杂了！

不复杂！民以食为天，先吃饭！

吃饭在鹤鸣小区的物业管理楼，也是华泰实业凤凰湾公司的办公楼。

这楼不高，三层，有办公用房也有食堂，设了若干个小包厢。楼的东端连着一个半圆形附属建筑，是大包厢。

包厢门户洞开，两侧各立一只长颈高脚的紫铜仙鹤。门楣上挂着"颐和堂"横匾。

袁应领人到颐和堂时，天已断黑，户外灯光星光辉映，室内华灯通明。

包厢里放着一张可坐几十号人的红木圆桌。

一群人在等候。纷纷上来握手。"书记""厅长""行长"叫个不停。

祝祖明一眼便认出了当过县委副书记的马朝红，当过县人大常委会主任的孙振球，当过县委组织部部长的雷宇，当过县人武部部长的高长征，当过县政协副主席的曹远清，当过县委办公室主任的龙兴民，当过县公安局局长的陶川，当过县综治办主任的林禾水。一位银发长者坐在茶几后头的长沙发上，不动声色。祝祖明见了，快步向前，说潼光书记，惊动您了？

厅长驾到，我来蹭饭。武潼光回答。他是比祝祖明早三任的永和县委前书记，后来在熙川市干政协主席到退休。武主席在县里任书记时，祝祖明只当到副县长。

祝祖明想坐下来与武老书记聊聊天，欧阳蕙枝牵了两个女人过来，说老祝，她们跟我打赌，说你肯定认不出她们，你来认认！

那丰满鲜亮的，祝祖明一看便笑，说"王婆"，我不认识你？"王婆"本名王新娟，在县里当过计生委主任、民政局局长、妇联主席，后来做到了副县级。那瘦削的，五官周正，脸色灰白，身躯有点佝偻，祝祖明认出来了，却不忙说。

祝书记，我是工行的老俞。老了，残了，变丑八怪了，你认不出来了？瘦女人自报家门。

俞行长，建波行长！怎么样，没事吧？多多保重啊！

俞建波曾是欧阳蕙枝的上司，当年在永和县也是风光一时的人物，不仅风姿绰约，且名字和行事风格有男子气。后来得过一场病，在省城住院治疗时，老阳探望过。

入席吧，坐下来边吃边聊！袁应招呼众人。

祝祖明坚持请武潼光坐了头把椅子，自己坐他右侧。老阳和几个女的挨在一块。

趁着上菜的间隙，袁应又向祝祖明介绍了之前缩在后面的几位：宋仕杰，当年的经贸委主任；耿忠，当年的地矿局局长；陈永刚，当年的公安

局经侦大队队长。其中老耿和老陈是老祝调离后第一次相见，变化较大，不说不敢认。

有一个身材瘦削、眼窝深陷却目光炯炯的男人，正张罗着酒和菜，轮到他时，他说我就不必介绍了，我是"国企杀手"！祝祖明一听乐了，说蓝立生"蓝伯温"，你也在这里？话音才落，紧挨蓝伯温坐的那位也呼地站起来说话：我也不必介绍，我是"花和尚"。祝祖明一听更乐了，说老唐，唐汉斯，唐馆长，"花和尚"？好好好，好好好！还在指挥"老妹团"吗？还用发夹子吗？这段话里有故事。那些年县里常搞文艺演出，老唐搜罗到一批女文艺爱好者，组建了一个老妹合唱团，自任团长和乐队指挥。他那时就胖，头发也少，站在舞台上摇头晃脑挥胳膊蹬腿时，稀疏的发丝总在脸前飘来飘去。有团员看不过，拔了头上的发卡，于众目睽睽之下帮他把发丝盘在头顶，紧紧夹住……回想到这些，大家偷偷地笑。这唐馆长是县里极聪明而有趣的人，吹拉弹唱无一不通，当了二十余年的文化馆馆长，还挂职过县文化局副局长。

主陪位置上的袁应啪啪地拍了两下巴掌，站起来致辞。各位领导、各位业主，噢，有两位还不能算。今天祝书记和欧阳行长远道而来，小袁我很荣幸，请大家见个面，吃个饭。祝厅长是省城里的领导，凡事讲规矩，我得先报告几条：第一，这是我的家宴，跟"公"字不沾边；第二，桌子上坐着的，都是退了休的人，也是老熟人；第三，除了一条清蒸东星斑，吃的喝的全是我们凤凰湾的土产；第四……

袁总，讲多了吧？开工吧！唐汉斯歪着光亮的脑壳说。

袁应不理会。

第四条我还得说。无酒不欢，我们今晚一定要喝点。喝什么？喝茅台！他从蓝伯温手上接过一个形色古拙的瓷瓶，亮给众人看。对不起哈，不是贵州茅台，是"凤茅"！前些天我到省城，在祝书记家里喝到了这种酒，比我这个存放的时间更长，更过劲！

祝祖明偏过头看马朝红。老马说别听他瞎扯，就是崧阳泥窖酒。你调省里不久，酒厂不是垮了吗？拖了几年，后来被他买了，现在每年产个一两吨，做他们公司的接待酒和礼品酒，不对外销售。包装土，味道还不错！

老祝颔首。心想这袁老六，上回喝酒也没说破！在省城请客吃饭，他是不用这种酒的，一定是茅台公司的"飞天"。这小子！

和武书记一样，祝书记也是我们尊敬的好书记、老书记。下面请祝书记讲几句话，大家欢迎！

老祝走了神，对面的袁应把他扯了回来。

众人鼓掌。

祝祖明也站起身。说袁总客气了！酒我是不行的，话要说几句。老阳有慢支，怕冷，医生让我们找暖和的地方过冬。这趟来永和，就是想看看凤凰湾合适不合适。一来就见到这么多老朋友，特别是见到武书记，很高兴！袁总搞这么大阵仗，我和老阳过意不去！如果有幸成为邻居，大家日后常见面，就不能客气，客气会成为负担！你们千万不要左一声"书记"右一声"厅长"，叫我老祝就好，叫蕙枝老阳就好！

接下来是敬酒。推杯换盏，你来我往。

故人相见不能不说故事。

祖明你现在酒量怎么样我搞不清楚，在县里时还是能喝的。武老书记开了头，讲了一件往事，说的是祝祖明在县农业局当副局长时，跟他下乡到羊冈山的黄茅村，经不住人劝，连喝了两碗支书家的烧老酒，当场吐了。吐过一回，后来三碗四碗都不在话下。祝祖明讪笑，说那是您考察我，搞得我出了大洋相！

孙振球说某年过春节，祝县长从家里带酒带菜到输变电工程工地，请赶工的人吃年夜饭，工人们感动得流眼泪，说碰到了一个好县长！高长征回忆某年冬天，洞头岭一带发山火，烧着了几百亩油茶林，祝书记一个电话打过来，人武部调集水泥厂一百五十个民兵，跟书记去救火。龙兴民另辟蹊径，说枣木坪乡政府的广播员兼服务员小潘，人称"波斯美女"，县里的大小干部有事没事总喜欢往那边跑，嘴上说这工作那工作，其实工作个鬼，就是去看人！祝书记你记得吗？我也很幸福地跟你去过一回，哈哈

哈！王新娟说老龙头你拉大旗作虎皮！你自己不好好坐办公室写材料，最喜欢钻枣木坪的茅草沟，天晓得你瞒着领导去过多少回！曹远清坐她旁边，冷冷地插嘴，说"枣木坪里走一回，烧桶汽油不后悔"。下乡看"潘妮"，进城看"王婆"。"潘妮"现在不咋的，"王婆"还是粉嫩的！王新娟佯装生气，说去你的"烂眼镜"，给了曹主席一拳。

曹远清是当过中学校长、教育局局长后才干政协副主席的，是县里有学问的人。他鼻梁上的眼镜片在永和最厚。

气氛相当活跃，酒却喝得警觉。

高长征和陶川有联手闹一闹的意思，被武潼光识破。老领导发话：都是上了年纪的人，酒就不要闹，随意喝，高兴就好。没有"三高"的多吃菜，这满满一桌子，小袁费了心，不吃辜负了他！

有"三高"也没关系，放心吃！这里的东西都是有机无公害的！蓝立生接嘴。

说到菜，欧阳蕙枝对桌上的油辣鸡、醋焖鱼、酱萝卜炖老鸭、酸笋烧肥肠、茶籽壳熏猪耳、笋丝拌肚丝、肉末苦槠豆腐等赞不绝口，说吃出了地道的永和味。袁应却说欧阳行长您还没抓到重点，最来事（好）的您还没吃！说完起身下桌，往祝祖明、欧阳蕙枝的碟子里各夹了一个通黄油亮的猪脚，说吃这个，一定要吃这个！

这道菜用瓷盆装着，热腾腾地摆在转盘中间，老马老孙老高老陶等早埋头在啃。祝祖明推脱不了，戴上一次性手套，抓起来咬了一口。

不咬不知道，一咬真奇妙！可惜他不是寻味工作者，一时间想不起"油而不腻""软而不稀""酥而不烂""干而不柴""紧致弹牙""齿颊生香"之类的词儿——想到了也说不出口。但是，才咬一口，便有了奇妙的联想，想到的不是别的，竟是和蕙枝的第一次亲热……这也太那个了！这个说不得！他只含混地说唔、唔，好吃、好吃，有点甜！

和海南岛那五脚猪比起来咋样？袁应问。

都好吃，都好吃，你这个更绝！你们是怎么整出来的？

老祝嘴上胡乱应着，心里还在想：食色，性也，把猪脚做出了性的启发和诱惑，堪称一绝！

袁应卖关子，说涉及秘方，概不外传！

马朝红附耳低语：寡妇猪脚！

祝祖明恍然有悟，擦着油嘴，念念有词：看辛寡妇，吃甜猪脚？

袁应这才解了密：是寡妇猪脚，但这个是升级版。现在改了名字，不叫寡妇猪脚，叫蜜汁猪手，一般是不做的。别看这只有一小盆，要好几个人忙好几天！选的是上好的土猪前脚，用稻草烧毛烤皮，柴灶铁锅两煮一蒸，晾干蘸土蜂蜜过油后焖烧，十八道工序，少一道都不行！

袁应朝蓝立生使眼色。蓝伯温溜出去，领了一老一少两个妇人进来。模样都端正，笑容都灿烂。袁应问认得吗？老祝看看老的，又看看小的，迟迟疑疑地问，辛——

我是"辛寡妇"！年岁大的妇女并不怯场，说他们叫我寡妇，其实我不是寡妇。这是我女儿小桃——姚小桃。我们一家都在凤凰湾搞后勤。

祝祖明惊讶，打算起身给母女敬酒，被老马牵衣角阻止。

袁应吩咐：老辛、小姚，你们忙去，领导刚才表扬过你们了！待母女双双离开，又笑着朝桌上扫视一圈，说不急、不急，辛寡妇的故事以后慢慢说。吃猪手、吃猪手，今天只吃猪手……

蓝伯温发言，说有酒没歌不好玩，提议花和尚唱上一曲跳上一段。

唐汉斯起身离座，有板有眼地唱了一段京剧《打虎上山》，又捏紧嗓子学女声，唱了一曲《辣妹子》，还走了一圈矮子步。他人胖，头顶完全光秃，周遭一圈黑白相间的长发，飞流直下一尺余，跳舞时因身躯的扭动飘个不停，引得众人大笑。

蓝伯温又提议，说俞行长歌也唱得好，舞也跳得好，请俞行长表演一段。俞建波也不扭捏，款款地唱了首《思念》。又和唐馆长合作表演了一段采茶戏《松风万里》，是当年老唐主抓、县里主排，在市里、省里拿过奖的保留节目，讲的是老区人民送子弟参军的故事，其中有"吃了娘的奶，就是娘的崽，听娘唱曲曲，睡在娘怀怀"的唱词。演到这儿，他俩煞有介事地做出对视、仰望、拍打等动作，俞建波苍白的脸上泛起了红晕。

祝祖明受到感动，带头鼓掌。马朝红打趣，说花和尚你行！俞建波何等人物？永和城里一枝花！当年我想请她跳舞都会碰一鼻子灰，你厉害！

俞建波回座，说领导们见笑了，承蒙唐馆长和他夫人不嫌弃，带我们玩。

唐汉斯则说，俞行长清纯，我油腻！马书记您弄错了，我这是职业习性，顶了个"花"名，冤哪！我哪里花？我就是胆大脸皮厚。再说了，当年我就是想花，哪来那个本钱！

现在有本钱了？蓝伯温撑花和尚。

席上众人笑得飞起来。

环视全桌，老祝发现雷宇最安静，既没怎么吃喝，也没怎么谈笑。他知道老雷后来调到市里，在人事部门干了很长时间。老雷坐在武潼光左侧，祝祖明绕过去跟他碰了一杯。

老祝还注意到桌上好几位是当年整治小煤窑的干将，有事全是他们冲在前面。心有所感，不好问，只举起酒杯，用眼色逐一向陶川、林禾水、宋仕杰、耿忠等示意，隔空递话：几位老哥们，当年是你们抬着我过关嘞！

陶川反应快，说袁总由衷感激县委县政府，要不是当年挨整，哪有他的今天？耿忠说和老六同时采煤打石的那帮人中，没有掉头转向的，垮的垮、逃的逃、死的死，没有几个活得好的。绿水青山就是金山银山，袁老板现在坐拥金山银山，成了"开银行"的人！俞建波说开的是"绿色银行"！袁应春风满面，说这个"银行"不是我的，是国家的，我顶多算个守"金库"的！又说吃水不忘挖井人，时刻想念好领导！我确实感激各位领导！祝书记，您办我就是救我，我最感激您！

武潼光夸奖：小袁有水平！

武老书记打了一个哈欠，说祖明啊，凤凰湾今非昔比，确实不错。买不买房子、来不来康养另当别论，这次既然来了，就不要匆忙，和小阳好好走一走看一看。小袁，你得安排好！噢，国庆节不是快到了吗，让你女儿女婿也带孩子来看看呗！

不待老祝老阳说话，袁应便明朗地表态：报告武老，我安排好了，明天我亲自陪！

祝祖明高低不肯，说这样就不像话，这样我只能走人！

最后商定，公司派一台车、两个工作人员，请蓝伯温和王婆作陪。

散席之后，袁应送祝祖明夫妇到住地，就是那样板房。临别时小声报告：书记，刚才人多不方便说，有两位您的老朋友，让我一定代他们向您道个歉、敬杯酒。

谁？

李书记，张县长。

他们也住这里？

有房子，今天不在。

噢，谢谢他们！

7

袁总还真是大老板嗬，今晚这桌子上坐着的，就没有一个普通百姓。欧阳蕙枝感叹。

退了休不就是普通百姓？你说的也是哈！不过，桌子再大，人全上去也坐不下呀！兰枝跟蛮子回去了？

老祝理解老阳的心情。兰枝是她的表妹，蛮子是兰枝的丈夫。这两个"普通百姓"，接人的任务没完成好，还是不声不响跟到凤凰湾来了。

蓝伯温让他们和小章吃工作餐。我们这边唱"吃了娘的奶，就是娘的崽"时，他们就走了。

颐和堂中一聚首，勾起无数陈年愁。两人一时无睡意，洗完上床，絮絮说话。

人啊，说寻常也寻常，说奇妙也奇妙。

祝祖明用了文绉绉的语言。老阳一时跟不上节拍，便转了方向，说你

们这帮男人，现在个个都出了老相，比较起来，你还显得年轻些。

武书记不错，快八十的人了，面色还那么红润，说话嘎嘎叫，还能喝点酒，脑子一点都不糊涂，真不简单！祝祖明不说自己，只说武潼光。

老阳也是认识武潼光的。饭桌上听王新娟讲，武老书记和夫人秦大姐是这里的第一批"湾民"。他们的儿子在北京，女儿在深圳，都给老父母准备了房子，熙川市区他们也有自己的房子。可二老别处都住不习惯，最喜欢凤凰湾。

说过男人说女人。老祝认为桌子上三个女人里，俞建波变化最大，王新娟变化最小。

辛寡妇变化也不大哈，她们母女很像啊。老阳说。

是蛮像，一个模子刻出来的。

你早就认识辛寡妇？以前老吃人家猪脚吧？

见过几面，吃过几回。很早以前……

老祝讲起了关于辛寡妇的往事。

在永和工作时，没有高速公路，更没有高铁，县里的人上省里开会、办事，都是坐汽车，走国道省道。一般有两种走法。一种是头天中午发车，中途在乐阳市的泰阳县城住一晚，第二日赶到省城吃中饭；另一种是天一亮就起床，简单吃点东西上路，到省城赶晚饭。那时路况不好，一天跑五百多公里会人困马乏。有意思的是，县里高高低低的人，都不辞劳苦，选择朝发夕至。其中有个缘由，就是走国道必经泰阳县的天井坡，在天井坡打个尖，吃得到甜猪脚。天井坡实际上是一个荒凉的山包，前不着村后不落店。坡上开了三家店，取的名字都跟《水浒传》有点关系。一家狮子楼，是修车、换轮胎、加油加水的；一家快活林，是旅馆；还有一家就是寡妇店，路边餐馆。三家店都没有挂招牌，但这条路上跑车的司机和坐车的老客没有不知晓的。狮子楼脏乱差，里里外外扔着破轮胎旧油桶和轰轰响的空压机，干活的人身上也油渍麻花的，但生意兴隆。快活林既可住人也可吃饭，每天都有打扮得妖冶的女人站在路边揽客，但开大卡车的那帮汉子，只在店里过夜而从不在那里用餐。寡妇店卖饭菜不租床铺，常年食客盈门，店外的土场上停满各种车辆。这家店的菜品也算不得丰富，除去辣椒炒肉、大蒜炒肉、豆泡烧肉，就是三样菜出名。第一样是红辣椒炒剥皮青蛙——那年头也没有禁食野生动物的法令，什么都敢吃；第二样是"奶包肉"，就是用荷叶裹一坨烧好了的东坡肉，一个盘子一坨肉，肉大而肥，搞笑的是那包出的形状，不像粽子、不像发糕、不像馒头，像鼓鼓的奶子；第三样就是今天晚上吃的这道猪脚，也是三样菜里最有名卖得也最好的。凡是进店吃饭的人，差不多都要点这三样菜，有的人吃了还不满足，要另买些打包带走……那年头生活远不如现在，路上跑车累了、饿了的人，对食物的要求不高，盐多油大辣得出汗就行，路边店的菜做得如此讲究的实在是少见。这家店的老板娘，就是今天这位辛寡妇，现在是人老珠黄，当年可不一样，那叫一个八面玲珑光彩照人。她有一个习惯，凡是在她店里吃饭的客人，她都要亲自迎送，上齐了菜每桌还要转过来看一眼问一声，有点了酒水的，还要礼节性敬上一杯。那时的辛寡妇该鼓的地方鼓，该凹的地方凹，水嫩得很，比快活林那些女人中看得多，举止也得体。老食客们口口相传，说辛寡妇不光长相好，人品也好，饭菜的分量足，还开得起玩笑。所以，在那帮野牛一样的司机中就流传着几句俚曲，说"阿哥阿哥走起啰，今日过那天井坡，吃饭单寻辛寡妇，睡觉去那快活窝"。还有各种传言。有人说辛寡妇不是寡妇，她有老公，她老公就是狮子楼和快活林的老板；有人说辛寡妇真是寡妇，她男人是跟人打架被杀死的；也有人说辛寡妇本人就是三家店的总老板。

老祝你真有意思，你一个当县委书记的人，对寡妇店、辛寡妇这么熟！

老阳其实也在寡妇店吃过饭，听过类似故事。只是祝祖明讲得如此细致，她有点不适。

老阳你蛮好玩！我关注这个寡妇店，是另有缘由的。

什么缘由？

那时不像现在管得紧，但是也要反腐倡廉，也要抓作风建设。县里清理各单位的小金库时，发现不少单据是寡妇店开出来的。坊间还传言，说

寡妇店烧猪脚要放罂粟壳，吃了会上瘾。跟我搭档过一阵的黄县长说话又直又糙，一次在全县三级干部大会上提到了这件事，讲过一段很有影响的话，说"我们的不少干部不像样子，干正经工作无精打采，听到吃寡妇猪脚就来精神，心思全用到'看辛寡妇，吃甜猪脚'上去了。这是'甜猪脚黏嘴，辛寡妇烧心'"！黄县长还警告：如果发现有人吃寡妇猪脚上了瘾，那就等于抽鸦片，要送到公安局去戒毒！违规报销的吃喝开支，要一笔一笔算回来！县长说得声色俱厉。自此往后，县里的人进省城都绕过天井坡，到泰阳住一晚，各单位也很少见到拿寡妇店的账单来报销的。但是底下的人报告，朋友间请客或自掏腰包去吃寡妇菜的，一点也不比之前少。很多原本不知道寡妇店，对猪脚也并无兴趣的人，竟然心生好奇，呼朋唤友去"看辛寡妇，吃甜猪脚"。你说好笑不好笑？黄县长给寡妇店做了一回免费广告。所以啊，当领导的人说话要小心，表扬和批评的话都不能随便讲，一不留神就是有心栽花花不发，无心插柳柳成荫！

还真是"寡妇传奇"！我就想不明白，泰阳离永和有两百多公里，是人家乐阳市管的地盘，这辛寡妇怎么跑到永和来了，还进了凤凰湾？

这个我不知道。袁应不是埋了伏笔？改天你听他给你解密！我刚才讲的都是几十年前的事，后来高速公路通了，再后来高铁又通了，三家店的生意就一落千丈，根本做不成了。天井坡也被推平了，种了果树。不光是天井坡，各地都一个样。所谓"马路经济"，仅是一现的昙花。说来有意思，老阳你注意到没有，这辛寡妇母女一出场，当年永和县的"三看"，主角都凑到凤凰湾来了！

你是说王婆、辛寡妇、"波斯美女"？你们男人就是对这些感兴趣？你们谈论寡妇猪脚时，俞行长神态不自然，你看出来了没有？

这还看不出？不过她修炼到一定境界了，后来唱歌、跳舞，不是很正常、很投入吗？

修炼是修炼。你要晓得俞行长高傲，不喜欢随便开玩笑。她"自黑"没有问题，别人说她就要格外小心。我们以后当着她的面说事要谨慎……也真难为了她。人强强不过命！她生病时，丈夫老邹出轨，老俞闹离婚，多少人劝，老邹认错连膝盖都跪烂了，全没用。老邹后来跟那个跑保险的小妖精搞到一块，挪用公款理财，出事坐了牢。老俞自己从不提这些，别人总感觉她多少有些后悔。她太要强、太急了，这种事，缓一缓，可能就不是这个结局。你说得也对，她是聪明人，现在看开了、想透了，说反正死过一回，什么都放下了。她得的是肺癌，放疗化疗搞得死去活来，加上家庭变故，一般人哪里撑得住？她跟我说凤凰湾是真的好。不单风景好气候好，还有唐馆长两口子每天教这里的人唱歌跳舞，还有退了休的艾院长和晏医师在这里坐堂诊病。她认为是凤凰湾让她起死回生了。你别看她现在瘦，比以前好多了，前两年只剩一把骨头，人像是刚从棺材里提出来的！

是啊，人生不容易，身体最要紧！老俞独身一人，又有恶疾在身，在这里住，有这样的感受和效果，这就是个例子。

刚才袁总跟你咬耳朵说什么？

说老张和老李委托他给我敬酒。

这有什么好委托的，都是老同事。

你不明白，那二位之间有点嫌隙，坐不到一张桌子上来。

老祝便简单讲了一下老张和老李的事。老张张宏明，是当年的副县长；老李李志荣，是当年的县纪委书记。老祝在县里当书记时，发现两人不很投合，但一个在政府，一个在纪委，大面子上还说得过去。后来听说在开展"三讲"教育时又结了梁子。也不是什么大问题，就是班子会上"原汁原味"反馈时，给张宏明提的意见中有一条是给他取外号叫"张莲英"。老张很反感这一条。他还固执地认定这是李志荣提的，因为有人给他传过话，说李书记在别的场合说过"老张那人像李莲英"，这很有戏剧性。

老张像太监吗？意见是老李提的吗？

同住一栋楼那么多年，老张是什么人你不知道？意见是不是老李提的，你问我，我问谁？老祝说着说着笑了起来。

又说到蓝伯温。老阳说不喜欢这个人，鬼头鬼脑的。当年一下子搞食

品厂，一下子搞耐火材料厂，一下子搞电机厂，搞一个垮一个。不过，桌子上外貌变化最小的，还要算他。这人好像生下来就这个样子。新娟跟我讲，他被袁总雇了，不光在这里住，也在这里做事。一年开给他不少钱。

你别小看他，奇人异相，是个怪才。熙川这边的人都说明朝的刘伯温到过永和，还留下了遗迹，所以这一带格外作兴刘伯温，说那是一个上知天文、下知地理、能掐会算的人。蓝立生得到"蓝伯温"的绰号，可见他的影响有多大。这人确实也不错。回过头来看，他手上虽然垮过几个企业，但每一个都垮得有道理、垮得及时。实际上是帮了政府的忙，说到底也是帮了企业和员工的忙。这人搞国企没有得到好名声，为民企支招却出了名，永和县成功的民营企业家中，没有一个没向他讨过主意，没有一个不把他奉为上宾。还有人说他有预测仕途的本事。

老祝自己在县里一度不顺利，有人造谣捣蛋，搞得他心灰意冷。在他情绪最低落时，别人转告他：蓝伯温在外面讲，姓祝的仕途顺遂，能干到正厅！这个老阳也知道。

…………

样板房打理得不错。虽然在一楼，但前面没有房子挡光线，底下有下沉式天井排湿气。人睡在主卧室里，月光、星光和灯光柔柔地洒进来，清新的空气缓缓地流进来，花香也淡淡地飘进来，秋风轻轻，虫鸣唧唧，很让人舒适。

老阳的谈兴还浓，老祝倦了，说赶紧睡吧，明天还要出去走动！

8

一觉醒来，天已大亮。

出门见小章，笑靥如花。

小章叫章眉，是大学毕业生，在公司总经理办公室负责宣介，有重要接待任务，老板才会把她派出来。《如花岁月，似水流年》就是她做的。

霸道车停在路边，蓝立生和王新娟笑盈盈地站在车旁。

休息得好吗？我们去用早餐，吃"四水"。老蓝说。

早餐搞那么麻烦干什么？到食堂随便吃点就行了！祝祖明没忘记"三不两少一多"。

食堂不行，早餐就是稀饭馒头！"四水"好！你们脚都踩到人家汪山门槛上了，再不进去，村里的狗会出来咬人！

王新娟快人快语。秋阳和煦人明媚，她穿的是一件粉底团花鸡心领短袖，头发乌黑油亮，白白的脖颈上戴了根金灿灿的项链。

新娟风姿不减嘛！祝祖明开了个玩笑。

欧阳蕙枝拉上王新娟的手，说老祝昨晚讲，我们三个女的中，你保养得最好、变化最小！

王新娟脸上也笑开了花。

汪山村被包裹在凤凰湾度假区的范围内。

不远，走过去吧？呼吸呼吸新鲜空气！蓝立生提议。

红艳艳的太阳浮在鸡公岭的山尖尖上。天高地阔，万物鲜明，五彩斑斓，变幻不定。风细细的，吸到鼻子里的是清甜的空气；山静静的，灌进耳朵里的有鸟鸣和狗吠。锦绣河在不远处流过，见不到它曼妙的身姿也听不到它悦耳的歌唱，却能感受到它的气息——飘忽的、馨香的气息。花繁树碧，早起的人们全神贯注地做着各自的活动，散步的、跳舞的、打拳的、唱歌的……真是"青山不墨千秋画，绿水无弦万古琴"啊！

凤凰湾"八分半山一分水，半分农田和庄园"。"农田和庄园"就在脚下这块椭圆形盆地上，它叫鼎罐坝，有两个多平方公里。汪山村是这坝子里唯一的建制村，背倚鸡公岭，面朝锦绣河。

今日汪山村，不是旧模样。经过几番改造，零乱变得整齐，新美替换了破败。虽然还叫村，实际上是一条街，牌楼二三座，店铺几十家。

一行人径直走到"矮矮四水"，择一方桌坐定。

祝祖明注意到，店的招牌书写平常，用语却别致，立时有了联想，询问蓝立生："矮矮四水"？和华阳镇那个矮牯子店有关系么？

有，正宗嫡传！三矮矮，三矮矮，你出来一下！

蓝立生将店老板唤过来，问祝祖明认不认得。

老祝略略打量，试探着问：是"矮牯子"的崽？

店老板人不矮，也不老，健壮如牛，面目和善。他点点头，说"矮牯子"是我老爷子，我家三兄弟，我是老三，三矮矮。

老祝顿时有了亲切的感觉。忆及当年，改革开放东风劲吹，永和县城里雨后春笋般冒出了许多店家。其中"矮牯子粉"最是跑火。店主是洗脚进城的农民，店铺就开在县政府老楼旁的棉花巷里，专做"四水"。"四水"是永和的传统食物，一般只在办红白喜事时才做来吃，当作早餐招待宾客。打出招牌拉开场子在市面上吆喝着卖，"矮牯子粉"算第一家。

"四水"是水粉、水酒、水豆腐、水腌菜。"矮牯子粉"只卖这几样。那年头机关单位不办食堂，工作人员早中晚三餐全在家里吃。有了这家店，在县府办公楼进出的各色人等，不少早上就不在家吃早餐了，专到"矮牯子粉"解决。吃法也各不相同。多半是花一块钱，站在门里或门外，嗍（用唇舌裹食）一碗光粉走人；讲究的，呼朋唤友，桌上坐定，"四水"全上，搞得脸上红扑扑身上热腾腾才心满意足离开。乡镇里上班的人羡慕不已，平时办不到，只好节假日带家人来过过瘾。"去棉花巷，吃矮牯粉"成为永和一时的风尚。还有人编了顺口溜："人生在世真个美，早上起来吃'四水'""人生在世冇几久，嗍嗍水粉呷呷酒"……现如今，永和"四水"声名远播，光县城里开的店就有几十家。没想到，"矮牯子"的儿子把店开到汪山来了。

等着上"四水"的时候，王新娟跟老阳说悄悄话，蓝立生则告诉老祝，县城的"矮牯子粉"还在开，挪了一个地方，店堂大到可以摆几十张桌子。"矮牯子"就是这汪山村人，现在老了，做不动了，把那个店交给大矮矮打理；二儿子细矮矮在熙川市区开了分号；这个三矮矮是袁总把他请回来的。熙川美食数永和，永和美食数"四水"，而正宗"四水"在汪山。汪山"四水"店在这条街上共有六家，又数三矮矮做得最地道。你看，今天不是双休日，来吃的人还这么多，不光是游客和长住凤凰湾的，县城里也有人开车子来。央视做"四水"节目，就是在这里采访的。县文联一帮人经常来汪山挖素材，说要光大"'四水'文化"。

这个好！老祝充分肯定。

说话间，食物被一一端上了桌。先上的是水粉，都加了臊子。老祝和老阳要的是锦绣河鲇鱼，章眉要的是墨鱼丝炒猪小肠，王新娟要的是五香牛腩，蓝立生和司机要的是酸笋煨老鸭。接着上的是水酒，村人自酿的甜米酒，将土鸡蛋打散了倒进去煮开了喝。水豆腐是选本地产黄豆，大石磨出浆、柴灶熬煮、盐卤水点出的嫩豆腐，加葱花或芫荽，再加入小磨香油，用薄铁调羹舀着喝。水腌菜是雪里蕻或蒿菜泡制的酸辣小菜，切碎了，用白瓷碟子装着佐酒。姜丝、蒜泥、辣椒末、陈醋、生抽等，都在桌上摆着，需者自取。

七碗八碟，看着吓人。老祝老阳却没怎么费劲，和别人一样，把粉吃了，把酒喝了，把水豆腐和水腌菜也吃得精光。果然感受到了"人生在世真个美"！

老蓝，这粉和"矮牯子粉"的粉好像不太一样！要细些、滑溜些、韧些。老祝意犹未尽。

书记好记性，确实不一样！"矮牯子"受条件限制，用的都是煮熟的干粉，那是统装货。这里一律用凤凰湾本地产的大禾米做原料，古法加工，粉是当日现榨的湿粉，作坊就在屋后。这种地道的湿粉，别地的"四水"店现在还吃不上，这儿是独家！所以，送去省里评名小吃的是这家的粉，正在申报国家级"非遗"的也是这家的粉。"矮牯子"是"非遗"传承人。不光粉，做臊子的料也都有讲究，主产汪山村，不出乾坤镇。这是袁老总反复强调的，说务必坚持，决不将就。开这家店，他是花了本钱的，要创品牌，目的就是保住原汁原味，让食客记住乡愁。出了名，忙不赢；一招鲜，吃遍天。别人可以照样画葫芦，但木有本水有源，要吃到世界上最正宗的永和"四水"，必须来汪山，必须到凤凰湾，必须进矮矮店！

蓝伯温的嘴皮子和脑瓜子一样灵活。

道理祝祖明是认可的。搞了那么多年农业，全省各地有些名气的小吃，他知道得多。将"四水"定为永和的名小吃、把"正宗"的招牌挂在汪山村，也算实至名归。水粉、水酒、水豆腐、水腌菜这几样东西，说起来并不稀奇，其他地方也能吃到，但凑在一块吃，说得清子丑寅卯的不多，就着粉、豆腐和腌菜喝早酒的则更少。看来，这"四水"文章还真有做头。

搞"'四水'文化"，有蓝伯温的功劳，不少主意就是他出的！王婆表扬老蓝。

似乎是要佐证蓝伯温和王婆的话，店里不断涌入新客。食客们言来语去，南腔北调。有单人匹马的，也有成群结队的。老蓝说你们看，都是冲这一口。他话音未落，陶川、陈永刚领了几个人进来，见面欢喜，介绍说是市局的朋友。陈永刚看祝祖明这拨人吃得差不多了，要去会账。老蓝拦住，说袁总的规矩别人不懂你也不懂？有祝书记、欧阳行长在，你们都算客人！今天这个单他买！

老蓝让章眉到柜上签了字，把几人的账全结了。

用过早餐，老蓝问看什么，祝祖明表示客随主便，都听你的！蓝立生抖机灵，说在永和你什么时候都不是客！凤凰湾开发这块一直得到你的关怀。经过袁总二十几年打拼，现在大体有四个板块：一块是 4A 级旅游风景区，那是核心，要进山下水才能看；一块是休闲度假康养区，汪山村这条街就是跟它配套的；第三块是生态农业观光示范区，有远的有近的，包括凤凰湾水库大坝；还有一块是沿锦绣河向乾坤镇延伸，一河两岸绘新图，正在分步建设最美乡村风光旅游带。四位一体，相辅相成。

要不我们先看看生态农业吧！

老祝毕竟是绿色发展协会的人。他清楚，凤凰湾的开发是从种植和养殖起步的，省级生态农业观光示范区的牌子，也是他在任时参加论证后才得到批准的。这里最大的特点，就是没有损害生物多样性，追求人与物的和谐共生。产出来的东西统一使用"天香"名号，产量不高价格高。如：天香茶，对外宣传是"喝竹根水的茶""不用洗的茶"，每斤价格在三百元以上；天香鸡，又叫"竹林飞鸡"，无论生熟，没有一百五十元买不到一斤；天香米，有"贡米"之名，比东北的五常精米卖得还好；天香脐橙，上等货论个卖，市面上 5 元至 8 元一个很寻常，"脐橙王"在香港曾卖到过 80 港元一个……这些年倡导绿色经济，各地都打生态牌，泥沙俱下，把消费者搞得晕头转向，往往李逵举步维艰，李鬼如鱼得水……有几年没来凤凰湾了，他多少有些担心。

实地一走一看，踏实了。袁应没吹牛。他们公司在鼎罐坝流转使用的两千多亩可耕地和周边的十几万亩山场，还是坚持走有限开发、可持续发展的路子。山上竹木茂密，林相极好；坝田欣欣向荣，一派丰收景象。由于海拔高，这一带的一季晚稻，也就是永和人说的"大禾"，正待开镰收割，仍是金黄一片，与田塍上、山脚下、山腰间的油茶、脐橙、蜜柚、毛竹，还有野生的茅草、荆棘等相映成趣。田间地头有散落的凉亭、木屋，开阔处有欧式风车在悠悠地转，农人在田地里劳作，道路上缓缓行走着车辆……放眼看去，分明是天地间的一幅大画，层次分明，浓淡相宜，错落有致。轻风拂过，树梢、草叶、花枝、稻穗此起彼伏，左右摇摆。空气中弥漫着稻香、花香、菜香和果香。锦绣河水泛着金光银光。田野里的鸟飞得低，喳喳叫；山林里的鸟飞得高，嘎嘎叫。短歌长吟，不绝于耳，给这画添了动人心弦的声响……如此之美好，手艺再高强的人，也是画不出、唱不尽、写不完的。

见祝祖明兴致浓，蓝立生便手指远近高低、红黄蓝绿的各种作物，说凤凰湾的农副产品在省里的名气越来越大了，在熙川更是标志性农作物。每年的丰收节和农产品展销会，一定要调这里的东西去撑门面。你们来晚了，没赶上，今年秋分那天，市里的丰收节就在这里搞了分会场，当场签约额达到五个多亿，比上年增长了百分之二十八。袁总今日一早出门，就是市农委让他去商讨成果落地的事。这几年闹疫情，大家对食品安全更加重视了，别的钱不舍得花，这方面最舍得。

祝祖明发现地头插着不少制作精巧的木牌子，上面写着机构或个人的名字，标注了各种各样的内容。他拿眼睛瞟蓝立生。老蓝将小章推出来，说眉子，你向领导好好汇报！

小章娓娓道来，说针对这几年市场上的乱象，为了维护凤凰湾"天香"品牌的独有性和权威性，我们将供给侧和需求侧打通，把一些老客户，特别是 VIP 客户，包括大超市、大机关的负责人以及高端个人请到这里来，给优惠政策，让他们深入生产环节，认购生产基地或者认种作物，通过大数据监控生产过程，把"天香"做成让顾客百分百放心、百分百满意的品牌。

您看，那就是电子监控设备，有点像城市里的"天眼"。小章指着田间的一些金属立杆给祝祖明看。

蓝立生补充，说袁总有个理念：凤凰湾是开放的，"天香"是透明的。刚才小章讲了，我们的顾客有大有小，大的有知名企业和机关，小的有本地或外地的普通人，其中不少就是这里的业主。当然，都是有消费能力的。这就相当于预订，和我们以前搞的"三来一补"差不多，按照客户的个性化要求组织生产。客户也可以直接参与生产。不光种稻子果树茶树和蔬菜，也有养鸡养鸭、养猪养牛的——养殖不在鼎罐坝，在阴阳湾那边的可养区。每年炒出了新茶，收了稻谷碾成了米，公司会统一安排快递发货。到了腊月，不少人跑到永和来杀自己养的猪和牛，拉自己养的鸡和鸭。还有人因为在这里认养了果树、牲畜或庄稼，高兴了，到这里来买房子，这叫良性循环吧？广东的"绿行天下"，在这里订了一百亩水稻、两百亩油茶、五十亩高山茶、八十棵脐橙，租了汪山村的两栋民房，每年来这里开一次董事会。他们爱上这里了，要在乾坤镇投资建设一个大的文化旅游项目！

不错不错，凤凰湾对永和经济和民生做出了贡献！

确实是，特别是解决就业问题，这个贡献大！在袁总公司做事的，基本上是永和人，大部分是乾坤镇人。汪山村的劳力，除去出门在外的，都在公司，就是扫地的残疾人，一个月也能赚上千元！袁总在这里提供的就业岗位的数量，接近你那时候青峰水泥公司提供的！这也是和中央保持高度一致，落实脱贫攻坚的战略要求吧？

不简单！祝祖明联想起袁应在省城说的那些话，不由得赞叹。他知道别的地方也有这样做的，但做得这么认真和仔细的，真的不多。这里应该有可推广可复制的经验。很多事，不是办不到，而是想不到，或者想到了，不办、假办！看来，绿色发展协会成员碰头开会时，要向熊会长他们好好说一下这边的情况。

原计划一个上午看完生态农业这个板块，结果人在鼎罐坝就黏住了，走走停停说说笑笑，不觉便到了午饭时间。小章报告说食堂备好了中餐，王新娟却不肯回去，指着田间一座粉墙黛瓦的房子对老蓝说：不要去食堂啰，就到那里吃呗！

那房子前头酒旗飘飘，上书"天香驿站"四个大字。

蓝立生表示要得，吩咐小章打电话给小姚，把食堂的订餐取消了。转头报告祝祖明和欧阳蕙枝：这个天香驿站也是公司旗下的，汪山人在经营，纯农家风味，土鸡土鸭圈养在屋后，蔬菜种在园子里，想吃什么自己抓自己摘！

9

上午走了不少路，下午就松快了。

凤凰湾是锦绣河的一段，也是整个凤凰湾风景名胜区的核心。说破了天，就是一座水库。

早年，永和举全县之力，在锦绣河拦河筑坝，修建了这座水库。设计类型是中型，建成后实测库容达到一点二亿立方米，接近大（二）型。修这座水库的目的，是为了解决鼎罐坝和下游乾坤镇（时称公社）三万多亩农田的灌溉问题。锦绣河是永和的第二大河，发源于鼎罐坝周边的群山，从黄冈岭和东风面之间的峡谷流出去，蜿蜒五十余公里，在县城东面的柚子洲注入永和的第一大河——白沙江。凤凰湾这个名字原本是没有的，老水库就叫汪山水库。修成之后蓄满水，面目一新，主库区和众多库湾因山

岭的分隔，呈现出明亮而舒展的样貌，有人从高处往下看，说很像展翅飞翔的鸟。当时的县长有些文化，随口说了句"那就叫凤凰水库吧"。袁应在这一带渐成气候，觉得叫水库土气了，就改叫凤凰湾，而整个这一片，也就被称为凤凰湾景区了。

《如花岁月，似水流年》中用的那张照片，是三十年前县工行组织女职工到汪山游玩时拍的。那时还叫汪山水库。王新娟和章眉在车子上透露给欧阳蕙枝，说那张照片是俞建波提供的，而祝书记参加青峰水泥公司奠基仪式的那张，是蓝立生提供的。王婆自己也翻出了不少老照片给小章选用。

"霸道"从天香驿站开到凤凰湾大坝，只用了十来分钟。

水库的功能还在。启闭器做了景观化处理，弄成了一个亲水亭台，水在林木掩映中款款流入凤凰潭，打个转又流了出去，以极优美的姿态流过汪山村、鼎罐坝、乾坤镇，回注锦绣河。这支水清亮，如今用来灌溉的只是一小部分，大部分成了环境水、生态水，也是景区和整个乾坤镇的饮用水水源。这一段落差小，加上这支水已被列为县城饮用水备用水源，开发利用受到限制，无论是湾还是潭，烧油的船一律不准下水，惊险刺激的漂流也搞不了。

凤凰潭是人工景观，却有浑然天成的气象。遍植嘉木修竹、奇花异草，还用嶙峋怪石、亭台楼阁搞出了苏州园林的况味。潭里漂着些两头翘的竹筏子，筏子上固定了竹椅子。竹椅在竹筏上，竹筏在蔚蓝如海明亮如镜的水上，水里有云、山和树的倒影，各种鸟在水上飞，各种鱼在水中游……晴空丽日，人往竹椅上一坐，长篙一点，或短桨一划，竹筏就在水上动起来，或转圈，或前进后退。筏子动，水里的云啊山啊树啊花啊也跟着动，水底的鱼也跟着动，空中的鸟也跟着动……这时候，筏子上的人就飘飘然、晕乎乎。有了这种感觉就会做梦，梦到的也是山啊树啊花啊草啊，梦里听到的也是虫叫鸟叫鸡叫狗叫，鼻子里闻到的也是水香花香草香果香蜜香……所以，有人把凤凰潭唤作"梦湖"。许多外地人，就冲做这个梦而来凤凰湾。没来的想来，来过的还要来。

祝祖明和蓝立生上了一条竹筏，女人们上了另一条。

人多，不方便做梦，只宜谈天说地。

老蓝，你在小袁这里帮了好多年吧？前胸对着后背，祝祖明漫不经心地问。

怎么说哩，讲策划，一开始就参与了；要说取酬，是这两年的事。情况我都知道，领导想问什么尽管问！

凤凰湾在南乡，袁应是北乡人。永和南乡山水好，北乡矿产多。我离开县里后的头一年，小袁在北乡的两个煤窑相继出事。县里下决心，对全县的小煤窑进行集中整治，封了几十个矿，关了小袁半个月，还处理了一批吃干股的人……若是今天，小袁要坐牢，不少人会倒霉，我也坐不稳位子。挖煤的事搞不下去，他才转到南乡来搞农业开发。这个我是鼓励和支持的。那时的路不好走，乾坤镇算偏远乡镇，县里安排干部一般都不愿来，来的人私底下也发牢骚，说"发配边疆"。小袁怎么就认准这么个地方，还锲而不舍地钉在这里搞，搞得这么大呢？

蓝立生一字一句听完了才回话：不是一般的偏远！书记你记得吗，熙川师范分过一个女学生来汪山教书，她长得漂亮，父母在北乡，星期天回家，怕走锦绣河边几十里长路，抄近道翻鸡公岭。结果在岭上被人害了，案子到现在还没破。

我记得！是一个大案，影响很坏。陈永刚那时好像在刑侦队。

是，副大队长。这两天听他说，公安局还在搞这个案子。书记你刚才说小煤窑出事，这在当年不稀奇。我们县是重点煤炭产区，老六那年背时倒灶（倒霉，不走运）盐罐子里生蛆，两个事故在同一个月发生。这事对他触动很大，后来他常说，那时赚的钱真是黑的，还沾了血，白天点票子，夜里做噩梦。还有一件事，袁总的爸爸，就是在观前村当过支书的袁老安，在县里准备关袁总的时候，到你家去过一次，进了你家的门，跟你说上了话。他带了一个纸包，你听他讲完了，变脸色发脾气，把人赶出门，把纸包也扔出门，说你这是给我送炸药包！晓得啵，那是十万现金！二十几年前啊！你没有收那个纸包，他们觉得煤矿是真开不下去了，才咬

断舌头连血吞，转行干别的。不瞒你说，当时我也在你楼下。

祝祖明暗自吃惊，却没有打断的意思，由着蓝伯温往下说。

退出了采矿业，袁总还转过好几个念头，来问我，我说都做不得！万事有天定，到凤凰湾来，有偶然性，也有必然性。他那时烦闷，为了吃一碗正宗"四水"，坐吉普车到汪山来。一来就被这里的山水迷住了，说想不到永和有这么好的地方。开初他也没考虑那么多，心想反正父子俩挣下的钱几辈子都用不完，干脆收了心，就在这里租点田地，搞搞种养业过清闲日子。但这人生就了做事的命，住着住着就不安分了，搞着搞着就陷进去了，越陷越深，越搞越大。

人家说是你帮他端的墨斗？

差矣，我哪有那么大能耐？不过，我和老安是朋友，也看好老六，确实帮他把握了一下。选定凤凰湾这个地方，我帮他做过一些分析。你莫说我迷信哈！下决心投大钱之前，袁总邀我来过几趟。我跟他说：地势好，三足鼎立，四维周正，只要来对了人走对了路，能成大气候！

什么三足鼎立，四维周正？

领导你考我？我们中国不是有大克鼎大盂鼎吗？这种鼎都是三只脚，既是烹煮器，也是神器重器——民以食为天嘛！你看，凤凰湾说是湾，其实是山岭围出来的一个盆地。这里海拔只有三百多米，但是箍在边上的鸡公岭、黄冈岭、东风面拔地而起，海拔都在九百米上下。这三座山虽然和别的山连在一起，但各自独立，又相互拱卫，呈掎角之势。这像什么？像鼎的三只脚啊！古人有讲究……袁总听我这么讲，开初不以为意，说我扯淡，他说鼎是要盛东西的，是有锅的，这儿就是几座山围一个洼地，哪有锅啊？我说这你就不懂了，很像很像，一目了然，傻瓜都看得明白的，那就不叫风水！嘿嘿……其实我也是蒙他，我看好的主要是这里的自然条件。凤凰湾气候这么宜人，不光跟我们永和的经纬度有关，也得益于这三足鼎立的地势。冬天，这里能得到充足的阳光，很少刮苦寒的北风，所以平均低温不会掉出十五摄氏度，省城那边结冰，这里还是温暖如春；有山围着，夏天一般会燠热，但是这几座山生得好，山峰挡住直射阳光，山坳又留出了风的过道，最热的季节，穿山风天天都会刮，每日还下一场雨，特别凉爽。这就是小气候，就是要风得风、要水得水！你看，这样的地方到哪里去找？后来，袁总聘了财经大学的方教授做顾问，我把这些讲给教授听，他也赞同，说"维瑞古德"！凤凰水库这个地名也好，好就好在有"凤凰"。凤凰是什么？凤凰是古代的百鸟之王，象征阴阳相合、吉祥安泰呀！这种地方不是特别宜人宜居宜业吗？

你这就是忽悠！

不完全是！蓝立生转回头看了一眼，眼睛笑成两道缝。

我当时给他做了一点强调：从地下转到地上来，从黑转到绿上来，别的不要搞，就搞生态农业开发。要么不弄，拔腿走人；要弄就一定要起点高，做别人想不到更做不到的。那个时候也没有什么生态观念，捡到篮子里就是菜。我建议他主打无公害牌，从有机种植和养殖起步。那时旅游也没有现在这么热，但势头是出来了的，我便力主他把生态农业跟文化旅游结合起来……袁总悟性多高、执行力多强的人！他不光听进去了，而且做得好。这就要有胸怀和气度。他和他爸多年的积蓄，全投到这里来了，所以才有了现在这个样子。他自己说是"回馈社会，报效桑梓"，方教授帮他总结了一下："从地下转到地上，从黑色转到绿色，从消耗资源转到涵养资源，从图财失德转到行善积德，从提心吊胆转到放心大胆。"方教授还说这里的开发模式是值得推广的。不愧为大知识分子，一套一套的！

生态农业也好，文化旅游也罢，凡是以企业为主体来搞的，就一定要企业化运作，要遵循市场经济规律。市场冷酷无情，搞企业光有情怀和境界是不够的，还要拼经营管理！

没错，袁总在这方面有过人之处！动手之前我就提醒过他，说生态农业和文化旅游都是长线投资，很难短期见效，在凤凰湾做这两块要准备烧钱——事实上他到现在还在烧钱。最近这些年，倡导绿色发展，袁总借到了东风，凤凰湾的建设得到各级政府的扶持，特别是基础设施建设，没有政府的支持是办不到的。至于经营管理，袁总除了"天香"牌打得漂亮，在鹤鸣小区的开发上也有一套。那是休闲地产，我认为做得比较成功。他

刚来这里时，鸡公岭隧道连影子也没有，很多人不看好。一期开发，主打乡情牌、亲情牌，本地人买房子得到了大大的优惠，且各色人等一视同仁，这就一炮打响了。关键还不是这个，是后续管理。领导你见得多，这种旅游休闲地产，做烂了的很普遍。问题出在哪里？出在进门落闸、关门打狗，老板只管自己落袋为安，不顾别人的死活。袁总不是这样，他是倾注了感情和钱财，一竿子插到底的。他说"江湖赚钱江湖用"，这里就是他的"江湖"！鹤鸣小区这三期，前前后后做了将近二十年，他也从一个精神小伙子做成了半大老头。他既是开发商，又是物业管理人，而且一切从业主的立场出发来考虑和安排，比如建公园、办食堂、开诊所、搞各种娱乐设施，只差办幼儿园和中小学校了。老熟人买了这里的房子，不但享受好环境好空气，而且有存在感和幸福感，这不就是有尊严的体现吗？尊严这种东西住别的地方能得到吗？还有，过些天你注意看，在这里做物业的都是本地人，老实巴交，没有一个歪心邪意的，业主有事离开，时间长点的，丢把钥匙给他们，放心走人就是！金杯银杯，不如业主的口碑。做房地产，好与坏都在业主的眼里、心里和嘴巴上，做得不好的人家会骂他八辈子祖宗，做得好的也会口口相传，一传十十传百百传千，本地传外地，美名扬天下。上海、湖南、湖北、广东人那么精明，为什么跑到这里来买房子住？事出有因！

听说他在别的地方也有项目？那些怎么样？

别的地方确实还有些项目。项目多了有人不理解，说他打着生态农业和文化旅游的旗号圈地圈钱。你是大领导，见得多，什么全域旅游、文化旅游，不管调子唱得多高，如果光做景点搞旅游，认为那样就能赚到钱，那都是哄鬼骗菩萨！景区建设投入大，运营成本高，光靠门票、餐饮住宿等的收入，是很难维持的。我们算过细账，凤凰湾这里，每年要接待游客八十万人次以上才能保本，还没计算资金占用成本。八十万啊！所以，东方不亮西方亮，堤内损失堤外补，搞文化旅游、生态农业项目的，适当开辟点别的门路，赚几个快钱，只要没有颠倒主次，我看是正常的，用不着大惊小怪。袁总确实有这方面的布局，主要是两块，一是房地产，二是小额贷款。算总账应该赚了些钱，但赚到的钱都补贴到"绿色"上来了，这叫"反哺"。

如果其他投资出了问题，对凤凰湾这块会形成拖累！祝祖明说出了担心。

是这个道理。不过，我看他能把握住。这里面的情况我也说不太清，什么时候你直接问问袁总。武潼光老书记在凤凰湾住的时间长，对公司的发展一直很关心，你也可以听听他的。

…………

祝祖明被蓝立生的讲述吸引。知道这人奇，想不到他肚子里有这么多道道！看来，当年还是对他注意不够！

从永和走出去的干部那么多，我也不算出色的，凤凰湾这边我没出什么力也没帮多少忙，小袁却对我如此高看，跑到省城去游说，昨晚那样款待，今天又让你这个智多星，还有这么多朋友来陪，这让我和老阳消受不起！还有，老蓝你也是有年纪有性格的人，怎么也对我老祝如此作兴？

谈得投机，祝祖明干脆把话挑明了。

吃饭算不得事。你这样的人物，到哪里没饭吃？我和王婆都是你的老部下，小章是晚辈，有机会陪你们是很荣耀的事，你嫌弃啊？蓝伯温狡黠地笑。他回头看了看祝祖明，又偏头看了看另一条筷子上谈得正欢的几个女人，随即发了一通感慨：

袁总尊敬你，有些缘由刚才我说到了。昨天饭桌上，大家说的也都是实情。当年你抓他关他，现在来看真是帮了他救了他。为官一任，造福一方，你在永和是做了好事的。大家都知道你讲规矩，不乱插一脚，不搞团团伙伙，不搞一人得道鸡犬升天，这个很难得。我扒拉过，你们没有三亲六故在永和当官当老板的。永和不算小，也不算穷，地下有矿，地上有竹木，没有和你沾亲带故的人为这些东西来永和跟人争抢。这方面你和武潼光有得一比。这很重要，做领导的人，多占了地方一分资源，就会多失去地方一分民心。永和就这么大的林子，凡是飞过的鸟，是凤凰，是老鹰，是鹞子，还是乌鸦，谁心里没个数？我可以负责任地说，袁总是发自内心

地尊敬你！至于说我作兴你，那我得提意见：你用词不当！我哪有资格作兴厅长？你当过县里主要领导，当到厅长，官也不小。老安那个纸包是一块试金石，幸好你没收，要是收了，你就不是今天的你了！

蓝立生滔滔不绝，祝祖明感觉有点漫无边际和夸夸其谈，但是仔细想想，他说的话也不无道理。

老蓝，我再问你，今天你也要跟我说实话。人家传你是永和的诸葛孔明刘伯温。这又是怎么回事？

蓝立生知道是关于预测仕途的事，忍不住笑出了声，说祝书记你是唯物主义者，还信这个？那完全是他们编排的，我哪有那种本事？我都是瞎猜的，有的猜对了，有的也猜错了，只是人家东传西传的都是那些猜对了的，这和瞎子算命不是一样的道理吗！当然，我文化水平不高，但是肯学习，会做一些搜集、分析、判断的工作，这也是"研究"呗！

祝祖明点头。坐在前面的蓝伯温看不见，感受到了。

另一条筏子上也聊得欢。王新娟告诉欧阳蕙枝，说住在凤凰湾的人，你们认识的很多，有当过领导的，大多数还是普通人。业主中，后代出得最好的要算龙兴民，他儿子和女儿一个在北京一个在上海，都有大出息。俞建波的女儿在青岛，混得一般。曹主席的儿子和儿媳在加拿大，别的都好，就是不肯生孩子。高部长的女儿在上海，嫁了个小男人，很少回来，他们两口子也不愿去受洋罪。我在民政局时，他们找我，在县福利院领养了一个兔唇的弃婴，男孩，后来做了修补，现在二十多岁了，在袁总手下管保安，很懂事。真想不到，他和金院长晚年的幸福，要靠这个"捡来的"！

辛寡妇是怎么回事？袁总说得神神秘秘的。

辛寡妇不是寡妇，人家是有老公的，她老公老姚当年是寡妇店的厨师。寡妇店后来不是垮了吗，他们到泰阳县城租门面另开了一家。泰阳的人不像我们，很少有去天井坡吃饭的，所以寡妇店的老招牌不好用，就没有火起来，别人还开她玩笑，说她是"马路寡妇"。偏偏我们永和人重情义，不少人惦记她。县政府小车班有个司机叫二毛，聘用的，被解聘后在中心小学边上开了一家餐馆，专门跑到泰阳去找辛寡妇，把她和她老公一起请了来。二毛的儿子后来又看上了她女儿姚小桃，两家结成儿女亲家。袁总和二毛好，喜欢吃老辛做的菜，就把她母女挖到这里来了。老辛的丈夫也跟过来了，现在不炒菜，在当保安，还学会了吹萨克斯。改天我让他吹给你们听！

王新娟没有说自家的事。她有一个儿子，成家立业在宁波。生了两个孙女，一个在宁波，外公外婆带；一个在凤凰湾，她和丈夫老黎带。王婆想要一个孙子，公开放过话：儿子儿媳要是不生出一个"带把"的，她和老黎就坚决不去宁波。老黎是粮食局退休职工，只管做事，不问别的。王婆在家里说一不二。

10

参观鹤鸣小区。

车子拐进小区，老蓝接了一个电话，匆匆走了。让王新娟和章眉陪着先看，他一会儿再过来。

正如蓝伯温所言，华泰实业公司在凤凰湾对外销售的都是旅游休闲度假类商品房，分三期开发，鹤鸣园为首期。这片房子在凤凰湾核心景区之外，紧靠汪山村，统称鹤鸣小区。

有山有水便有风景，山好水好风景便好。

风景这边独好。

祝祖明夫妇先前来过鹤鸣园，知道这儿建有五六百套房，都是些五六层的中小户型，没有电梯。小区和公司的管理机构、附属设施都在这里面，他们暂住的样板房也在这里。业主大部分是打亲情牌、乡情牌张罗来的，包括头天共进晚餐的武老书记等。这片房子建得早卖得也好，当时便宜，一平方米才几百元。一晃过去小二十年了，房子的外观有些陈旧，却无破败迹象，反倒因为地理位置好，配套设施全，入住率很高。鸡公岭隧

道开通之后，那些在县城有牵绊，以前隔三岔五才来点个卯的人，也喜欢长住在这边了。不光老人喜欢住，节假日晚辈们也喜欢到这里来，且有年轻人平日也住在这里，宁愿早晚开几十里路的车上下班。所以，鹤鸣园春夏秋冬都比较热闹，不乏朝气。

早上出门时，老祝和老阳注意到，小区里林木茂密，花朵鲜艳，用于转腰拉手荡秋千之类的器材很多。今年秋旱，桂花还没开，若在往年，那些高高矮矮大大小小的桂树早就披金挂银，香气冲天了。

王新娟和章眉领他们看的，主要是二、三两期。

以鹤鸣园为中心，往西扩展的是二期，大名字底下套小名字，叫"鹤鸣园·凤翔居"。占地三四十亩，一色的四层小洋楼，每栋两个门洞，四四一十六户，相当于省城里的花园洋房。老祝问卖得怎么样，小章答挺好的。问都是哪里的人买，答上海、广州、武汉、长沙、温州的都有，本省的比较多。问价格如何，答开盘时每平方米均价九千五。问住的人多吗，答还可以……几番问答下来，老祝明白了，这片房子卖得不是太好，入住率偏低，购房者全是富人，投资的居多。小章察言观色，委婉地补充：现在暖和，天冷了住进来的人就多了。外地人喜欢到这里过冬，特别是老人。

老祝笑而不语。

王婆究竟爽直，说在这里买房子的人跟我们不一样，都是钱多得没地方放，又想用钱赚钱的，买来自己住的少！冷天会有一些老人住进来，也不多！

欧阳蕙枝看到那些光光的露台，还有长着青苔的道路，皱了皱眉，摇了摇头。

往东扩展的是三期，唤作"鹤鸣园·松风里"。二八一十六栋，都是双拼别墅，依山面河，有小溪环绕。里里外外，一片葱茏，高大的松树矗立其间，枝头争相探出屋顶，凛然苍然。小章说这些房子是品质最高的，前年底才开盘，每平方米均价过了一万三！

卖出去几套？老阳问。

九套。另有两套在洽谈!

有装修了的吗?老祝问。

王婆答有三家装了,都是袁总的熟人。走,我们过去看看!

十六套别墅都带了花园,套与套之间有绿篱和铁艺间隔,道路上铺装了人造石板,路沿用了很厚的花岗岩石条,打扫得也干净。装修了的三户都在偏南靠前的位置,傍着溪流。安装了气派的院门和屋门。院门是镂空的大双开铝合金褐色大门,推开来可以进出小汽车;屋门是小双开铜门,立在石阶上,锃光瓦亮。走近了看,有两家的院子里不仅有花草树木,还种了菜,生长着大蒜小葱之类,绿是绿红是红青是青紫是紫。其中一户铜门关闭着,合金门敞开着,二楼的露台上挂着衬衫短裤胸罩浴巾。

小章想说什么,被王新娟抢了先。

祝书记、欧阳行长,在这里买房子的跟凤翔居的又不一样,那边是小老板,这里是大老板。装修了的这三家人,一家是上海的谭老板,一家是云南的邵老板,还有一家我一说你们肯定记得,是梁彬超。

梁彬超?枣木坪当过书记的?

就是他!您做县委书记、我在计生委干主任时,他不是违反计划生育政策,生了一个女儿又超生了一个女儿,被人举报了吗?那次县里处分他,又免了他的职,开除了他党籍,他不是辞职不干了吗?

我记得!听说他后来在外地代销品牌厨具,赚了些钱。

赚了,不多。大钱是后来做房地产赚的。他跟人家合伙在县城、熙川市区和乐阳做了几个楼盘,成了富翁。袁应和他有合作,他就在这里买了房子。喏,就是这家!

王新娟指指那座开着院门挂着衣服的别墅。说你们可能不知道,他和头一个老婆离了,后来认识了小潘,就是"波斯美女"。小潘给他生了两个溜壮的儿子,他们都在县城贵族学堂念书,平时吃住在学校,双休日父母会把他们接到这里来玩。这两口子今天应该在!

在!潘姐姐昨天跟我讲了,今天会和俞行长她们做瑜伽、打麻将。小章证实。

哦……当年处理他，也是迫不得已。你们计生委和纪委的意见是一致的。怎么样，现在？

好哇！没事啊！梁总和袁总一样，早就不怨怪了，不光不怨怪，感激还来不及哩！怎么样，要不要跟他联系一下，我们进去坐坐？

事出突然，祝祖明说算了算了，改天再说，改天再说！

几个人正打算离开，忽听院子里哐啷啷一阵响，铜门开处，走出一个人来，头发浓密乌黑，身板壮实，正是梁彬超。

梁彬超跨下台阶，大步迎了出来。是祝书记、欧阳行长吧？你们好！多年没见，哪阵风把你们吹来了？快快请进，快快请进，到寒舍喝杯茶！转头冲门内喊：雪莲，雪莲，快出来，贵客来了！转眼就有一个花红柳绿的女人和一条米白色的大狗出得门来。

祝祖明在枣木坪见过"波斯美女"，也记得她叫潘雪莲，还晓得她父亲是在西北地区当过兵的，他退伍回乡时没带多少钱财，带回了一个女人，后来才养了这个美女。

祝祖明一行跟随梁彬超、"波斯美女"和白狗进屋。

别墅大院套四合小院。小院里又有个一丈见方的天井，天井中间摆了一口莲花大缸，大缸边放了精巧的石雕和盆景，回廊的墙上挂着内容相互关联的瓷板画，凑近了细看，无不出自景德镇名家之手。

梁彬超和潘雪莲非常热情，请众人在客厅的红木沙发上落座。茶几上摆放着各色吃食，有酸枣糕、刺葡萄汁、糖炒尖栗、果冻橙、水煮花生，还有巴旦木、狗头枣、马奶子葡萄干。

白狗在"波斯美女"身旁拱来拱去，女人时不时抚摸它一下。一不留神，这家伙转到欧阳蕙枝身旁，用凉凉的鼻子拱她的脚。老阳身体一抖、一缩。"波斯美女"赶紧呼唤：大白，过来！狗就乖乖地回到她那儿，在她张开的两腿间伏下。

什么狗？这么大！老阳不养宠物，不认识。王婆说是"拉布多"。小章纠正，说是"拉布拉多"。"波斯美女"语带歉意，向老阳做解释，说大白其实很温驯，它喜欢您，在向您表示亲热。

梁彬超笑，说这是小潘的小"儿子"，形影不离的，比那两个儿子还亲。说话间他用手指向侧面的墙壁，墙上挂着一幅很新的合影：一对神仙夫妻，男人雄壮，妇人妩媚；两个茁壮男孩，都有紫葡萄似的眼仁，头发微卷；一条白狗。背景也分明，就是这座大院子里的草地和亭台。

祝书记、欧阳行长光临，蓬荜生辉！喝壶茶吧？来什么？是凤凰湾高山云雾还是普洱？梁彬超坐了泡茶的位置，按下开关烧水。祝祖明说随便，梁总你别客气！梁彬超连连摆手：书记您这样叫我我就无地自容了，还是喊我们小梁小潘吧！茶呢，我建议喝布朗山老班章，云南朋友送的。

茶待会儿喝。既然进来了，你让我们看看房子好不好？

当然好！我带路！

梁彬超让夫人烧水洗茶，自己领人参观。

先看门里。房子分上下两层，外带车库，另有宽大的地下室。装修是中式风格，融入了时尚元素，典雅而不失明媚。给人印象最深的就是大，有六个卧室、五个卫生间，前双后单共三个阳台。人在二楼，远眺是山，俯瞰是水，山势巍峨，水流潺潺。

再看门外。院子靠近小溪，面积有五六百个平方米，种菜用的只是一小块，其他地方经过精心构筑，植着奇花异树，堆了假山，盖了六角凉亭，还挖了池子。池中种着荷花，养了乌龟和金鱼。

祝祖明感慨：小梁，你这是豪宅！永和县过去最大的财主也住不上你这样的房子！

惭愧！托改革开放的福，托您的福！

重新坐定时，潘雪莲已把茶泡好了。在祝祖明的记忆中，小潘确实是少见的美人胚子，有南方女孩的娇艳，又有北方女孩的白皙丰腴，还有点异域风情。如今在人家府上，不便细瞧，粗粗扫过一眼，发现女孩已成妇人，眼角的皮虽有些松弛，却还是甜甜的旧模样，脖颈还是那么修长，鼻子还是那么高挺，眼睛还是那么幽深而明亮，特别是那笑，还是带着钩子……小潘也在觑祝祖明夫妇。

曹远清那夫子，说潘妮现在不够美，不实事求是嘛！祝祖明一边和梁

彬超搭讪，一边这样想，情不自禁地说了一句：小潘你真漂亮，小梁真有福气！

小潘做娇羞状。她将茶一盅一盅分送给客人。第一位自然是祝祖明，她弯腰递过去，嫣然一笑：祝书记您还是过去的样子，一点都不显老，就是瘦了一点。

祝祖明笑言，何止瘦，老了、癟了！

小潘好年轻！才三十来岁吧？老阳问。

哪里哟！都四十好几了！"波斯美女"脸上飞过石榴红。

咳，祝书记，日子过得真够快嗬！想想我在枣木坪时，您多么伟岸，我多么年轻。现在我也奔六了！你们看我头发黑是吧？假的，吊过顶！我要是露出真容，会吓到你们。我比书记老多了！

梁总你瞎嚼（乱说）！老牛吃嫩草，天天进补，你哪里会老？书记不显老，你越活越年轻！王新娟搞气氛。

王婆，你又睁眼说瞎话！祝书记，搞企业很难，尸骨累累啊！我算是运气好的，跌倒了爬起来了，所以你们才看到我住豪宅，还挺风光。多少人沤进去了，要打秋风、喝西北风！

梁彬超意识到讲这些不合时宜，双手在脸上一抹，说过去了、过去了，不愉快的事都过去了，不提了！

不经历风雨，哪能见彩虹？山重水复疑无路，柳暗花明又一村嘛！现在看来，小梁你那一步是走对了的，你算得成功人士了！手上还在做项目吗？又有新的布局？

没有！报告领导，我不想打拼了，只想好好享受生活。业务上的事女儿女婿在管，我把握一下方向就是。开拓创新、砥砺前行，那是年轻人的事……见到你们兴奋，光顾着汇报，忘记了请示！哪天到永和来的？昨天吗？来旅游还是看房子？看上了吗？

祝祖明听出他话里有话。

祝书记，梁总现在是财神，气粗得很！他在这里有别墅，在县城和市里还有大宅子。他是跑步进入富裕社会的人！王新娟显然是赞扬。

小梁、小潘，住这么大这么高级的别墅，还附带了一个私家花园，是不是有点神仙味道？欧阳蕙枝好奇。

潘雪莲抿着嘴笑。梁彬超说，欧阳行长您千万别这么讲。住大别墅我还真是有难言之隐……小章，你别怪我打破嘴（泼冷水）哈！要我说，住这种大别墅就是花钱买罪受！

众人不解。

你们只看到了宽敞豪华，没有看到麻烦。我算是有体会了。这人哪，要想过得安，住得别太宽！特别是你们体制内的，再有钱也不要买别墅、住别墅！像我这种自由人，一年没有百万以上的稳定收入，也不要买别墅、住别墅，否则就是死要面子活受罪！这一十六栋到现在才卖了一多半，三家装修了，也就我和小潘住得多些。我们住这里，白天还好，晚上鬼打得人死（人气不足）……所以呀，小潘非要养这大白，我出去办个事，没有这条狗陪着，她都不敢睡觉。我们现在还算年轻，真到了七老八十，两个人住这里就是住庙——两尊菩萨一座庙！这房子花大钱买，花大钱装修，现在就要花钱请人打理，将来还要花钱交税，何苦来哉？欧阳行长您说我这院子整得像花园，倒也没错，但再怎么弄，也不会比凤凰潭更大更漂亮吧？也不会像鹤鸣园有那么多花草树木吧？也不可能迈开步子走路，摆开场子跳舞吧？所以，还是住鹤鸣园好，只管享受，热热闹闹！

老梁你是在羞我们这些没钱的人！你这么大一个家业，小潘这么一个天仙样的人，又给你养了那么一对宝贝，不住别墅还住那五六十平方米的窝？不住别墅你的钱花哪里去？还要再讨小老婆生小崽？

哈哈哈！梁彬超放声大笑。王婆，这个你不懂，这个你不懂！你认为好那就是好！嘿，这也是拜你所赐啊，书记您说是吧？

此一时彼一时，此一时彼一时。

我是和王主任开玩笑。我跟小潘是真心感激您！我什么时候也不会忘记，您把我叫到办公室谈话，给我留了后路。您说计划生育有红线，以我这种情况是可以"双开"的，考虑到我的实际，县委研究决定只开除党籍，降为普通干部，保留公职。我知道这很不容易。我也不是不领组织和领导的情，但是没脸面再干啊！于是干脆把公职辞了，"净身出户"。我不是赌气，是经过慎重考虑的。古人不是说"行到水穷处，坐看云起时"吗？您刚才不是说"山重水复疑无路，柳暗花明又一村"吗？确实是这么个道理，人哪，路走得不顺畅时，拐个弯可能就天广地阔了。别人说我"背水一战"，也对。这里面还有一个缘由，以前没有机会跟您细说，外面东传西传，今天难得，我干脆报告清楚了！

梁彬超谈兴正浓，说他祖祖辈辈都是乡下人，自己好不容易读了中专，跳出"农门"，干到乡里的书记，已经是烧高香了。无奈老梁家三代单传，而村里能上族谱的必须是男丁。我不生儿子，我们梁家就绝代了！那时真矛盾，一方面铁心硬手抓计划生育，另一方面是真想要一个儿子，没有儿子过不了祖宗的关也过不了自己的关！所以，就让婆娘，噢，不是雪莲，是前面那个，以外出务工的名义，躲到远房亲戚家再生了一个。哪想到生下来的还是一个"饼"！

说到这里梁彬超嘿嘿笑，指指潘雪莲，说你们肯定想知道我怎么和她好上了。这个其实也不复杂。我工作丢了，生儿子的念头没有丢，前妻不是扎上了吗？扎上了还能下蛋吗？这个小潘，到乡里做事时才十几岁，我们永和人不是说"老妹瓜子烟，不能放身边"吗？县城里的人不是也喜欢跑到枣木坪去看她吗？她天天在我眼前晃，我又不是圣人，能不动心？不过对天发誓，那时候，我还真是有贼心没贼胆。后来情况就不同了，书记您给我关上了一扇门，我得自己打开一扇窗。所以，不为别的，就冲这个，我和小潘也要好好感谢您！……小潘做菜的手艺不错，我们要请您和嫂子，哦，王婆、小章，你们都来，都到我家来吃饭喝酒，喝真正的年份茅台，不是"凤茅"！唉，有人说男人是睁着眼睛谈恋爱，闭着眼睛过日子；女人是闭着眼睛谈恋爱，睁着眼睛过日子。现在好，雪莲闭着眼睛跟了我，轮到她睁着眼睛管我和这个家了，我只管睁一只眼闭一只眼过日子！

梁彬超说"绝代"时，王新娟拼命使眼色。他大大咧咧没注意。祝祖明倒是注意了，却微笑地做出聚精会神听的样子，鼓励他把话说完。这时才来了一句：以前没发现，小梁你的口头表达能力如此之强！

对不起，我说多了，夸夸其谈了，领导批评得对！但祝书记，我是汇报，不是显摆哈！

梁书记是辞职多年以后，办了企业赚了钱才跟前妻离婚，和小潘结合的，这个我可以证明。他办离婚和结婚的时候，我不在计生委，是民政局局长，也算是帮他拆旧屋建新屋。不过梁总，今天在书记面前你要说老实话，你把小潘搞到公司去，是不是早有预谋？

这个一言难尽！梁彬超斜着眼看了看身旁的潘雪莲。她在乡里干的是临时工，一个月拿不了几块钱，还老让人看来看去，一不小心就会卷包袱走人，让她怎么干？有条件了，我不干脆把她弄出来当个助手？优质资源不能埋没，是金子总要发光呗。雪莲啊雪莲，你也真是我的福星！说着，一把将女人搂过去，捏了一下那圆溜溜的腿。

女人不嗔也不怪。大白在地上呜噜呜噜叫。

大家都发出会心的笑。

祝祖明见得多，没什么不合适的感觉，反倒生出几分温情。从梁彬超的话里，他确实没有听出抱怨，只听出了豪迈。

几个人说着话时，蓝立生忙完了别的事，急匆匆赶到梁家来了。

梁彬超转了话题，说老六这里搞得还是不错的，也难为了蓝伯温他们。

老蓝打断梁彬超的话，说袁总又来电话了，市里特别重视今年的农民节，匡副市长要请他们吃晚饭，今晚他不回凤凰湾，让我们接待好祝书记和欧阳行长。厨房那边，小姚已经准备好了晚饭，我们走吧？梁总，你和尊夫人也一起去吧？

"波斯美女"似有响应的意思。

梁彬超装作一脸严肃：伯温兄，袁总是老总，我不是吗？今天我们就不去了。改天我来安排家宴请领导，会请袁总来作陪！祝书记，不光吃饭，我还要请您到永和各处转一转，故地重游！我现在条件还可以，有两台车子在这里放着，您随便用，我可以丢一把钥匙给您！

情动玉紫峰

---❖---

11

小区管理楼专设了业主活动区，有教室、棋牌室、乒乓球室、书屋，还有一间屋子里放了音响，调一调可以唱卡拉 OK。

这天上午又热闹起来。龙兴民第一个到，高长征、曹远清、陶川、林禾水、陈永刚相继到。高部长和曹主席把夫人也带上了。头天约好了，他们要凑成两桌麻将。

刚要定位子，王新娟来了。

王婆，不好好陪领导，晃到这里来做什么？龙兴民做意外和惊讶状。

领导去县里了。欧阳行长妹夫一早把他们接走了！

这么快就走？不高兴吗？

你想多了！特别高兴，说喜出望外。是去走亲戚，过两天就回来。说了，全家会来这里过国庆节。

昨天早上吃了"四水"，后来转了哪些地方？高部长也关切地问。

看了坝子，到了坝上，在凤凰潭坐了筏子，回来参观小区，在梁总家喝了普洱茶。

去了梁府？做了评价吗？"波斯美女"和王婆，哪个更漂亮？龙兴民打趣，曹主席偷笑。

老龙头，你不打野话会断舌根？王新娟开骂，却是惠风和畅。

退了休的人相聚，时间一长，就不论"出身"了。龙兴民虽以正科级致仕，但身体好、精神好、性格好，人缘也好，尤为难得的是养了一对栋梁之材，多少有些父以子贵。他儿子北大毕业后在国家部委上班，女儿复旦毕业后定居上海，女婿是大公司的高管。在凤凰湾这帮老哥们老姐们当中，老龙头有些影响，正所谓"年轻比自己，年长比身体，老来比儿女"。他又是热情洒脱且有能耐的人，自然成了各种活动的组织者和领导者，有时也充当意见领袖。永和县有点资历和年纪的人，都听过一件趣事。龙兴民和祝祖明同年，他儿子和祝祖明的女儿同年又同班，同届高考，放榜出来，分数有不小的差距。祝书记在非正式场合开过一次玩笑，问老龙：我女儿和你儿子分数换一换，你和我位子换一换，干还是不干？老龙断然回答：不干，打死也不干！这是给他加了分的。

凤凰湾的女人中，数王新娟最皮实，经得起"蹂躏"。她可以把玩笑开得起飞。所以，"龙头"遇"王婆"，一般都是先笑饱，再干别的。

上了年岁的人，需要这种轻松愉快。

满屋子的人都明白，麻将一时半会儿打不起来。

王婆，你跟领导一日，又上了床（船），又下了水，肯定"戳破两个轮子"了！龙兴民一本正经。

你这家伙死绝良心！祝书记那么纯洁的领导，对你那么好，你还瞎嚼？"两个轮子"我是没有讲。老段子，他听过。

听过也可以再讲啊！"经典咏流传"嘛！

什么两个轮子三个轮子？我没听过。再讲讲呗！高部长夫人金园长是中心幼儿园的老园长，手下人无不活泼如鸟，她自己年轻时比抱窝的母鸡还庄严。老了却变了，也想用天真活泼来做些找补，喜欢跟着别人起哄，而且善于装憨。

曹远清夫人老甘是退休医生，住到凤凰湾来的时间不长。她是真没听过，所以也央求，讲来听听，讲来听听！

王婆被激发了，顺水推舟，将故事绘声绘色地又讲了一遍。说的是

她当县妇联主席那会儿，在羊冈山乡的湖头村挂点。村支书老巩是勤快人，常骑一辆旧自行车跑来跑去，无论上乡里开会，还是赶集，都是用那辆车。那时经济不发达，乡下没有人骑摩托车、电动车，更别说小汽车了。村妇女主任小肖工作积极，人也开朗，喜欢缠着书记，有事没事总往书记身边凑，发发小嗲，开会办事，也经常搭书记的自行车坐。这天书记又要去乡里开会，恰好是集日，小肖主任说要赶闹子，所以又想搭车。书记推车子出门，发现轮胎不硬，怀疑老化漏气了，便不大乐意。巩书记不乐意，肖主任却特别想。于是两人就用当地的土话交涉起来。书记说，小肖，俺轮子瘪格特（瘪了），戳（坐）不得咯欻！主任说公（巩）嘘（书）记，冇事咯嘞，戳得嘞，帮（给）俺戳戳嘞！书记又说戳不得咯，会戳破嘞！主任又说书记欻，戳不破咯，戳得嘞！……戳不得咯！戳得嘞！戳不得咯！戳得嘞！你来我去说了好半天，书记拿她没办法，只好说我哇（说）戳不得戳不得，你哇戳得戳得，那来戳、来戳！主任高兴，屁股一翘坐到车后架上。书记冷着脸，骑上便走。还没走出二十米，砰砰两响，前后胎都爆了。书记发了老火，一边捏自行车轮子一边骂：娘个脚，娘个脚，肖主任你好裸连（麻烦），俺哇戳不得戳不得，你硬哇戳得戳得，戳戳戳、戳戳戳，戳了去死，嘎（现在）好啰，把我两个轮子戳爆哩！

当地土话"肖"发"骚"音，"轮"发"卵"音，王婆学羊冈山土话惟妙惟肖，讲出来味道浓郁，引得哄堂大笑。这是她的拿手戏，每次讲，听的人没有不笑的，不管是第一次听还是第一百次听，不管是熟人还是生人，也不管地位高低身份贵贱。别人只是听，听了只是笑，谁也没有考证过她讲的是真还是假，或几分真几分假。

甘大夫笑得眼泪流到了下巴上。

"戳破轮子"你没讲，那一定讲了"注射器"！龙兴民又添柴。

也没讲！你当我傻当我疯？当着"波斯美女"和老梁的面，我讲"注射器"？王婆这样说，却也没有立刻开桌打麻将的意思。

高部长曹主席陶局长等会心而笑。他们都知道"注射器"是怎么回事。

"戳破轮子"是王婆的保留节目，只有她讲才传神，别人办不到。"注射器"呢，她讲别人也讲，且往往别人比她讲得更丰满，因为可以添枝加叶，还因为王婆便是故事里的主角。

　　这又是怎么回事呢？

　　王新娟干计生委主任的时间长，她自己说过，扎了多少管子、罚了多少票子，算不清。不少人背后骂她"瘟婆"，咒她断子绝孙，这些她全知道。知道也没办法，活儿还得干。后来改任民政局局长，情况就不一样了，民政局是管离婚结婚的，办离婚是鬼子进村开枪的不要，办结婚是扯旗放炮、鼓乐喧天。王婆摇身一变，成了处处受欢迎的"好婆"，吃的喜糖、赴的婚宴、接的红蛋有多少她记不清，帮福利院多少孤儿女童找到领养人也记不清，别人当面背后又说她是"牵牛花"，积阴德，有福报。再后来她干妇联主席，百尺竿头更进一步。妇联是干什么的？是维护妇女儿童权益的，是专做好事的。社会进步了，经济发展了，科技发达了，可有些人的本事反倒退化了，不孕不育的多了。结了婚生不下崽，也很烦人。这种事妇联不问谁问？妇联主席不管谁管？王婆挺身而出，回顾总结过去的工作经验与教训，抖擞旧精神，创造新业绩。她满腔热情地帮人解决难言之隐。在乡下抓计划生育时，她曾发现某地一对男女特别能战斗，不但超生，而且比蛤蟆还会生，一年一胎，产下来的个个是男娃，小鸡鸡翘上天。这让王婆感到奇怪，她开始深入研究。功夫不负有心人，果然有发现。那女的向她透露了机密，说老公原本不行，"见花泄"，折腾好几年都没怀上。后来听高人指点，买了一管注射器，每次都把老公泄出的用注射器吸了，全打到里面去，完了再用枕头垫到屁股下，垫足半个时辰。就用这办法，一年生一个崽，生上了瘾……梁彬超赚饱了钱，拆老屋盖新屋，可水豆腐样的"波斯美女"，肚子也是好几年没动静。王婆找到梁彬超，严肃地问：梁老板哪梁老板，你把窑搞得这么好，咋总不见出货？梁彬超一脸苦笑，说地是好地，种子不行；窑是好窑，手艺不行！又说自己本来是行的，就他妈搞企业这么多年，虚了、空了。没办法，该老梁家绝代！王婆大发慈悲，把"注射器技术"传授给他，让他试试，且声色俱厉地告

诚：你这小子，真想要儿子，还得"封山"，戒烟戒酒，至少戒半年。梁彬超求子心切，用了她的计策，果然奏效……所以，梁家夫妇与王婆关系非常好。

"注射器"的事大家也就是听着畅快，并没人去问过王婆，她为什么总是专门利人毫不利己。

…………

你们注意到没有，我们这帮人掉头发的掉头发，脱牙齿的脱牙齿，都现了老相。祝书记和欧阳行长却没有！笑过一阵，陶川转到正经话题。

老陶是在祝祖明任书记时由副转正当上县公安局局长的。他是剥了皮会跳的角色，占的又是重要位置，按理一定会做大，门板也挡不住。但这人时运不济，眼看着各级公安局局长都进政府班子挂副职，副县长的职位似乎在等着他，紧要当口，县拘留所发生了一起在押人员互殴致死事件，追责追到他头上。还好，市局调他过去当科长，让他在一个闲职上干到退休。这是祝祖明走后的事。祝书记重用了他，他不会忘记。他常跟人说，地方主官贪不贪，老板知道；色不色，老娘儿们知道；有没有魄力，老公安知道。尽管他没有当到副县级，但一般的县级干部还不在他眼里。他认为祝祖明在永和是不贪不色而且有威望有魄力的好书记。他希望这位老领导长住在凤凰湾。

别说不出老，老也老了。你看祝书记，脖子上也青筋鼓鼓了，当年多英俊的人！不是都说他像孙道临吗？永和的娘儿们，多少人悄悄喜欢哟！你说是不是，王主任？高长征发表意见，踢了一个球给王新娟。

部长，你操枪弄炮的人，怎么也和他们一样没正经？这个话你问我？该问问你们家金园长啊！

人老不老不能只看外表，要综合考量。我赞同老陶的一部分意见。祝书记不出老，欧阳行长见老了。曹主席参与进来。他善于发挥，说我以为呀，这人要是老了，特别是当过大干部的人老了，是有一些特征的。从前装模作样说不喝酒不喝酒，如今也喝上了，喝了点酒还喋喋不休，嘴角积的白沫比老牛吃草流的涎还多，自己却全然不知；一个劲说自己当年如何如何，鄙人干什么什么的时候你们还在干什么什么；不厌其烦地介绍养生之道，其实都是些手机上看来或饭桌上听来的，别人比他知道得可能更多；特别关心国家大事，指点江山，激扬文字，观点鲜明，态度强硬，说的东西要么是文件的翻版，要么是道听途说……你们看看，人家祝书记有这些表现吗？一样也没有！

　　曹主席还说他的一个学生是诗人，写了一首关于老同志的诗，虽有调侃的意思，却也内含事理，对老同志未必不是一种善意的提醒。诗是这样说的：

要立德立功立言

要喝酒要吃红烧肉

要出现在重要的场合

作指示，要写回忆录

要出书，老同志还相信爱情

还要爱，老同志有担当

看不惯还会说，老同志觉得

自己还没有老，一切

还有可能，一切都

未为晚矣

……

老同志耍起了小孩子脾气

想教日月换新天

渴望不朽，老同志在夜里

用拐杖"笃笃笃"地敲击着地球

大地没有回声

　　曹主席说得也对！不过，身体好，又不老，那他们为什么大老远跑到这里来养老？照这么说，他们这次来就是转一转、玩一玩呗？林禾水也凑

了过来。

那倒不一定！祝书记不显老，不是说欧阳行长有支气管炎吗？得了这种毛病在省城过冬确实够呛，到凤凰湾来就对了！甘大夫，你是好医师，你懂这个，你说是吧？陶川问。

甘大夫点头。

依我看，祝书记这种情况，不管身体好不好，每年到这里来住些时间是有意义的。曹主席来了状态，继续发表高论。你们看现在这个疫情很邪乎，越是人多的地方越危险。住在省城不像在我们这里，那是整天提心吊胆的！走到哪里都要扫码，出门就得戴口罩，动不动捅喉咙做核酸检测。我们这里就不一样喽，凤凰湾第一个好就是开阔、干净、漂亮，好空气好水就是最好的消毒剂，花草树木就是最好的除菌药。

曹主席和甘大夫的儿子儿媳在外国，本来说好了请他们两口子过去住，他们也想去住一阵，劝年轻人抓紧生孩子。现在是遥遥无期了。曹主席说话时，甘大夫默然无语，脸上有悲怆之色。

高部长却有不同的见解，说老曹你讲得也不全对！你说环境好的地方安全，好山好水和花草树木杀毒杀菌，那我问你，瑞丽、张家界不是环境很好的地方吗？怎么也闹呢？

这个你就没有搞清楚逻辑！瑞丽、张家界出问题不假，那不一个是国外传进来，一个是国内有人瞎跑，把病毒带过去的吗？

部长不和主席争，只是充满忧虑地说，新冠病毒确实可怕，现在的旅游业很难搞了！

何止旅游业？麻烦多了，覆巢之下无完卵，旅游业首当其冲。旅游旅游，关键在"游"，"游"者何也？"游"就是走来走去，就是流动！搞旅游依靠人流动，希望人多多流动，而防疫最怕的就是人流动。病毒和人算是杠上了！

曹主席一副悲天悯人的样子，不管不顾继续说他的。

这几个月本来是旅游旺季，可你们看看这凤凰湾，开开关关，搞搞停停，三天打鱼，两天晒网。这个样子，袁老六怎么维持？他跟我们描绘的那些蓝图还实现得了吗？更可怕的是，时间长了，大家会对外出，甚至对人际交往心生反感，兴趣和冲动也会消失。我还在想另一个问题，就是这个病毒的出现和蔓延，来得如此凶险，闹得如此猖獗，这是不是人类生存和发展过程中绕不开的一道坎，或者说是必须经受的磨难？

主席，外面千万莫乱讲！半天没吭声的陈永刚也开了口，说完又打哈哈。

福尔摩斯，我听蓝伯温说，县局要抽你去重审那个奸杀女老师的案子，怎么还没走哇？林禾水打了一个岔。

陈永刚瞧瞧陶川，说打过招呼了，让我先做些准备，国庆节以后去。莫浪费时间，打麻将打麻将！

…………

祝祖明和欧阳蕙枝打电话给祝晶和黄继刚，让他们带雯雯到凤凰湾过国庆。祝祖明还叮嘱继刚把那台别克车开过来！

雯雯最高兴。

祝晶科室国庆长假的值班安排已经出来了，她可以休息几日。为了照顾丈夫的情绪，她提醒黄继刚：要不要跟雯雯的爷爷奶奶说一声？如果他们愿意，一块去呗！

黄继刚给家里挂电话。黄教授抢了朱老师的手机说话：继刚，我跟你讲，我和你妈妈都愿意去！你要帮我把那边疏通好，不能把我卡在外面。我要开"黄篷"、带小黄去。到那里你们玩你们的，我和你妈玩我们的，互不干涉！

对黄教授的一反常态，祝晶不太理解，黄继刚却心领神会。因为疫情，黄教授和朱老师今年的房车出游屡屡夭折，让他们备受打击。开春以来，他们几次出门，没有一次是顺利的，教授很郁闷。朱老师担心他憋出病来。

永和凤凰湾，黄教授曾经去过，知道那儿风景如画，秋色最美。

12

　　那天从梁家出来，走去吃晚饭的路上，老祝跟老阳说，小袁这样搞不行。我们闲，他们忙，会误事。国庆节不是快到了吗，永和无疫情风险，你打电话给那些小的，让他们到这里来。晶晶是吃永和米喝永和水长大的，她对这里应该有感情；继刚和雯雯还没来过凤凰湾。景区里面我们先不要去，等他们来了一同看。

　　离放假还有那么多天，我们待在这里干什么？

　　兰枝和蛮子知道我们在这里，别人也该知道了。去县城住几日，走动走动！

　　老阳乐意，提出让蛮子来接，说就用他的车！

　　这个决定是在饭桌上公布的。

　　蓝立生听了面露难色。说这样不合适吧，袁总全都安排好了，明天还是我们陪，还用这台车，参观景区。中饭都订好了，就在石鼓坪。袁总还叮嘱，说要向你们汇报好。你们突然要走，是我们哪方面做得不对？什么话说得不妥吗？今天这个晚餐，袁总本来是要亲自来的，但他人在市里。他不在，就不好喊别人了。

　　领导您是嫌我们地位低，分量不够吗？王婆也给蓝伯温帮腔。

　　你们误会了！老蓝，你接通小袁电话，我跟他讲。

　　手机一拨就通。祝祖明让打开免提，劈头一句：我老祝！也不等回话，先自讲了一通，所说的桌上人都听得清楚。大体几个意思：今天参观很顺利，收获很大，喜出望外，几年没来，没想到凤凰湾变化这么大，要好好总结经验；老蓝、新娟，还有小章和司机几位，无微不至，让我们老两口儿十分感动；县城里几个亲戚提意见了，批评我们架子大，所以得赶紧去，不然会把人得罪光。

　　袁应那边嗡嗡响，显然还在场面上。传过来的话也简单，就是

"哦""呃""这样啊"之类。祝祖明不管那么多，径自表达：袁总，我和老阳还有几点想法要告诉你。第一，我们出去转两天就回来，国庆长假肯定住你这里，争取让省城那窝小的也来。第二，你这套样板房我们住了感觉好，希望接着住。第三，你不能把我们当客人，不要搞特殊化。还是像我昨天说的，你要是真心欢迎，就请一视同仁，按规矩办。我要先打一笔钱到你账上！

袁应在那头沉默了一会儿，传过来的是好、好，好说、好办，就照老领导的意思办、先这样办！

喝了一点小酒。

老祝逐一给蓝立生、王新娟、章眉还有司机敬酒。老阳主要是敬好听的言语。之前互相加了微信，老阳当场转给小章一万元，请她代交费用。

临近散席，袁应又来了电话，直接打给祝祖明，没谈别的，只说刚才和匡副市长、市府陶副秘书长，还有永和县的康书记、诸葛县长他们在一起，几位听说您在凤凰湾，让我代他们向您问好，还说会抽空过来看望老领导！

…………

老祝老阳住在蛮子家。他们在永和工作时间长，但都不是本地人。兰枝也不是，蛮子是。兰枝是因为表姐和表姐夫在这边才跟出来的，表亲胜于嫡亲。兰枝初来时不到二十岁，老阳帮她找了一份在百货大楼站柜台的事做。那时百货大楼归商业局管，还不错。后来不行了，改制、下岗，老阳给她凑了些钱，让她和别人合租一组柜台，卖衣服鞋帽。刚把本赚回来，又不行了，竞争太激烈，做下去会亏本。她五十岁不到就办了内退，在家吃劳保。兰枝的婚事也是老阳张罗的。结婚时蛮子还在部队上，她内退时，蛮子回来了。蛮子有工作，在县林业局森林消防大队开车，起先是聘用，后来转了正，再后来单位改叫森林公安分局，归公安和林业共同管理。蛮子文化水平不高，人却忠厚，熬到了中层，外出办事，有人喊他黄主任，也有人喊他黄科长——蛮子姓黄。他们生的是儿子，子承父志，也当过兵，还提了干，做到了正连级，转业回来凭本事考进法院，干的是普

通法警，却很有脸面，因此讨到了一个模样周正的女孩小江做老婆。小江干过房产中介，结婚生孩子耽误了一些事，业绩不突出，加上行业不景气，已经改弦更张，办了一家菜鸟驿站。小江脸蛋光亮，肚皮也争气，生了个儿子，平日里细娃子跟外公外婆在一起。所以，兰枝家很宽松，吃住都方便。

小黄和小江结婚时，老祝老阳离开永和已经多年，还是不远千里，来喝了喜酒送了红包。这让黄家和江家都有面子。

说起来，蛮子的亲家公老江，也是祝祖明的老下属，在县里还有点名气。

老江在祝祖明当书记时是乡镇企业局的副局长。这人喜欢交朋结友，县里角角落落的事知道得也多。没别的嗜好，就是爱喝点酒、钓钓鱼。祝祖明去了省城，黄、江两家还没开亲时，老江钓鱼出了事。某个星期天，他和县政协两个司机相约去电厂钓鱼。那时电厂还没扩建，是小火电，排放出来的冷却水有余温，适合养罗非鱼。电厂在排水口搞了一片鱼塘，专养罗非鱼。这片鱼塘外面的人是进不去的，但老江和司机有办法，经常会进去甩几竿。那日该当有事，他们三位午间喝了点泥窖酒，下午兴冲冲驾车过去。哥仨找位子隔开坐下，老江才钓到第三条罗非鱼时，只听訇、嘭两声巨响，像是一个闷雷后又跟了一个炸雷。转头一看，不好，一个司机的渔线在空中化作青烟，人倒卧在塘边的土埂上，黑乎乎缩作一团，塘里则是惨白一片。原来，那人用的是加长的碳素钢鱼竿，渔线放得长，稀里糊涂用力过猛，沾了水的渔线甩得过高，鱼塘离高压线又近，突破了安全距离，引发高压电弧放电爆炸。人死得非常惨，手和脸都烧焦了。那时候比较宽松，调查处理的结果是，老江降为普通工作人员，活着的那个司机被政协解雇，两人各出一万元补偿死者的家属，又各出五千元赔给电厂。县里发文通报批评。从那之后，老江改过自新，一是不再喝酒，二是不再钓鱼，有空就在家陪老婆。如今办了退休，新添了外孙，带外孙的事他们包了，省了蛮子和兰枝不少事。

吃晚饭时老江一家都来了。见祝祖明和欧阳蕙枝那么念旧，要到县里各处转一转看一看，老江便自告奋勇，说姨公公姨婆婆，我来开车子送你们。亲家公上班忙就算了。

老祝说这样也好。我们讲好来，想去哪里去哪里，走到哪里算哪里，一定不要惊动县里领导，也不要惊动别的人！

永和是比较大的县，土地面积为2780平方公里，人口为八十六万，辖八镇六乡三场和两个街道办事处。若要走遍，半个月也不够。按由远及近、先乡后城的顺序，他们先到北乡的甲元、麻田、峇里、雷公庙、积木桥几个乡镇跑了一天。

坐在车上看风景，无限风光在途中。早些年做农村工作，老祝喜欢说"一个地方富不富，人没进村先看路，进村看房屋，见人看衣服，入门看碗橱"。车轮子一转动起来，老祝便找到了感觉：如今的路修得真好！高速公路不必说，永和北乡各级道路全都修得好。大井字框架的主干道一律提高了标准，裁弯取直挖高补低加宽，"刚改柔"，铺着油亮漆黑的沥青，有的路段还用不同颜色的标线做了美化处理，搞成了彩色路。车子在路上沙沙地走，人在车上静静地看，简直是观赏一幅又一幅水彩画。特别是白沙江两岸，山上树木葱茏、鸟雀纷飞，河里水清沙白、波光粼粼，沿途的大小村庄中见不到破旧房屋，映入眼帘的全是整齐漂亮的小楼。山坡上黄的是橘与柚、青的是竹与麻，田地里金的是稻子红的是辣椒绿的是薯藤和菜苗，山上山下开着各式各样的花。有人驾驶机器在耕田，成群的白鹭围着人和机器转圈儿飞……"村村通"的路是水泥路，平整干净，还植了行道树，枝叶扶疏，类似林荫道。

老祝是过来人，知道这和以前比简直是天差地别，又是多么来之不易。因而生出许多感动，仿佛回到二十九年前，回到和老阳相识相爱的时光，回到孩提时代……红雨随心翻作浪，青山着意化为桥。改革开放宏图起，城乡面貌日日新。不说别的，这路就是一面镜子，照出来的全是时代的好、百姓的福、光阴的甜啊！冲这个就应该放声歌唱！

老江，我们去观前。车入峇里地界，老祝吩咐。

峇里镇的观前村是永和与邻近两个县交界处的一个大村庄。祝祖明在

峇里挂过几年点，到这个村吃过饭、开过会，也抓过人。老一代的书记、主任，他认得和记得的不少。

转过山脚，远远看见村头的大香樟树，老祝让老江把车子停下，他要和老阳步行进去。

观前村有八百多口灶三千多口人，清一色姓袁，谱上记载是从中原迁徙过来的，古代出过不少峨冠博带的人。村里有一个袁氏总祠还有六个分祠，每个祠堂前都有旗杆石、上马石，过去讲"武官要下马，文官要下轿"。老祝懂这些。

村子大变样了。外圈全是两三层的钢筋水泥小楼，有的还围了院子。走进村里看，"两街八巷"还在，但铺在街巷里的麻条石见不到了，换成了水泥路面；街巷两侧的房子新旧杂陈，有高大雄伟的，也有破烂不堪的，还剩了零零星星的几栋干打垒土坯房，估计是特意保留的；七个祠堂都在，从外观看，半数以上经过了整修，只是大门无一例外地紧闭。这些祠堂老祝都进去过，知道每一座都有百年以上历史，也有各自的故事。这一带是老区，红军在这边招过兵、打过仗，所有的祠堂都经历过血与火的洗礼。

永和曾是本省十九个重点产煤县之一，峇里又是永和煤炭资源最丰富的乡镇，观前则是峇里小煤窑最多的建制村。全盛时期，这个村一共有十三座煤窑，路是黑的，沟里流的水也是黑的。

村头老樟树旁修了小公园，有水池、凉亭和连廊；村头村尾有水冲式厕所，厕所边有垃圾收集点；房子上都钉了门牌；路面还挺干净……就是少了人。走穿一条街巷，见到的人拢共没有超过三十个，开着门的房子也没有超过三十栋。有人说现在"有乡村没乡愁，有新房没灵魂"，话说过了头，却有针对性。坚守在乡村的人口确实太少了。人是魂的壳，魂是人的灵。

村委会还在村子东头，和小学连在一起。从前的平房改成了两层小楼，看上去有七成新。并非双休日，学校里却静静的，没有小鸟一样飞来飞去的孩子，也没有琅琅的读书声。与村委会和小学相邻的，是一个大院子，院子里建有高大气派的楼房。

村委会的门开着。顺脚进去。有一男一女两个人在屋里坐着，桌子上堆着些账表。这两人抬头看了一眼老祝老阳，也没吭声，接着忙他们自己的事。老江一晃一晃过来。那男的见到老江，立时满脸堆笑，起身让座，热情地说，江局长，是你啊！你怎么到这里来了？这二位是？

老江也不回话，只对老祝说，这是村里的袁会计，以前在板鸭厂、砂轮厂跑过业务。他那时候小，不认得你。

会计介绍那女的，说她是妇女主任。

他们在填一份统计报表，是县扶贫办布置的。

认识了人就什么都好办了。

老祝问学校里怎么没有动静，会计说只剩六个学生一个老师，在写字做题，哪里会有声音？老祝又问边上那栋大房子是什么人家的，妇女主任说是袁应袁老六的。他们已经看出了老祝和老阳的非同寻常，停下手上的活陪他们说话，又知趣地没有再三盘问。

老祝自言自语，说了二十年前这个村的一些人和事。会计告诉他，村里现在户籍人口还是三千多，但平时在这里住的不到五百人了。你们都看到了，全是些老人、残疾人、妇女、细娃子。村干部也不是天天都在，书记今天就在县城，我们两个是专门回来填这份表的。过年的时候热闹些，外面的人会回来住几日。

你们村过去和山那边的李家垴打过仗，现在怎么样？

打仗的事你也晓得？会计感到有点意外。说那是老皇历了，现在哪还有仗打！小煤窑早关了，地下都是"老龙"，谁还会拼命争这点破东西？现在就是出钱请人回来打，也请不到、打不成。别说打仗，村里死了人，想凑成一桌"八仙"都是伤脑筋的事！

问到那些老辈的村干部，回答说死的死了、跟儿孙进城的进城了，只有一个老书记"吊眉毛"还住在村里。

吊眉毛？是袁老安的前任？

祝祖明记得这个人，印象还特别深。因为那年观前和李家垴械斗，各

死了两个人，双方的民兵连连长都坐了牢，村支书也都被免了职。那就是吊眉毛任上出的事。袁应的父亲袁老安当的是村主任，责任没追究到他头上，才接任了书记。

就是他！他也有儿孙在县城，老爷子不愿意住城里，说快要进黄土了，死也要死在乡下！

我想去看看这个人，合适吗？老祝问会计。

这有什么不合适的，他一个人住村里，巴不得有人跟他说话。我带你们去！会计满口答应。

就是没什么准备。他好像会喝酒。

酒还喝。这里有小卖部。妇女主任很积极。

祝祖明请主任开门，在小卖部买了两瓶酒和一盒桃酥。

……

时隔多年，祝祖明觉得老书记老了不少，须发皆白，眉毛是又白又长。

袁老书记，认得我吗？不等别人介绍，祝祖明自己先问，想探探老人的思维。

你？你是……老人看了半天，认不出来。

拳山、煤矿、"9·22"、李家垴、公安局……

哦，嗬嗬，记得记得！你是县里的书记，是祝书记！你下来视察吗？哟，你也见老了……老人有些激动。

祝祖明赶紧扶他坐稳。握他的手，还有劲。

祝书记，你是大书记，我是小书记。是你这个大书记撤了我这个小书记！

能说出这样的话来，表明老爷子脑子好用。祝祖明很高兴。

彼此感动。问过安好，一番寒暄之后，聊起天来。

谈到袁老安。吊眉毛说：老安有钱，没有寿；我有寿，没有钱。老天还算公平。

谈到械斗和整顿小煤窑，吊眉毛也不忘扯上老安，说我没有老安本事大，我只会喊人打架，老安会闷声发财。他自己会赚钱，儿子更会赚钱，我搞不定的事，他们搞得定。挖煤打石，刀尖上走路，我没那本事，老安有……书记，他去找过你呗？你是好汉，我们村里人都晓得。送钱、收钱，做这种事的人以为别人不晓得，实际上天知地知，哪个心里都水桶浸萝卜——明明白白。不要讲大包小包送"花边"（现金），就是送出去一壶油两只鸡，村里人也是撩罩纱睇（看）老妹——一清二楚。祝书记你过得脊（过得硬），你不收，别人也不敢收。干股是屎屁股，一下子擦不净，不是处分了好几个人吗？

这个吊眉毛不得了，这些事他全记得！

又说到袁应。吊眉毛说老安能干是能干，但干到死也没干出观前村。他这个崽不得了，毛没长齐，本事就硬了，把生意做到外面去了。他那些煤窑都是开在外村外乡的，哪刮子（哪里）都插了脚，当了大老板。赚了钱又到南乡搞啥子湾。这崽子，打小就精，比他老子还精，也懂事，接我跟村里其他老辈人去他那里看山看水，吃好的喝好的，回来还送一包东西。村里几百号人跟他做事。每回归来，还送我两瓶酒。过年也会来拜年，这几年还发红包，六十五岁以上的老年人，见人发一个，钱多少不一。去年发给我八百块，我满了八十！

小袁干这个不容易。投钱多、来钱慢，搞不好要赔本，也蛮难的。祝祖明帮袁应说话。

难肯定难，现在做啥子不难？做县长不难？当省长不难？哦，不记得问书记你做到什么长，是省长吗？有人说你当了很大的官。

哪里！我就是在省里一个部门做公务员。也是跟土坷垃打交道的，是为农村服务的！退休了！

哦？也是农业啊？我看过了，老六搞的那个湾里也有农业，是没污染的农业。农业不好搞，要老天照顾。比起挖煤来还是稳当些，不会有穿水冒顶瓦斯爆炸。

问到村里的情况。吊眉毛说国家政策好，早些年取消农业税，这些年又扶贫，都是菩萨才会做的事，历朝历代办不到的。现在农村人的日子过得快活。我观前不算贫困村，也有贫困户，都得了好处，饿不到，也冷

不到。

老祝关心地说：你一个人住村里，生活很不方便嘞！

不要紧，习惯了，老骨头老皮还动得。村里办了食堂，不用自个儿烧菜做饭。

会计插进来说，这是市里统一搞的"泰康之家"。和泰康保险没有关系，是专门为了解决农村留守老人的吃饭问题的。这是一件善事，政府安排了一点启动资金，主要还是村里在外面做事的人捐钱捐物做好事。开办时，袁总一个人捐了十八万！

这个很好，解决老人的现实困难，村里和城里一样方便了！

说着话就到了中饭时间。吊眉毛老书记和村里的会计、妇女主任都要留他们吃饭。祝祖明不肯，说我们到镇街上去吃。砦里"一黑一黄三白"很有名，再尝尝！

老阳知道，"黑"是煎草凉粉，"黄"是黄米粿，"白"有三样：米筛泉豆腐、柳河芋头和麦芽糯米香烟糖。

13

北乡跑过一日，老祝兴致更高，打算一鼓作气再跑一日南乡。老阳不行了。她感到累，走那么多路，在村子里转来转去、说东说西，也没有多少兴趣。便说老祝老江你们去，我就不去了，我和兰枝说说话。

老江有个连襟姓古，是财政局的老预算股股长。科班出身，业务过硬，却是个"杠精"，经常"一句话把人撑到壁上"，副局长始终提不上去，只弄了个主任科员，人称"古调"。

老江请示：叫上老古做伴可以吗？

老祝知道那个人，说小古是财务通，可以！

在老祝的印象中，古调是年轻人，"老"字他怎么也喊不出口。

老江又说，北乡、南乡情况都差不多。乾坤镇在南乡是最有代表性的，从县城过去比较远，离凤凰湾近，以后找机会去看很方便。今天不如就在县城附近转转，看看企业。

老祝同意。

祝祖明主政永和时，县里规模排在前三位的企业，第一个是电厂，省电力局管，在县城的东北角，洋塘乡地界，锦绣河流进白沙江的接口上，那个三角洲叫柚子洲，几千亩洲地全归电厂用；第二个是水泥厂，县属企业，在县城的西北角，坑口乡地界；还有一个连杆轴承厂，是为福建龙岩、湖南株洲、河南洛阳等地的大制造商生产零部件的，也是县属企业，在县城中心。

古调果然直，见面就说了一通。

祝书记，这些年县里变化很大。洋塘、坑口两个乡都撤并到华阳镇了。连杆轴承厂你那时要求靠大联强，希望它"站到巨人的肩膀上去"，后来靠也靠了联也联了站也站了，但是既没大也没强，冷水洗脚越洗越缩，现在挂着"湘岳重工"的牌子，零敲碎打做一点东西，工人遣散得差不多了，每年营收不到一个亿，给县里提供的税费更是少得可怜，看样子要收摊子了，没有什么看头，我建议算了，不去！电厂倒是跑火，新上了大项目，现在是华能的下属企业，地方还在老地方，原来的机组拆得一毫不剩，新设备新技术新规模新效益，每年县里分得到两个多亿。贡献大，也牛逼，没有"两办"出面联系，县里的人进不了他们的门。你看要不要去？要去就得给县委县政府报告。

那就算了！电厂我们不一定要进去，有时间开车子遛遛，从外面看一眼就行。

这就好办，不赶时间，我们宽宽松松看水泥厂。这家企业跟县里联系密切，老总我熟，昨天晚上接到老江的电话，我跟涂总经理打了招呼。没说到你哈，只说我自己有事，今天可能过去一下，问他在不在公司。他说在，还要留我吃中饭。这个老总是集团总部派过来的，人活，他们小食堂的徽菜也做得不错。我建议你不要走马观花，就到他那里细细地考察，在员工食堂吃一个工作餐。公司肯定欢迎！

好，小江，照你的意思办，重点看水泥厂！先看吧，吃不吃饭再说。吃饭的事总是好办的，昨天你没参加，我们在砦里的街边店吃过一餐，好得很！

古调发了一条短信出去。

车子一到水泥厂，就见大门外整齐地站着几个穿工装的人。打头的那位精神抖擞，伸出双手来握祝祖明的手，说欢迎欢迎，欢迎祝书记祝厅长！

这是青峰集团永和公司的涂总！古调介绍。

祝书记，您不记得我，我认得您！我们集团钮董事长和朱总裁来永和考察，您带县里的人到镜湖和集团签协议，我都在现场。我是跑腿的，您不会注意。书记您风采依旧，英气不减当年啊！

涂总是豪放派，热情而且健谈。祝祖明有了亲切感。

老涂让工作人员给每人发了一顶安全帽，说先看一下生产线。他要亲自讲解！

青峰集团是国际有影响，国内站前列，以水泥生产为主营业务的"巨无霸"国有企业。旗下共有三十五个分公司，分别在 A 股和 H 股上市。永和公司是它的二十八个水泥分公司之一，中等规模。现有两台日产五千吨的新型干法旋窑，年产水泥成品三百万吨以上。

这种大旋窑生产线，祝祖明是看过的。此番参观，经涂总一一指点，又发现了许多新的技术和管理亮点。特别是那个中控室，比两个教室还大，有几十块显示屏，工人坐在屏幕前，进料出料的情况、主辅料成分、窑温、干湿度等等一目了然，连厂区的内外环境也一览无遗。人在厂里，满目清爽，空中没有烟尘，路上没有灰尘，花草芬芳，鸟鸣啾啾，一大圈走下来，鞋子还是干干净净的。老祝不由得感慨：天壤之别哟！以前生产的真是"洋灰"，厂子就是一个灰场，走一步两脚黑，附近村子里种的稻谷，碾出来的米也是灰的。

老书记我向您汇报，现在这两台窑达产达标后，我们每年交给县里的税费都超过了两个亿，有些年份接近三个亿！青峰公司进入永和，二十年销出各种水泥产品总计超过六千万吨，提供给县里的税费总计超过五十个亿！古局，你讲句话，我说得对不对？

古调点头。

六千万吨？！五十亿？！祝祖明既是反问，也是赞叹。他清楚，这家水泥老厂以前号称一年有四十万吨的产能，到他主政永和时，没有一年的实际产量过了二十五万吨，却养着两千多号人，给县财政的贡献更是少得可怜，扣去拨给他们的"挖革改"资金等，所剩无几。

我说的都是真金白银，没有半点水分！这还只是公司的直接贡献，要说带动效应，那就很难估算了，不说多，起码要翻一倍，一半对一半吧！涂总边说边看老古和老江。

涂总说的是事实，坑口包括周边地区几十家小企业都是给水泥公司配套、靠水泥公司吃饭的！老江证实。

市场怎么样？疫情对你们有多大影响？听说煤炭价格今年涨得厉害，电力供应紧张，这可都是和你们息息相关的，压力大吗？

领导内行！影响肯定有，不大。县里工作做得细，疫情控制得好，对我们没有形成冲击。今年煤炭价格确实涨疯了，主辅材料价格飙升。电价有国家控制，涨得不明显，但电力供应不足。还好，我这是重点企业，没被拉过闸。成本肯定要增加，不过水涨船高，产品价格也在往上走。去年这时候，我们中等标号的普通硅酸盐水泥是四百多元一吨，现在已经六百五十多了，估计很快会突破七百！还供不应求，您看马路上，来装水泥的车子排着长队！涂总意气风发。

这不正常！

是不正常！我们也没有想到。到上个月底为止，我们已经完成了全年生产任务的百分之八十，今年集团给我们下达的各项目标应该都能够实现，包括税费，能达到上年水平！

我估计会超，除非你们不报。古调插话。

刚才过来，我注意到附近的石灰岩资源应该不那么充足了。下一步打算怎么办？

您说到了关键！我们看上了另一块，就是鸡公岭靠近锦绣河那段，石料的品质比坑口这边的还要好，储量也大，以我们现在的生产规模，干一百年也没有问题。集团派人来做过勘查，初步计划在那边新开一个料场，道路条件跟得上就用卡车运，不行就架传送带，直线距离二十六公里，投资也就几个亿。这就要地方配合了，有些事县里未必办得了，集团会跟市里、省里谈。这一步要是走成了，公司打算新增加一条生产线，技术上提升一级，产值和利税有望翻番！根据国家产业布局和"双碳"目标，集团也在转型，利用自己的实力和品牌，为绿色发展做贡献。我们正在为光伏新能源等项目落地永和做前期调研，如果行得通，投资至少一百亿！

祝祖明高兴。转而问公司用了多少工人，其中有多少是老企业的员工。涂总回答，现在都是自动化管理，这种水准的水泥生产企业，已经不是典型的劳动密集型了，员工队伍并不庞大，目前总计用工三百八十六人，永和老厂的还剩七十多八十不到，大概占到五分之一。

两千多人才用了这一点？那其他的……老祝面现惊疑之色。

老领导，我这里算不错的了，集团在异地重组，没用几个老企业的人。我来算一笔账，向您汇报。最多时这里用了水泥厂九百多号人。我们执行的是男五十岁女四十五岁退休的制度，这些年陆续转入社保管理的有六百多；一百左右技术骨干和管理人员到其他公司交流；也有自己另谋高就的，上百号吧；当然也有个别违规违纪被公司解聘的，很少……这样算下来，还能剩多少？从坑口走出去的，好几个人像我一样，进了分公司的管理层。咱们永和为青峰集团输送了人才，做了贡献啊！涂总仍是乐呵呵的。

照你这么算，当年还有一多半人没能在新公司上岗，那可是千多号人。那些人失去了饭碗，流落在外，不是很麻烦吗？

我来这里以后，问过一些老同志，他们跟我说，按照您当初在厂里开现场会、对话会的要求，该兑现的都兑现了。那些年龄过大或素质太差的，改制的第一时间就淘汰了，按协议给足了他们补偿金。在过渡期，组织了八轮培训，大门向符合条件的每一位员工敞开。结果用了一大批，也有一些不具备学习能力，连小学文化程度都没有，什么也听不懂的，或者态度不好、挑肥拣瘦的，那就没有办法了，按改制方案，结清补偿款走了一些。不这样不行啊，企业背着沉重的人员包袱，是没有办法搞的！青峰集团到各个地方重组，一个先决条件，就是要改变用工制度，整理员工队伍，"先卧倒，再起立"，难也是难在这上面。我们都知道永和的"5·21"事件震动全市，您亲自到坑口来，住在这里做了三天两晚工作才化解的。

"5·21"事件是改革开放后永和发生的最大群体性上访事件，也是一个标志性事件。顶住了那一下，后来就顺了，其他的小企业改制就势如破竹。古调说。

老江也一起回忆，说祝书记你搞完改制就走了，有些情况你可能不太了解。县里曾经公布过一个数字，在那一轮国企改革中，仅水泥厂一家被买断工龄下岗的就有一千三百多号人。那几年，华阳镇街上开"三马"（三轮摩托）、骑"摩的"的，大部分是水泥厂的职工。后来慢慢分化，一部分进了乡镇企业。这也是没有办法的事，改革必须经历阵痛，和妇女生细娃子是一样的。

回首往事，老祝百感交集。涂总请大家在接待室喝茶时，他情不自禁地说了一段：

一代人有一代人的责任，一届政府有一届政府的责任，没有"婆婆官"好当。那一轮国企改革是我们那茬人跳的火焰山。造纸厂、印刷厂、罐头食品厂、耐火材料厂、电机厂、酱油厂、塑料厂、百货大楼、外贸公司等全都人浮于事，一个个成了"漏斗户"，也是大大小小的火药桶。不改不得了，改也是万难！小古你是搞预算的，永和现在一年财政收入是多少？七八十个亿吧？那时才多少？我接手当县长那年，财政总收入是五千三百万，地方财政收入是四千两百万！我离开永和，总收入刚过一个亿，地方财政收入才八千多万！那时也没有多少"转移支付"，也没有"经营城市"一说，但全县的公职人员已经接近两万了，按月发薪水，虽说工资水平不高，但架不住人多啊！所以那完全就是吃饭财政，能拿出多少钱

来做改革成本？涂总你刚才说青峰集团兼并重组处理人员的原则是什么？

"先卧倒，再起立。"

对，"先卧倒，再起立。"但你们注意到没有，所谓"卧倒""起立""分流""重组"，不管说出什么花样来，其实都是不得已而为之。钱没有，包袱要卸，脓包要挤！现在设身处地想想，"5·21"事件的发生也是符合逻辑的。那天，因为听到真真假假各种传言聚集起来的九百多工人，坐几十辆装矿石的卡车，来到县政府大楼前静坐，扬言要堵铁路，那是矛盾大暴露、情绪大喷发。老江小古你们肯定知道，改制前有那么几年，市场情况比较好，企业日子过得去，大量农村青年"带资进厂"，交两三万不等进企业，指望从此跳出"农门"。那笔钱现在看数目不算大，但在当年，可能是他们全家的积蓄，还有东挪西借凑拢来的。他们哪里想得到，兴高采烈进厂之时，就是单位朝不保夕之日，个别企业根本就是用人家这笔血汗钱续命！钱交了，户口转了，人进厂了，但企业的产品没有销路了，工人不能正常上班，工资也领不到几个，上岗就面临下岗。这多危险？所以，政府不得不铁心硬手抓改革，不得不"断腕"！剩得下几家呢？这就难为那些企业负责人了，他们在一线，屎盆子先扣到他们头上，刀尖先指向他们。有个蓝立生，你们认得吗？

涂总摇头。老江和小古接过来说：蓝伯温吗？永和谁不认识他！

对，蓝伯温。他不就是干了几件改制的事，被人骂作"国企杀手"吗？你们刚才表扬我，说我在这里几天几晚啦苦口婆心啦，好像多么不容易，其实我很清楚，工人背后骂我是"鳖孙子""唆泡（吹牛）客"，要砸我的车、倒我的祖宗。真要感谢那些在一线打硬仗的同志，几个工作组，做了大量化解矛盾安抚人心的工作。集体的力量才是强大的。感谢青峰集团啊！也要感谢那两千多员工，虽然骂了我的娘，但还是信了我的话，最终理解和支持了县里的工作！凭良心说，我们给工人的补偿条件是比较苛刻的。也难怪他们一时冲动。记得打出了几条横幅，其中一条写"去他妈的牛青峰！滚你娘的猪祖明！""牛"是你们集团的钮董事长，"猪"就是我啊！

阳光总在风雨后！改制这一步虽然艰难，但走得值！现在，在我这里的老工人，年收入没有少于十万的，个别干得好的拿得多，超过了二十万！平时他们也会讲这些，他们记得您在这里说的每一句话！今天难得，老书记您来了，也到中饭时间了，就请在公司用一个工作餐！

涂总把几位请到食堂，那里有一个包厢。摆上了几道重油重色重火功的菜，也放了惹眼的白酒。

工作餐可以吃一个，酒就别上了！老祝皱起了眉头。

老领导放心！青峰集团是国有企业，我们也讲纪律。不过，企业有企业的实际，对那些为企业做过重大贡献的、跟企业有业务往来的，可以适当招待。您来了，无论从哪个角度说，都可以招待。您要是不放心，那就这样，饭菜算公司的，酒算我的！小廖，桌上这酒撤下去，你去我办公室，把那瓶口子窖拿来，那是我相城老家的酒，我自己买下存了多年的，今天请老领导开封！

让祝祖明没想到的是，刚在桌上坐定，涂总一声吆喝，好几个穿工装的人从门外鱼贯而入，依次坐下。这些人恭敬而亲切地喊着祝书记、祝书记！

老祝有点茫然。

您不认识他们了吧？他们全认识您！

涂总一一介绍，这个是老张，这个是老李，那个是老柳，那个是老钟。全是当年参与过"5·21"事件的人，全喊过口号、挽过袖子。

祝祖明跟他们对话时所说的话，他们果然记得，当场你一句我一句说了出来，比小学生背书还流利。

你们在这里都好吗？收入还可以吧？

很好，收入蛮高！

我没有骗你们吧？

没有骗，句句是真，我们好感激！

话语无不朴素，笑容无不真诚，喝酒无不卖力。

祝祖明说着喝着，眼睛湿润起来……

14

盛情和真诚比陈年口子窖更醇厚。

老祝有点兴奋；古调很兴奋；老江没喝酒，也兴奋。

人一兴奋话就多。

告别青峰公司，老祝坚持要看电厂，说不进县城，直接去洋塘！

三人在车上接着聊。

古调对青峰公司仍赞不绝口，说这二十年要不是这个企业撑着，永和经济会塌掉半边天，青峰相当于永和的定海神针！

老江的看法不完全一样。他认为，青峰进来好是好，但事物都有好有坏，不是绝对的。有几个问题显而易见。

什么问题呢？老祝在后座上坐正了身体。

一个是祝书记您关心的工人就业问题，实际上是有后遗症的。青峰公司来永和，不是来帮我们背人员包袱，人家的做法并没有错，但那批老员工就业不充分也是事实，有相当一部分人因改制失去了工作，长期处在失业或半失业状态，既享受不到城里人的福利，也享受不到国家给予农村人口的扶助，成了边缘人，过得很艰难。再一个，是对资源和生态环境的破坏还是严重的。祝书记您今天也注意到了，坑口一带从前那些漂亮的石头山，什么虎形山、龙形山、蟠桃岭，古人都写进诗文里了的还剩几座？涂总说他们又看上了鸡公岭靠锦绣河那段，真要动手搞起来就更不得了。鸡公岭是南乡北乡的界山，也是我们永和的风水山，吃掉一段，那不成了秃尾巴鸡？他们说要建绿色矿山，要做生态矿山样板，可说起来容易做起来难，矿山的生态修复是要花大钱的，谁愿意出这个钱？还有一个，就是基础设施建设的压力大。您注意到没有，昨天我们在北乡走，路又宽又平，今天走的路是不是又窄又弯？我这是绕道，走"村村通"的路，虽然远一点，还算平整，要是走大路，宽倒是宽，但坑坑洼洼，车子会颠散架！进出青峰公司的都是重型车，那是坏路的祖宗！

原来不是有条铁路专线吗？今天怎么没看到？

没有了，拆了。青峰是大公司，铁路部门当年要价过高，两家没谈拢，那条专线就废了。现在全靠公路运。年产三百万吨，进料出料，多大的运量，什么路不会轧坏？华阳通往水泥公司的公路，两年一大修，月月要小修。县里在这方面贴进去的钱，不是一个小数目。老古你说是不是？

平均一年千把万吧！古调答。

引进青峰公司，在交通、电力等问题上，县里是做过承诺的，负有协调解决的责任。主要是争取上级部门的政策支持，县里也要适当提供一些补贴。听你们这么一说，交通的问题确实比较突出，这么大的运量，光靠公路很难支撑。老江你说的生态也是一个事，现在绿色发展的紧箍咒越念越急。今年中央派员进行生态环境保护督查，通报过我们省几个地方和企业，话说得很重，还处理了人。我印象中并没有点到青峰公司，也没有点到永和县别的企业呀。

没有公开通报，但是来过几拨人，也指出了矿山生态上的一些问题，有一段时间风声很紧。集团总部的领导也专门来听过意见做过承诺。古调知道些内情。

什么东西都是原装的好。再怎么修复，原来的"龙争虎斗""金蟾吐珠""蟠桃献寿"那样的景观也是弄不出来的。没有了，永远不会有了！老江的老家就在坑口一带，他的语气里有无限的惆怅。

祝祖明一时默然。记得县四套班子研究引进青峰公司时，大家的基本意见是肯定的，也有个别同志表示了担忧，主要就是资源与环境问题。当时的政协主席很幽默，说了一句意味深长的话：青峰进永和，永和失青峰！

说话间到了电厂。

伸缩门是关着的。车子只好在门外停下。

门卫过来问干吗的？古调下车，借着酒劲说是县里的，进去参观一下！门卫很生硬，告诉他这不是参观的地方！古调还想争取，说有老领导

在车上！门卫冷着脸说：我不管什么老领导新领导，没有厂办的通知，一概不能进！

古调的脸开始涨红。

老祝坐在车上，看得明白听得清楚，让老江唤小古回来，安慰他说算了，别难为底下的人。大型发电机组我在别处看过，我们在外面转一转就行！

老江发动车子，绕厂一周。

有围墙挡着，能看到的只是两座巨大的冷却塔和两根直插云天的烟囱。听得到机器嗡嗡的声响，并不震耳欲聋；烟囱里有东西飘出来，是淡淡的白雾。

古调也记起了自己出城时说的话，恢复了平静，很专业地做介绍：电厂这两台一千兆瓦机组，是国产品牌，在超超临界火力发电设备中达到了世界先进水平，比西方国家同类产品的质量要过硬。县里帮助他们一次性解决土地征用、道路建设问题之后，基本上就是坐地分钱。他们有铁路专线运煤。

电厂附近有个茶场，茶场里开了农家饭庄，县城不少人假日会来这里游玩，赏花观鱼，品茶会餐。老江熟门熟路，征得老祝同意，他把车子开进去，要了一个包间，点了一壶茶、一碟南瓜子、一碟葵花籽。三人边喝茶边嗑瓜子边接着说话。

看来呀，还是国有大型企业靠谱！老祝感叹。

肯定的！不过，最靠谱的还是华能这样的"国家队"、青峰这样的"独角兽"，其他的也难说。古调观点鲜明。

湘岳重工、莺京集团不是国企？不是"独角兽"？大是一方面，还得看符不符合人家的战略。老江也有自己的观点。他话里有话。县里的酒厂以前也是不错的，既生产泥窖白酒，也生产啤酒。祝祖明在永和时，这个厂还能勉强维持，但是比较窘迫，白酒一年只有几百吨产量，啤酒号称年产三万吨，实际上两万吨不到。有几年啤酒灌装出来没人买，又不能长期放在仓库里，县里为了给厂子解困，把它作为防暑降温的福利，发给全县"吃工资"的人，一人两箱，美其名曰"爱县酒"。有些人家"吃工资"的人多，一时厅堂厨房甚至洗漱间到处堆着啤酒。喝多了，见到啤酒就想吐。后来厂子撑不下去，白酒生产线盘给袁应，搬到汪山村，变成一个酒作坊；啤酒生产线被莺京集团收购，其许诺投资新上二十万吨，结果只听楼梯响，不见人下来。人家只是用厂房做仓库，把别处生产的莺京产品拉到永和来卖，占住这块市场了事。

你说的湘岳和莺京是个例，不能以偏概全。我们县这些年搞经济，最不靠谱的就是乡镇企业，还有招商引资。什么外资、港资、台资，都是来投机的，不少就是来蒙吃蒙喝的。回过头看，很多事情简直是笑话！

两个连襟抬起了杠子。

老祝被这哥俩逗乐了。

这也勾起了他对过往岁月的回忆。

小古你说闹笑话，让我想起那个"九江女子回九江"的事。气象局董副局长，他有个表妹在香港，曾经带了男朋友，就是那个"中东王子"到永和来，说要在白沙江上拦河筑坝，把县城这一段做成香港维多利亚港那样的，把江心岛做成迪拜棕榈岛那样的……结果闹了一个大乌龙。

书记你在大会上说过，还和那个"王子"在深圳签了约，我们县里和市里的电视台都做过报道！小古语带揶揄。

是有这回事，我知道县里的人议论说他们是骗子。其实不是骗子，两个年轻人就是无所谓，借个由头来永和玩，是我们把绣花针当成了棒槌。我记得那小伙子的名字老长，当中有"罗伯特"，有人叫他"萝卜"。长得很帅气，也阳光，让人一接触就产生信任的那种。老董那个表妹好像叫卓萍萍，罗伯特叫她菲儿。菲儿是在内地文艺学校毕业后跑到香港去的。这事说起来怪我们，老董是老实人。那些年我们用非常手段抓几项工作，特别是招商引资、发展乡镇企业。省里压市里，市里压县里，县里压乡镇，层层加压加码。熙川市要求"一旬一报表、一月一调度，半年一个现场会、一年一次排座次"。搞不上去拖了尾巴的要"挪位子、摘帽子"。县里给各单位下的任务也很重，建立了奖罚制度。单位没有办法，只能"千斤担子众人挑，人人肩上有指标"。老董他们的局长倒没有想过拿奖，只希望不受罚，日夜为完成任务发愁。他知道老董有亲戚在香港，就让老董把别的事都放下来，专管招商引资。老董真联系上了这个表妹。没想到把话一说，他表妹爽快地答应了，并且说自己的男朋友就是中东国家的王室成员，最不缺的东西就是钱，问你们那里想搞什么，让他来投资就是！老董高兴，就说县里领导做报告时讲过，锦绣河和白沙江是老天对永和的恩赐，什么时候有了钱，要在白沙江上筑一道坝，抬高水位，把华阳镇建成亲水城市，像香港的维多利亚港一样漂亮，把河中心那个岛建得像迪拜的棕榈岛一样漂亮，提高永和百姓的幸福指数。他表妹一听，说好哇，那就做这个项目，要多少钱？老董回答越多越好！他表妹便说，那就先投三亿美元吧！戏不就这样演起来了？你们在电视上应该见过那个"王子"，白脸大胡子，笑得很可爱。他汉语说得不流利，主要是菲儿跟县里谈，无比顺利。那年全省在深圳搞招商活动，这个项目是熙川市签的第二大引资项目。我很惭愧！这种事当然不会有下文。当时热热闹闹，过后不了了之。这是一种历史现象。

是哟，招商引资和乡镇企业发展是紧密联系在一起的。有些笑话闹得实在是离谱。

气氛活跃，老江和古调也说了不少类似的趣事。

祝祖明颇有感慨。说是啊，发展的道路总是曲折坎坷的，现在看起来匪夷所思的许多事，出现在当年也是合乎情理的。发展乡镇企业是县域经济发展很难逾越的一个历史阶段，没有这个阶段，人的思想活跃不起来，经济腾飞的氛围也营造不出来。这中间有教训，也有经验，许多后来经过时间检验做强做大了的企业，实际上也是从乡镇企业起步的。现在好了，现在是招商选资，经济数据要挤干水分，发展要注重实际。据我所知，永和的工业园区里就培育了一批好的企业，这都是新的经济增长点，噢，县里叫增长极。

这方面古调有发言权。他说园区这块县里费了牛劲，搞了十几二十年。拢在一块看，体量挺大；拆开来看，规模很小。至于给县里的贡献，七折八扣，合起来也比不上青峰公司和电厂两家中的任何一家。尤其是这两年，园区企业的生产经营明显下滑，举步维艰。

老董比我小不了几岁，应该退休了吧？现在怎么样？老祝不想说园区的事，把话拉回到人。

早退了，住在深圳他儿子那里，他儿子也是菲儿带出去的。老江知道些情况。

那个菲儿后来回来过没有？

何止回来，她还真投了资做了项目。不过不是筑坝，是做房地产。也不是跟那个"萝卜"做，是跟一个深圳的老头子做。县城里最大的楼盘"维多利亚"，就是他们做的，在老百货大楼那块儿。

有这样的事？我真是孤陋寡闻！

小古也接上讲。祝书记你到省里工作不久，不是来过一个郑县长吗？是给市委陆老书记当过秘书的。我们永和"经营城市"就是他手上搞起来的。开始时找不到开发商，郑县长不知听什么人说到那个菲儿，就又让老董出马。这回倒是真刀真枪干上了。还多亏郑县长开了头，以后一届一届接着干，越搞越大，县城就成了现在这个样子。永和人对郑县长评价不一，但有一点是肯定的，他有魄力，也是因为在永和抓城建出了名，被调到市里当了一段时间建设局局长，很快就被提拔做了分管城建的副市长。

郑市长我认识。现在不是转到市人大做了副主任吗？

是。他一调去市里，菲儿和那个姓陈的老头子也跟过去了。市里几个"维多利亚"都是他们做的，赚了钱，现在基本收摊子了。

华阳镇现在像个大城市。我走的时候，还是几条破街，连个像样的公园和星级宾馆都没有。我对不住永和！

祝书记您不能这么说。城市是做大了，土地也干光了。您在永和的政绩是有目共睹的。依我看，您最大的功德是没有乱占乱建，把土地资源留下来了。什么资源最宝贵？土地！老古你说说，这些年县财政收入来自土地的是多少？我们的财政，说到底还不是土地财政！如果祝书记您那时把土地这一块像开小煤窑那样搞了，那就麻烦了。可惜，县里可卖的地卖得

差不多了，以后的日子难过了！

老江你不要杞人忧天！车到山前必有路，船到桥头自然直，没有过不了的日子。没有了土地财政，别的财政自然会顶上来！古调说这话有些意味深长。他仕途不顺，思想还是有的。

祝祖明没接话。

卓萍萍搞了房地产，梁彬超搞了房地产，听说袁应在县城也搞了房地产……老祝似乎自言自语。

搞了！当老板的人有几个不搞房地产的？老六是和梁彬超联手搞，在凤凰湾搞，在县城搞，也搞到市里去了。他是股东，不操盘。古调说。

又要开发凤凰湾，又要参股搞房地产，哪来那么多钱？

融资呗！做房地产的，谁不要用点杠杆？老六他们有自己的平台，小额贷款银行，前些年跑火，靠利率差赚钱，吃到了不少。现在不好办，坏账很多。

袁总这个人还是不错的。他做事也比较稳，应该没有大的问题。要说风景、环境，永和县还是凤凰湾最好，现在路也好走，来去方便，在那里买房子养老的人很多。他剩下的那点房子也不用担心，就算外地人不去买，县内也能消化掉，多费点时间而已。值得担心的还是景区，那是见效慢的项目，刚做响亮，又碰上疫情。如果闷几年，没人进去，就会熄火。县里一直把凤凰湾当做名片在打造，一旦出了问题，名声坏了，人丑髻子歪，就真不好办了。老江发表看法。

有个上海老板在那里做酒店，见到他了吗？古调问。

姓谭的吧？听说过，没见面。老祝记起王新娟说的别墅的事。又问：怎么，你们熟悉？

认识，不熟。那人到县里见领导，涉及财政上的问题，局长让我去参加座谈。这人有些来头……

话一聊开，时间过得也快。眼看天就要黑了，三人干脆就地吃了个便饭。其间老江和小古分别接了些电话，都是打听祝书记在哪里、在干什么，可不可以请吃饭的。

祝祖明叮嘱他们一律按不惊动、不麻烦的原则婉言谢绝。

15

回到蛮子家，老祝就发觉老阳脸色不对，灯光下看去，像放久了的发糕。

老祝他们在青峰公司高谈阔论的时候，老阳接了一个省城来的电话。是关于投资的。她一听就急，当即想把祝祖明唤回来，考虑考虑又忍住了。兰枝看出了她的变化，不敢问。

鹅公最知鹅婆腿。进房间关上门，老祝问：有事？

老阳道出了实情。

是一笔钱出了问题。她们那个大妈俱乐部里有位老徐，是省建行的老处长，和老阳差不多时间办的退休，是头儿。那女人在职时就人脉广路子宽，和饶江市城投集团的老总熟悉，也帮过一些小忙。饶江是人口近千万的大市，城投很牛气，提的是"开百年基业，建千亿集团"的口号，近些年发展迅猛。集团底下有一家正兴公司，是专做投融资的。利用正兴这个平台，城投集团前年搞了一个五年期集合资金八十亿的信托项目，面向全省融资，融的主要是社会资金。集团和正兴的老总分别找过徐处长。老徐带几个女人去饶江考察过，接待很热情。女人们一致认为，正兴的后台老板是城投，城投的后台老板是市政府，城投又管着公交、煤气、自来水等等，有房子有地有产业，稳得很，钱投给他们是不会有风险的，于是决定跟进。老徐牵头，凑了一笔钱放进去。今天老徐来电话，说得到饶江的消息，城投集团的董事长和正兴公司的总经理都"进去"了。

老徐很焦急，估计我们投的钱会有麻烦！老阳说这个时，一脸苦相。

前年你说去饶江，雯雯感冒，晶晶希望你别去，我也劝你改个时间去。你坚决得很，说有要紧事，一定要去，就是去弄这个？

就是这个！

凡是有人出钱出车让你白吃白喝白玩，多半居心不良。猪婆吃胞衣，吃来吃去吃自己！投了多少？

老祝有褒贬，但语气平缓。女人急，他不能急。

一共投了八千万，我们是两百万。

老徐多少？

好像是八百万。

拿回来多少？

本金一分钱也没回。当初定的是年回报率百分之十二。头两年还好，一到日子钱就打到账上来了，二十四万一文不少；去年公司说有困难，降到百分之十，拖了两个月，钱还是给了；按约定，今年的利息这个月要到账，但一直不见动静，我隐隐约约感到不对，果然出事了！

出的是什么事？老徐不是跟那边熟吗？搞清楚了吗？

老徐熟的人"进去"了，她问不到。听她口气，很严重，好像跟一家房地产公司倒闭，老板卷款外逃有关系。要是被骗，别说利息，本金都不一定能拿回来！这个老徐，会被她害死！

老阳很沮丧。家里理财的事全是她操作，老祝一般不管不问。但这不是一笔小钱，两百万啊！她心里着急。说不行，永和不能再待了，我得回去！

老祝思忖了一会儿，声音不大但语气坚决：情况还没弄明白，你别心急火燎。这么大的投资，不光我们一家的，也不是你张罗的，你急着回去干什么？回去了有用吗？凤凰湾给我们留着房子，晶晶和继刚说好了要带雯雯来，还说黄教授朱老师也会来，你说变就变？先别急，沉住气！昨天吃晚饭时，老江和小古跟我说，新城区建了一座公园，把玉紫峰包在里面，很漂亮。山脚下搞了永和历史文化名人园，山顶上的狗脑子塔也新修了，山腰那片古树林子还在，"大地之母"起了潮，还修了森林步道。他们想明天拉我们去逛公园，游玉紫峰。我看哪，已经让他们忙了几天，明天就算了，不劳这二位，我来开蛮子的车，我们自己去走走，你散散心，我也观观景。饶江的常务副市长关小宁是在我们厅里做过总经济师的，那年放他去市里，也是我送去的。待会儿我来给他挂个电话。直接问怕是不合适，我侧面打听一下，看他们那个城投究竟出了什么事。好不好？

游玩的心情老阳肯定没有。找人打听情况，她却巴不得。心下略微安定。

头晚得到了通知，老江和小古第二日果然没来。一大早，蛮子就把他那台二手东风车擦洗得溜光，停在门外不远的街边上。

蛮子家在老县城，离公园不算近，要穿越大半个旧城。老祝不敢把车子开得太快。

老江、小古没有信口开河，华阳镇变大了，不是当年的样子了，老路老房子几乎找不到了。好在有手机导航，输入"玉紫公园"，按语音提示走就是。

说来别人不信自己也不信，调离之后，老祝和老阳还从未一同回永和县城闲逛过。即便在省城，夫妻俩也几乎没有一同到街上闲逛过。上过公园，下过馆子，那都是带了孩子，或者陪女儿、女婿、外孙女一起去，老人是配角。老阳她们那伙大妈的活动，老祝不参加，人家也不希望他参加；被老阳拖着上解放路的万盛城去买过两次衣服，勉强而往，草草而归，老阳嫌老祝急，老祝嫌老阳慢，两不相宜。

车子开出老城，眼前就是玉紫峰。

饶江的电话来了。老祝停车通话。

关副市长向老领导报告，说城投集团的两个人是纪委找的。正按程序进行调查。市委研究立案时只简单通报了一下情况。是经济问题，违规拆借大额资金，转给一家民营企业搞地产。结果那家公司资金链断了，老板到外面躲了一段时间，被抓回来了。挖出萝卜带出泥，扯出了他们。下一步的事很难说，就看老板和他们之间有没有利益输送。如果有，死定了；如果没有，就是渎职失职，相对要好办些。

祝祖明听出小关对他昨晚电话的领会有偏差，误以为关心的是那两个人。他不得不补充道，那两人我不认识。听说那个正兴公司划拉了不少社会资金，包括大量个人的钱。事涉个人，就会相当复杂。

哦？是！他们集合资金搞定向投资，名义上都是机构的钱，肯定会有民间资金进入……损失是难免的……饶江城投体量很大，资产负债率也不高。正兴是独立运作的分公司，吸收了别的股东，城投控股，负有限责任。正兴自己也有偿债能力，只是清算起来比较麻烦，没有一年半载恐怕解决不了问题。

老阳竖起耳朵听，心里打鼓。

你别急，急了会生病。饶江那边我还会盯着。正兴是他们城投集团下面的全资子公司，烂脚缠好脚，不容易脱干系。今天我们就不再谈这件事，学学年轻人，放松了，故地重游，好好玩一玩行不行？

祝祖明一副笑模样。

老阳只好点头。

永和新城比老城大了好几倍。锦绣河和白沙江犹如两条臂膀，将华阳镇环抱着。玉紫公园是在新城的西北方向。

玉紫峰是一座孤峰，最有看头和说头的是"大地之母"。

"大地之母"这种景观很多地方都有，其趣各异。玉紫峰这处有几绝。一是大。一面石壁坐北朝南，有半个篮球场那么大，分为东西两边，两侧鼓凸，当中凹陷，天生一道缝隙，从顶端裂到底，上窄下宽，根部一个石洞，不算幽深，却很隐秘。二是周边植被好。除了石壁光溜，漫山都是树，石缝的两旁蓬蓬勃勃长着草，上端是茅草，下端是麓萁草，石壁与树木、杂草相映成趣。三是有呼应。玉紫峰西南面，越过城区，正对着的是横流过去的锦绣河，河在山前，山在河边，相距也就一千来米，河对面两三里远的地方，也是一座孤山，不高，很尖，名曰金阳冈，因其形如钉螺，本地也有人叫它螺子山，又因与玉紫峰遥相对应，故而也被称为"大地之父"。外地人到永和，多半要来看这"大地之母"，站在石台上隔江遥望"大地之父"。一般的人看过、笑过后，无不现庄严神圣的表情；有文化有修养的人看过后，无不发广博深奥的感叹。来得最多的却是那些没心没肺的少男少女，他们站在石缝边乱说乱动乱拍，别人说了也不听。还有一些乡野村妇，相携来到这处，带了香烛果品，在石壁石缝前叩拜，皆因永和民间有传说，说这样做了，怀不上孩子的就可能怀上，光生女孩的就可能生男孩。现在有专人管理，香烛是不准带进来的，果品还可以供。

是年秋旱，连续二十几天没发生有效降雨，那并不幽深、长期枯干的石缝里居然渗出些水来，且积成浅浅一洼。有妇人用矿泉水瓶子弯腰在汲。

上到山顶，看那狗脑子塔，果然修缮一新。塔是七级，中空，里面有木梯，可以上到第五层。门关着，进不去。这座塔在五十年前破"四旧"时遭到破坏，只剩半截，碎砖烂木落了一地，是祝祖明当县长的时候批准重建的。他也知道这塔的来历，是明万历年间遗留的古物，是风水塔，又叫水口塔。"天王盖地虎，宝塔镇河妖。""昌文运而出人才，镇水口以保平安。"古塔无不神圣，无不藏着故事，老祝却始终没有搞明白，山这样秀丽，山名这样美妙，山顶上的塔何以得了个如此粗俗的名字？

"大地之母"和狗脑子塔两处游人多而且杂。老祝说，老阳，我们去林子那边。

老祝说的"林子"，是狗脑子塔下半山腰的一片长着百余棵老罗汉松的林地，有好几亩，林业部门鉴定过，最老的有五六百岁，全是古树名木。

这里果然人少，林子边上还修了小道，置了石桌石凳，都空着。他们知道朝向县城那边的山尖上有一块突出的石头，表面平坦，可立可坐可卧。走过去看，石头还在。他们站在上面举目眺望，山下的景物尽收眼底。以前的农田没有了，古旧的村庄没有了，水渠也没有了，只有高高矮矮的楼房、宽宽窄窄的马路和马路上如流的车与人。车看上去像移动的盒子，人只能看到个影子。这让他们想到雯雯小时候玩的积木。

老阳，我们在这儿做过什么，你还记得吗？祝祖明开始调皮，半眯着眼睛。

做过什么？

我在这块石头上和你香嘴，第一次香嘴！

何止香嘴？你解了我扣子。你不老实！

解扣子就不老实？你那天穿白的确良短袖，肉比布白，又软又嫩，还

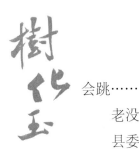

会跳……

老没正经！你还是县委书记？不怕人家说你是花鸡公？

县委书记不是人？再说我那时候哪是什么县委书记，不就是经作站跑农田的技术员？说正经的哈，老阳，你算是我的福星，娶了你我才一路顺风，要不哪能做县长、书记、厅长，哪能进省城，哪来几套房子，哪还有钱去投资？

不说不说！你闻到益母草香吗？听到画眉鸟叫吗？

老阳的眼神迷离起来，说好像闻到了，好像听到了。真是的哈，马上寒露了，要进冬了，还有春天的草木，还有春天的生灵……没有给你生到崽，对不起你们老祝家……

老阳真心愧疚。

没生到崽的多得很！"招商银行"，不也很好吗？

…………

蛮子和兰枝是把带卫生间的主卧室让给姐姐姐夫住的，他们俩睡偏房，中间还隔着一小间。

当夜，老祝老阳重温了一回旧梦。

老祝嘴里胡说着芭茅、蘺萁，芭茅、蘺萁，手也不老实。老阳想叫唤，又怕蛮子兰枝听了去，死命忍住。

他们在凤凰潭受了些启发。

筏子在潭里荡。

撑篙、划桨、鼓泡，蜻蜓点水、鹞子翻身、鸬鹚叼鱼、水牛打滚。

休将白发唱黄鸡

16

　　黄继刚驾别克，载着大小两个女人和一个蒸锅、一个炒锅、一袋衣物赶路，于国庆节当日开赴永和。这人有个毛病，开长途车一定要和人说话，不说话会打瞌睡。听曲子、嚼口香糖、喝"红牛"、抹清凉油全没用。

　　单位拿出三个处长岗位搞竞聘。继刚当满了三年副处长，心有所动。

　　职场上的年轻人，喝小酒聊大天时多放言无忌，说当官就是他娘的鸡肋，扔掉算球（算了）！可一旦出现机会，又纷纷争抢鸡骨头。

　　可怜一点功业心，终是野火烧不尽。

　　继刚也想进个一步半步。对照条件，基本符合；仔细排查，尚不踏实。所以眼里有目标，脑里有期待，心中有忐忑。他也认为，这种事，一把手的一票可能顶得上别人的十票百票。他知道单位的头儿和自己的岳丈有些交集……在家里，把小小心思跟老婆做过一点点表达，不免吞吞吐吐。因为他和祝晶都清楚，祝祖明是很讲原则的人。

　　别克在高速路上飞驰，继刚脑子里又冒出了说说的念头，可从后视镜里瞥见老婆和女儿正在后座上"你拍一，我拍一……"立马让它消失：算球，听天由命！

　　雯雯，学校里有什么新鲜事，说来听听好吗？继刚说这话有点央求的

意思。他不是指学习，女儿也知道他不是问学习。

有哇！我们曾老师的肚子好大好大，要生宝宝，换了张老师来上课。舒一凡不要脸，说她好喜欢好喜欢蔡阳。人家蔡阳怎么说？蔡阳说我是不会娶你的，我要娶吴媛！

什么乱七八糟的！初一的学生就搞这些名堂？祝晶做出很不高兴的样子。她和黄继刚都知道，舒一凡、蔡阳、吴媛，还有什么聂昕昕、蒙婷婷，都是黄曼雯小学的老同学。蔡阳经常被她提及，还带到家里来过，吃过她的生日蛋糕，是个长手长脚脸白眼黑的愣小子。

校园霸凌、早恋是当下中小学带有普遍性的问题，很复杂，老师和家长无不头疼。祝晶、黄继刚不想和雯雯谈这种事，生怕说出来会污泥脏了荷花。他们要说些别的，转移孩子的注意力。

祝晶在神经科站稳脚跟了，自我感觉也越来越好。她是搞技术的人，不知道说什么才能有效激发车子里另外两个人的兴趣。平日在家，讲过一些老年人痴呆了如何无助、如何可怜，应当怎样来预防和减少这种疾病的发生之类的科普知识和典型事例，多次观察的结果是，父女俩都反应冷淡。

我们科兰主任上个月到新加坡做学术交流，活动搞完了，急着回国。新加坡管得松，简单做一下核酸检测就让他上了飞机。飞到广州，隔离了十四天。不行，又隔离了十四天。飞到省城，隔离了十四天。不行，又隔离了十四天。到现在还没回家，也没上班。打电话给我们，说像被关禁闭一样难受。他不上班，业务全是我们几个人分担……

这本是一件有料的事，神经科那个兰主任是很有幽默感的人，通过微信发了许多既匪夷所思又意味深长的故事和科里的同事分享。但是，经祝晶的嘴讲出来，味同嚼蜡。

她知道这是自己的短板，想有所改进。忽然记起来，手机上存了一条从同事那里转的段子，认为蛮有意思，便说我念一段好玩的给你们听吧：

公牛在跑，母牛在吃草。公牛对母牛说，专家来了，你怎么还不跑？母牛说，专家来了便来了，我为什么要跑？公牛说，专家会吹"牛逼"啊！母牛闻言大惊，拔腿就跑，边跑边问公牛，专家吹"牛逼"，你跑什么跑啊？公牛气喘吁吁地说，专家不光吹"牛逼"，还要"扯淡"！

这是一个很老的段子，黄继刚早就看过，听完了还是很认真地笑了几声。雯雯却不笑，只学她妈妈的口气说：什么公牛母牛，乱七八糟的！

雯雯，那我们来玩"海龟汤"好不好？我出"汤料"，你听好：在荒郊野外有一具男尸，他手里拿着一根火柴，在他旁边还发现了他的行李，已知男子是坠落死亡的。现在可以推理了。

黄曼雯对这个有极大的兴趣，准备提问题。黄继刚却坚定地反对，说"海龟汤"的内容基本属于儿童不宜，别玩了！

祝晶觉得有道理，便放弃了。又把同学的微信群翻出来，"爬楼梯"找到一则秀才夫妇的故事，感觉长是长了点，但有正能量，长幼咸宜。于是念给父女俩听。念得干巴巴的，有点像给痴呆老人的家属解释她开的药方。

黄继刚嘴上说这个有意思、这个有意思！心里却想，老婆你念这个啥意思？是不是嫌我没出息，要靠吃你的软饭过日子？也只是想想，不会说出口来。

雯雯还是不耐烦，明确表示不好听、不好听！妈妈，求求你，把你手机给我，让我看一会儿"哔哩哔哩"吧！

这家人紧走慢赶，中午到了凤凰湾。

黄教授夫妇动身早，到得却迟，晚饭前不久才进凤凰湾的大牌楼。

黄继刚和一个保安在那儿接上了他们。

教授平时说话冲，开车子却慢。他走高速，速度从来不超过一百迈；不管饿不饿、有无屎尿，隔个服务区必定进去歇二十分钟，遛遛人，也遛遛狗。他只管聚精会神开车，朱老师半卧在床铺上养神，小黄在车厢里自由活动。

事先都沟通好了。章眉以总办的名义，安排了一位保安坐黄处长的车到牌楼处迎候教授。两下里一接头，小车在前大车在后，直接驶过汪山村，开到凤凰潭边停下来。

老先生，您看这里行不行？不行我们另找地方。保安很机灵也很

热情。

教授下车遛了一圈。这是一块比网球场大的空地，硬化了一半，黄线标着大大小小的停车位；一半未硬化，长着草。这个季节草黄了、软了，如同毛毡子一样铺在地上。远山苍茫，近水静谧，竹木葳蕤，景可入画。大树旁、竹荫下，还有一座小木屋。

教授大喜，说好，好！这地方就好！这地方就好！

保安告诉他，这里本来就是要建房车营地的，木屋是小卖部，里面已经通上了水电。按计划还要修洗澡房，因为疫情暂缓了。这个木屋的门平时不开，章主任吩咐过，只要教授看上了，就给一把门钥匙。

太好了！我们可以在草坪上搭帐篷。继刚，你晚上叫祝晶和雯雯一块过来玩！

黄教授一欢喜便天真，一天真便成了小孩子。

朱老师也特别满意。

小黄在草地上打滚。

雯雯的姥姥和姥爷说，晚上到他们住的地方一块吃饭。黄继刚向父母禀报。

哦？好！继刚你先去忙你的，我把这里安顿一下，吃饭前你来接我们过去就好。教授这回很爽快。

老祝和老阳是头天下午回到凤凰湾的。

老江开车送的。兰枝从家里匀了些生活用品，放车上带过来了。

袁应和蓝立生、龙兴民、王新娟昨晚登门。言语间，老祝发现自己和老阳这几日的行踪，被他们搞得一清二楚：到耷里街上吃过饭、给吊眉毛书记送过酒、在青峰水泥公司吃的是徽菜、在电厂吃的是闭门羹、攀上了玉紫峰……他好生疑惑：和老阳在那石头上说的话，莫非也被你们听了去？

袁应报告，他这几天全力落实签约项目，到广东走了一趟。情况不错，今年的成果应该远超去年，可能创下新高。生态休闲农业这一块的业务，往南已经扩展到了深圳、珠海，往东吸引了更多上海、江苏、浙江的客商，不光明年，今后几年的业务都有了着落。不愁没活干，只愁干不赢！

关键是要干好！

是，要干好！老领导放心，我们一定会干好，无论如何都会干好。陶秘书长说这几日手上的事比较多走不开，长假期间会来拜会你们，让我先向您通报一声！

陶平？国庆节他不是要回去吗？他老婆孩子在省城，一个人跑到这里来干什么？

防疫值班，休息不了。秘书长准备接家属到熙川过国庆。

说到疫情，我想问问，你们景区还能正常接待游客吗？电视上天天在报，有的地方还在新增病例，大量人员涌进来，你们不担心？

前一波基本过去了，最近比较稳定。各级政府开会部署，要求有条件开放，只要把住扫码、测温、限制客流量几个关口，是鼓励正常经营的。不这样不行啊……这里网上预订不错，估计今年这个黄金周的进客量比去年至少增两成，能够接近前年百分之七十的水平！是这样吗，蓝总？

是，不出意外，达到前年的百分之八十也没有问题！

这就好，那你们忙你们的去，我们自己玩，你们不用管！

那怎么可以？我和蓝总可能陪不了全程，今天把龙主任、王主任请过来，就是要把您这一摊子安排好！

王婆坦诚，说我亲家母做七十大寿，儿子儿媳和大孙女都回来了。明天我去点个卯，完事了就转回来专陪你们这一家！

没有必要！新娟你儿子儿媳是在宁波吧？好不容易回来一趟，你跑来陪我们？像话吗？绝对不行！小袁，你还是把我们当成外人了。我要跟你再强调强调：我们是闲人、普通百姓，除了小陶，国庆期间，你这里所有的接待都不要打我的主意，我不能给你站台；这段时间是你们的业务高峰期，公司的人忙，不要给他们添事；这里的新朋老友各有各的事，你也不用动员他们来陪我。我女儿女婿一家明天就到，亲家公亲家母也会来。来就是玩。我们自己会玩！吃饭住宿没有问题，你这房子本来就设备齐全，

兰枝又送了些东西来，我们自己办伙食！有件事要请你们帮忙，我那亲家公黄教授是旅行发烧友，他会开一辆房车来，要找个合适的地方停。他是做学问的人，桃李满天下，走到什么地方都受人尊重，今年碰了几个钉子，心里不舒服，他怕你们不让他进来，这个……这个要请你们协调一下。

完全不是问题！蓝总，你告诉小章，让她负责对接！老领导你不要顾虑那么多，踏踏实实玩几天，饭不要自己搞，就在我食堂解决，一家人聚到这里不容易，轻轻松松才好！

做饭不是事，我妹妹会过来帮忙。

老阳这样说。她也怕给人增加多了麻烦不好，起伙的事是她提出来的，和兰枝商量好了。

龙兴民打圆场，说祝书记欧阳行长，我提个方案。起伙的事，你们愿意搞就搞。这几天景区人多，光你们自己出去转恐怕不合适，还是要有人陪。这个任务就交给我，我来为老领导服务。我儿子女儿今年都不回来，我们也不去北京上海。我专心陪你们！车子嘛，袁总你也不用另外派，听领导说他女婿会开一辆商务车来，我有一辆破车在这边。你只要授个权，让我们通行无阻就行！

这样也好！龙主任是永和通，走到哪里都吃得开，那就辛苦你了！别说授权不授权的事，你还用得着我授权？老蓝、小章都听你的，无论什么事，通知他们就是！也可以直接打我电话！景区外面没有多少路，不需要开车子，进了景区也用不上你们的车，我的新能源电瓶车，双引擎、前后驱，蓝总指定一辆为你们提供保障！

蓝伯温诺诺连声。

王婆说这样好！这样好！

袁应又说，老书记的亲家公大教授来，女儿女婿外孙女都来，要到颐和堂吃一次饭，尝一下蜜汁猪手。

不行！小袁你要是这样搞，就把我当成了关公，把你自己当成曹操了！我那亲家公亲家母都是散淡之人，不喜欢这种应酬，你别吃力不讨好！

祝祖明坚辞。

17

黄教授没有坚持"你们玩你们的，我们玩我们的"，长假第二天，便愉快地和儿子、儿媳、孙女随亲家公亲家母同游了凤凰湾。

把小黄留在车上，给它备足了水和粮。小家伙是一千个不情愿一万个不乐意，唔唔地提意见，泪花在眼眶里转。

教授心情好，除了"久在樊笼里，复得返自然"的缘故，主要还是因为找到了感觉，是发自内心的高兴。

"黄篷"停在如画的凤凰潭畔，充电加水赏景观鸟无有不便，他高兴；头晚在祝祖明住的屋里共进晚餐，雯雯连声喊爷爷奶奶，还亲了他的脸，他高兴。餐后祝祖明亲自送他和老朱到房车泊地，还上车看了一眼，离开时吩咐雯雯不要走，天气这么好，在爷爷奶奶这里好好玩！雯雯真不走，和小黄"叔叔"（有时喊"弟弟"）在草地上游戏，孩子咯咯笑，狗子汪汪叫。阴历廿四，月亮下半夜才亮，星星却像金豆子撒了个满天。闪亮的星光和幽蓝的灯光落到凤凰潭里，树的影子、竹的影子也落到凤凰潭里，水的气味和花的气味、草的气味、禾稻的气味、瓜果的气味混合在一起，借着若有若无的秋夜清风，阵阵飘过来，让黄教授格外享受。

高兴了的教授和孙女趴在草地上说话，问她成绩怎么样、和同学关系怎么样？听说她参加了一个国学兴趣班，便想考她一考，随口念出一首古词："山下兰芽短浸溪，松间沙路净无泥，萧萧暮雨子规啼。谁道人生无再少？门前流水尚能西，休将白发唱黄鸡。"问知不知道是谁写的，雯雯愣了半天答不上来，反问爷爷："明月松间照，清泉石上流。竹喧归浣女，莲动下渔舟。"谁写的？爷爷您快说！

一旁的朱老师笑得很甜蜜，却批评黄教授：你怎么用这种老里老气的东西为难孩子？

休将白发唱黄鸡

黄教授也笑，说爷爷老糊涂了！

雯雯对帐篷有兴趣，对"黄篷"更有兴趣，想在那张横放的小床上睡一晚。

黄继刚说还是回姥姥那儿吧，好洗澡。

祝晶却说小孩子无所谓，她喜欢，就让她和爷爷奶奶在车上睡呗！

这些无不让黄教授和朱老师高兴。

最让黄教授高兴的，是遇见了龙兴民。

头晚聚餐，快要结束时，龙兴民跑到样板房。祝祖明请他吃饭，他说吃过了；请他喝酒，他说不喝。他怕老祝再说别的，干脆道明来意：祝书记，我不是来看你和欧阳行长，而是来拜会黄教授和教授夫人的。我也要看看晶晶。晶晶，你越来越漂亮了！你现在是高级大夫，还嫁了个前途无量的丈夫、生了个聪明伶俐的宝贝女儿，真好，我真羡慕！黄教授、朱老师，我们永和县的"大公主"成了黄家的儿媳妇，你们真有福气！小黄处长，你是真有眼光和手段，能把永和中学的校花弄到手。你可能不晓得，他们班上那些木头木脑的男生，包括我儿子，巴不得捉了你打一餐！

老祝老阳明白老龙的意图，笑而不语。黄教授和朱老师，还有黄继刚，多少有些愕然。

祝晶笑着解密，说这是我中学同学龙强的爸爸。他儿子是我们学校的高考状元，北大毕业，在北京发展得很好！

好什么好？还是你好，白衣天使，在父母身边，尽享天伦之乐！这次你们来，我领了一个任务，就是给你们当向导。我们明天进景区，估计人比较多，得先跟你们沟通沟通！

龙兴民办事很有章法，讲话很有条理。

他是这样介绍的：

"凤凰湾"是一个大概念。我们现在待的这地方，包括教授您停车的地方，都属于景区的外围，是休闲度假区。明天进去看的才是真正的国家4A级风景名胜区，那是核心，是经过二十多年分期建成的。大致由三个部分构成，按地势的不同，分为三个层级。一是凤凰湾水库的主水面以及环水的景点，包括岛和半岛、亲水的景观道路、水上的桥梁、水里的游艇、依山傍水的游乐设施，很丰富，我们可以选择一些玩。二是两岸的山景，包括山坳、山坡、几个山头上的景观，主要是开发出来了的沟谷雨林，也有好多处，明天只能看一条沟、一个山头。三是高山景点，海拔在一千米以上，离这儿最近的高峰也在十公里开外，不通车，栈道和游步道只修了一小段，从山谷里走路进去、攀爬上去，那是非常困难的，一天时间即便什么都不看，能爬上一座山峰也不得了。但那是自然保护区和森林公园的腹地，无限风光在险峰，有大峡谷，有上万亩的高山草甸，有南方最大的铁杉群，是天然的动植物种质资源库……教授您见多识广，我们这里不是什么世界级的风景名胜区，也没有泰山黄山庐山武夷山那么大的影响，但这里有这里的特点，这里最突出的特点就是"清水出芙蓉，天然去雕饰"，以山为骨，以水为魂，山水相融，天人合一……不好意思哈，我是土包子，班门弄斧了！我说这些，主要是想让你们有个初步的印象。

咦，你这个人有点意思！是这里的工作人员？

不是，我是在这里闲住的。我是祝书记的老部下！

他是永和通，也是凤凰湾通！祝祖明一直在听。这时才微笑地说了一句，仍然没有点明龙兴民的身份。

晶晶，你和你先生风华正茂，下个决心，攀到雷公尖上去也许没有问题。但我们要照顾这个群体中的大多数哈。长假好几天，不用急、不要赶，慢慢走、慢慢看，想怎么看怎么看、想怎么玩怎么玩！吃饭也不是问题，走到哪里吃到哪里，想吃什么吃什么！汪山村的"四水"是永和名小吃，我建议明天早上吃"四水"。黄教授，您考察凤凰湾，就从考察饮食文化破题。

龙兴民讲这些，撇开了"老首长"，只把教授当"首长"。

教授不习惯，却也不反感。

祝祖明发现龙兴民还是那样精干而且细致，心下感激。

黄教授曾经来过一次凤凰湾，对这里的风景有些模糊记忆。龙兴民这么一说，又勾起了他新的、强烈的兴致。永和"四水"他知道，却没吃过。

"四水"仍是在三矮矮店里吃的。早上从不喝酒的黄教授居然也喝完了那碗蛋花米酒，搞得脸上红红的，直说这种美食独一无二，完全可以评中国名小吃！应该开连锁店，先开到省城去！

进入景区，果然人多。要不是都戴着口罩，工作人员嚷嚷着扫码、扫码，量体温、量体温，谁也不会想到什么"新冠""旧冠"，只有节日的欢腾。

所谓景区，无非就是把以前过节过年赶庙会时才有的好吃好玩的玩意儿弄到平时来搞，让你天天有过节过年赶庙会的感受；无非是把以前不同地方的好吃的好玩的，甚至那些古已有之现已几乎失传的好吃的好玩的千方百计集中到一块，让你转一转，好像到过很多地方、经历过很久远的年代。国庆节的凤凰湾，自是丰富多彩、琳琅满目。吃的有麻糍、米粿、烫皮、摔碗酒、叫花子鸡、米糖、香烟糖、土法榨的油、香葱拌豆花，玩的有坐花轿、踩高跷、看变脸儿的……哪儿有人，哪儿就有好吃的好玩的；哪儿有好吃的好玩的，哪儿就有人。

他们先沿水边的路走了几段。

路都是弯弯的沥青路，也不宽，但移步换景，一段一景，别具匠心。龙兴民在前头引导，边走边介绍。说这段是金桂路，在往年，早香气袭人了；这段是桐荫路，栽得梧桐树，引得凤凰来；这段是樱花路，初春时节来看，就是"昔去雪如花，今来花似雪"；这段是松柏巷，一边是罗汉松，一边是古柏，上了年纪的人最喜欢在这儿走；这段是竹径，两旁种的都是凤凰竹，也叫凤尾竹，是从云南移植过来的，原以为不服这边的水土，没想到一种就活了，长得还这么好，真是有缘……走到这里说到这儿时，有悠扬的乐曲声从竹丛中传出，祝晶听出是《月光下的凤尾竹》，葫芦丝演奏的，说好听好听！有人从竹丛里走出来，手上果然端着葫芦丝，跟龙兴民打招呼。看装扮那人是傣族的"老波桃"（年长的男子），老龙却说是保安。众人惊讶。老龙又说保安就是汪山村的村民，你们可能没注意，这一路上听到的音乐，无论笛子、二胡还是萨克斯演奏的，都不是喇叭里放的，是保安们现场演奏的！

不可思议，真不可思议！保安还懂音乐？黄教授感到很意外。

哪里懂？连简谱都不识！是我们县文化馆一个老馆长调教出来的。这里的保安，每人至少掌握了一门技艺，或者搞乐器，或者唱歌，或者跳舞，或者武术表演。别的员工在本职工作之外，也都兼学了些本事。不着急，我们慢慢看！

有一段路弯到水里，又弯了回来，呈大弓形。路旁的树不算多，但靠山的一面砌着半人高的矮墙。矮墙前站满了大人和小孩，都在嘘嘘、呵呵地叫着，时不时有人往里扔东西。挤进去看，是猴山。其实也不是山，矮墙挡住的是一片洼地，里面有石块、石洞，有清澈的小溪，有长短不一横竖不一架在水面的毛竹。几十只猴子在里面玩耍，或挂在竹上，或蹲在石上，或躲在洞里，或隐在树杈间，或游走在水边，都用红红的眼睛瞧人。人往里扔花生、玉米、小饼干，猴子奋不顾身地向那些东西蹿去，或在空中接住了，或一并掉落在水里。争抢到了的，跳回原位，聚精会神吃，没壳的直接往嘴里扔，有壳的双手捧着，用雪白尖利的牙齿咬开来吃；没有抢到的瞪眼挠腮，闹叫不休……雯雯喜欢这个，到小摊上买了好几包东西喂猴。守摊人也跟龙兴民打招呼。

老龙告诉大家，这猴山是一个半岛，这里以前没有猴子，前几年老板花大价钱从河南请了一对夫妻来，专门养猴子逗猴子，把雷公尖那边的猴子引过来了。河南师傅回了老家，现在这夫妻俩是河南师傅带的徒弟，本地人，这里的猴子都听他们指挥，早上吹一阵哨子猴子就跑过来，晚上拉一段二胡又跑走了。猴子白天在这里，晚上回到雷公尖一带的山里睡觉。

有一段路两旁放了不少石雕，多是表现爱情的，无不精妙。路边的树很高大，稀疏的枝叶间缀着豆荚样的东西。黄教授问孙女：雯雯，认识这树吗？雯雯摇头、撇嘴。教授说这叫合欢，很神奇的，你看它的叶子像不像梳子？白天张开，晚上合拢。我们来得不是时候，如果早几个月，能看到合欢花，满树都是彩色羽毛一样的花，漂亮得很！老龙证实，是合欢树，我们这里的人也叫凤凰树，是吉祥的树，象征美好爱情。你们看，这

路上一对一对全是牵手挽腰搂搂抱抱的年轻人，这段路叫情侣路……

老阳担心儿童不宜，催大家快点走。雯雯却不肯走，昂起头嬉皮笑脸地问祝祖明：姥爷，您和姥姥以前也来这里吗？也这样吗？她说着，调皮地学着搂抱的动作。大家都笑。老祝故作严肃：姥姥姥爷来过，但我们来的时候这里只有这些水，没有这些树，也没有这条路。你爷爷最有学问，他讲得对，现在是秋天，这树上的叶子稀疏了，花都变成果子了，就像我和你姥姥。明年你们早些来，就可以看到那些开得很漂亮的花，那是你，是你妈妈和你爸爸，哈哈！

黄教授很认真地跟龙兴民说，你们将来要跟游客讲清楚，不能误导了人。合欢树是合欢树，凤凰树是凤凰树！凤凰是古代的百鸟之王，最初是分雄雌的，凤是凤，凰是凰。雄的是凤，雌的是凰。凤为三尾，凰为两尾。后来才有了"龙凤呈祥"的说法，龙成了帝王的代表，凤成了皇后的象征，凤凰就性别错乱了。

教授真有学问！您说得专业，我一定会转告给景区的人。

走多了路有点累。雯雯拿丹凤小眼看水面上穿梭来往的船，看水中间树木蓊郁的岛，还有把岛和岛、岛和岸连接起来的各种桥。

恰好到了一个码头。

老龙挂了一个电话。不一会儿，来了一艘可坐十多个人的游艇。他们坐上去，在水上转了半个小时。船到哪儿，老龙说到哪儿，指指点点。说这个是珍宝岛，那个是伊甸岛；这个是百鸟岛，那个是仙来岛；这座是鹊桥，那座是外婆桥；这座是悠悠桥，那座是飞魂桥……

刚有点饿，船便到了渔人码头。这码头也是在一个半岛上。占半岛一大半的是一座餐厅，名为"凤还巢"。餐厅以做鱼为主。他们在凤还巢愉快地吃了一个午餐。员工都认识老龙。老龙跟一个端菜的姑娘说请你们姚经理出来一下。很快出来一个窈窕女子。老祝和老阳吃了一惊：咦，这不是那个辛……不是那个姚小桃吗？

我是姚小桃。这段时间里面忙，袁总把我从外面调进来了。小区食堂我妈妈在管。小桃答得流利笑得自然。

龙兴民又介绍：景区有专业人员管理，但和小区那边是打通了的。根据不同季节、不同客流量进行人员调剂。袁总的公司共有两千多员工，凤凰湾用了大约一半，景区里边四百多。都是永和乡亲。祝书记、欧阳行长，年纪大些的人，可能会认识你们嘞！

　　这不是祝书记吗？正说着话，过来一位壮汉，趋近祝祖明。老祝看了一眼，一下子想不起来。

　　我是观前村的满根，打架的、坐牢的那个，您不记得了？

　　哦，民兵连连长！你也在这里？

　　砻里镇观前村的袁满根因为械斗坐了五年牢，出狱后便到凤凰湾来了。观前村在这边做事的人有三百多，不少是以前跟老六挖煤的。老龙说。

　　这样好这样好！祝祖明握住满根的手，拍着这个当年还是愣头青的壮汉的肩膀，问怎么样，在这里还好吗？

　　好，很好！感谢书记！满根朗朗地答。

　　你说反话？

　　不是反话！您不送我坐牢，我肯定还会打架，命都不一定保得住！

　　袁队长袁队长，请回话！满根腰间的对讲机响了。他摘下来看了一眼，说祝书记龙主任，各位领导对不起，高总在呼我，我得赶紧去！

　　高总是高部长收养的那个儿子，现在是保安部的老总。龙兴民告诉祝祖明。

　　下午游羊角沟。

　　有几个小瀑布，因为久旱，水量不大。古藤珍树，巉岩怪石。一段沟里巨石累累，有些大石上布满圆圆的、光滑的小坑。黄教授左瞧右看，认为是冰臼。如果是冰臼，那么这里就是第四纪冰期的遗迹，千万不能破坏了！

　　坐了一程电瓶观光车，到沟的深处，又走过数百米木栈道，看到了一块神奇的石头。那是一面悬崖，高出沟底逾百米的崖顶上，一片巨石探出来，像一个帽檐，足有一间房子大。这石头看上去很险，仿佛风一吹就会

掉下来。老龙却说这是鹞子嘴，多少万年了，掉不下来的！上面很平，人站上去，可以看到整个鼎罐坝，也可以看到锦绣河从黄冈岭和东风面之间流过去，还可以看到鸡公岭。

你上去过？黄继刚问。

我没有。有两个县长上去过。爬上去很难，只有采药的人踩出来的小路，不好走。

这样的地方不修路是对的。修路就要砍树、打石头，会破坏生态。黄教授关注这个。

说到生态，祝祖明问：老龙，刚才走栈道时，我发现有几棵树枯了，光溜溜地立在那里，是不是遭了白蚁？

是，就是白蚁吃成那样子的。我们现在看不到，前几个月，特别是闷热的天气，这里能看到长着长长翅膀的大白蚁，一群一群飞，下大雨的时候地面上还会有不少死白蚁。

那多麻烦！白蚁吃树木，这样大暴发，森林不是会被毁掉吗？黄教授显出担心。

没有事！我们观察好多年了，白蚁年年有，但树木越来越多、越来越茂盛。林木最怕的不是白蚁，是人。白蚁也好，别的害虫也好，是吃不败树的！我说个事你们别怕。这里不单有白蚁，也有穿山甲，穿山甲是吃白蚁的。乾坤镇这边的人，都把穿山甲当神物，从不伤害它，更没有人吃它。

有道理，自然有自然的法则！黄教授认同。

羊角沟出入口靠近水库大坝。石鼓坪就在它的内侧，可以坐观光车上去。

石鼓坪，顾名思义，就是一座突起的山头，呈枕头形，也像一面卧在那里的大鼓。凤凰湾水库水面海拔不到三百米，而石鼓坪的山顶海拔有八百多米。它一头连着水，一头连着更深更高的山。坪的表面有足球场大小，呈长条形，比较平整，中间是花带，周遭建了房子。果然如袁应所言，一共有十二个双拼院落二十四座平房，都做了木围栏、木门，院外竹木茂密，院内瓜果飘香。院子各有名号，向水的一列分别是心语轩、心扉轩、心仪轩等，向山的一列分别是松风阁、松涛阁、凌霄阁等。因为名号不同，各自的风格也不同，无不雅致精妙。

临近水面的山脚处有个大餐厅，叫"云境驿站"。

上山的路被竹木的枝叶遮盖着。入口处有一座爬满青藤的小门楼。门楼的上方嵌着一块木匾，匾上写着飘逸的四个字：可留山庄。守门的男人年纪不小，穿着充满欧陆风情的服装，捧着一管萨克斯在吹《回家》。龙兴民说，这就是辛寡妇的男人，姚小桃的爸爸，老姚姚华成。

坐车到可留山庄，一行人在各个"轩"和"阁"前看过一眼，转了一圈，来到云境驿站的屋顶上。这是一个观景平台。人站在上面，满耳是山下的欢声笑语、山里的风歌竹吟。朝下看，水库全景尽收眼底，一派粼粼波光和潋滟水色；往上往远看，是雄奇的山峰和耸立的危岩。不知水深几许，山高几重，只有清气满满，雾霭淡淡。

据说，当年有人站在这里，发现水库的水面像展开翅膀的凤凰，才得了凤凰湾的名字是吧？祝祖明问。

龙兴民答是。

水库大坝往下不远，河道拐了弯，有山挡住，看不到鼎罐坝，只能看到大坝和坝下南侧那片白亮的房子。那是凤冠酒店。那地方叫芭茅洲，比鼎罐坝要小些。

见游人如织，黄教授似有担忧，问如果来的客人多，住得下吗。

龙兴民告诉他，住七八百号人没有问题。凤冠酒店能住几百，汪山村的民宿可住一百多，可留山庄也可住一百多，能满足不同层次的消费需求。目前愁的不是住不下，而是住不满。别看游客熙熙攘攘，本地人多，外地人少，能住下来的寥寥无几。

有一男一女一老一少两个穿制服的人闻讯来到云境驿站。老龙介绍，那男的年老的姓谭，是和袁总一同开发这个山庄的老总；那女的年轻的姓鞠，是总助。

祝祖明看那女的眼熟，又不便问。回头才想起来，是在"美快真"见

过的"华妃"！

谭总和老龙耳语了一会儿，邀大家去凌霄阁喝茶，并说要请吃晚饭。

不等祝祖明表态，龙兴民就说改天吧，祝书记和黄教授他们另有安排！

返程的车上，老龙紧挨祝祖明坐，低声向他透露，"关耳"在心语轩，张宏明也在。他们在这里吃晚饭，老六和老蓝一会儿也会上来。我们不凑这个热闹！

"关耳"？郑？

是！

18

第二日老祝老阳没进景区。黄教授一家子接着玩，把小黄也带了去。

龙兴民继续当向导，还说最愿意听教授讲话，长见识。黄教授和朱老师也知道了，当向导的人原来是县委办公室的老主任。

这日他们主要游岛和桥，头天没走的，几乎全走了一遍。

傍晚回到样板房，余兴未尽。

雯雯告诉姥爷姥姥，说走了外婆桥，晃晃悠悠，爸爸故意用力踩，差点把我抛出去。走了飞魂桥，是玻璃桥，妈妈和奶奶吓得不敢动，我一点都不怕，跑着就过去了。在百鸟岛上吃了酸枣糕、月亮粑、凤眼珍珠，好好吃！

祝晶说伊甸岛上有民俗风情表演，水准一般，难得的是淳朴，演员全是公司员工。当年他们在学校里也跳过这样的舞，唱过这样的歌。还说碰到了中学教语文的陈老师。陈老师以前多潇洒，上课神采飞扬，讲《故乡》时，讲到"从篷隙向外一望，苍黄的天底下，远近横着几个萧索的荒村，没有一些活气。我的心禁不住悲凉起来了"，每次都转过半边身子，面对窗外做凝视状，给学生留下了深刻印象，直到现在，同学们聚会还会模仿。可惜老师老了，谢了顶，瘪了嘴，喊他时，一时竟没有反应，他有阿尔茨海默病早期症状。

黄继刚不说自己看了什么听了什么想到什么，只在妻子女儿说得热闹时简单插几句话。

黄教授依然情绪高亢，说今日一游，印象更加深刻。我和朱老师到过张家界，到过荔波大七孔小七孔，到过普洱和香格里拉等许多地方。比较起来还是这里好。好就好在龙主任说的"清水出芙蓉，天然去雕饰"。唯有一点遗憾，我给亲家公打过电话，就是那个珍宝岛。岛上堆了不少黄蜡石，良莠不齐，其中肯定有珍品。问题是没有得到善待，被胡乱扔在那里。特别是还有硅化木，数了一下，有三十多块，黑咕隆咚、黄不拉唧的，被随意丢在树丛里草地上，游人胡踩乱摸。据初步观测，这种硅化木我们国内不产。问过龙主任，他说不懂，只知道是云南一个商人转给这里老板抵账的。别看这些东西面目粗黑，请人打磨出来，说不定会惊艳……亲家公，这个闲事我想管一管。麻烦你跟这里的老板说一声，要他找人磨出几块来，不能让好东西埋没了！他要是找不到人，可以跟我讲，我来帮他找！

黄教授其实是急性子热心肠的人。

祝祖明说亲家公你放心，我已经跟袁总说过了，他很感谢你，会照你的意思办！

…………

当日上午，县供电公司的小简来访。

这小简有意思。祝祖明在永和当县长时，县里有个农电公司，是水电局的下属事业单位。公司请民工栽水泥电杆架线，出了安全事故，指挥施工的人大意，几百斤重的水泥杆倒下来，把一个民工的腰给砸断了。送到县里、市里、省里的医院治疗，花了几十万也没治好。那个民工就是小简的父亲，酱油厂下岗工人。他们家当时很困难，老简断了腰，老婆没有工作，儿子小简高中毕业没考上大学闲在家里，女儿还在读初中……老简一倒，全家绝望。在治疗、赔偿等问题上怎么也谈不拢。老简来横的，每天让老婆用板车拉他到县政府门口，人躺在板车上，不吵不闹，但

车帮子上贴着白纸，上面大黑字写的是"救救我！"这种上访的事地方上并不少见，无非是谈判，息事宁人。但信访局、水电局，甚至县政府办公室出面，也没有谈出一个双方都能接受的结果来。老简的板车卡着领导们上班的时间来，一连半个多月，天天在县政府门口。祝祖明看不下去，悄悄带人到老简家去了几次，把情况摸清了，提了一个解决方案：之前付的医药费等等除外，农电公司再给老简十万元，一次性了断；安排老简的儿子小简进公司。对这个方案老简没意见，农电公司和水电局不干，说给钱可以，哪怕再增加一些，但进人难办，这个例一破，将来公司就成收容所了！老祝把经理、局长和分管副县长找到办公室来，说老简家我去过，光给钱是解决不了问题的；他那个儿子我也见过，书读得不好，但人不蠢，农电公司有适合他做的事。如果他儿子有工作，这个家就稳住了。不这样办，你就是给老简三十万五十万，钱用完了他的板车还会来。至于收容所不收容所的话，你们不要跟我讲，查查你们员工的来路。难道只许"收容"他们，不能收容这个孩子？县长这么一说，别人再也无话。这样，小简就到了农电公司，农电公司后来并到供电公司了。老简虽然残疾，却再也没找过政府和公司的麻烦，住到乡下老家去了。

这种事老祝做过不止一件。奇怪的是，自那之后，老简家黏上了他。老简动弹不得，小简平时也不来往，但每年春节一定会到家里来拜个年，或年前或年后，老祝在县里是这样，老祝调走了还这样，不管跑多远的路都会来。他不送烟，不送酒，更不送钱，每次只送一壶他爸爸做的黄豆酱油，还有一袋他妈妈做的米粿。小伙子来了，进了门见了人，说一声"拜个年"，放下东西就走。老祝在位时是这样，老祝退休了也是这样。那酱油和米粿倒是不错的东西，老阳多半送了人。每次留小简吃饭，怎么也留不住。曾经拿烟酒或别的东西给他，他怎么也不收。老祝过意不去，多次跟他讲：小简，帮你安排工作是集体研究决定的，你们完全不用放在心上，不必这么客气！老祝说，小简听。一到过年，他又来了。

某年，腊月、正月都没见小简来，老祝和老阳感觉有点异样，先是哑然而笑，过后又有一丝担心：小简莫不是出了什么事？正月过完了，某个周日，小简来了，还是一袋米粿，却没有酱油，换成了一小壶茶油。这回老阳非常坚决地留他在家里喝了一杯茶，说了一会儿话。小简说，他父亲腊月间去世了，按照乡下的规矩，做儿子的春节不能出门拜年，不吉利。父亲走前交代家里人的最后一件事，就是不要忘记了祝县长。父亲走了，酱油做不成了，妈妈让我拿茶油来，这是我妹妹捡野茶籽榨的。老阳从柜子里摸出两瓶酒给他，小简不要，拉扯了半天，老阳喘着气说，小简，你要是不拿这酒，以后就不准再来！这才接了。老阳陪他坐电梯下楼，送他出小区，看着他上公交车……

小简这次没带任何东西。他妈妈听人说老祝老阳住在凤凰湾，让他过来看看。

下午，市里的陶平带着夫人和女儿到访。小陶原是祝祖明任厅长时厅办公室的副主任，省里选派机关干部充实基层，厅里推荐了他。他先是在熙川的吉丰县当常务副县长，不久后当了副书记，再不久后当了县长，前年底被调到市里当农办主任，挂职市政府副秘书长。

基层锻炼人，下来才几年，小陶显见成熟多了。他带家人同来，没坐太久，没谈工作上的事，也不肯留下吃饭，只说常怀老厅长的关爱，听说您和您夫人有到永和来康养的打算，这是非常好的选择！凤凰湾离熙川市区近，有什么事情尽管吩咐老部下！这次纯属私人拜访，没有惊动县里的人，也没通知袁总。

小陶一家人刚离开，袁应和蓝立生匆匆赶到。祝祖明跟他们说了一下情况，袁应表示遗憾，说真是的，来了也不见，也不吃个饭！

陶秘书长是我们市的青年才俊，前途无量！蓝伯温说。

两人要走。祝祖明说请留一步，我刚好有两个事要跟你们讲。

先说了打磨硅化木的事，问意下如何？袁应笑道，玉是不会有的，教授的话我要听！顺便把来龙去脉说了一下。原来二十年前，邵老板和他联手做煤炭生意，老邵业务不顺，欠了六百万货款，一时还不上，用这批石头抵债。别的地方不好放，便堆在岛上。老邵后来咸鱼翻身，赚了大钱，还几次问起过这些东西，说要是不喜欢他可以赎回去，加一倍的钱也

可以。我问他为什么，他说恋旧物，想在瑞丽搞一个奇石博物馆，缺少这种东西。教授有眼力，老邵说过，这批石头确实是从缅甸过来的。我只当他开玩笑，一直没松口。要这么讲，还真得重视起来。不用考虑了，这件"闲事"欢迎教授管，就请他找个工匠来。蓝总，你负责联系！经费上的事让他放心，教授介绍的人，一定不亏待！

郑晖昨天上了石鼓坪？老祝记着龙兴民说的"关耳"，顺嘴一问。

哦，是！在谭总那里吃晚饭。张县长陪同来的……郑市长到了人大像换了个人，很低调。我跟他说你们在这里，问要不要联系上，一起吃饭。他怕影响你们，不让惊动，说往后找机会再拜访。

袁应和蓝立生走后不久，张宏明来坐了一会儿。相互问候之后，也谈到上石鼓坪的事。老张说郑主任吃过晚饭就回市里了。自己在凤凰湾有房子，住了一晚。又说女儿前不久生了二孩。头胎是男孩，二胎是女孩。没有办法，上辈子欠他们的，这辈子要还债……明天一早得赶回去。话语中充满无奈。

老阳闷闷不乐，放不下饶江的事。跟祝祖明说凤凰湾这边风景气候是好，但看起来也蛮复杂。要不我们还是和晶晶一起回省城吧。老徐给我来过电话，希望我节后和她同去一趟饶江，找一下那个关市长。

老阳，你这就有些糊涂了！我跟小关打电话的事，也是随便可以跟人说的？那边正在办案，你们这时候跑去找人，人家怎么看、怎么办？你们去了怎么说？你去了又怎么说？

19

在凤凰湾盘桓了两日，欣赏了天赐美景，温习了天伦之乐，黄教授和朱老师分外满意。朱老师告诉老阳，老黄把半年没说的话说回来了，半年没笑的笑也笑回来了！

黄教授骨子里的科学精神和侠士之风相互激荡，他又蠢蠢欲动了。他认为梁园虽好，不可久留，还得按自己的节奏走，还是要学习古人，要"仰天大笑出门去，我辈岂是蓬蒿人？"

所以，那日跟祝祖明说过硅化木的事，他就明确表示：亲家公亲家母，此次到凤凰湾，我们得到了款待，被敬若上宾。在下明白，这是沾了你们的光！这儿该看的看了，该吃的吃了，该说的也说了。既然来到永和，我还想多转转、多看看。

知道教授主意已定，祝祖明只能顺杆子爬，说那也好，我来找个人，帮你们设计一条路线。继刚、晶晶带雯雯和你们一同去转！教授不允，说别别，请给我自由！老规矩，我驾"黄篷"，与老伴和狗同行！继刚，我们说好，假期结束我来接你们，一起回省城，都坐"黄篷"！

既然如此，祝祖明便决定走走亲戚。询问老伴：要不要去趟永阳，看看你家里的人？老阳说算了吧，我父母早没了，哥哥姐姐也不在意我们，别去讨嫌。还是去熙川市区，有一段时间没看望老爷子，应该去看看，孩子们也要去看看！

永和到熙川市区是双向四车道，很好走。用的是别克，黄继刚当司机。

路上继刚努力说话，一个劲表扬龙主任，跟祝晶说你同学的这个爸爸有意思，很生动。跟祝祖明和欧阳蕙枝说这个龙叔叔果然是凤凰湾通，不但情况熟，知识面也广，还有幽默感，这几天多亏了他，我爸妈一直夸奖他！

祝晶也说，龙强的爸爸原来这么棒，以前我都不知道。下次碰到龙强，要好好为他老爸唱唱赞歌！

凡事有因果，你爸爸帮助过他。老阳淡淡地说了一句。

不叫帮助，都是因为工作关系……你们年轻人不要小看了基层，永和这地方也是藏龙卧虎的。龙兴民是个人才。

祝祖明讲了一点往事。老龙是永和本地人，农家出身，中专毕业，学茶树栽培的，在农科所做过技术员。他搞茶叶不出色，文笔却好，被县政协一个老主席发现了，弄到办公室写材料，很快当上了副主任。本来他在政协还可以发展，但计划生育上出了点状况。晶晶你知道的，龙强不是有个妹妹吗？老龙老婆那时在乡下当民办教师，他们以为可以再生一孩。那时计生政策十分严厉，按规定套，他们就超生了。好在主席爱才，帮着说了话，组织上没有深究，但在提拔重用的事上卡了壳。过了些年，我到县委，发现酒量大的人多，会写材料的少，就把他要到县委办，还是当副主任，后来又转正当了主任，生孩子的事也慢慢被人淡忘了。要是我不走，他迟早会进班子。后来的路就走得不顺，不光没被提拔，还有人把他的老账翻出来，将他调离县委，放到人大，他一直在那干到退休。当干部啊，不光凭能力，还要靠点机缘。

要"上面有人"！黄继刚不失时机地来了一句。

祝晶也精，委婉地说了一下黄继刚他们单位公选处长的事。祝祖明听了，淡淡地说这种形式好。

他们先去了祝晶的姑妈家。

祝祖明家三兄弟，他行二，下面有一个妹妹一个弟弟。大哥祝祖亮还在崇德老家住，妹妹祝祖英和小弟祝祖煌两家人定居熙川市区。父母原本是崇德县西廊镇祝家垅新村的农民。母亲七十八岁仙逝。老母一走，老父在乡下生活就成了问题。大哥大嫂虽同住村里，也有孝心，但身体不太好，比较难担负起照顾老人的责任。和老阳商量后，祝祖明接老太爷到省城住过两个月，本想习惯了就让他长住，然而不行，老人说住在楼上就像被关在鸡笼里，高低要走。妹妹和小弟便联名请求，要接老爷子到熙川去住，说熙川比省城人少些、树多些，老人也许住得习惯。老爷子先住祖英家，时间一长还是烦躁，说我不住这里，我要回老家！都这么大岁数的人了，腿脚又不灵便，怎么回老家？回去了怎么办？在永和工作时，老阳未雨绸缪，买了市区的一套房子，心想老祝不可能在永和干一辈子，说不定哪天一纸调令下来就要到市区落脚。那房子离祖英住的地方近。老阳说：我们那房子装修好了，现在也用不上，问问老爷子愿不愿意住，愿意就让他住那里，找个人照看。一说，老人愿意！那年他八十岁，就住到那房子里去了。祖煌出面，请了一个寡居的周阿姨，长住到家里照料老人。那时周阿姨才六十几岁，没有儿子，两个女儿嫁了人在农村生活，她闲着没事，到城里专干这种活，赚几个小钱。没想到这周阿姨心眼好，脾气好，菜也做得好，她一进门，老爷子就像顺了毛的猫一样安静了，哪儿也不想去……

时间过得真叫快，算下来，老周照顾祝老太爷将近十年了，她自己也熬成了七十多岁的老人。两个老人在一个屋子里过着，外人眼里，他们就是老夫妻。祝家的晚辈也视老周为家人，祖明兄妹称她为周阿姨，下一辈直接喊奶奶。这种事也要经济做基础。小弟祖煌提的建议，大哥祖亮牵头，祝家兄弟很早就搞了一个"孝心基金"，兄弟仨按月往里打钱，用以支付周阿姨的工资和两位老人的日常生活开销。三兄弟家境各不相同，但从父亲身上传承的血脉是一样的，所以这一份钱是平均负担，不分厚薄。最早每人每月出两百，后来增加到四百、八百、一千，现在是一千五百。这是"规定动作"。老人生病住院，要花大钱时，另外凑。至于平时给钱给物给多给少，属于"自选动作"，各人各表，概不公开。"孝心基金"在家庭是明账，存有二十多万。兄弟们只管出钱不管做账，这本账交由妹妹和妹夫管，他们不出钱，只出力。有周阿姨照顾，老爷子虽然耳朵不灵，腿脚也不灵，但面色红润，脑子也比较清醒。

在任上时，事杂人忙，祝祖明一般过年过节才有空到熙川；退休了，清明、冬至也常回老家参加祭祖活动，同时到市里看望老爹。老阳每次都同来，晶晶他们则来得少。

祝家几代人里，祝祖明算是有出息的。他们一家子来了，妹妹妹夫很重视，在附近的熙悦轩酒店订了包房请吃中饭，叫上了祖煌一家，并且把老爷子和周阿姨请了出来。

祝祖明率全家随妹妹妹夫去接老人。依例，老阳准备了一个信封，当着老爷子的面塞给周阿姨。

几家凑上桌，二十多号人，济济一堂，热热闹闹。大家纷纷向周阿姨敬酒。她不喝酒，只喝白开水。祝家人向她表示感激，话说得很黏稠也很甜蜜。

休将白发唱黄鸡

祝老爷子高兴。周阿姨紧挨他坐着。他喝汤，嘴角关不严，流出了汁水，周阿姨帮他擦；他吃菜，手抖，周阿姨帮他夹，专挑那软烂的。

祖英祖煌两家人丁兴旺，都有儿有女有孙。大人小孩吃吃喝喝笑笑闹闹，好不欢快。

老爷子吃着喝着，突然转向祝祖明说话：老二，一个叔公，一个兄，在乡下，你不去？

祝祖明这天原本没有去崇德的安排，既然老人提到了，晚辈又在场，便爽快地答应：去、去，下午就去！

跟老人说话是要算数的。

从熙川市区到崇德老家，也就一个半小时的车程。

祖英祖煌另外有事，未能同行。

祝家垅新村是从老村分出来的，也有几百年的历史，寻根溯源，村民也是中原南迁的客家人。祝祖明看过族谱，知道些村子的历史。开山之祖崇轩公是清代人，亲自排好了二十代的辈分：崇礼德佑恭、瑶瑾祥和忠、兴义恩祖浩、庭郭郁鑫嵩。

算起来，祝祖明兄弟列在第十四代。他父亲在谱上的名字是祝恩溥，而叫响亮了的却是小名祝旺生。女儿祝晶如果是男丁，就得起个中间带"浩"的名字。村里住着一个长辈九叔公，是祝祖明祖父的族弟，大名祝义成，别人只喊他细毛缩鼻子，或细毛叔、细毛公公。

在熙川市区吃过中饭，送父亲回屋后，祝祖明让黄继刚到超市买了些物品，要带到祝家垅分送给大哥祖亮和九叔公。

兄、嫂事先得了电话，把在镇上做事的儿子女儿都喊回了村，杀鸡炖肉，备了晚饭。

九叔公辈分大年纪却不大，和一个瘸了腿的残疾儿子住在村里。他是念过初中的人，还在村里当过会计。祖明祖煌兄弟出门在外，每次回到村里，都要听他说一些训导的话。他也从不叫这些后辈的大号，只喊他们的小名，叫祝祖明小明，喊祝祖煌小牛。这次见老二全家人回来了，越发庄重起来，让小明唤上一家老小，亲自领他们到祠堂里拜过崇轩公，又站到村前的水塘边，遥拜了南面的祝氏祖山。

小明，你来，你跟我走走！

九叔公领祝祖明到村巷里去转，看老屋。

小明，你看看这些屋，不像样子了！要倒了！记得吧，你是在这间屋里出生的，你讨了老婆回来在这间屋里睡过！以前哪，多好的屋啊，现在呀……屋要人撑啊！

祝祖明知道他在说屋也在说人，重在说人。九叔公不止一次表达过：小明，你别的都比小亮小牛强，就是少了个崽！

九叔公嘴里的"崽"，既指子，也指孙。

在崇德，祝是小姓。祝家垅新村的人口原本就不多，如今更少。村里的几栋百年老屋，塌得差不多了。摇摇欲坠的那两栋高墙大宅，是村里最老也最烂的房子。一栋叫敦厚堂，一栋叫赐厚堂，据传是忠字辈两兄弟在光绪年间建造的。这兄弟俩从崇德跑出去，到湘黔边界的一个地方做白蜡生意发了财，回到老家置地盖房。他们的直系后人中华人民共和国成立后划阶级成分时都是地主，子孙星散各地。其实，这老房子根本就没有住过他们两家的人。老屋的石雕木雕都很讲究，堪称文物。如今文化部门申请了专款，准备做保护性修缮，辗转找到身在云南的不知第几代子孙，他们的境况也都不错，却没有一个人肯回来共襄好事，只是轻描淡写地说感谢政府，房子留不留修不修，全凭政府处置，我们就不回去了！

祝祖明知道九叔公话里有话，只当听不懂，支吾了事。

在祖亮家吃晚饭时，九叔公坐了上首的交椅。老人家喝了两小杯金六福酒，摇晃着下巴，又要说屋和人的事。

祝祖明赶紧夹了一块肥肉给他，把他的嘴糊上了。

20

黄教授一家乘"黄篷"走了。

别克留下来了。

不知不觉，老祝老阳在永和待了半个来月。

老阳，这些天我们无事瞎忙，也没顾上拜访武书记和秦大姐。我来约一下，我们一起去看看他们好吗？老祝征询夫人的意见。

正中老阳下怀。

电话打过去，武潼光很高兴，表示欢迎！又说刚好，你的老搭档小马和小李两位也说要来，我们一块吃茶聊天！

马朝红和李志荣会去，老阳你就下回再去吧？

行，你代我向秦大姐问好！

武潼光住丹鹤楼206号，与白鹤楼108号的样板房相隔不远，老祝几分钟就走到了。

祖明，你这一来也十几天了吧？怎么样，能下决心吗？听说你有一套理论，和这里的实际结合得起来吗？

老书记是老作风，直截了当。

祝祖明知道他问的是康养的事，便不拐弯抹角，正面回应：还没拿定主意。

顾虑什么哩？

一是老阳的咳嗽，这阵子天气暖和，不知道冷下来会有什么反应；二是这里山清静水清净，人未必清静；三是还没想好长住这里怎么打发时间，总不能天天闲逛吧？

唔，要得，认真考虑过！武潼光伸了一下大拇指，说我来讲点参考意见，你愿不愿听？

洗耳恭听！

你把小阳养病放在第一位，这是对的！快了，寒露风马上会下来。"寒露霜降节，紧风就是雪"，我看过天气预报，过几日会降温降水，你让她好好感受一下。第二条你是说这里未必清静对吧？你是指小袁、凤凰湾、我们这帮人，还是针对整个永和？

各方面吧，综合的。

这个问题有点复杂，等下再说。我先说说你的第三个顾虑。你怕住在这里闲得慌是吧？我看这条可以排除。你我一样，都是退了休的人。退了休就是闲人、普通人，不能把自己太当一回事。我不清楚你在省城有些什么活动，但肯定不会再有"军机大事"。要说一般性消遣，我看省城能满足你的，这里也可以；省城没有的，这里还可能有。实在无所事事，你也可以认种一块地、几棵树嘛，让全家人吃绿色食品，不是很好吗？你说对不对？

老书记的话有机锋。祝祖明听了耳热，却不能不承认他说得有道理。于是点头。

那好，现在来说你的第二个顾虑。你们来康养，选的是凤凰湾。什么永和、熙川，我看不必管那么多。至于清静，我想问问你，哪里清静？有人的地方就有矛盾，这不奇怪哟！你管他复杂不复杂，自己简单就行！你在永和工作生活了小二十年，离开永和二十多年，是金子还是沙子，时间已经为你做了鉴定，永和老百姓也已经为你做了鉴定。如果你是心术不正的人，人家嫌你躲你，巴不得屙屎隔你三丘田，谁愿意你到凤凰湾来？

祝祖明诺诺连声。这老爷子了得！这把年纪，多少人嘴歪眼斜，"坐崖"（老得在家出不了门）在家，老爷子却有如此锐利的目光、如此缜密的思维和犀利的言语，他不得不佩服。他得接着听！

在凤凰湾康养，这个"湾"是什么"湾"，你倒是要好好把握。但你要琢磨的不是我们这些人，是小袁！这里是他搞的，以后还是他搞，住得合适不合适，跟他有关系。这个就含糊不得！你觉得小袁咋样？

祝祖明把先前跟别人说过的话，主要是对凤凰湾肯定和赞扬的意见又说了一遍，也是实话。说相当不错！他们请的那个文化顾问总结得也到位，小袁确实是"从地下转到地上，从黑色转到绿色，从消耗资源转到涵养资源"，这条路走对了。他能这样走过来，走到今天，很难得！华泰集团用工超过了两千人，这些人通过务工、土地入股分红等获得收入，脱离了贫困，进入了小康，这是看得见摸得着的贡献。

这就对了！我和老秦是这里最早的住户，小袁这孩子我们观察了多年，是不错的。不过你也不要只看表象。小袁有小袁的短处。摊子铺得大，大有大的难，打开门就是开销。靠老底子贴补，再厚实，也有花光的时候。

用了银行的钱吗？

早些年用了，应该还得差不多了。现在银行的钱不好用。除了卖景区门票和"天香"产品，小袁还有几个找钱的路子：一是做生态项目，争取政府资金扶持；二是做房地产；三是参股搞小额贷款。后两个都是赚快钱，现在有麻烦了。房地产比不得前些年了。小额贷款我搞不懂，跟这个相关，还有一块比较麻烦，我不知道你有无了解，他融资融到个人头上去了。

您是说民间借贷？这个我没听说。不过这种情况现在国家政策是允许的，也比较普遍。

祝祖明话虽这般说，心里也把握不定。

允许是允许，搞不好会出大乱子！

正常借贷受法律保护，非法融资、恶意赖账性质就严重了。我看小袁不是那种人。

祖明你说得对，小袁不是那种人。问题是如果出了情况，他也难办……你放心，他没有融我的资，我不担心他赖我的账……不知道你怎么看，我认为融资本身是没有错的。干事创业的人，谁有那么多闲钱放在家里等着用？我们以前老讲借鸡生蛋、借梯上楼、借船出海，不是同一个道理吗？我常跟业主们讲，真喜欢这里，就要有一种觉悟：既做享受者，也做建设者。绿水青山就是金山银山，总不能每个人都去弄一段河或者一块山吧？有钱的拿出点来，投到养山养水的项目上，不是相当于在种树种竹种草吗？从前入股挖煤，赚的是昧心钱，那种事当然干不得，现在人家是做绿色发展，大家出点力，这不叫入股，叫支持，我看这个做得！

老书记，您见解独到。您前面说房地产，我看虽然还不能说不行了，但风向确实变了，风险是很大的。小袁在这方面的介入不知道有多深，能否把握住。

估计有些问题，我看不会太大。凤凰湾这里的房子你都看到了，还剩了一些，只要公司不倒、景区不垮，假以时日，是卖得出去的。倒是在别处做的，我也不知道他陷得有多深……祖明你说得对，房地产的风险不能低估。这是社会性问题。房价好一白遮三丑，房价总往下跌，地雷会一个一个爆开来！

谈到这儿，马朝红和李志荣结伴进来了。

李志荣紧握祝祖明的手，说上次餐叙我就想来，家里有事被拖住了，见谅！

武潼光的谈兴依然很浓，话题却转了：

你们几位年轻，比我有水平。我有一事不懂，说出来请教。现在都说我们国家是世界第二大经济体，你也说，我也说，今天也说，明天也说，说多了，听多了，好像我们中国真富得流油了，就像那个小品演员讲的，美国佬真没钱还我们的账了。这样讲多了，把人搞得晕晕的，胃口吊得高高的，究竟好还是不好？我记得过去有领导同志讲，我们中国人口基数大，什么东西用乘法去算，就大得惊人，用除法去算，就是另一个结果。

祝祖明和马、李皆默然。

又谈到儿女。

武潼光说儿女是儿女，自己是自己。我儿子儿媳妇有孝心，接我们老两口儿到北京住过半年，可住得并不舒坦。儿子"坐机关"，儿媳当医生，他们之间也会闹矛盾，也当着我们的面吵过。我是不客气的，跟他说你们再闹我就走！我讲了"三是三不是"：我们是来做客的，不是来做事的；是来找快乐的，不是来找气受的；是来享福的，不是来受苦的！这样一说，他们就不敢闹了，也不再留我们。当然各家情况不一样。不过道理是相通的，一代人管一代人，我们把儿女培养出来了，就尽到责任了，不能保姆当到死！但有一条，别指望儿孙会伺候你到死！也不要以为他们在乎我们这点坛坛罐罐……你们怎么打算的我不晓得，反正我和老秦下了决心也说过硬话，坚决不去儿女那儿养老，不住到北京去，也不住到深圳去。

那是他们的世界，不是我们的。我也不可能回四川绵阳老家。我就住凤凰湾，住在这里才安逸、巴适！我也不担心老了病了不能动了怎么办。真老得病得不能动了，在这里难办，在儿女那里照样难办，还可能更难办！

老人动了感情，语气却始终平和。

祝祖明说武老不必悲观，进入老年社会，国家对这方面越来越重视，投入越来越大，解决的办法也会越来越多。但老夫老妻相互照顾，这是最实际的。像您和秦大姐这样最好！

愿你们比我更好！不错，关键靠自己。要理解儿女，也要体谅国家。中国的老人太多了，难办啦！

李志荣讲了网上看来的一个东西，说很感人。那是一个"抖音"视频，说的是上海一位老人，妻子先走，独居六年后自己也去世了。两个孩子都是名牌大学毕业的，旅居海外。那人是个老知青、工程师，人死不久，子女就把他在上海的住房遥控出售，而且声明所有的遗物听任买主处理。买主看到老人的日记、相册、证章、书籍等，认为是记录了老人的人生轨迹和承载了美好记忆的物件，是老人视为珍宝的东西，竟被儿女当成了垃圾。身为局外人，李志荣却唏嘘不已，大发感慨：人生再精彩，一旦死了，子女也不在乎了。在世时的珍藏和挚爱，在别人的眼里，已经没有了任何的意义。可怜一世的酸甜苦辣，都将随风而逝。

祝祖明和马朝红都看过这视频，还有很多类似的报道。武潼光听了却不以为意，说小李你讲的这个故事煽情，但不必奇怪。每个人都是人世过客，遗物能做文物的，古来能有几位？这些东西不扔怎么办？难道都要建博物馆供起来？儿女也是无奈，撇开这几年进出不便不说，就算正常情况下，让他们回来，用大量的时间和精力清理、转移、保存父母留下的这些零碎，也是万难的事。他们在海外活得也未必轻松。这并不说明他们薄情寡义。联系实际看看，天天住在父母身边的人，又做得如何？父母走了，又是怎样办的？人死如灯灭，不要指望什么万古流芳、永垂不朽！

武老，你这些观点我是赞成的。你和秦大姐住在凤凰湾，对凤凰湾就是很大的支持，我很敬佩！祝祖明还是想听更多与康养相关的意见。

多大的支持谈不上，但我对这里确实有感情。其实，我到这里买房子，很多人不理解，市里好些老同志就不赞成我们来，甚至有人议论说我是不是私下得了小袁的好处。他们不懂我啊！我是四川人，从学校一毕业就被分到永和，在这里娶老婆生孩子，工作生活了几十年。我们最好的时光是在哪里度过的？永和！最作兴我们的人在哪里？永和！看着这里的山山水水和这里的人，我心里才踏实，我早把永和当故乡了。祖明你不也一样吗？古人说"青山处处埋忠骨"，有朝一日，我和老秦死了，被烧了，随便在凤凰湾找棵树埋下让我们去做肥料就行了！

休将白发唱黄鸡

碧空寒露松枝滴

21

欧阳蕙枝做梦。梦到在一个地方行走，有陡壁有巨石有高树，有牛角样的枯枝和猪肠样的老藤。越走越远，越走越黑。走着走着没路了。前头没有路，后头也没有路。慌乱之间手足并用，爬呀爬，爬到了高处。高处是突兀的大石头。没有别的人，没有风，没有鸟叫虫鸣……害怕，怕极了。找下山的路，没有。石头荷叶般浮起来、浮起来。起了风。风呼呼地吹，越吹越响，越吹越冷。站不直、趴不牢，人滚动起来，滚到悬崖边……忽而醒了，大汗淋漓。

老阳老阳，做梦啦？老祝被老伴儿的动静弄醒了。

卧室里寂静而温暖，月光如水照在床前，有迟桂花的香。

老祝听了欧阳蕙枝对梦境的描述，说老阳你上火了。别想多了，快睡吧！

哪还睡得着？

关小宁来过一通很长的电话。

饶江那边的情况比较复杂。按城投集团最初的设计，正兴公司不实操工程，只搞资本运作，支持多元化发展。这些年，打造海绵城市、智慧城市、秀美城市，改造地下管网，升级污水处理系统，推广垃圾焚烧，一个项目连着一个项目，集团应接不暇，也捉襟见肘。政府没有足够的资金注入。正兴的使命，说穿了就是找钱，做大集团的资金池。挂羊头卖狗肉的事也不是第一次干，以前还算顺手，这回走了麦城。主要是受了荣达的牵连。正兴和荣达之间夹着一个信安，那是饶江本地的公司，名义上做这做那，实际上就是搞房地产。正兴投钱给信安，信安转投给荣达。荣达出了事，兑现不了给信安的回报；信安没钱给正兴等债主，老板开溜，被逮了回来。也怪他们大意，投得太多，卷得太深。初步调查发现，集团层面没有大的问题，决策履行了程序，高管也没有夹杂个人利益。正兴的老总就麻烦了，涉嫌贪腐，亲属也扯了不少进去。市里成立了工作专班，清理过程中注意到省城有个"大妈团"介入，属于定向投资，收益固定，回报率不是太高，投资行为本身也没违规违法，但数额比较大，而且有既往史。有人提出要查这部分资金的合法性，主要是考虑到最后清算的时候，凡来路不明的钱不仅不能优先偿还，还可以拖着不还，这样能适当减轻城投的压力……有关部门正在深入研究。

老祝将这些告诉老阳，并说现在有些人搞得太邪门了，所谓"融资"，实际上是圈钱；所谓"投资"，实际上是投机。跌跤是迟早的事！他坚持之前的分析和判断，认为血本无归的可能性不大，但损失肯定会有。最好的结果是拿得回本钱；次一等的结果是扣除之前的利息算还本金；最坏的结果是本金也拿不回，象征性给点补偿。至于资金的合法性，是不难甄别的，关键是难听，影响不好。

老阳一颗心悬着，日有所思，夜有所梦。

省城的老徐和另一个女人——国资委程老主任的夫人老胡，第二天坐高铁到了凤凰湾，直接住进凤冠酒店。

老祝认识这俩女的。她们这次来，他很不愿意见，跟老阳说你和她们聊，我去县里转转。

老阳脸垮了下来。

老祝也意识到不妥，便改了主意：算了算了，等她们走了再说吧！

几方面一凑，情况就更明朗了。饶江正兴以做水电为幌子融资，她们

投给正兴的八千万，过了一下信安的手，全转到荣达去了。荣达是国内屈指可数的头部企业，多只股票上市，在市场上一路高歌。它是做机电起家的，后来"一业为主，多元发展"，既做机电、建材，又一猛子扎进地产，越搞越大，以荣达冠名的城市文化综合体遍布全国，资产总规模达万亿，掌门人风光无限，又是"长江学者"的大师兄，又是"黄河论坛"的发起人，高管高薪高尔夫，美酒美女美髯公……在世人眼中，真是烈火烹油、鲜花着锦，无所不能、无所不至。这两年才露出马脚来，原来是"巨婴"。房地产板块一出状况，忽喇喇似大厦倾。豪言壮语成了骗人的鬼话，万人迷成了万人嫌，昨日辉煌成了狗屎，桂冠成了众矢之的。荣达失火，殃及一大片，被害苦了的何止饶江的信安和正兴！

老徐她们了解到，按照市政府的意图，饶江城投集团想把事态控制在正兴，断臂止损。但正兴这笔投资最大的金主还是银行。银行强硬，死死咬住城投不放，逼他们还钱，否则要如何如何……所以，现在不是"亏众不亏一，亏公不亏私"的问题，按通例，偿债序列中银行要"优先"，个人投资部分属于"劣后"。看来，利息不要指望会有，本金还要打折扣。现在迫切希望有人出面做做饶江的工作，争取把那八千万放到银行那个序列里解决。

老徐明确表达了请祝老厅长出一下面的意思，央求他找找饶江的领导。她说饶江那个专班的牵头人就是关市长。

祝祖明耐着性子，听她们把话说完。随即问了一些问题：我可以去饶江，不过我要告诉你们，现在办事都是透明的，既然要惊动当地政府，那就得把枝枝叶叶都捋清了，你们跟正兴合作了多久？得过多少回报？除了正兴，你们又在哪些地方哪些项目上投资了，得了多少回报？钱是从哪里来的？……做好了准备吗？说得清楚吗？

女人们面面相觑。

老徐嗫嚅：我们的钱是干干净净的，投资也是堂堂正正的，这有什么说不清的？

干干净净、堂堂正正？就算是吧。你是搞金融的，应该清楚，有些事，说简单它简单，说复杂它就复杂。你以为说清了，别人未必信。你们都是多年的朋友，感谢对我家老阳的帮助！她身体不好，到凤凰湾来，就是想找个地方安静地养一养，寒露风马上要来了，她那个毛病会不会卷土重来，到了紧要关头，现在她不能跑来跑去！你们的心情我理解，想法我也明白。我跟你们交个底吧，我也是普通的退休人员，你们不要寄望过高。现在不比从前，都是依法依规办事。你们要相信政府会实事求是，做出合法公平的处理。各种思想准备都得有。高回报总是伴随高风险，赚和赔、赢和亏都是正常的，没有常胜将军。我提醒你们，不要有不理性行为！还有，对于这种事，也不是哪个人可以随便拍板的。你们想被优先清偿，你们的钱更大吗？

女人们脸上一片灰暗。

钱是赚不完的，够用就行了。多得没地方放，也可以买国债啊！

徐处长明确表示失望，也夹带了不快。说祝大厅长，您也太正统了吧！

你说得对。我是正统，也不能不正统、不敢不正统！祝祖明正色回答。

老徐老胡全然没有了在凤凰湾看风景的心情，匆匆回省城去了。

客人走了，老祝又跟老阳说：为这种事让我出面去求人，是推老牛下坎！我今天这样一讲，他们就不会缠你了。这样也好，你踏踏实实在这里住着。我再跟你说一遍我的预测，你别跟她们嘀咕，依我看，事情不会像你们担心的那么糟糕，结果很可能超出你们的预期！

老阳没了主意，只能听老祝的。

老阳又将其他投资的情况向老祝说了一遍。老祝借力打力，劝她一定要看穿、想通、放下。桥上走人桥下流水，没有什么过不去的。就算真亏了、损失了，哪怕血本无归，也认这个栽，人没事就好！我们不是还有退休金、还有房子吗？我们的祖辈父辈有什么？普通工人农民有什么？那些翻了车被查办的人有什么？千万不要急，急出大毛病来才是真亏了，亏到底！

老祝跟老阳做这样的分析，也不完全是宽慰。他对饶江包括荣达集团的情况是有所了解的，他相信自己的判断。

做企业的，初衷一般都不错，没有几个是居心不良的，谁也不是生下来就喜欢当骗子。但正像树叶草叶会飘一样，人也会飘，企业家也会飘。飘就是迷失，就是自我膨胀，就是不知天高地厚，就是欲壑难填，就是无所顾忌。

对饶江那件事的后续处理，老祝认为关键还在荣达，看他们的危机演化到什么程度，是风波级还是风暴级。他的判断是风波级。荣达不是皮包公司，曾经是有追求有作为的，现在也是有实力的，问题出在感觉太好、扩张过快上，在专业和多元的路径选择与布局上没有把握好。

早些年在北京学习，老祝听过人民大学田教授的讲座，是集中谈企业的专业化和多元化关系的，印象深刻。教授说了一番道理：有作为的企业一定要有远大的目标和强烈的社会责任感，不管外国的还是中国的，都应当重视专业化发展。没有专业化发展的企业，就失去了标志和支撑，立之不牢，行之不远。专业化体现自信和坚守。你既然决心做某个行当，又想卓越，那就要矢志不渝、义无反顾地去做，锲而不舍，必有所成。但是，在现实环境下，一味强调专业化而完全排斥多元化，也是不切实际的。特别是在我们国家，在现阶段，那是强人所难。时移世易，总会有些专业在有些阶段是很难生存的。这种时候，把企业的手脚束缚得太死，这个不能上，那个不准搞，明明看到金山在那里，硬不让他们去挖几桶，又不给他们补偿，现实吗？公平吗？真要逼他们在一棵树上吊死吗？还有，最重要的一点，就是企业搞多元化，目的必须明确。志存高远的企业家，要将多元化作为专业化的积极拓展和有益补充。多元化发展可以开拓更广阔的空间，发展成果可以反哺专业；如果专业化发展遇到难以排除的障碍，已经走进死胡同了，则多元化就是转型的积极探索和必要选择。

荣达急功近利，做房地产陷得太深，什么地都敢拿，什么房子都敢盖，什么钱都敢用。到了后期完全是蒙的，光屁股表演，一朵"菊花"自己看不见，别人一览无余。好在它的机电板块始终没有丢，品牌依然在国内叫得响、国际有影响。从公开资料看，它的资产负债率不是太高。现在的困境是房地产占用资源过多，加上产品滞销、资金链紧张、投资者恐慌造成的，加上网络发酵，把危机放大了。但它的土地在那里、房子在那里，那些东西不是金圆券，只要给他们一个缓冲、调整的机会，他们应该能够度过危机。万亿级的企业，说倒就让它倒？倒了这一个，再接着倒别的，对谁有利？

这方面的教训太多，太深刻了！

…………

乐什传来新消息。小产权房的清偿准备工作基本搞完了，补偿资金年内也能够到位。而且，农垦部门考虑到资金占用时间长，决定在原价回购之外再给一点补偿。

寒露风也说来就来了。

"碧空寒露松枝滴，滴枝松露寒空碧。"微信上尽是"大树发抖了，小草打冷战了，老牛烧炭取暖了，小白兔穿羽绒服了，蚂蚁买暖水袋了，小强冬眠了，你还等什么？多穿一件衣服吧！"之类的内容。

晶晶电话里说，省城一夜之间从夏天到了冬天。又在家庭微信群里发了短消息："清晨里的每一滴露珠，凝聚着我的深情；清风里的缕缕清爽，携带着我的问候。寒露了，祝爸妈身体棒棒，心情朗朗，精神奕奕！"显然是转的。

凤凰湾也刮风下雨，气温陡降十几度。

内热外冷，欧阳蕙枝还是咳起来了。

22

老祝不能不高度重视老阳咳嗽的事。分别给袁应、王新娟打电话，询问景区诊所的情况，又跟艾院长取得了联系。他和老阳都记着袁应说的"小病不出山，大病不耽搁"。

老阳咳嗽的问题如果能在凤凰湾解决，就是"小病"，解决不了，便是"大病"。

袁应有事在外面跑，安排蓝立生照料。

蓝伯温约上王新娟和俞建波，一同到样板房来探望。

老阳并没有喉咙进木屑拉风箱的症状，但已经很难受了。几位不光听到她咳嗽，也看出了她的难受，并且察觉到了她那如风干的树叶一样摊在脸上的苦恼。

还是咳起来了？和往年的感觉一样吗？

俞建波最能体察病人的心情。

谢谢你们来看我！比钟表还准，这鬼风一刮就咳上了。还好，没有前两年严重，要是在省城，晚上会咳得坐起来！

小袁告诉我们，说县医院在鹤鸣小区设了门诊部，没想到今天就用到她这儿了！我跟艾院长通了电话，他在诊所等着，我和老阳一会儿就过去。祝祖明苦笑。

我们一起去！都说好了，那对宝贝夫妻今天都在。蓝立生语带风趣。

凤凰湾小区的诊所被业主们戏称为"双夫妻店"，因为它是由县医院退休的艾院长和晏医师及他们的夫人在支撑，中西医、内外科、医护管，都是他们负责，所用的地方则是鹤翔楼一楼的一套三居室。

艾院长和夫人庄医师，晏医师和夫人刘护士长，还有曹主席的夫人甘大夫都在那里候着。大家原本认识，老祝老阳到凤凰湾之后也分别与他们见过面，所以不必介绍与寒暄，直接看病。

惊动这么多人，实在不好意思！祝祖明有些过意不去。

诊所虽小，却有来历。

房子的厅堂是艾院长的诊室兼会客室，摆放着桌椅，可坐十几号人。正面墙上挂着一幅泛黄的书法立轴，上书颜体大字"落笔虽毕须三思，仁心已至莫两疑"，这是艾院长爷爷传下来的。艾院长自己的字也写得好。

对联老气横秋，艾院长却朝气蓬勃。他是恢复高考后本省医学院毕业的第一批学生，学的是西医。祝祖明是看着他在永和县医院从普通医生做到主任医师再做到副院长的，院长则是以后提拔的。艾院长年轻时矮矮胖胖白白净净，现在谢了半个顶，成了弥勒佛。他医术全面，对内科最为擅长。他夫人庄医师是妇产科专家，接生全县第一。现在情况有变，艾院长不以内科著称，而以中医闻名。他出身中医世家，他的爷爷中华人民共和国成立前就是永和数一数二的杏林高手，他父亲做了几十年县中医院院长。退休后的艾院长自嘲说"由西进中，返璞归真"，学习爷爷和父亲，搞起了望闻问切、丸散膏丹。还别说，在永和及周边地区名声大噪。他们的儿子儿媳都是海归博士，在上海长征医院，一个搞临床，一个攻病理。凤凰湾的业主中老人居多，接生的活儿现在没有了，庄医师也转了型，担负起诊所的日常管理责任。县医院要返聘他们，外地也有民营医院出高薪请他们，两位说我们不要钱，要自在，概没动心，倒是被袁应哄到凤凰湾来了，袁应付出的"代价"是装修了一套房子供他们使用，小区食堂的饭任他们吃。这套房子本是要送给他们的，艾院长没吱声，庄医师说不要，我们要房子做什么？麻烦！

晏医师名晏德举，他们夫妇就更有意思。

老晏这人不光会治病，且十分有趣。他和艾院长年纪相仿，但形象差异大。艾院长是典型的南方人相貌，年轻时还有点奶油小生的味道。晏医师则是南人北相，五大三粗，说话也是高调大嗓。年轻时是这样，老了依然是。他也是恢复高考后学的医，但学历不如艾院长高，是熙川地区医专毕业的。他上学时有个老师不寻常，是上海的华山医院下放到熙川的外科专家。晏德举容貌粗但心细，得到了那位老师的真传。老师在他毕业时调回上海，他也被分配到永和县医院，很快成了"第一把刀"。这人的名气一度大过艾院长，倒不是因为他的技术，更不是因为职务——他到退休也只是一名主任医师，连科里的副主任都没有当过。他出名跟女人有关系。那个年代重视计划生育，每年县里都要抽调大批医生到各乡镇巡回结扎，这是中心工作。有时一下乡就半个月，轰轰烈烈。晏医师是外科高手，肯定要被抽上。和那些开胸剖腹的手术比，结扎只能算小菜一碟，但晏医师干这活特别投入。只要是他做手术，不论男女，都先让人脱裤子，他要亲自查看一番，不但用眼睛瞧，还要用手摸一摸探一探。他有"道理"，说根据皮肤的纹理、毛的疏密与浓淡、器物的形状，可以八九不离十地判断出输精管或输卵管的位置，比 X 光还准。别人做手术，划一个大口子，出一大摊血，甚至在里面掏半天才捞出来扎一个，有的还毛手毛脚丢三落四，将剪子纱布之类忘在肚子里，得重新开一刀。他不是，他只要开一个小小的口子，出一点点血，伸一根指头进去轻轻一钩，就把该要的东西掏出来了，一割一扎，缝两针，分分钟解决。他自得其乐，往往边做边哼小曲儿，被他割的人并不痛苦，康复起来也快。有个别妇女甚至说晏医师做得让人蛮舒服，像被蚊子叮了一口那样！所以，永和人送他外号"阉得准"，又号"一指抠"。刚开始抽他搞结扎时，曾有人举报他有作风问题。举报他的人不是病人，是医生，是因为他既看又摸，个别医生认为这就是流氓行为。医院停了他的结扎工作一段时间。后来计生委不干，王婆代表广大待结扎的男人和女人，强烈要求晏医师下乡结扎，还有妇女放出话：要扎可以，非"阉得准"不可！县里的分管领导也敢于担责，力排众议，请他重新出山。他知道别人举报的事，但积习不改，我行我素。还向领导毛遂自荐，说我可以办培训班带徒弟，你们派作风过得硬的人来学。学会了他们去扎，我回医院割胃割肠子！领导听了只是笑。也有男女医生在老晏做结扎手术时观摩，特别注意看他会不会有反应。结果他没反应，看的人倒有了反应。晏医师的夫人老刘是县医院资格老的护士长，为人泼辣，可和老晏过日子，温顺如波斯猫。

晏医师夫妇是艾院长推荐、袁应请过来的。基本待遇大体一样，考虑到刘护士长工作任务比较重，按月开三千元补贴，房子的产权他们也要了。

这"双夫妻"都是很受业主喜爱的人。

晏医师是灵慧之人，如今已没多少男女可供结扎，便在治疗妇科诸症和男性前列腺疾病等方面另辟蹊径。他没有祖传的医术，但望闻问切的功夫连艾院长也佩服。譬如他和别人吃着饭，或者聊着天，没有人发觉他在观察谁，过后却常有人得到他提醒。如跟某女人说你要去查查子宫，到医院一查，子宫肌瘤；跟某女人说你快去查查乳腺，一查，乳腺癌早期！又跟某男人说你的"水龙头"坏了，要去修一修，被说的人记住了，找机会一查，前列腺重度肥大，或癌前病变。

该说说给老阳看病的事了。

艾院长望闻问切一番后，当着众人的面做分析：从脉象看问题不大，你的身体素质是好的，亏了的只是气。也就是通常说的免疫力下降，抵抗力不足。在环境、气候不变的情况下，没什么事，一旦改变了，就容易出现症状。譬如秋冬换季，气温突然下降，人一下子适应不过来。当然，你的上呼吸道看来是比较脆弱的，很可能有过器质性损伤，像小时候患过百日咳、得过鼻炎等，那时人小，你自己可能没有记忆。年轻时身体韧性好，这也不算事，到了一定年纪，出现退行性变化，一不注意就有事了。还有就是心理因素，这也很重要。天天念着有病有病，总想着到了寒露就会咳，就真咳起来了。这叫心理暗示，就像我们这些人，如果总说老了老了，不行了不行了，天天挂在嘴上，还真会老得快。我这是从医理上和心理上讲，见笑了！

艾院长你说得很有道理！那请问，她这毛病会怎么变化？该怎么对付呢？老阳闭口未言，是老祝替她问。

要积极干预，不能得过且过。没有积极干预，肯定会越来越严重。看欧阳行长现在这状况，正是积极干预的好时机。省城的大夫劝你们找温暖干净的地方过冬，肯定是对的，就是避免外部环境的剧烈变化引发病变。所以，说来说去，第一条还是改善环境，每年下决心离开省城过冬，住到海南去或到凤凰湾来，这叫"治未病，养为首"。第二条，"化症状，药次之"。要适当用一些减轻或消除病症的药物。西药当然可选，但这里的人都知道，我现在不倾向于用西药，尤其是对老年人和慢性病，更不赞同，我主张尽可能多用中药。现在有所谓中西药之争，对中药有非议的人不少。我不争论，但常跟别人说要注意一个基本事实：是药三分毒。一般来说，西药比中药毒性更强。中药是君臣之药，西药是虎狼之药，如果不是救急，为什么要避君臣而就虎狼呢？第三就是调整心态，万事莫惆怅，每日寻快乐。这实际上也是用愉悦的方式，或分散注意力，养正气、祛邪毒。这一条很重要，最容易也最难。说很重要，是因为这是治本的，基固本强，病自难侵。说最难，是难在心无旁骛，坚持到底。不能持之以恒，什么调养都不会有效果，还可能起坏作用。说最容易呢，是说这其实是比较好办的事，没有吃药的苦，没有开刀的痛，也就是找到一种合适的方式来天天搞一搞，搞顺了还很快乐，多简单！前提是要找到适合自己的方式。选项是很多的，吹拉弹唱、写写画画，或打球，或做操，或游泳，都是可选的。正面例子不少，这不，俞建波行长就是最好的个案，她双日唱歌，单日跳舞。单双日之别，古人亦称刚日、柔日，唱歌跳舞帮了她的大忙；王主任也是很能说明问题的，她是开心果，所以也是不老松、冻美人。总之，要保持与朋友、与大自然的亲密接触。不要封闭，也不能太过喧闹。不是有这样的说法吗？"和为贵，忍为高；自寻乐，莫烦恼；睡得香，起得早；不偏食，七分饱；常活动，勤动脑；天天忙，永不老"。

满屋子人被这番高论吸引了。欧阳蕙枝听得更是仔细。

艾大院长你别光讲理论，赶紧来点实际的，说说欧阳行长这种情况搞点什么活动最合适，吃点什么药最管用吧！蓝伯温开始催促了。

老蓝你不能用"最合适""最管用"来要求我，医者仁心，但医者只是医者，不是神仙。我可以提点建议，也许管用，也许不管用，试试吧，不行还可以调整。喏，甘主任也在这里，她是西医内科的权威，要是用西医解决，那就得请甘大夫出手！

院长别埋汰我，中西医您都是权威！我到凤凰湾来就是跟老曹来养老的，不操业。西医开出一张处方，先要做一堆检查，麻烦得很。您别卖关子，拿方案，开方子吧！甘大夫说话总是实实在在。

王婆和俞行长也催艾院长。

依我看，欧阳行长要多唱歌！唱歌能增强声带的韧性，也会激发支气管的活力，修复可能存在的微小创伤。

可是我不会唱啊！老阳无奈。

不会不要紧，不会可以学。我记得俞行长以前也不怎么唱，现在不是唱得很好吗？您这么有智慧的人，只要肯做，什么不会？另外，你们看景区里面那些吹萨克斯、葫芦丝、小号、拉大提琴、小提琴、二胡的，好多以前都是挖煤、扛水泥包、在餐馆炒菜或种地的，老唐和他老婆一调教，不是有模有样吗？

她现在有症状，搞不好还会加重。还是要吃点药吧？老祝关注这个。

我这里有几个祖父传下来的方子，我想先用一下"平惊汤"，有几味中药在县里的药房可以配上，另几味是产自这里雷公尖的草药，我这里备得有。如果你们没有顾忌，不妨试试。

你是院长、专家，我们是你的老病号，顾忌啥？你就开吧！老祝表态。

艾院长边开方子还边说：祝书记你现在有什么锻炼方式？你气色好。但年岁不饶人，也要"治未病"。我们这里有人在练蛤蟆八卦拳，相当于太极拳，是省级"非遗"，很不错的，建议你学一学，练一练。人到了我们这个年岁，要培养至少一种爱好，喜爱至少一种适合自己的锻炼方式。

23

养生方面，祝祖明不是不上心，也不是很上心。谁不想活得健康？但在这方面众说纷纭，莫衷一是。

我越活越糊涂了。过去乱吃乱喝，东跑西颠，也这样过来了。现在老了，对于怎么吃怎么喝怎么活，反倒无所适从。艾院长晏医师，你们是专家，你们的夫人也是专家，我看你们的状态都好，一定有经验，今天想请教请教！祝祖明是真的想听到一些好的意见。

这个得问老晏。你看他和他夫人，一个宝刀不老，雄风犹在，一个婀娜多姿，风情万种，可称琴瑟和鸣。他们有理论有实践，你让他们传授！艾院长也是有趣的人。

听了艾院长这话，除了老祝和老阳，在场各位无不欢笑。

领导你不晓得他们笑什么吧？是笑我和我老婆"琴瑟和鸣"！晏德举倒无所谓，摆开了说一说的架势，刘护士长面露羞涩，说老晏你大嘴巴莫乱讲！

祝书记夫妇能在这里听我乱讲，就是平易近人，还不识抬举？再说，有些事的源头还是书记做书记的时候的事，说说不也是回味一下嘛！

晏医师你这是在吊我和老阳的胃口？

书记你还记得当年搞结扎那些事吗？

怎么不记得？"阉得准""一指抠"！

这些民间的事书记不知道，他们都清楚！晏德举说着，用手指了一圈屋里的人。王主任最清楚，你说是不是？

王婆笑弯了腰。你厉害，都知道你厉害，快说后面的！

于是，晏德举说他也是人，但他有一种秘技：穿上白大褂，就是无性人，眼里只有肌肉、组织、病灶，管子就是管子，骨头就是骨头，哪怕是一对男女在眼前交合，他也只关心体位正常不正常，绝对不会把自己摆到情境中去，哪里会有反应！这也是上海那个老师传授的。老师说白衣天使白衣天使，白衣就是天使的铠甲，穿上它，就神奇勇武。那些人不懂这个，没参透，竟有连白大褂也不穿就偷看我结扎的，凡眼凡心，不起反应才怪！

脱下白大褂你啷样？王婆故意问。

肉人凡胎，是一样的，反应比他们还来得快！这不，知道你们几位今天要来，我穿了这件崭新的白大褂，平时我还不一定穿。面对王主任，我担心有反应！

众人大笑。

刘护士长说老晏不打乱话嘴里会长疔疮！

晏德举终于也哈哈大笑了，笑得诊桌上的处方笺簌簌响。

艾院长不是说了吗，老年人开心就是最好的药。我这是逗你们开心！也不完全是开玩笑哈，这里面有一个科学道理。性力是人生命力的重要表现，性活动是增强生命力的重要手段。艾院长是当领导的，他不好举他和老庄的例子，我拿我和我们家老刘来现身说法吧。理论我谈不上，实践经验有一些。我和老刘都年过花甲了，现在每个月还要游戏几回。这是训练，也是检验。我们图的不是销魂一刻，而是健康，这是千金难买的保健良方嘞！不瞒各位，我前列腺不肥大，拉尿还是一分钟解决问题，老刘不用每天擦我们家的马桶沿子，是吧老刘？你们看我家老刘，看她看她，脸红了吧，红得像少女吧？这是好现象！所以呀，要说老人养生，"琴瑟和鸣"要排在第一位！

老晏信马由缰，别人听得欢喜，俞建波悄悄溜了。

这和传统中医的理论是相符合的，属于精要之义。艾院长附和晏德举。

艾院长前面说的那些我都赞同。另外，我主张老人养生要特别注意两条：一条是顺其自然，另一条是因人而异。千万不能生搬硬套，倒行逆施。

老晏讲了几个例子。

一个是喝"四宝茶"的事。说县里有个退休干部，名字就不点了。身体本来蛮好，看电视台养生节目中，有鹤发童颜的老中医介绍一个保健偏方：喝"四宝汤"，用三根虫草、一把宁夏枸杞、一撮西洋参、五片黄芪，早上起来泡一杯，喝到晚上连渣子也嚼到肚子里去。他便学着来。别的好办，虫草贵啊，就用存的钱买虫草，每天也用保温杯泡这"四宝汤"来喝，自己改了个名，叫"四宝茶"。有用没用呢？也有些用，提神补气呗。能不能防病治病呢？不能！光指望这个就糟糕了！他自从喝上这"四宝茶"，以为有了护身神盾，从此不体检，平时有病也不上医院，心想老子喝了"四宝茶"！结果前年腹痛不止，一检查发现是肝癌晚期，不到三个月就翘了辫子。还有一个是税务局的老丁，吃多了冤枉酒冤枉饭，"三高"一样不缺，医生提醒他要吃降压药，他听人说降压药"减性"，吃了那东西起不来，心不甘情不愿，就不吃，又听说洗冷水澡可以降"三高"，心血来潮就洗了起来。夏天洗没事，秋天洗没事，去年冬天接着洗，结果发

了脑梗，倒在卫生间里。好在老婆儿子在家，送到医院捡回一条命，人却偏瘫了，现在还窝在家里，整天要老婆喂饭、擦屎。才五十出头！

晏德举还讲了一个"健身狂人"的事。说某人也是五十来岁，迷恋健身，一心只想长寿。起得比鸡早，天不亮就跑步、吆喝，半个城市的人听得到他虎啸龙吟，咦——咦——哟——哟——他确实抗冻，别人穿长袖他穿短袖，别人穿毛衣他穿衬衣，嘴唇发紫还嘴硬，说我一点都不冷！后来也迷上了洗冷水澡，到锦绣河冬泳，去年也中风了。

老晏说自己有健身八字诀：床上"起跷"——揉搓、起伏，包括俯卧撑；床下乱走——随性散步，每日早晚各走半小时，溜溜达达拍拍打打。不少人说人跟机器一样，转得越多磨损得越厉害，老年人应学乌龟，以静养为主。我的主张是能动还是要动，能在户外动尽量在户外动。喜欢跑步打球练拳的人不一定活得长久，但一定活得更有味道，因为运动本身是一个让人快乐的过程。啥时候足不能出户了，走不得吃不下，变成一段只会喘气的木头，享受不到动的快乐，人生的路也就走到头了，死了也没什么遗憾。

晏德举这么一说一闹，老阳心情转好，蹙着的眉头舒展开来，居然不咳了。

艾院长，我看你这里不像诊所，像个俱乐部！

书记你真说着了，我们这里不能照二甲三甲那样的标准来搞，还是得从实际出发，因地制宜，寓医于乐。我们几个既是医者，也是乐者。但是请你放心，真有什么急难之症，我这里一个电话过去，镇医院、县医院，甚至市医院，要人来人，要车来车，绝对不会误事！老晏刚才说的这些，和我说的不尽相同，但我不反对他的道理。他是有资格说这些的——哟，说多了，我来给欧阳行长开方子！

艾院长开方子时，别人又说唱歌、打拳的事。

蓝伯温说刚好，邹主任找袁总提了建议，希望在小区办一所老年大学，袁总同意了，保障没有问题。也不复杂，就是办县老年大学的一个分部。已经说好了，请曹主席当校长，老龙当常务副校长，唐馆长任副校长。你们要唱歌、跳舞、玩乐器、练武术，只要有兴趣，都可以进去学。也要传授健康养老的知识，免不了请艾院长、晏医师、甘大夫你们登台讲学。

从诊所出来，几个女人在小区里边走边聊。

半道上，一个五官歪斜，一脚长一脚短的残疾人在扫地。走到她们跟前时，学门口保安的动作，敬了一个军礼。

老阳觉得滑稽。

王新娟告诉她，这人叫"横仔"，汪山村人。别看他像个细娃子，其实快三十了。他是四矮矮的本家兄弟。他爷娘在生他之前连生了两个女儿，按政策不能再生了。但他们不甘心，跑到外地又偷偷生了一个，还是女孩。镇里发现了，责令他们回来，罚了三千块钱。后来为了躲计划生育，跑到云南保山去熬酒，他娘又怀上了他。那边也抓计划生育，临盆时不敢上医院，就在租住的房子里生。哪知道这次胎位不正，脚先出来，卡住了，憋了半天还是两只红脚挂在白屁股上。他娘痛得要死要活，实在没有办法，用板车拖到乡卫生院，碰到一个好心的医生，费半天劲才把胎儿弄了出来。一看是"带把"的，但头是扁的，全身发紫，拎着他的脚倒过来打屁股，一点声响也没有。医生把他放在病床的草席上，对他爸说，缺氧时间过长，坏了，没用了，扔了吧！他那根没有血色的"鸡鸡"，在他爸眼里却像金箍棒。他爸怎么也下不去扔他的手，便学那医生，抓住他的脚倒拎起来拍屁股，还不停地晃。搞了半天，这小子哇地哭出来了，虽然声音小，但在他爸听来就是惊天大雷，抱着他边跑边叫，医生医生，我崽是活的，我崽是活的！医生也惊奇，仔细检查后告诉他爸：活是活的，脑子坏了，是残的，你自己想好了！他爸说，只要是崽，残的我也养！后来在那家卫生院住了八天，孩子烧了六天，成了现在这个样子。

这么奇特？后来呢，又生了吗？老阳动了怜悯之心。

哪还能再生？县里掌握了情况，让乾坤镇派人到云南找他们回来，扎了，喏，就是"阉得准"做的！

这家人够呛，日子怎么过？你干了七八年这种事，怪不得会挨骂。

骂麻木了！人没有后眼，谁能想到有今天？不过阳姐，我也是代你们家祝书记挨骂，代你挨骂！说起来你们得表扬我！

此一时彼一时，这种奇奇怪怪的事那个年代太多了。俞建波也有感触，说这些"超生游击队"受的苦，小品是演不出来的……现在好了，他那些姐姐都嫁人了，日子过得不错。袁老六出钱盘下他家老屋，改成了民宿，还是让他们家的人打理，生意还挺好。横仔在小区搞清洁，一个月领得到一千多块钱。其实也不蠢，别人打扑克他能在边上支招，说出红桃、出方块，还喜欢到梁彬超房子那边去"扫路"，趴在栏杆上看小潘遛狗。还会跟人到永和街上的发廊里找洗头妹。人却不坏，不偷鸡摸狗。他有电单车，开来开去捡矿泉水瓶、纸箱，拿去卖钱，说要存起来讨老婆。

又碰到"波斯美女"，正在路上遛大白，笑盈盈地打招呼，还和俞行长约了第二日的牌局。

辛寡妇母女急匆匆走过，手上都提着东西，说是去汪山村，交给磨坊的师傅磨制大颗粒米粉，准备做粉蒸肉用。

这对母女为人机敏，远远地朝老阳打招呼：欧阳行长，怎么老没见您和祝书记来我们食堂吃饭呢？有事叫我们哈！

男人们没有闲逛。

蓝立生一出诊所就接到陶川的电话，说老陈回来了，立功了，小学女老师的案子破了，正在棋牌室摆龙门阵，问他有没有兴趣去听听。

祝祖明也没事，就和众人一起去凑热闹。

24

那个名叫秀秀的小学老师的命案，是国家实行双休日制度不久后发生的。

秀秀师范毕业后被分到汪山村小学教书。她家在永和北乡，上头有一个哥哥一个姐姐，她是家里的宝贝小女儿。吃粗米黄菜长大的人，却雪白粉嫩，长辫子及腰，眼睛会说话。那时农村的女娃子能读完中专做上正式的乡村老师已是相当不错，父母指望她日后找个好老公，全家人沾光过好日子。秀秀懂事，参加了工作还保持着做学生时的习惯，平时住学校，双休日一定回家。

那是一个周五的傍晚，也是夏天燠热的傍晚。秀秀上完下午的课，像往常一样，独自翻鸡公岭往家里走。结果就出了事。一朵鲜花凋零在了鸡公岭上，凋零在山道旁的茶树林子里。

陈永刚当时是刑侦大队的探员，参与了办案，因为刺激大印象深，情景全记得，宛如昨日之事。

第二天上午，一个在茶林里放牛的人发现那女孩后报了案。现场没被破坏，小陈他们赶到时，见到的是这样的场景：

人伏在林子边缘的一条排水沟里，身上盖了枯枝烂叶。拨开树叶看，人完全赤裸，白生生的背和腿，黑而长的头发胡乱地披散在身体上。翻转来看，除了肉就是土。肌肤是完好的，眼睛被捣烂了。

小陈他们在周边查找，发现一块沾了血迹的尖角石头，一片被碾压过的草。人被运到局里，法医立即解剖，采了各种样，认定是一件强奸杀人毁尸恶性大案。局里成立了由局长挂帅的专案组展开侦查，而且请了市局的人指导。查了一年多，动用了大量警力，也动用了乡村各级的力量，找了几百号人。一批一批的人被列为怀疑对象，又一批一批被排除，还误抓了一个打柴的，在看守所关了半月，最后发现搞错了，不得不道歉外加赔偿。案子没破，公安局一时灰头土脸。

若干年后，小陈成了老陈，从刑事警察转为经侦警察。

随着时间流逝，案子层出不穷，人们慢慢把秀秀的事忘了。当年办这个案子的人，包括老陈在内，或高升，或调离，或退休，或作古，一个也不在原来的岗位上了。公安局则搬过两次家，鸟枪换炮，物非人非。

秀秀遇害后，秀秀家塌了天，她爸爸很快患癌去世，她妈妈哭瞎了眼。

前两年公安系统搞积案攻坚，要求"命案必破"。县局新上任的局长是副县长，十分有担当，想把这件一度轰动全县的案子作为标志性的案例来办，立下誓言要举全局之力突破，以慰亡灵，以树形象。吊诡的是，翻遍了全局，竟没有找到关于这件案子的任何原始检材，特别是女孩身体上的提取物和相关记录。没有这些东西，就是把天下男人的精子都取来做DNA检测，也是对不上号、定不了案的。局长在局里发过几通脾气，也是无可奈何。事有凑巧，今年五月间，相邻的永阳县，也就是欧阳蕙枝老家那个县，发生了一起类似的案子，一个偏远乡镇一家咸鸭蛋厂的一个女工，下班后骑自行车回家，在无人的地方被路障逼停，遭强奸杀害，被剥光衣服丢在墓穴里，眼睛也被毁了，是用螺丝刀弄的。这个案子很快破了，作案的人是附近机砖场挖泥打坯的工头。碰巧，永阳县公安局局长在永和县公安局干过，秀秀一案发生时他是城关派出所的副所长，虽没有参与办案，但秀秀被害这件事他知道。那局长很具专业精神，马上联想起来，叮嘱底下：查查那家伙是不是在永和待过。一查，那人二十年前真在永和县城开过"三马"（出租三轮摩托车）。这就让他兴奋了，他立即与永和方面联系，建立并案机制。事情到这一步本来很好办，只要检测一下当年从秀秀身体里取出的东西，拿来一比对就明白了。可是，检材找不到，DNA技术基层公安局用到破案上还比较晚，对秀秀的检材并没有做过这种处理，更谈不上进纸质和电子档案。网上查不到，实物又没有，加上那人死猪不怕开水烫，只认查实了的事，别的一概否定。这盘棋眼看下成了死局。永阳的局长不甘心，就想找到当年参与办案的人，看能不能摸出什么有用的线索来。这一提议得到永和方面的响应。先找了在职在位的，一无所获；再找当年在刑侦大队当过领导的，一无所获；最后找到陈永刚。老陈在刑侦大队干的时间不长，但心细，办案有个习惯，会将别人看不上而自己认为说不定什么时候用得上的细小东西收集一些保存下来。他记起来了，当年办秀秀的案，人被抬走后，他还在那沟里翻找了半天，别的没找到，找到了几根毛，却也不能简单断定是男人的还是女人的。他把那几根毛捡起来，想交给法医，法医举着手上的塑料袋子跟他说：油都在这里，还用得着你这几根毛？他就把毛随手夹进笔记本的封皮里。时间太长，这件事他也差不多忘干净了，自己搬过几次家，连那笔记本能不能找到他都没有把握，所以这事他没声张。国庆节前局里的人找到凤凰湾来，说了永阳的案子以及永阳方面的要求，出于责任，他便把这旧事重提了一下，但是反复强调：毛我是捡了几根，找不找得到实在没有把握。你们容我去找找。所以，前一阵说抽他去办案，其实就是让他去找毛。他在凤凰湾有房子，在县城里有房子，在儿子家帮忙带孙子时也搬了一些物品放在那边，这些年左搬右搬扔掉了不少，加上年岁大记忆力减退，他实在不记得那本子和本子里的东西还在不在。但他非常认真地找。凤凰湾的房子是退休后来闲住的，没有；县城的房子物品多而且杂，翻腾了整整一星期，也没有；记起帮儿子带孙子时还没办退休，可能带过一些工作用品过去，便跑到儿子家去找。儿子是马大哈，冲他嚷：你和老妈之前住的房间现在我在住，哪里还有你们的东西？早扔了！幸亏儿媳妇是细心人，收拾房间时发现有些孩子爷爷奶奶用过的物品，心想不好随便扔，便用一个藤篓子装了，绑牢了放在阁楼上。老陈来了劲，爬上阁楼找，终于翻出来了，还真有那本子，揭开粘死在纸上的塑料封皮，还真有那几根毛！他大喜过望，把毛献给办案的同志。后来的事就十分简单而且顺理成章了。那毛有男人的也有女人的，经检测和比对，发现男人毛的 DNA 和永阳那个窑工头发的 DNA 百分之九十九点九重合！铁的证据一摆，那混蛋不再顽抗，阴笑着说：是我搞的！

　　原来，秀秀某日回家，学校有事动身得晚，她下了鸡公岭走到县城天就黑了，坐了一回这坏蛋的"三马"。女孩子单纯，一路上跟他搭话，讲了自己在哪工作、干什么的等。他看女孩漂亮，心生歹意，又慢慢摸清了她的规律，逢周五傍晚便丢下生意，跑到那片茶树林守株待兔，终于得手。干过这一票，他还是在县城开"三马"，也从没有人怀疑到他头上。后来城里拉人的"三马"换成了昌河面包车，再后来又换成了捷达，他的"三马"没人坐了，他又没钱买新车，混不下去，加上心里藏着事，就投奔了永阳的亲戚，到亲戚的窑场做事，负责挖泥，算是一个工头。这家伙外表并不猥琐，五十多岁的人，看上去还像个保养得很好的干部，所以秀

秀那样的善良女孩才会疏于防范。

干了这一票他就收手了？在永阳那边没再犯事？他那东西就听话了？

大家都被老陈的故事吸引，听得聚精会神。看他讲累了，有人递茶给他润嗓子。龙兴民乘机问了一句。

也不是，骚还是骚，但在永阳有油水养着，有人管着，拴住了。陈永刚接着叙述，说那家伙姓彭，名字也挺好，叫彭志，熟人都喊他志志。他老家就在华阳镇的彭家墩。他父亲原来是耐火材料厂的工人。他害秀秀时他父亲已经下岗闲在家里了。家里穷，没钱给儿子娶媳妇。到永阳那边，砖场如战场，他有力气，又吃得苦，加上亲戚关系，老板对他挺好，还帮他讨了一个在窑场烧饭的村姑做老婆，老婆又给他生了一个女儿一个儿子，他便过起了规矩生活。如今他家里倒是不缺钱，儿女也大了，生计不成问题。但是老婆的身体出了毛病，"掉茄子"，就是子宫脱垂，搞不得，一搞就出血。但这家伙是头牯牛，砖场那点事根本消耗不完他的骚劲，就又不老实了。他在永阳害那女的，也做了很长时间的准备。人家是季节工，据说是厂里几十号女工中最漂亮的，家里还有儿女，老公在杭州打工。这下被他搞得家破人亡。这人被押到永和来了，就关在我们县看守所。审他的时候，问他杀人为什么还要把人家的眼睛搞烂？他说听别人讲，横死的人会把死之前看到的东西印在眼仁里，不搞烂会留下痕迹。问他做如此肮脏残忍的事，是不是良心上会受到谴责？你们猜他怎么回答，他说谴责个屁！这两个女的我才弄了两次，我跟我老婆弄过无数次，无数次当不了这两次！不同的女人就是不一样的味道！这畜生，就是一个魔鬼！

要将这个混蛋千刀万剐！把他那玩意儿挖下来喂狗！王婆恨得咬牙切齿。

陈永刚讲破案时，一伙女人也闻讯过来听。

不能喂狗！公狗吃了母狗遭殃，母狗吃了公狗遭殃！要丢到河里给鱼吃！林禾水也在听，来了这么一句。

不能丢到河里！鱼要是吃了，被四矮矮买来做成"四水"，让你们吃到了，王婆、"波斯美女"和小章她们都危险！老龙又打乱话。

你们这帮混蛋男人！这种事还说得出口，还笑得出来？俞建波提意见了，满面悲戚。

祝祖明和老阳也觉得这时候开这种玩笑不合适。

这件事不会牵扯到你这儿吧？祝祖明问陶川。他知道积案清查有追责机制。当年案发时老陶是县公安局副局长。

那时我们手段落后，心有余而力不足，很惭愧！丢失检材是后来的事。追责追到我头上也没有办法！想想受害者和两个家庭，真是颜面扫地！好在陈大这次立了功，为我们那一代公安争了气！秀秀的姐姐姐夫请人做了两面锦旗，一面送到永阳县公安局，写的是"百姓卫士，天地良心"；一面送给老陈，写的是"神探不老，再立新功"。是这样吧，老陈？

陈永刚笑。其实，秀秀的姐姐姐夫不光给他送了锦旗，还捉了两只自己养的鸡送到他县城的家里。他不肯收，那两口子跪在地上哭，说要不是你，我妹妹的阴魂散不了，我老爹的阴魂也散不了，我娘的眼泪会哭干！你是我们家的恩人！

这种毛发、指甲、扣子、带子、电线、衣角之类的小物品，我收了不少。看来还不能随便丢，要理出来交到资料室去，说不定什么时候有用。

赶紧交！现在条件好了，别担心没地方放，有用的都会进数据库。陶川吩咐。

这种令人不愉快的事，听过就是了，好在善恶终有报，秀秀的灵魂得以安宁。我们还是要走出阴霾，过好我们的日子。天气这么晴朗，最宜出游，祝书记欧阳行长，明天是阴历九月初八，乾坤镇的大集日，去赶个集么？龙兴民提议。

这个好，后天是重阳节，也算提前过个我们自己的节日！王婆率先响应。

乾坤镇老祝早就想去。他拿眼睛看老阳。

老阳点头。

25

　　寒露风在凤凰湾张狂不起来，狰狞着吹了一天两夜就溜了，鼎罐坝仍是艳阳天。

　　这种天气最宜赶集。

　　永和凡乡镇政府所在地必有集。有些大的村子也曾有集，如北乡砦里镇的观前村，二十年前一直有集。集日都是错开的，或一四七，或二五八，或三六九。乾坤镇赶的是大集，集日是阴历月的二五八十。

　　这日是九月初八，算乾坤镇大集中的大日。

　　太远的事说不清。改革开放之前，中国的人口主要聚集在农村，经济和社会活动也主要在农村。城乡二元结构中，农村的地位不比城市低。乡村集市是农民获得物质和精神满足的最重要场所。各地的集市虽千差万别，但都是交易中心、展览中心，也都是风情馆，还是名利场、竞技场，是观察农村最好的窗口。借助一个地方的集市，可以解读一个地方历史的深与浅、经济的强与弱、人情的厚与薄、风气的清与浊……世事沧桑，如今的乡村集市多已沦为年老色衰的弃妇，颜面尽失，风光不再。

　　乾坤镇却是个例外。

　　乾坤镇的早集不仅在永和，而且在整个熙川市都很有名气。若问缘由，关键有三：一曰偏远，二曰独特，三曰作兴。

　　在永和南乡，乾坤镇是离县城最远的一个乡镇。从华阳到乾坤，中间横着鸡公岭，"车路"走不成，只能走"马路"——沿锦绣河绕着走。现在路况好，路途短了些，但从华阳到乾坤仍有四十多公里，开车要半个多小时。乾坤镇多山多水，整体狭长，鼎罐坝的汪山村到镇政府也有十多里路，要穿越黄冈岭、东风面之间的峡谷。清凌凌的锦绣河把凤凰湾、汪山村、乾坤镇、华阳镇等连缀起来，珍珠玉贝一线串。路远，交通成本就高，滞留在乾坤镇一带的农村人口，特别是上了年纪的人，还有客居在凤凰湾的人，买点小东西、寻点小开心，喜欢赶乾坤镇的集。这体现的是人气。

乾坤镇核心区呈盘马弯弓之势，又像一张巨大的阴阳太极图。乡里秀才们翻过书，说这里古时曾是永和县的治所。锦绣河的水，从黄冈岭和东风面之间流过来，几千年上万年滋润着这"太极"；绕过鸡公岭硕大昂扬的"鸡头"，流向县城。这样，河道便在乾坤镇的三万余亩土地上拐出了一个大大的"S"，河是"S"的线条，而"S"的两个钩，钩出的便是河北与河南两片广阔肥沃的土地。严格地说，凤凰湾不在这个"S"之中，只因汪山村是永和的一个端口，再往西南走，已是他省他县。乾坤镇这个"S"的两个钩，也可以视为阴阳太极图上的"黑鱼"和"白鱼"。镇政府所在地位于河北侧，坐北朝南、依山面水，左青龙、右白虎，前有照、后有靠，村庄密集，人口众多，业态丰富，有二级省道经过，可以理解为是那"白鱼"；河对面土地面积更大，田地广阔，建了规模化的生态养猪场和养牛场，可以理解为是那"黑鱼"。本地人是没有谁关心这些的，外地人感兴趣，有住在凤凰湾的老上海人初到乾坤镇，说这不就是一个乾坤湾吗！他们言语中的"乾坤湾"另有所指。其实乾坤镇的这道湾也有名，不叫乾坤湾，叫阴阳湾。乾坤镇的这种气象，对本地人和外地人都有诱惑力，不管有无买卖，不管男女老幼，到集镇上或村落里转一转，或沿锦绣河走一走，能够找到一种来自天地之间的沁心彻骨的感觉。这算是一种独特的优势。

说到作兴，那就是官民共襄、顺势而为了。乾坤镇早些年埋头苦干，办过些如碎石场、河沙场、土纸厂、竹席厂、香料厂、板鸭厂、养羊场、养鸡场之类的乡镇企业，多而杂，小而全，免不了产生污染，坏了环境，影响到山和水的品质与面貌。近年遵照"两山"理论，县里给乾坤镇的发展重新定位，所提的要求是"生态立镇、山水美镇、经济强镇、文化名镇"，将其划为全县唯一的绿色发展试验区，不以 GDP 论英雄，重在保护青山绿水、留住美丽乡愁。镇领导班子认真学习深刻领会坚决贯彻，将凡是有可能对河流、山体、空气、农田、洲滩产生破坏性影响的项目逐一关停，"宁要绿水青山，不要金山银山"。永和县古称"锦"，镇里便把打造"锦南最美乡镇、宜人熙川样板"确立为奋斗目标，请了专家策划和专业机构规划，设立若干个符合绿色发展要求的项目。凤凰湾起步最早，声名远播。镇里现在又集中力量，结合美丽乡村建设，埋头抓另外两大工程：一个是举全镇之力，实施传统乡村集市改造升级，把乾坤镇老街建成中国"乡村集市的活标本、美丽乡愁的富集区"；另一个是招商引资，拟在锦绣河鸡公岭的山嘴那儿筑一道坝，抬高水位，把乾坤镇打造成"中国最美的乡镇"，让每一个来到乾坤镇的人都充分享受醉人的山水、诱人的美食、传情的故事、深厚的文化，让乾坤镇儿女更加热爱故乡，让所有到过乾坤镇的外地人看了就着迷、来了不想走……对于乾坤镇的文化样貌，也有初步勾勒，内涵博大精深，包括山水文化、宗教文化、耕读文化、红色文化、饮食文化等等。

以上这些背景情况，不用别人汇报，老祝老阳都知道。

去往乾坤镇，一路欢喜。

老祝说自己可以开别克，龙兴民不让，说你们是故地重游，肯定会左顾右盼，那很不安全。出了事故我这办公室主任担不起责任。你们只管看风景，别的交给我来办。

结果是他把梁彬超给办上了，用的两台车都是梁家的。一台宝马 X5，由"波斯美女"开，坐上了王婆、俞建波和姚小桃，还有大白；一台奥迪大越野，由老梁开，坐上了祝祖明夫妇、马朝红和龙兴民。

这么豪华的阵容？不怕别人说？我们算老熟人，怎么还惊动了她？祝祖明边说话边用手指指着要坐上宝马的姚小桃。

龙兴民笑，说一回生二回熟，人家小姚为领导办伙食都一个月了，还不算熟人？开玩笑哈！小姚是搭车去镇上买菜，她们这帮女人熟络。我们的后勤目前由她负责。凤凰湾的人都说，住得安心不安心看袁老六，吃得满意不满意看"寡妇"娘儿俩，玩得痛快不痛快看"注射器"。是吧，老梁？

梁彬超不生气，只说老龙头你搞错了，玩得开不开心还是看你和王婆！我向"寡妇"学习，努力提供服务！

老祝老阳和老马被逗乐了。

从凤凰湾小区去往乾坤镇，要越过大半个鼎罐坝，绕行黄冈岭，顺锦绣河北岸走。

龙兴民坐在副驾驶的位置上，和梁彬超聊天，荤腥不断。

老梁，刚才见你们家"波斯美女"扎了头巾，你这小子，昨晚一定喝了"玛卡"酒！

"玛卡"没用。我有海狗回春大力丸，龙头你要还是不要？要我改天送你两粒！

我不要，要了我们家那个当老师的人吃不消，你自己留着用。我这里有个段子，倒是可以供你参考，老板多有雄风，兄弟仍须努力！各位领导莫见怪，欧阳行长莫嫌我们粗俗哈，早上起来多笑笑，笑笑人更少！

老龙扭身看了一眼后座上的几位，便回过头念他手机上的东西：

某地一财主，八十老翁，娶十八娇妻，一树梨花压海棠。财主花心有余能力不足，硬功夫不够软实力补，喜欢和娇娘子坐而论道，夸耀自己某某处有良田千顷，某某处有广厦百间，某某处又有钱庄十座。娘子听得兴味索然，说老爷哟，您有钱有地谁都知晓，我也听过另一句话。财主问是什么话呢？娘子答：家财万贯，不如日进分文！嘿嘿，梁老板，有点意思吗？

梁彬超把嘴角笑得翘翘的。

后座上几人先是没听明白，等明白过来，也跟着笑。老阳说，龙主任你也六十多了，还是个活宝！

路是一溜的彩色路，比北乡的还要漂亮。

鼎罐坝这一段，往北一侧是田地，往南一侧是河流，河的那边还是田地和山峦。农工们在五颜六色的坝田里收稻子、豆子、果子，人的衣着不同，身形各异，如同一个个活动的色点，使得一幅大美之画格外灵动。微风吹拂，"天香驿站"酒旗低垂，像一把折叠了竖在屋顶上的伞。

最抢眼的还是河边上那些高大蓬勃的香樟树。那是两排身披绿篷的巨

人，在这片古老的土地上和多彩的河流旁守护了不知多少年。

这些树能够完好保存下来不容易！祝祖明睹物生情。

是，这是我们永和目前保护得最好的古樟林。林业部门有过统计，树龄三百年以上的古樟，我们县二十世纪八十年代有两千两百多株，现在只剩下五百多株了，主要集中在南乡这片，乾坤镇有三百二十六株。这一河两岸全是！说起来，在这件事上袁老六是有贡献的，要不早砍光了。

马朝红曾在县里分管过农林口，对情况很熟。

这种老树比人活得久、见得多，每棵树都是书，少了一棵就缺了一本。我们过去重视得不够，毁树不少，心有愧疚啊！今后再也不能干那种傻事了！

你放心，没有人敢再动它们了！不光是这种树龄三百年以上的，也不光是古樟树，现在百年以上的老树都上了"户口"，像人一样受到法律保护，谁还敢动它们？

峡谷地带，山陡峭，地逼仄，大树少，但时有巨石扑面而来。这些石头在山脚、在水畔，在阳光下、在草丛中，莫不有了雕塑的形态。如卧龙如猛虎如奔马如狂犬如老牛如懒驴，或如千年乌龟百年蛙，莫不栩栩如生。祝祖明看得出神，把这些联想说给车里的人听，感叹怎么这么活灵活现啊，好像进了石头阵、石像博物馆！以前的路没现在好，也是这个走法，这条路我走过不知多少回，这些石头也看过不知多少回，以前只觉得它们不过是普通的石头，修路时还嫌碍事，曾经想干脆炸掉算了，怎么现在看上去倒像都有了生命！

炸了一些，还好，没炸光，留下了这些。马朝红说。

祝书记，山水之美是要闲看的，你们那时"入戏"太深，没有距离，所以有些风景看得不真切。距离产生美嘛！

老龙头终于说正经话了哈！有道理，"不识庐山真面目，只缘身在此山中"。祝书记您现在有了慧眼，看这些石头就觉得石非石。其实石头还是原来的石头，书记成了更高级的书记！您是在点化这些石头！梁彬超玩机智。

老祝还是以前的老祝，你们这帮人成精了。老阳和老祝有同感，冒出了一句挺有内涵的话。

说话间就到了乾坤镇。

应该是受了《清明上河图》或凤凰古城、杭嘉乌镇、沪上周庄、云南丽江甚至意大利威尼斯的影响，乾坤镇在做活"水文章"方面下了功夫。把集镇的一段渠道做了改造，短处拉长、窄处拓宽、暗处挑明，弄成了一条光闪闪宛若银链、活泼泼胜似游龙的凤凰溪。集市沿溪布局，形成了"两水夹两岸，两街架六桥；远看水绕屋，近看屋包水；人在街上走，水从脚下流"的格局，构思确有动人之处。

比起当今不少所谓特色小镇的"房子夹马路，穿靴加戴帽，牌匾一斩齐，店稀人更少"来，这儿算得上鹤立鸡群。

把车停放好后，龙兴民招呼大家一起走。老祝不赞成，说那会形成前呼后拥的阵势，招摇过市。你们都不必跟着我，我和老阳慢慢走过去，你们该干什么干什么，约好时间，到出口处会合，麻烦彬超和小潘把车子开到那边去等。

"一条街，走半天"，说的正是乾坤镇长街，过去以狭窄拥挤和杂乱破旧著称，现在变得宽阔整洁，而且古意盎然。这让老祝和老阳很是欣喜。

沿街的房子看上去有沧桑感，但大部分是改建的，修旧胜旧。从前临街一面大户人家才有的骑楼，现在都修了，人在楼下走，天晴不沾灰，落雨不湿鞋。水渠两侧一律以条石垒砌，渠沿围了石栏杆，之间点缀了小巧玲珑的石木结构凉亭，亭中有石桌石椅，可歇脚可对弈。横跨渠上的六座小桥全是石质的，桥下流水桥上走人，桥面或拱或平，桥洞或圆或方，或有短廊遮掩或素面朝天，形态各异。街面上一律铺了石板，用的都是永和本地产花岗岩。店铺一家挨着一家，高矮有错落，牌匾分雅俗，着色不统一，皆依经营性质的不同而定。虽然大部分是室内营生，避免了过去那种集市的芜杂肮脏，却依然看得见品得出原生态，不少贴墙根摆着的摊上，还有难得一见的古老的东西，如用稻草扎着卖的猪肉、用棕丝串的油豆腐、装在篾编小盆里卖的拐枣、摆在圆筛子中吆喝着卖的麻糍，至于永和地产，如乾坤镇的板鸭、油辣风干鸡、鱼丸、鱼丝、酱萝卜、黄米粿、酸枣糕、苦槠豆腐等等，更是应有尽有。

镇子南面通锦绣河，北面通坝田，保留了几条巷道。巷道出口处是宽阔的场所，安放了石雕木雕，环以花草，形成街心小公园。这些地方就更热闹了，有挑担子剃头的、打铁的、现扯油面的，有老汉缠着灰白头巾、有老妪围着蓝布裙……这牵出了老祝老阳许许多多的陈年记忆，不仅仅是在永和的记忆，更多的是童年记忆。让他们略感遗憾的是，街面上和店堂里的人不多，特别是年轻人少，吆喝的声音也听不到多少，缺少过去那种熙熙攘攘吵吵闹闹的气氛，反倒显出几分清冷。

赶集在永和叫"赶闹"。赶闹赶闹，无非赶个热闹，少了人，就很难"闹"。

老祝还是喜出望外，说不错不错，想不到想不到，才多少年，乾坤镇能整出这个样子来真是不错，真是没想到！老阳，我们过那条巷子，到河边去看看！

河边就是那条穿镇而过的省道。修了人行天桥。河堤做了硬化，铺了游步道，搞了绿化美化亮化，还建了几个亲水平台。老祝老阳走过天桥，站到平台上。俯视足下，河水澄澈，草青沙白，鹭鸟纷飞。河风徐来，清气扑面；凭栏远眺，山隐约，地广阔，阡陌交通，星罗棋布。好一幅美丽图景！

他们有些陶醉了。感慨道山还是这些山，河还是这条河，星星还是这星星，月亮还是这月亮，当年怎么就没有注意到竟是这般美好呢？祝祖明情难自禁，说老阳啊，哪天我带你到河那边去走走。老龙和小梁说得对呀，距离产生美！人心的空间是有限的，被一些东西塞满了，另一些东西就进不去；人的眼力也是有限的，被一些东西遮挡了，另一些东西就看不清……

老阳被老祝带了节奏，也有了一点飘飘忽忽的意思。

撇开山，单从河流和平坝看，乾坤镇管辖的地方形似一个束腰葫芦。镇政府所在地阴阳湾这一团，是大大的葫芦底，鼎罐坝是葫芦盖，凤凰湾水库是葫芦嘴，而黄冈岭和东风面之间的峡谷，相当于葫芦腰。

搞得好，这就是宝葫芦；搞不好，会成为药葫芦。老祝自言自语。他说的"药葫芦"，里面的"药"肯定不是好东西。

二人偶发幽情时，一队人穿过天桥向他们走来。远远地便听到又甜又脆的声音。

前头走的是两位年轻人，马朝红和龙兴民跟着。也不用人介绍，那女青年说我是杜晓娟，祝书记您是我的老首长，我在这里做书记；那男青年说我叫汪鸣远，是这里的镇长。

祝祖明知道，当年他当县委书记时，这小杜刚进机关，在机要室做普通干部，而今也年过不惑了，脸上有了点沧桑，形象却未大变。小汪他不认识。小杜书记显然是讲客气话，要说老首长，马朝红和龙兴民是她更直接的老首长。

杜晓娟一个劲儿请老领导到镇里去，说他们要汇报，还要请各位赏光在镇里吃餐中饭。并说已经向县里报告了，康书记和诸葛县长正在开会，散了会就赶过来。

祝祖明警觉起来，说你们这样搞不行！书记县长跑几十公里路来陪我吃饭？出了问题，害的不是我们，是他们、是你们！他们要来，那我马上回凤凰湾，老龙你叫车子过来！

经马朝红和龙兴民斡旋，杜书记同意向县里重新报告。

老马说既然到了阴阳湾，镇里还是要进去一下，这也是对他们工作的肯定和支持嘛！

祝祖明做了妥协，说我和老马老龙留下，梁彬超开车子也留下，别人都回去，老阳一道回去！就这么办！

杜书记请示，可不可以请袁总过来一下，他也参与了这里的开发建设，河对面的生态养殖场全是他们公司的。他来了，我们吃的就是真正的工作餐了。

老祝问清了，袁总是袁应，表示这个可以。

人到了镇里，在会议室坐下，茶端上。杜书记和汪镇长想拉开架势做系统汇报。老祝予以制止，说汇报就不必，我们都看了，相当不错，在你们手上实现了乾坤镇发展的新跨越！

杜书记和汪镇长听着高兴，说不汇报也可以，但机会难得，我们有几个问题想向老领导请教。

老祝略作迟疑，点了头。

杜晓娟"求教"三件事：一是想改名，把"阴阳湾"改为"太极湾"，不知好不好？二是目前的发展定位，不知妥不妥？三是正在合作的几个大项目，不知行不行？老祝听出来了，确有"求教"的意思，主要是通报，多少还有些显摆。

别人都不肯评点，老祝发表了一些意见。他不倾向于改名，说"阴阳湾"的称呼由来已久，约定俗成了，没什么不好。在古人眼里，阴阳生太极，太极即乾坤，衍生万象，是讲得通的。发展定位不是你们决定的，也容不得你们说三道四，那几句话我看也挺好。上项目是大事，你们是用"3P"模式，建议多换位思考，起点高品质好肯定要坚持，也要多想想投入和产出、人气和效益。起点再高，蓝图再好，搞出来热一阵就冷了，没有人来消费，那就会非常糟糕，那是面子工程。乾坤镇这样的地方尤其要注意。还要搞清楚资金的可靠性，开了弓，就要把箭射出去，射到靶子上，不能虎头蛇尾，搞成"三拍"工程。要多体谅投资方。

杜书记说老领导谈到了点子上，这些我们一定会注意！

我是闲人，仅供你们参考！

祝祖明没有忘记自己的身份。捎过这句之后，又问乾坤镇列没列入省里重点建设的特色小镇名单。杜书记回答列入了，在六十个特色小镇里，用的名字就是"乾坤小镇"，突出文化内涵。下一步我们要争创全国特色小镇。

叫"乾坤小镇"不错，和"凤凰湾"相呼应，珠联璧合。

袁应是卡着饭点赶到的，蓝立生也跟过来了。

袁应在镇上有产业，人称"袁半街"。其实，启动乾坤镇改造这个项目，最早就是他提出来的，他曾想以一己之力，把乾坤镇弄成凤凰湾的姊妹篇。后来发现体量太大，消化不了，才由镇里接过去搞。所以现在是政府主导、市场运作。但他留了不少在手上，街上的香米坊、天香阁等，还是他的。

餐毕作别，老蓝小声向祝祖明报告：磨石头的福建师傅有重大发现，要请袁总去现场看过之后才敢做下一步。袁总说不懂，想请你一同去看看。

你们不懂我哪里懂？看看是可以的。地下挖出来的几块石头，能有什么古怪稀奇？

永和天目

---❖---

26

　　黄教授信守承诺，回到省城就联系了学生，学生立即安排了工匠。工匠其貌不扬，却真有本事，在珍宝岛上叽叽嘎嘎鼓捣没多久，果然有了发现。

　　好工匠都有好操守。他怕糟蹋了材料，放缓了手上的磨削，找到蓝立生，说老板不亲眼去看看，就不好往下做了，做坏了对不起人。

　　袁应对那些石头本没有大的期待，请人来加工，权当给祝祖明和黄教授面子。念及自己到省城把老领导鼓动来，让他们住在凤凰湾这么久，除了请吃过一顿接风酒饭，再没正经招待过，心中有愧。既然进了景区，就不如两场锣鼓一起打，小聚一次。

　　于是联系谭老板，说想邀几个朋友到岛上看看、水上转转，上石鼓坪吃个晚饭。谭老板表示毫无问题，立即交给鞠总办理。

　　袁应电话向祝祖明报告并请示。

　　老祝想既然答应了去看，吃个饭聊聊也没什么不好，何况上次到石鼓坪只是蜻蜓点水，有些遗憾，便未加拒绝，但表示我参加可以，老阳不来，她要跟唐馆长严老师学唱歌。袁应又说人少了不好讲话，想把曹主席、龙主任和梁彬超几位邀上，可不可以？老祝说这是你的事，我不管！

　　众人是下午进去的。

珍宝岛上搭了工棚。除了蓝立生，别人都是第一次看"琢石"。

场景很凌乱。所谓工棚，也就是用帆布围出来的一个大帐篷，有门而没有窗。可能是怕噪声招游客提意见，门口挂着厚厚的帘子，这时卷起来了。大白天的，进入棚子，梁上的灯泡还耀眼地亮着。形态不一的石块散乱地堆放在角落里。

看那石匠，干瘪的一条汉子，头发灰白，胡子稀拉，颧骨高突，牙齿焦黄，胸腔塌陷，胳膊细瘦。这人脖子上用线吊着一副眼镜，眼仁不大，眼光却利如刻刀，和蓝立生有得一比。他站在一块竖着的石头边上，身旁有一凳一椅，凳空着，椅上丢了一个肮脏的饭碗和半条"七匹狼"香烟，各种电动的或手动的，用于切、削、磨、刻、钻的工具摆了一地。靠里一处，却有别样天地：一茶桌、一木墩，茶桌上罐、匙、夹、盂、杯、盘一样不缺。热水壶正在电磁炉上冒着腾腾的热气，吱吱作响。

见一群人进来，工匠微露黄齿，挤出了一丝笑。

这是林师傅。他一来就跟我们讲好了，干活不让人打搅，早晚饭在住地吃，午饭打包送这里来。泡茶的水是他指定的"润田翠"，茶是他自己的铁观音。蓝立生解释。

吝好（你们好），呷班母得鸡（吃饭没有事），困觉母得鸡（睡觉没有事），哇（我）来磨臼头（石头），咯（这）臼头（石头）河（好）怪，哇（我）怕做绞（糟）了，捞办利（老板你）要来宽宽（看看），告（说）个猪椅（主意）……林师傅好不容易说完了他想说的话。

说完了话，他就让大家看电灯照耀下的那块石头。

好一块石头！

这石头大约一人高，比人宽且厚，略呈椭圆形。它的顶端是不规则的"山"字，也如向上戳着的三叉戟，钝而不尖。石头的上半部已处理过了，底色灰白，表面光洁，间有条状的暗黑、斑状的墨绿或点状的枯黄，有棱有筋、有骨有节、有沟有壑、有洞有穴。下半段原封未动，乍看像羊角沟里被白蚁吃枯的苦楮树干，让人产生一种错觉，似乎伸手一摸，它就会噗噗掉屑；用指一捅，它就会轰然垮塌……

林师傅不说话，只是指引众人看那已经打磨出来的部分，特别指着两个凹陷处让人细看。

因为有阴影，起先大家都没注意。一经指点，凑近观察，人人面露惊讶。原来，这两个凹陷处在同一水平线上，相距十来公分。这是嵌在灰白石头中的两颗石子——两颗绿莹莹的石子——不，是两粒石子！它们并没有鼓凸出来，而是镶嵌在里面的。但是，只需看上一眼，略加想象，你就会明白它们一定是圆圆的两粒，是碧绿的"鸽子蛋"，绿得像初春的草、雷公尖下的泉、凤凰潭深处的水。

这是翡翠呀！曹远清叫了起来。

众人把目光转向老林。林师傅比画着，说了半天，别人总算明白了：真是两块玉。而且，凭他的经验看，下半段还有。

大家又拿眼睛看祝祖明。

我不懂这个！

曹主席读书多，大家等着他发表高见。

他却谨慎起来，说祝书记都不懂，我哪里会懂？我是学文科的。不过，我读到过这方面的书。这些石头是硅化木，也叫硅化石。这东西要在地底下经过很多年才能生成，发育得特别好的，就不是普通的石头，里面可能有玉。玉也是石头嘛！所以，玉化的硅化木又叫树化玉。不过，一般的树化玉，也就是说着好听，并不是真的玉，这块究竟属于什么品质，那就难说了……这上面有斑点、洞眼，这个我知道，是树的节疤、虫洞，是在硅化过程中遗留下来的。这是大自然鬼斧神工的结果！

林师傅自己说话不利落，听别人说话却一字不落心领神会。他不住地点头，偶尔也摇头。

曹主席，你是"博士"，我想请教你，这种"玉"可以挖出来做珠宝吗？值点钱吗？袁应有些急迫地问。旋即感觉不妥，便笑着捅了一下身旁的梁彬超，戏言道，如果可以掏出来做成电影里的那种"鸽子蛋"，老梁你就可以到我这里谋了去送人！

大家都笑了起来。

曹远清却说，那是不可能的！硅化木就是硅化木，它和翡翠、羊脂玉、岫玉等有本质上的区别，不能相提并论。不过这种石头里有这样的"玉"，肯定是十分难得的。我的理解是，这"玉"未必值钱，但它生在这块石头里，如果加工得好，这石头就值钱！

林师傅不住地点头。

黄教授说不定是这方面的专家。即便自己不是，他也一定可以找到权威的专家。这件事，伯温你恐怕要向黄教授通报一下！龙兴民发言。

老蓝说这个好办！

祝祖明也觉得老曹老龙说得有道理。他仔仔细细地在那绿光幽幽的地方观察，退后看、趋前看、低头看、仰头看。看过后吸溜了一下嘴，说你们再认真看、整体看，要是这块石头全磨出来，是不是有点人的形状？这两个绿点，是不是像人的眼睛？这个山字形顶，是不是像古人戴的帽子？

大家学着他的样子，反复观看，都说咦咦咦、是是是，像人、像眼睛、像帽子！

袁应特别高兴，说我今天中大彩了！一块破石头竟然成了宝石，像人，还有眼睛，这个专利非祝书记莫属！我有一个请求，领导您干脆给它取个名字，将来它就是我们凤凰湾的一件宝物！

在场的人都附和。林师傅也笑得欢。

祝祖明觉得玩笑开得有点大。转念一想，这也确实是一件有趣的事，无伤原则，有增风雅。思索片刻，说取个名字也无妨，我来抛砖引玉！你们看哈，这两块"玉"在这人形的硅化木里，这东西和小袁有缘分，落在凤凰湾，你们华泰公司搞宣传时又常说凤凰湾是永和美丽的眼睛，能不能在"眼睛"上做点文章……叫"天眼"行不行？

有人叫好。

龙兴民却说不好，贵州那边有一个"天眼"，这个不如叫"天目"。

曹主席得到启发，说叫"天目"是可以的，古人有"水是眼波横，山是眉峰聚"这样的诗句，就是用美人的眉眼来赞美山水的。祝书记刚才说得好，凤凰湾是上苍赐给我们永和的美丽的眼睛，相当于"天目"，这个

寓意好。但只说"天目"没有地域标识，放到哪里都可以用。我看，可否叫"永和天目"？

祝祖明一听，说好，这样叫比较好！

别人也都说好。林师傅也说，安内（这样）啊？安内（这样）啊？西西西（是是是）！西西西（是是是）！

那就叫"永和天目"！林师傅你辛苦了，我知道在你们这个行当中，都说"三分在料，七分在磨"，麻烦你把功夫全拿出来，帮我加工好这个"永和天目"！不要急，慢慢来，慢工出细活！蓝总，你为林师傅安排好后勤保障，事成之后我要重重谢他！袁应拍了板。

看过"永和天目"，再乘游艇在水上转，就增加了几分快意，茶喝得格外香，话说得格外甜，笑得也格外响亮。

曹远清临舷观景，做沉思默想状。

袁应和梁彬超忙着谈业务上的一些事。

龙兴民靠近祝祖明坐，讲了一下谭老板和袁应合作的情况。原来，谭老板叫谭明德，是二十世纪六十年代到汪山村插队的上海知青。那时这一带很偏很苦，好些上海学生吃不消，找各种理由逃离了。这个老谭——那时是小谭，因为他爷爷、爸爸都是资本家，找不到离开山里的路子，便铁了心在这里扎根。这人脑子灵光，还能吃苦。当时这一片有几个小的自然村，石鼓坪上也住着一户人家，是看守林子的，种点菜，养点鸡鸭，也会到水库里捞点鱼虾。老谭自告奋勇，要求住到那家人的柴房里，协助他们守护森林，好在最艰苦的环境中改造自己的世界观。他的事迹被县里搞新闻报道的人发现并写了篇稿子，用的标题是《一颗红心向太阳，扎根山乡为人民》，在省报上发表了。老谭出了名，县里就把他树立成出身不好但可以被改造好的子女典型，让他入了党，还推荐他上工农兵大学。这个老谭特别能折腾，大学毕业后被分配到上海闵行区一个机关，干了几年，改革开放，他又下海经商，生意越做越大。他离开永和三十几年没有回来过，所以你那个时候不知道有这么个人。前几年，他和一帮老知青来做怀旧之旅。走到凤凰湾，上了石鼓坪，个个激动，当即商量，要在这里弄点业绩。那是一帮发达了的人。他们推举老谭当总代表，众筹资金，在石鼓坪上建别墅，计划将来每年带家人或朋友到这里住上几个月。这个想法刚抛出来时，老六不干，县里也不批，后来就改为双方合作，袁总出地、上海佬出钱，建高端休闲度假酒店……就建成现在这个模样了。

这要花不少钱吧？

他们有的是钱！谭老板讲，这帮哥们儿每人每年要花几十万去国外旅游，什么苏格兰、英格兰、普罗旺斯、波尔多、巴塞罗那、比利牛斯、威尼斯、爱琴海、马尔代夫、巴厘岛，走遍了，玩腻了。现在闹疫情出不去，出得去也不想去了，觉得还是凤凰湾这样的地方好。他们年轻时在此流过汗流过血，当年没有注意到它的漂亮，现在越看越漂亮、越住越有味。说人一到这里就变软乎了，这是心心相印、息息相通！他们也算过账，哪怕只把出国消费的一半钱用到这里来，也会玩得起飞！

股权结构是怎么定的？日常经营管理怎么办？

一家百分之五十一，一家百分之四十九，老谭控股。日常管理权也在老谭手上，具体负责的就是那个女的，那天你见过，姓鞠，叫鞠玲，名义上是总经理助理，实际地位可能更高。

哦？谭老板做什么生意？

海鲜。公司注册地在上海。他有一个儿子一个女儿。儿子常年在澳大利亚进货，女儿驻宁波收货，他和太太在上海坐镇分销。这里的事主要由鞠玲管。这两年有点麻烦，海路不通畅，他的公司损失了十几个集装箱的海货，什么澳洲龙虾和鲍鱼、挪威三文鱼等等，装上了船，出不来、回不去，在公海上漂了很久，全烂了，听说一单的损失就达千万。他夫人前年到墨尔本儿子那里去了，现在还没回来……这人乐观，整天嘻嘻哈哈。他也实在是有钱，这点损失只伤了点儿皮毛，"洒洒水"。石鼓坪上那些房子，对外说是酒店，实际上都对应到了这些人名下。房产证当然不能办，但说好了，他们随时可以来住。他们不住的时候，就由鞠总对外经营。所以，不管疫情演化到什么程度，经营这个山庄是没有压力的。现在只是试营业，精装修工程还没有做完，估计还得投进去几千万。

可留山庄的夜宴有些意思。

谭明德和鞠玲双双在入口迎候。姚华成鼓着腮帮子吹《回家》。

龙兴民讲鞠玲的时候，老祝因为上次有过印象，知道就是"美快真"的"华妃"！

老谭一点也不老不油腻，高个子，板寸头，身板笔挺，通体干净，很有海上绅士派头。

祝祖明看鞠玲，和在"美快真"时相比较，感觉多了五分端庄，少了三分妖媚。

谭明德有个习惯，来客无论身份高低，要吃他的饭，都得先看他的宝。他说他平生最喜爱两样东西：美女和紫砂壶。他生长在上海，祖籍是江苏宜兴。

在云境驿站的一楼，专门辟有一个紫砂壶展室。

谭明德领大家参观。

展品琳琅满目。老谭介绍，宜兴"紫砂七老"的东西他收齐了，顾景舟的一件，其余的少则两三件，多则八九件。前些年，艺术品价格像明星出场费和房价一样飙升，大师的真品，市面上几乎没有五十万以下的，现在降了温，有些也掉到白菜价了，但"七老"的还是价格不菲。

老祝问谭老板一共收藏了多少紫砂壶。老谭说记不清。袁应插科打诨，说他收了多少美女也记不清。

老祝不懂紫砂，只是看到一把壶上缀着葡萄枝，有枝有果还有虫，玲珑剔透的，说这个好看！老谭来了精神，说领导有眼力！这不是"七老"的，是当代大师汪寅仙的，她过世前我才收到。紫砂这玩意儿，前几年我主要收她的，价格公道，升值潜力大。从合作社出来的那批匠人都走了，当时就剩她，现在她也作古了。下一步呢，我想淘淘董、赵、元、时的，他们都是明末高手，古代紫砂壶界的代表性人物。

谭老板厉害！光这些宝贝，就能保你谭家八代尊荣吧。

领导过奖，小意思啦，玩玩而已！

参观紫砂壶时说到了硅化木，谭老板也有见解，说这种东西便宜的老便宜、贵的老贵，我在上海一家私人博物馆看到过一块，有人说值好几百万！

饭也吃出了滋味。

备了各种酒，有"凤茅"，也有"黔茅"；有国产的，也有舶来的。菜是土洋结合，既有醋焖鸡、汪山豆腐、笋丝炒肚丝，也有马鲛、日本鲜鲍、济州岛大虾。老谭说现在没办法，否则我要搞澳洲大龙虾和加拿大帝王蟹来吃！

有一个上海厨师，还有一个本地厨师，都是退休以后应聘来的。

客人安顿好，酒满上，白的是茅台，红的是法国超级波尔多。喝茅台用细瓷杯，喝波尔多用德国"肖特"杯。

谭明德有着上海人少有的豪放性格。他斟了满满一杯茅台，说尊敬的祝书记，我是半个永和人，欢迎您和各位朋友光临！闲话少说，我先倒个满的，先干为敬！说完，一抬手一张嘴，酒全进了喉咙里。

别人都欠欠身，端起杯子或深或浅呷一点。祝祖明喝的是红酒，也是意思意思。

谭老板不干了，手持空杯站着，对祝祖明说论官职您最高，论年纪我最大，要说和这石鼓坪的缘分，在座各位可能都比不上我，我算半个"原住民"。你们刚才都看见了，我把收藏多年的宝贝都搬到这里来了，晚年要做凤凰湾人。你们这样可不好，喝第一杯酒就不给我面子，不合永和礼数！

梁彬超站出来，涎着脸说，谭老板，不是领导不给你面子，他听了龙主任讲的故事，想要更大的面子！

明白了！做爱做的事，交配交的人！小鞠你来，你上！

鞠玲说话了：老领导，您德高望重，我敬您！我记得，我们在省城有过一面之缘！您莫见怪哈！

这女子厉害！

一杯不行，要三杯！众人起哄。

席上气氛热烈，不断掀起高潮。

白净丰腴的鞠玲脸上带了桃花，更像"华妃"了。

酒喝去几瓶，梁彬超还不尽兴，吵着要谭总上"品牌"。

祝祖明不知就里，问是什么"品牌"。

"高山流水""一箭穿心""空中加油"。曹远清点破。

不行，绝对不行！老祝搞不清底细，但料定不合时宜，坚决予以制止。

谭明德说不闹可以，难得和大家有缘相聚，不如干脆都在坪上住一晚，一人一间屋，也可以两人一屋，但同住一屋的必须是异性！

老祝觉得玩笑不能这样开下去了，虑及与老谭交往不深，把话说僵硬了也不好，便笑着搪塞：你们玩你们的，我有"妻管炎"，不能把老太婆丢在坝里。

我派人接过来！谭总心意很诚。

祝祖明婉言谢绝。

谭明德又邀大家打麻将。

曹远清、袁应和蓝立生都说有事，只有梁彬超响应，提出把"波斯美女"接上来！

27

老阳也玩了一天，感到充实而且愉快。

俞建波一早就邀她出门。

老俞受了艾院长的鼓励，坚持"柔日"唱歌，"刚日"跳舞。歌是民歌，舞是国标。

鹤鸣小区有一个小巧的广场，广场中间竖着一尊汉白玉雕塑，是一个穿少数民族服装、裹头巾、握竹管的青年男子形象，名为《吹箫引凤》。广场也因这雕塑而得名引凤广场。这是跳舞的地方。

这日是阴历九月十二，"柔日"，老俞唱歌的日子。唱歌不在引凤广场，还得往东再走百十来米，那儿有一片密实的凤尾竹林，竹丛里隐着一座六角凉亭，亭中有桌，桌旁有凳。亭的翘角上挂着风铃，匾额上题着"凤鸣"，这亭就叫凤鸣亭。

老阳跟着老俞往凤鸣亭走，亭未入眼，丝竹之声已悠然而至，声声悦耳。走进去看，已有多位早行早至之人，有男有女，或把琴，或执管，或坐或立，都在笑盈盈地等着她俩。花和尚唐汉斯展臂弯腰，给她们来了个"请"的姿势。

俞建波显然是骨干，跟老阳说我先做个示范。在众人的伴奏下，她款款地唱了《小河淌水》。她脸上薄施了胭脂，穿的是艳丽衣服，唱到"一阵清风吹上坡、吹上坡，哥啊哥啊哥啊，你可听见阿妹叫阿哥"时，尾音拉得长长的，老阳感觉那歌声顺着凤尾竹的梢子直往上旋，禁不住鼓起掌来。

俞建波却不唱了，说今天我们来帮欧阳行长试试，看她适合唱什么。欢迎欧阳行长加入我们的队伍！

唐馆长和众人鼓掌。

老阳羡慕俞建波唱得好，自己却怯场，一个劲说我没唱过，不会唱，不好意思唱！唐汉斯说您会不会唱我们不晓得，要试一试！听您说话，声音基础是不错的。愿意试吗？

众乐手展现了充分的耐心、细心和热心。老阳一看都是些熟面孔，无非是以前县剧团的、文化馆搞辅导的，也有学校里的老师。想到艾院长讲的那番道理，就不再扭捏了，说唐馆长我听你的，你们别嫌我笨就是了。

老唐果然是行家。他让拉二胡敲扬琴吹笛子的几位起调伴奏，让老阳试唱了几句老歌老戏，也就是《北京的金山上》《洪湖水浪打浪》《吐鲁番的葡萄熟了》之类的，还有《红灯记》中的唱段，只取《都有一颗红亮的心》中的一句："我家的表叔数不清，没有大事不登门。"简单一试，老唐蛮有把握：欧阳行长，您的声音有韧性、有磁性，只是过去唱得太少。您适合唱女中音，关牧村那种。您要是信得过我，肯放下身段学，我包你不出一个月就唱得有模有样，不出两个月会上瘾。再往后那就难说了，俞行长，说不定会超过你！

老俞笑。

老阳说唐馆长真会鼓励人！

老阳知道这些人每天都要在吹拉弹唱中寻找快乐，怕自己一个生坯子缠得别人不耐烦，就跟俞建波打商量：俞行长，我想今天就到这儿，以后跟着大家慢慢学就是。小区不是还要办老年大学吗，有兴趣班我会报名参加。今天你们先玩着，我到别处转转。

俞建波觉得也好，但坚持要陪同。

她俩折回引凤广场。这儿跳得正热闹。大喇叭里放的是乌兰图雅的《站在草原望北京》《套马杆》，以及凤凰传奇的《月亮之上》《一起红火火》，和着这些火辣辣的嘹亮乐曲，几十号人在广场上翩翩起舞。领舞的是严清。舞者中也不乏熟悉的面孔，机关干部和文化、教育、医务、金融系统退休的人居多。王新娟也在跳，穿着大红衫子左扭右扭，动作夸张。

我明天也要来跳。俞建波指了一下靠近严清的一个位置，说那是她站的地方。

潘雪莲宽衣大袖，头发蓬松，牵着大白一路溜达过来，见面站住，热情地打招呼。老阳问小潘你怎么不跳舞，"波斯美女"亮亮手上的狗绳子，说要带它！俞建波表扬她，说小美女会跳也会唱，麻将还打得特别精，总是赢钱！

也有别的人在遛别的狗，狗的品种五花八门。大白是公的，英俊多情，遇到母狗，不分土洋美丑，总要凑上去，蹭一蹭，嗅一嗅，拱一拱，舔一舔。

老阳听人说过，鹤鸣小区早上有几道风景线：俞建波跳舞，"波斯美女"遛狗，横仔"扫路"。

横仔"扫路"很夸张，抱着扫把左一下右一下划拉，遇到漂亮女人就停下来，歪起脑袋、扭着脖子傻看，遇到狗和狗亲热他也傻看，看到嘴角流涎。

这日却未见流涎的横仔。

县人民银行原行长老窦种了鼎罐坝的一块地，还有一畦毛芋头半畦红皮薯在土里，约了俞行长去挖。俞建波便邀上了老阳。

鼎罐坝里相当一部分土地以认养认种的形式转租，大块的给大公司大机关，中块的给"中公司""中机关"，零碎的给个人。个人又大多是鹤鸣小区的业主。窦行长家的地也就两小条，展开来不过两席晒垫大，但侍弄得好，都这个日子了，芋头和红薯的叶与藤还是青的。大家动手，你铲几下他挖一通，说说笑笑，轻松愉快地就把土里的东西刨出来了，黑须红嘴的毛芋头和红皮白心的甜薯填满了两条浅浅的土沟，参与者无不充满丰收的喜悦。

老阳被边上那些插着小牌子的田块吸引。窦行长告诉她，长着萝卜和大蒜的这块是张某的，栽了包菜和四季青的那块是夏某的，田塍上有两株金橘的那块是吴某的……一连说了十几块地十几户人，人都是县里的老人、老阳的熟人。

这个好，这个好。老阳心有所动。

窦行长说就是玩玩，玩得开心，吃得放心。

提到吃，两位老行长又说起灌香肠腌腊肉做板鸭打麻糍制豆腐乳等事项，商量着早些备年货。老窦家人口多，除了他和老伴在这里消耗的，还计划给儿孙、亲家送一些。老俞搭伴加工点香肠腊肉。他们问欧阳行长要不要做一些，老阳说还早，等我问过老祝再说吧。

窦行长很热情，说兄弟银行的老朋友聚到凤凰湾实在是难得，邀请老阳老俞在天香驿站用了中餐，还叫上了另几位作陪，都是同住在小区的老同事。

老阳提着一兜芋头红薯回到住地时，老祝还在景区议论"永和天目"。她正琢磨是看会儿电视还是准备晚上的伙食，听见敲门声，拉开一看，是刘护士长和一位没见过面的年轻女孩。她们是送药来的。护士长介绍那女孩姓周，是县医院指定与凤凰湾诊所联系的人。九服药齐全了，当中都配进了艾院长自己从采药人手上收的雷公尖草药。煎药的炉子罐子也带来了。护士长说您自己愿意煎可以自己煎，自己不方便煎交给我来煎。老阳表示感谢，说我先试试，不行再麻烦你们。

晚餐前，老阳试着煎了一包喝下去。味道不苦也不涩，有点热天喝的凉茶味。她打算把这十八包药认认真真喝完。她实在是害怕咳嗽。

记起招商银行那笔三年期投资到期了。从手机银行查询得知，已经赚了十五万。是接着投呢还是连本带息收回来？她想等老祝回来商量一下。老祝刚到省里时，厅里调剂给他家的那套房子，闲置了好些年，放了一把钥匙在邻居小洪那儿，请人家平时开窗户通风，小洪打电话来，说有人想买，问有没有卖的意向。这个也要跟老祝商量才好回话。

祝晶也来了电话，说省城那边没有什么事，她的工作挺好，雯雯的学习挺好，黄继刚正式报名竞聘了，看样子还挺有信心。让爸爸妈妈安心在凤凰湾，不用记挂！

老阳心情比较愉悦。

《新闻联播》刚播完时，老祝被蓝立生和龙兴民送回来了。老头子身上有酒味，却没醉，走路比送他的人还稳当。

趁着老祝的兴奋劲儿，老阳把自己白天的活动，还有吃中药、理财、小洪电话、继刚竞聘等一一讲了。老祝听了也高兴，给出的意见是：药一定要按艾院长的嘱咐服，那都是调养和滋补的，不会有坏处；招商银行代理的项目虽然回报率不高，但人家是大银行，可以把利息取出来，本金放在里面再做一期；卖老房子不用急，那地方虽然老旧，但毕竟在市中心，升不了多少值，贬值也不可能；继刚人稳当，他工作上的事我们不要管，年轻人追求进步是好事，相信领导和群众，告诉晶晶，别让他感到有压力，保持正常心态就好。

老祝表扬老阳，说你不错，迅速融入群体了。我们来这里，最重要的就是放松身体、放松心情。看样子他们的老年大学还真办得起来。办起来了我们也报个名，你学你的歌，我学我的拳。没事和大家聊聊闲天，有空多到附近走走，不要干坐在屋里。总坐屋里还不如待在省城，跑到这里来干什么？

老阳点头。

老祝又说，先适应一下这边的环境气候，不管长住还是短住，过些天我们都要回一趟省城，我要到厅里和协会去一趟。老阳你把艾院长开的药吃了，也要到省医院再做个体检。

28

寒露风没有发威，另一股风刮进了凤凰湾。

就在老年大学成功开办，老祝老阳也分别报名，准备跟着大家玩乐的当口，出了一件事：郑晖跳崖！

各种公务车开进景区。好几队穿制服或不穿制服的人进了羊角沟。有人攀到鹞子嘴上，照相、捡烟头，又爬到崖下，照相、取血迹、捡手机壳手机芯。穿白大褂的人将血肉模糊的尸体装进塑料袋，抬上车，拉出沟，车子开出凤凰湾……

消息如风满世界刮。

郑晖是头天晚上进凤凰湾的。第二日早上就出了事。

公安在鹞子嘴那石头上捡到了一把小刀，是可留山庄房间里配的水果刀。发现石面上刻画了一幅隐隐约约的图，还有几行字。图比较模糊，是鸟的样子，说不清是凤凰、孔雀，还是鹞子、猫头鹰。字倒清晰，算是一首诗：

> 凤凰欲飞已折翅，
> 河水东流人去西。
> 但闻石鼓声声急，
> 纵身江山也无悔。

蓝伯温反应快，搞了半桶狗血，让姚华成拎到鹞子嘴下，先用狗血喷人血，再从山溪里打水，把狗血和人血冲了个一干二净。

祝祖明是在住地得到消息的。人还没起床，接了袁应两个电话。头一

个电话说谭明德通报，郑晖肠胃不好，要到可留山庄住几天，带了一个年轻人，开了一台越野车，昨晚住进松风阁，同伴凌晨说人不见了，房间里没有，坪上没有，手机关机；第二个电话就说人找到了，从鹧子嘴上跳下来了！

老祝叮嘱老阳：今天哪里也不要去，就在屋里看电视，饭也自己烧，药也在这里煎在这里喝！

鹤鸣小区的其他人却活跃。不遛弯的人纷纷出去遛，不上食堂吃早餐的纷纷去买包子馒头。

人的耳朵和手机屏幕都被这事霸占。

各种消息不胫而走。

高长征、曹远清、王新娟、龙兴民、陶川、林禾水、耿忠、陈永刚等人电话约定，上午打麻将。他们早早就到了棋牌室。孙振球从不打麻将，偶尔会在阅览室看报纸，这日也早早到了，拿了一张报纸到棋牌室来坐。蓝立生急匆匆走过门口，见里面人多，不想进，被龙兴民扯了进来。

说打牌的人却不忙着打牌。

伯温，这一卦你没算准！国庆节的时候你们不是在石鼓坪上喝过酒吗？陶川发问。

喝过……知是知，行是行。测得准不准，你回头问问袁总和梁总。老蓝很镇定。

孙振球是厚道人，说老郑这个人强势归强势，干工作还是有魄力的，拓展华阳镇、扩建县城、修玉紫公园，包括开发凤凰湾，没有这个人不一定搞得成。可惜了！到底是什么事哟？

耿忠家在熙川做事的人多，消息来源比较广，便接了孙振球的话，说好像是"维多利亚"的事，菲儿牵出来的。网早就布好了，专等鱼进来。菲儿就是那条先钻进网的鱼，是害死人的美人鱼！老郑死在"财""色"两个字上。他是吓死的。有关方面找他，只是核实情况，他却一跳了事。找到了他的一处隐蔽房子，发现里面放了很多保险箱，除了美金、港币、存折、房产证多，还有三样东西多得不像话：淫秽录像多，什么"毛片"

都有；购物卡购物券多，值几百万；金子多，金砖金条金碗金筷子金菩萨金蛤蟆不计其数，大部分是周大生金店的。有人联想到杭州那个早些年被枪毙的贪官"许三多"，便给他起了绰号叫"郑多多"。这人贪的数额可能创本市新高！

他这一跳，保护了不少人，还有钱！林禾水插进来说。

高长征只听不说。他当武装部部长时是县委常委，和县里历届班子的同志特别是党政一把手都保持着良好的关系。

没有什么可惜的，他也没有多大的魄力和能耐！这些年经营城市，是谁当领导也会做的事，你们看哪个地方不是面貌一新？姓郑的不是一般的强势，是霸道！目空一切，专横跋扈，把县里的政治生态搞乱了。如果只是工作作风问题，哪怕有点生活作风问题，那还用得着寻死？传言未必是事实，但我分析这人的事小不了。曹远清发表意见。

主席厉害……龙兴民话说半句，又缩了回去。

老龙与郑晖有矛盾，这在永和县是公开的秘密。

别人都想听龙兴民多说点，王婆也给他丢了几次眼色。

王婆你别看我！我闭目塞听。你叫新娟，你这个名字好。女人芳名中凡是带"ping"这个音的，做老婆没有问题，做不得情人，做了出事的概率大。

你又扯什么淡？

我只讲一个现象。你们总说"菲儿""菲儿"，人家菲儿是有名有姓的，她叫什么？

这谁不知道？卓萍萍呗！还是王婆搭话。

这不就对上了？李平、和平、苏萍、秋萍，前车之鉴嘛！

别人一时蒙了。曹远清和蓝伯温最先反应过来。

蓝立生说老龙头是一只鬼！

29

午后，接到祝祖明的电话，龙兴民立马赶往样板房。

进门一看，坐着武潼光。

小龙，老郑到底出的是啥子事嘛。武老先开口。

之前，武潼光给祝祖明挂了电话。老祝说我上您那儿去，老武却自己跑到样板房来了。两人坐下，想想还得找个灵通人士来，才叫了龙兴民。

天网恢恢，疏而不漏。事是迟早要出的，没想到他会走这一步！龙兴民一改在棋牌室的风格，完全没有调侃的意思。

这人我没看透。早些年他到省里办事，请陆书记吃饭，叫过我。感觉人还文雅。祝祖明说。

这种人属狼狗，对别人凶狠，在主子面前还是乖的。

小龙你积点口德！陆书记在市里时，没有纵容他。他是老陆到省人大常委会以后才被提拔当副市长的。

我和武书记看法差不多。陆书记和郑晖的事应该不会有牵扯。老人家念旧，这件事对他的伤害肯定不轻！

三个人打哑谜一样来来去去说了好一会儿。

龙兴民绷不住了，开始直抒胸臆。说你们两位领导阅人无数，我见识短浅。不是人死了我来讲他的坏话，这人在县里干了四年，虽然现在我还不清楚他的事有多大，但依我看，死有余辜！要我评价他，也就两句老话：一句是"子系中山狼，得志便猖狂"，一句是"色胆包天，五毒俱全"。凤凰湾开了"天目"，他逃不脱这种结局！

老龙把上午众人在棋牌室议论的情况，特别是涉及"郑多多"的内容转述了一遍。接着又说二位领导要是有兴趣，我可以讲几件他的事给你们听。

小龙你卖啥子关子嘛，喊你过来不就是想听听你的？

龙兴民再无避讳，指名道姓。

老董那个表妹，就是那菲儿，在香港是做"鸡"的，别看她小鸟依人，全是演戏。这女人工于心计，被她迷过害过的人也不止老郑一个。很多年前就有人告，告不进。这些年人家坚持告，倒是告进去了，可她搂足了钱，像吃饱了臭肉的鳗鱼缩到洞里不出来了。上个月，也就是国庆前夕，就有传言，说办案机关在珠海将她拿到了，动用了隐蔽战线的力量。她一落网，郑晖就完了……祝书记，那天在石鼓坪我不让你跟他见面，就是怕这块臭肉熏到了你！

老龙你精。在有些事上你比我看得更清楚。那年招商引资，我上过卓萍萍一次当。

那不算！那时她还不坏。后来情况就不一样了。姓郑的一到县里，也不知谁给他出的馊主意，把菲儿当神一样请了回来。这不就有了拆百货大楼、开发"维多利亚"的事。其实她有多少钱？为了做这个项目，她色箭连发，一箭射中老郑，一箭射中陈老头。后来的事路人皆知。在永和尝到了甜头，就做到熙川市区去了，越做胆越肥、心越黑，当然钱也扒得越多。

老龙越讲越神，说不管是永和的"维多利亚"还是熙川市区的"维多利亚"，拆开来看都是一个模式："关耳"在幕后，陈老头在台前，菲儿台前幕后表演，搞得人眼花缭乱。这娘儿们本名叫卓萍萍，她家里的人包括老董都叫她"瓶子"。她还真是个瓶子，是专收金子和精子的瓶子。这下好了，老郑被她吸干了，连命也搭进去了！

小龙你不会好好说话吗？武潼光听不下去。

老领导你别不信，实际情况比我讲的肯定更离奇更龌龊！

龙兴民并未转频道，顺嘴继续讲。说卓萍萍被郑晖引到内地来搞房地产，实际上她做的主要是一件事。

怎么讲？祝祖明问。

就是破门、拿地。地价越低越好，地块越大越好。她把我们抓工作的套路都学去了，而且发挥得淋漓尽致。高起点定位，高标准设计；制定战略，锁定目标；突出重点，兼顾一般；只要结果，不问过程。而且诡计多端，明修栈道、暗度陈仓，声东击西、围点打援，瞒天过海、借刀杀人，

趁火打劫、笑里藏刀，釜底抽薪、浑水摸鱼，反客为主、金蝉脱壳，无不用得烂熟。发起总攻时，集中火力，银弹肉弹齐发，撒豆成兵，所向披靡，战无不胜，攻无不克……她专干攻城略地的事，打扫战场、收拾残局交给别人。

小龙你这张嘴真够毒！还有什么事？说来听听。祝祖明没做评点，武潼光催。

别人都认为我和郑晖不对付，有积怨。但凡事总有是非，他不仅贪财好色，还是一个野心家、阴谋家。丁书记多本分的人，被逼到市里一个二级局当调研员，就是吃了他的亏！我那时算什么？萝卜须子！被他打压，不为别的，就是因为我没有上他的船，没有跟着他去对付丁书记，而丁书记挡着他的道，妨碍他"决策一言堂、用人一句话、花钱一支笔、项目一手抓"。

郑晖喜欢玩权术，这个倒是早有耳闻。武潼光说。

不是一般的玩，是高段位的，还喜欢出怪招阴招。他来县里才一个多月的时候，把我叫到办公室去，关上门，神神秘秘让我看一封信。信是用从小学生作业本子里撕的纸写的，字也像鸡脚扒的。内容是我某天某时在某地，和某人一块喝酒，说了郑县长怎样的坏话。那坏话确实很坏，说那种话的人，不光不配当县委办公室主任，连普通干部都不能当。我看信，他批文件，实际上在用余光观察我。我把信还给他，说那是造谣，我根本没有吃过那餐饭喝过那次酒，也不可能说那种话。他接过信去，盯了我几眼，打开桌子旁的碎纸机，将信连同信皮塞进去碎了，起身绕过来拍我肩头，说龙老哥，我是了解你的，你各方面都不错，现在还没被用到位，组织上对你不公啊！没关系，你的事我会放在心上！闲言碎语，我不相信，也不在乎！没事了，你回去吧！我明白他的意思，却没有接他的"轮子"（暗示），以后他就处处发难了。不是说吗，"什么法最大？看法"！他这种睚眦必报的人，对我有了看法，我还有好日子过？这些事丁书记看在眼里，别人也心知肚明，谁也拿他没办法。好在没有重要把柄落在他手上，要不他会把我整死！

这玩的也就是小儿科，聪明反被聪明误！祝祖明是第一次听老龙说这件事，却不觉得有多么奇怪。

这么说，这人是看"厚黑学"那样的东西看多了，看那些乱七八糟的官场小说看多了？在陆书记身边应该学不到这种歪门邪道！武潼光还是尽力维护着老班长的形象。

龙兴民还讲到郑晖在县委县政府班子里拉帮结派，凡是他信得过的人，就无微不至地照顾，无原则地支持；凡是他认为不是同心同德的，就想方设法排挤打击。都是熟人，不好多说，有两个人有代表性。

哪两个？祝祖明似乎不太清楚。

不就是李志荣、张宏明。武老书记点了名。

武书记明察秋毫！李志荣主持纪委工作，因为收到过关于"维多利亚"的举报，也没有说要查，只是出于好心，向郑晖转了几份材料，老郑便认为这就是在给他使绊子，并且猜测丁书记是幕后主使，便多次在大会上批评李书记领导的纪检吃人饭干鬼事，搞建设不行搞破坏第一，整天端着黑枪，躲在阴暗角落找开火的机会，这样弄哪里有优良的环境，谁还敢到永和投资，谁还愿干实事！还别说，他刚开始这样讲的时候，博得了不少掌声，搞得纪委灰溜溜的。李书记吃不消，自己提要求，四十五岁不到就转到市里一个单位当纪检组组长去了。张宏明就不一样，他虽然是普通的副县长，但管着城建。他不急不躁，和郑县长搭档得很平整。老张比姓郑的大六七岁，两人一起走办公楼那几层木楼梯时，他还有模有样地搀扶"关耳"，亏他做得出来，也难怪别人背地里喊他"张莲英"。县政府研究给"维多利亚"项目的优惠政策，郑晖都交给老张具体操作。我们当然相信张县长是为了工作，但有些现象别人也看在眼里。他女儿的工作安排、调动，他女婿被提拔，包括他自己后来被提到市里当局长，在这些事情上显然老郑是帮了忙的。那年郑晖爬鹞子嘴，也是他跟上去的。

龙兴民放得很开了。他现在没有什么顾忌，再说他也了解眼前的两位老领导，心想他们叫他来，无非是要听点真话。

武潼光和祝祖明都认为龙兴民的话多少夹杂了个人情绪，但凭着多年

的从政经验，他们料定郑晖跳鹞子嘴的事不简单，可能会引发一些风波。都是老同事老朋友老部下，不免忧虑。

武潼光感慨：人啊，还是要找准位置，当进则进，当退则退，适可而止。软弱固然不好，强横更不好。道理其实简单，你占的场子大别人的就小，你的权力大别人的就小，你的路宽别人的就窄，你风光别人就暗淡，你得意忘形别人就咬牙切齿，你倒霉别人就幸灾乐祸。这是普通道理，多少人就是参不透！

30

差不多有一个多星期，凤凰湾波澜不惊，和凤凰潭里的水一样。

唐汉斯一如既往地在唱歌跳舞的两个群体间来回奔走，晃着大脑袋甩着长头发给人指指点点；俞建波一如既往地"柔日"唱歌，"刚日"跳舞；"波斯美女"一如既往地遛大白，梁彬超偶尔和她一块遛，双休日两个卷毛儿子也出来遛；横仔一如既往地用那竖起来比他高得多的竹梢子扫帚扫马路，开着电单车捡旮旯里的瓶子盒子。

老阳学歌有进步。在乐器的现场伴奏下，降点调，放慢点速度，别人带一带，能把《婚誓》里的女声部完整地唱下来。而且，正如艾院长所言，唱歌时全神贯注，唱歌后血脉畅通，喉咙里少了干涩感，胸部没有板结感，加上天气保持温热，基本不咳嗽。

祝祖明和练蛤蟆拳的人接上了头，人家热情万分地欢迎他，愿意无保留传授。老祝看他们嗨嗨叫着打得威武，学着做了几个动作，一身木木的，自感无趣，料想别人看着也没有味道。有人指点他这样那样，他模仿不了，便诚恳地说我悟性差，不能给你们添乱，你们玩吧，我还是自由自在走走为好。

袁应是晚睡晚起的人，一般早晨很难在小区见到他的身影。这阵子他也起得早了，穿着工作服，每日天一放亮就和蓝立生领了章眉、高路等公司各部门负责人——主要是一伙青年人四处转，东瞧瞧，西看看，高调大嗓地吩咐这里要做什么那里要怎么搞。碰上横仔，抓过扫帚来做几个示范动作，说小子欸，你这不是扫地，是划船！看着我，要这样扫、这样扫！好好扫，好好赚钱，赚钱娶老婆！

横仔歪着嘴斜着身子，呜噜呜噜应着。

老祝散步时碰上了袁应，拉他到一旁问：你这里没什么事吧？

老领导放心，我没事！郑县长确实关照过凤凰湾，但我们跟他之间只是一般的工作关系。菲儿在永和做项目时，确实通过他找过我，希望我借点钱。之前老蓝提醒过，说他不看好卓，也不看好郑，我就拒绝了。

人是在可留山庄出的事，谭明德会不会有麻烦？

应该没有。他们是通过我才认识的，相识的时间也不长，和鞠总更不熟。老郑跳鹞子嘴，是谁也想不到的事……老谭精得很，他不会陷到危险里去。不过，他最近也有烦恼，跟我说老伴和儿子对他在永和有意见，可能要来这里查算。

小梁呢？小梁做房地产，不会跟那个菲儿有合作吧？

也得到过老蓝提醒。合作过一单，完了就撤出来了。他和我合作得比较多。

公司怎么样？

还好……资金比较紧张。景区收入不稳定，别的项目经营目标也难实现。但是我生态农业这一块很好。您不是说想去阴阳湾看看牛场猪场吗？什么时候去？我来安排！

可以。你联系一下武老和马书记，看他们有没有兴趣。

好，我会联系。哦，忘了向您汇报，姓郑的一跳，我担心客人不敢进来，没想到这几天游客量反倒上升，本地的外地的都涌进来，都要进羊角沟，还组团住可留山庄，把石鼓坪带活了。他跳崖，给我们做了广告！

…………

老年大学那边，各种兴趣班照计划开办起来了，老阳每日去听唐馆长和严老师讲乐理，学识五线谱。棋牌室的几张桌子也没得空闲，打牌聊天的人积极性高涨。开初大家还聊聊"舍身一跳"的事，说过几回就不说了，转而谈别的。

高部长的养子高路和凤冠酒店的领班钱小凤谈朋友好几年，两家大人商量好了，准备年前帮他们把喜事办了，就在凤凰湾办。对此大家都高兴，而且充满期待。

鼎罐坝对面的芭茅洲上，除了坐落着凤冠酒店，山腰还住了一户人家，是汪山村的老村民。他们家年轻人都在华泰公司上班，老夫妇平时种点菜，兼职看护毛竹林，冬天就做年货，留自家吃之外，也卖些给熟人。他们的强项是做两样东西：米花芝麻糖和酒糟鱼。这两种东西市面上都有卖，但他们做的味道特别，哪里都买不到。是用本地原料、以本地手艺制作的具有本地风味的纯土产。鹤鸣小区的老住户中，不少人熟门熟路，一到时间就去找那二老买这两样东西，且要预订。王新娟和俞建波邀老阳同去订了一些，碰上辛寡妇，她那么能干的人，也去订酒糟鱼。

汪山村有三十几栋老屋改的民宿，有的成了"网红打卡地"。马朝红、龙兴民邀老祝去看过一次。开房率不是很高，但各具特色，有的古朴，有的时尚，有的敞亮，有的精巧，有的豪放，有的细腻。都不贵，平时租住，一个标间搭两位客人的伙食，一天也花不到三百块钱，团体则有更多优惠。老祝记得那些房子早年的破旧样子，看了之后赞叹不已，说做得好做得好，到这地方来，在这样的房子里住十天半月，是一种享受，就是到欧洲国家的乡村去，也不过如此——他曾经随团到法国里昂和英国苏格兰农村做过考察，有对比。

平静和欢快又被搅了，凤凰潭里落了石子。

先是眼尖的人发现，有两天早上没看到"波斯美女"和大白。好事的人到松风里打探，见狗还拴在院里，男女主人不见了，只有他们雇请的村民在除草。过了几天，他们又回来了，照旧在小区遛狗，见到人还是朗朗地打招呼，若无其事。

又有人发现俞建波和秦行长也消失了两天。第三天俞行长出来跳舞，秦行长没露面。

老俞并不隐瞒，说被办案的人叫到县里去问话。具体是哪个部门叫的、问的是什么，她不跟别人说，却跟老阳和王婆说了。原来真和郑晖、卓萍萍的事有关。当年郑晖把菲儿招来时，菲儿顺道从深圳拉了陈老头来。老陈是真商人，真有钱，但只是花心，并不打算到内地投资。所以，他们在永和做"维多利亚"时，买地交定金都成问题。县政府把这列为重点工作，采取了不少的措施，其中重要的一条，就是让几家银行放款，凑足他们拿地和拆迁补偿的款项。老百姓只看到政府在卖力，给"外商"供"净地"，以为老板出了很多钱，极少人知道钱也不是从香港和深圳带过来的。这种情况当时不稀奇。拿到"净地"，后面的事就好办了。由于占了先机，这个项目一举成功，相关各方面，包括买房子的，全都得了好处，银行也稳稳当当赚了利息。所以，那个项目与其说是开发商做的，不如说是政府做的。现在看就明白了，郑晖跟菲儿，挑柴卖买柴烧。

这事都过去十几年了，又没有哪一方受损失，怎么又翻出来，还牵扯上你们？王婆问。

这个你不懂，欧阳行长清楚。我们行和建行每家分期贷给菲儿公司八百万，这在当时是很大的额度，按正常程序走，时间会拖得很长。郑晖拉上我们几个行长，多次跑市行、省行，很多关系都是他直接打通的。他当然是无利不起早。市里捉了菲儿，倒查到永和，估计也是怀疑我们从中得了好处。叫去就是问问话，核实些事。是在党风廉政教育中心谈的，还让我们在那里吃住，很客气。

你行，进去了又出来了。一下就说通了？王婆好奇。

这不复杂。我们工商银行是按县政府的要求做的，县里办公会的抄告单、会议记录我都保留了，我个人没得过那女人的半个铜钱。倒是有一次，要过年了，她到我办公室坐，拿了一个盒子给我，里面是一条项链，被我当场谢绝了……我知道老秦也在里面谈，没见到人。他没回来，说明还没说清楚。但愿他个人不要沾腥。老秦人稳，我相信他不会有事。

果然，老秦隔日也回到凤凰湾了。

就在秦行长回来的这天，供电公司的小简事先没有打电话，晚上突然

跑到样板房来。

小简一反常态，坐了不短的时间，吞吞吐吐讲了不少话。

祝祖明清楚小简的心意，说感谢你又跑来看我和老阳。老郑是非正常死亡，组织上正在调查。外面传言多并不奇怪，最后都要以组织结论为准，有些东西听听就算了，不要轻信，更不要乱传。我和老阳你们放心！

小简连夜走了。

第二日李志荣又来了。先去了武潼光家，后上老祝的住地聊天。

老李毕竟是纪检口出来的人，知道的信息多，说的倒也不是什么机密。

据老李讲，郑晖不跳崖也是要被抓的，马上就要动手了。他在这边一出事，公安部门就以办刑事案为由，检查了他的办公室。办公室很干净，他们没有找到什么东西。只在抽屉里发现一份遗书，写得也简单，只说因长时间工作压力大，睡眠不好，精神抑郁，痛不欲生。如果有什么不测发生，全是个人的事，与他人无干。还说感谢多年来组织的培养、群众的信任，他个人性格不好，工作方法简单，可能伤害了一些人，深表歉意。技术部门做了痕检，确定是他的亲笔。后又找了他家里的人问话。老郑火化后，骨灰放回老家去了。他老婆还在单位正常上班。他儿子在加拿大没回来。听说他还有一个私生子，不是菲儿的，是别的女人生的，之前藏在深圳，前年转到新西兰去了。

李志荣证实，外面传的"金屋"和"多多"是真的。房子里其实还有一多：毒品多。有海洛因，还有别的品种。还有几个充气娃娃。

他有老婆，有情妇，还用得上这些东西？

确实匪夷所思！老郑骚我们是老早就晓得的。现在看来不是一般的骚。菲儿交代，老郑有段时间疲软，着急得很。这可能跟暴饮暴食有关。他又不甘心，还要逞能，就得想方设法了。淫秽录像、壮阳药，包括毒品，大部分是菲儿从香港、外国搞来的。这两年他知道自己被调查，不光没有收敛，反倒越搞越离谱。

这也许就是"最后的疯狂"，是极度苦闷、绝望的表现。没有别的办法化解，只能靠这种东西自我麻醉。这种情况省里之前查腐败案也碰到过。实在是可悲！祝祖明说。

可能是这个道理。那"金屋"是菲儿供出来的，老郑跳崖跟这有直接关系。这女人口风其实很紧，开头什么都不说，还试图割腕自杀。后来，也就是郑晖上石鼓坪前两天，突破了。老董的儿子不是她帮忙弄到深圳去的吗，说干这个干那个，其实就是给菲儿当保管和保镖。办案的人摸清了线索，找到了老董和他的儿子，把菲儿在深圳还有香港的老窝端了，打到了七寸。

延续的时间那么长，涉及的人可能会很多吧？

目前还不多。被找被查的人，都是卓萍萍供出来的。大部分是一般性核实，被立案调查的不多。老张的女婿是一个，就是在市建设局当执法支队队长的；陆书记的外甥是一个。

真涉及老书记？

老书记应该不知情。他对子女和身边工作人员的要求其实很严，在熙川用过好几个秘书和司机，别人都没事，就这老郑出毛病。老书记自己有一个儿子和一个女儿，儿子在高校当教授，女儿在社科院搞研究，稳当得很。老人家晚辈多，独独这个外甥最不会读书，胆最大又最会捞钱，结局恐怕也最惨……卓萍萍供出不少跟老郑经济上的事，却说感情比较单纯，特别是后期没有肉体关系。她说老郑回到市里，当了副市长以后，胃口高了，只喜欢有文化有品位的处女。所以她常带一些女助理、女秘书到熙川来，实际上都是从深圳、珠海、东莞花高价雇的，确实有大学生，还有研究生，至于是真处女还是假处女就难说了，反正喝了酒上了床都说是处女。

这个郑晖也真是，跑到凤凰湾来干这种破事，污了一方山水。但愿他不要害了这边的人。祝祖明知道李志荣有一肚子话要说，却不打算多听。

确实，这家伙不地道。他的贪腐问题主要出在回到市里之后，跟永和的关系不会太大。

老李机敏，说了会儿话就走了。

铜山殇

———✦———

31

老阳的九服十八包药喝完了。王新娟、俞建波陪她去找艾院长，报告身体感觉。说效果好，不咳，也没痰，更不喘。

把药费结了，问要不要再开几服。

艾院长号了一下脉，让她伸出舌头来看，又把桌上那本形同四角号码字典的老书拿来左翻右翻，然后才缓缓地说，是药三分毒，先不吃吧，观察一段再说。

老阳已对艾院长的医术深信不疑，自然听他的。

俞建波也请艾院长把了脉，总体不错，中焦有点阻，跟心肺没有关系，应是脾胃失调，内湿所致？开了些健脾益气的药。

王新娟极少找医生瞧病，见晏德举闲着，刘护士长也在，就挨了过去，说晏医师，帮我也检查检查好吗？我家老黎说我最近有点蔫，你帮我看看，是不是哪里出了毛病。

晏德举把她瞧了一会儿，说你是日间蔫夜间不蔫，对不对？

是啊！你咋一下就看出来了？

王主任，你又不记得？我不光"阄得准"，还"睇得清"！你这"蔫"不是真蔫。你们家老黎太勤快，你是进补多，积了食，消化不良。你不用在我这里开药，回去找老黎算账！要不你把他喊来让我看，我估计他自己薅了。老牛吃肥草，吃得太撑！晏德举正儿八经，一点也不笑。

王婆牙齿咬得咯咯响，要拿处方夹子砸人。又对一旁整理药柜的女人说，老刘，你得好好管管这家伙，他越来越没大没小了！

他就一张嘴！

对！我就一张嘴，你们都两张嘴！你们嘴大，我嘴小！我就一张横嘴，你们有横的又有直的，横直都是嘴。你们也得注意，嘴别张太开，张太开就成"13超"了。

王婆和老刘都被他逗乐了。

外间的艾院长等人也在听，忍不住笑。

老晏说的"13超"有来历，都是搞计划生育年代的逸事，除老阳外，诊室里的几个人都听王婆讲过。说的是当年县计生服务队到某乡为妇女结扎，手术前，结扎对象都要做一下B超。B超技术用到乡镇一级，那还是刚刚开始。有个男人陪老婆扎输卵管，拿着医生开的检验单，跑来跑去找不到地方，就在卫生院的过道里大声嚷嚷：13超、13超，哪里做13超？护士出来，接过单子一看，说什么鬼"13超"，这明明写的是"B超"！你眼睛里进尿了？男人一脸坏笑，说，哦，是"B超"啊？那这个"B"写得也太开了！

…………

随着一些事件的逐步明朗、处理的逐步到位，加上新鲜事层出不穷，人们的注意力转移，跳崖风波渐归平息。梁彬超、俞建波、秦行长等人，没有再被叫走过，平日该唱的唱，该跳的跳，该吃的吃，该喝的喝。张宏明和老伴也带他们那个不到一岁的外孙来住过几晚，还用童车推着小宝宝在小区内外转了圈。

进羊角沟鹞子嘴看稀奇的人却越来越少了。省外的旅游团还是进不来。因为渐近隆冬，外地业主倒是陆续住了一些进来，小区里的人多了起来。

袁应和蓝立生忙得不可开交，在鹤鸣小区要见到他们还挺难，偶尔碰面，他们也是行色匆匆。

　　这一日，老祝老阳早起出门，唱过歌散过步，到食堂买了肉包子、碎米粥、藜蒿炒腊肉、草木灰咸鸭蛋吃过，想在客厅里看会儿电视。

　　来了几个电话，得到一些好消息和一个坏消息。

　　好消息有两个。黄继刚报告，说竞聘过了第二关，入了"五选四"的围，比较有希望。其他不担心，只怕别人有"诗外"功夫。绿色发展协会顾秘书长来电话，说熊会长让他征求各位的意见，拟于近期开一次会长办公会，看看定在什么日子比较好。还说祝厅长你人在凤凰湾，刚好跟你讲一下，省里年前要确定十个"生态文明建设综合示范单位"，给予政策支持，会有些干货。前些天农委找了我们两个副会长和几个专家参加评审，熙川市有两家入了围，永和县的乾坤镇凤凰湾列在第一。

　　老祝记起来了，为了这事小袁和老蓝找过他，他跟老顾谈到过，没想到这老兄当成一回事了。

　　坏消息来自崇德，祝浩成传来的。

　　浩成是祝祖明大哥祖亮的儿子，在西廊镇政府财政所当所长。四十出头的人，又是搞财经的，电话里说话却毛躁，第一句就很生硬：二叔，我爸让你回来！

　　有要紧事？你爸你妈身体不好？祝祖明问。

　　不是，你回来一下吧，回来就知道了！

　　浩成之前从没这样打过电话。老祝不悦，心想前不久才带家人去过，又打电话来，要人回去又不说有什么事，搞的什么鬼？他知道侄子老实，估计他有难处，就问你人在哪里？你爸在你旁边吗？浩成说在，是我爸让我打电话的！祖明吩咐：浩成，你把手机给你爸，让他跟我说！

　　祝祖亮在电话里支吾了一阵，还是说出了一句让祝祖明如闻雷霆的话：老二，公公的坟堆被人挖了！

　　好消息是一般的好，坏消息是真坏！祖父的坟被人挖了？这还了得！

　　草草吃过中饭，老祝接通蓝立生的手机，很平静地说老蓝，老父亲想我了，下午我跟老阳到熙川去看看。

　　要不要袁总派辆车？

不用，我自己开车去。家里的事，我给你打声招呼，跟别人你不用说！我们可能会赶回来住，也可能在熙川住一两晚。

祝祖明驾别克，下午三点半就到了祝家垅自家老屋的大门口。

祖煌、祖英先他们而至，正和祖亮父子坐在堂屋里愁眉苦脸。

简单说了一下情况，兄妹叔侄数人就往祖山走。一路默然戚然。

祝氏祖坟在村子正对面，相隔一个坝田的矮山上。

山叫马鞍岭，祖坟占据的那个山头是马鞍岭的东端，叫铜勺子山。

铜勺子山也就四五米高，七八亩大。山上有高大的枫树、樟树和密实的野竹子、黄荆子、金樱子、蛇泡子，还有大青、钩藤、茅草。名叫"铜勺子"，实际上是馒头形，也像瓜皮帽。若把马鞍岭看成一头卧着的骆驼，远远望去，这铜勺子山便是下巴紧贴地面的骆驼脑袋。

自开基以来，祝家垅新村老去的人都安卧在这"骆驼头"铜勺子山上。

祝祖明祖父的坟隐在别的坟包间，并不突出。每年清明与冬至，出门在外的子孙回村祭扫，要先越过其他人家的坟，才能在草丛中找到这座坟。

这日异样。一行人刚走出竹丛，新鲜的黄土和巨大的豁口，还有豁口里探出的长矛似的树根，直刺他们的眼睛。

清明节他们来过，清理过这片坟地上的野草杂树。冬至还没到。才半年光景，座座坟头和坟与坟之间，又长满了或青或黄或长或短的草木。

祝祖明快步走到祖父坟前，躬身查看。

坟包北侧，也就是朝向村子的那面，上半部的封土全被劈开了，坟脚所砌两尺高的挡土墙也被挖断了半截。坟上豁了一个窟窿，深达半米，广可容人，呈不规则形状。年复一年填进去的土被人翻了出来，胡乱地堆在四周。杂树是这片坟地里生长最多也最快的，年年砍年年生，祖父坟上今年新长出的这株，枝杈被砍断了丢在一丈开外，根却扎得深，一半在土里一半在土外。土外的那一半脱了皮，白生生地支棱着，有浆液渗出来。

窟窿，渗浆的树根，又稀又脏的泥土，倒伏的草……和别人家的坟

相比，祖父的坟竟是如此丑陋！这是被挑开的腔、被蹂躏的体，有泪、有血、有撕碎的皮肉。退后几步看，那窟窿活像祖父断气时大张着的、掉光了牙齿的嘴，那树根就像骨头……

不知从什么时候开始，下起雨来，也刮起风来。

祝氏兄妹等人在窟窿前围成半圆，弯腰垂首，任由风刮着、雨淋着，任由雨水在发梢和眉毛上聚拢来、流下来，流过额头、眼眶、鼻梁、嘴、下巴，滴到泥土里。

脚上沾着搅和了雨水的泥巴，祝祖明绕坟包走了一圈又一圈，又在整个坟区查看。除了祖父的这座坟，祖母的、母亲的、其他先人的坟都完好无损；别人家的坟层层叠叠，也完好无损。祖父坟堆的其余部分也完好无损，墓碑和固定墓碑的石柱石帽全没有人为损坏的痕迹，碑上刻的"佑启后人"和百来字的碑文也没有污损的痕迹。

兄妹几人都是祖父祖母带大的，都是给祖父祖母送过终的。祖父祖母到这山上来，他们都是披过麻戴过孝下过跪的。

什么人啊？为什么要这么干啊？

祖英在哭，用手背不住地擦眼泪。

祖煌咬牙切齿：找出了鳖崽子，老子扒他的皮！

祖明问祖亮怎么办。

祖亮说这种事乡下有规矩，现在不好乱动，只能把土填回去，简单封一下，今年冬至再搞一搞，明年清明才好大修。

祖亮的声音是哽咽的。

这是个案子。把洞填了，现场不就破坏了？祝祖明想到了另一层。

总不能让老人家这样任由风吹雨打吧？祖亮很是无奈。

于是一起动手回填泥土。只带了一把铲，祖亮用。祖明祖英祖煌蕙枝，还有浩成等直接用手。

弄完了，垂着一双沾满泥巴的手，祝祖明像是突然想起来，问大哥，九叔公晓得吗？

晓得！别人来铜勺子山割草，发现这个，先说给细毛公公听了。细毛公公便跟我讲。你回来，我们上山，这个还没跟他讲。这个事细毛公公看得重！

晚上在你那里吃饭，把九叔公请过来。住得下我和蕙枝住下来，住不下我们到县里去住一夜。大哥你们先回村里去，老阳你也一起走，我在这附近转一转。

我陪二叔！浩成说。

铜勺子山脚有一条农用渠道。这个季节，渠是干的。硬化的渠底有些水洼，水洼边积着稀泥，长着乱草。

祝祖明领浩成下了山，过了渠，在土堤上站着。抬眼北望，宽阔的坝田那边，就是祝家垅新村。那百十来栋房屋，隔了坝田望去，竟有一番姿色，最气派的是那些新盖的楼。回身南看，渠那边是山，只见竹木，不见坟包。山那边还是坝田，还是山，还有别的村庄。往东看过去，相隔二里许，也是一个山包，水渠从山包的裂隙中穿过去，通向远方。

祝祖明是恢复高考的第一年从脚下这片土地上拔脚进城的。他喝过渠里的水，在渠里光屁股洗过澡。跟着祖父和父亲，几兄弟在这片土地上放过牛、种过田、流过血汗。

二里开外那个山包叫铜坑山。小时候常听村里老人讲那山的事，那是很多地方都有流传、大同小异的故事。说不知多少年以前，马鞍岭一带出过一个大人物。一户穷人家连得了几个女娃，当家人五十岁时，堂客又怀了一胎，满十个月，生下一个老鼠大、巴掌长的男娃。那娃子细瘦，长到三岁还不会开口说话，长到四岁还不会抬脚走路，只有两只眼睛溜溜转。当爹的下了狠心，瞒着当娘的，把这毛老鼠娃子放到一只角箩里，用锄头把子挑了，打算扔到马鞍岭的沟里去。走到自家那块水田时，一行雁在天上飞，角箩里的孩子说"一、人、一、人"，他爸恍惚，没理会。走到田中间，雁在头上转圈圈飞，还噗噜噜落到田里，他爸惊怪，挑着他朝田里的雁走过去。人靠近，雁飞走，只留了些足迹在泥地上。毛老鼠娃子又在角箩里说"个、个、个"，这回说得响亮，他爸听得明白。细看田里，还真是些"个"字！当爸的不敢再往山里去了，把他担回家。自此以后，那

娃子话会说了，路也会走了。他爸就给他取了个小名叫"角笋仔"。角笋仔记性好，一目十行，过目不忘，一路中秀才、中举人、中进士，做了朝廷大官。后来有风水先生告诉乡里人，角笋仔本是当皇帝的命，龙脉就在铜坑山——只要铜坑山完好无损，这地方就会出天子。这是一个天机，在角笋仔出生前就被外乡一个道士看破了，道士密告到当朝天子那里。天子将信将疑，派将军带兵跟道士来查看。道士说铜坑山实际上是冠冕，要坏这支风水也不难，劈开这岭，打进去七根铜钉就行。将军命令兵丁挖开铜坑山，又命工匠铸了七根一丈长的铜钉，深深钉到土里。果然，角笋仔只做到宰相。

现在的水渠，正是从铜坑山那道裂缝里过去的，传说中那便是将军带兵挖开来的，叫着一个响亮的名字：铜坑巷。

祝祖明没做过考证，不知道老家这一带史上是不是出过宰相或别的大官。

在斜风细雨中，他只听到祖父、祖父的父亲、祖父的祖父瘪着嘴抖着须在絮絮地讲古，只看到祖父弯腰驼背，领着他和哥哥弟弟们在这片田地里劳作……

二叔，外面冷，我们回家吧？

浩成提醒。

32

祝祖明和祝浩成回到村子，直接进了祖亮住的老屋。

天已黑透。

后屋的锅灶上吱啦吱啦响，还在炒菜。前厅堂屋里坐满了人。细毛公公弯腰悬脚，神色严峻地坐在八仙桌旁的交椅里。别人坐在长凳或矮椅上，全都甲鱼孵蛋样窝着身子，眼神黯然。

看过了？细毛公公声音阴沉，盯着祝祖明问。

看过了。浩成，你再说说情况吧。

祝浩成把先前跟叔叔婶婶姑姑们说过的又说了一遍。

事情是这样的，前天早晨，村里瞎了一只眼的六芽伯伯去铜勺子山上割草，看到我太爷爷的坟被挖了，就跑回来报给细毛太公。细毛太公就跟我爷老子说了。细毛太公说小亮，我们兴昌公名下这一支，发人发财都发在恩溥，就是你爷老子旺生这一支上。旺生"坐崖"在城里，这挖坟倒灶的事指望不了他来管，我想管也管不了，你是祖字辈老大，有崽还有孙，你要"倡头"（领头）！……

浩成又说，我爷老子当日就唤了我三叔和我回来商量怎么办。我们那天就想给二叔打电话，后来三叔说市里有当官的跑到永和去跳崖了，街上人七嘴八舌。我们知道二叔和二婶就住在那个叫凤凰湾的地方，就忍住了没打电话，想先搞清楚再说。昨天早上，我手机里收到一条短信，后又接了一个电话，觉得蹊跷，就只好给二叔二婶报告了。

说到这里，浩成翻出手机上的短信递给祝祖明看，其中内容，他在回村路上也口头说过。

祝祖明仔细看短信。看完要递给祖煌祖英，他们表示都看过。便递给老阳看。

短信有几百字，自动分成了几条发送。写的是："你叫祝浩成，你二叔叫祝祖明，他单位电话号码一个是886392，一个是886789。你二叔跟我有仇，偷了我老婆，带我老婆到'波罗的'酒店过夜，我跟踪过他们三次。他害我老婆跟我离婚，害我丢工作。祝祖明收黑钱七千万，我一告上面就会查他，我知道你们祝家葬到了龙脉，我要破你家风水！先给你们一点颜色！这次留情面，不把你太爷爷骨头挖出来。看你表现，表现好可大化小，表现不好就挖两次三次，挖到棺材里，把你太爷爷骨头丢狗骨一样丢出来，丢到臭屎坑。你们不悔改，就印海报，满街贴，贴到他单位前门后门上。表现不好，还要告到省纪委中纪委，让他永世不得翻身。不要以为你二叔有权压得倒人，我不怕，我们有先进技术。你们可以报案，想抓到我万难，公安不是你们祝家的。抓到了也不怕，大不了鱼死网破。山不

转水转，路也不止一条，我们还是讲情面的，看你们表现！"

老阳气愤不已，说放臭狗屁！转而又挤出笑来，问祝祖明，你把谁的老婆弄到"波罗的"去了？"波罗的"在哪里哟？

祝祖明只问浩成：不是还通了电话吗？说些什么？

通了。我录了音。二叔你听听。

浩成把他手机上的录音点开来，要给二叔。

你放出来，大家一起听！

浩成就把声音调大，将手机放在八仙桌上，让堂屋里的人都听得到。

电话的内容和短信差不多。但有一个新情况，对方反复说退一步海阔天空，他也不是一根筋的人，这种事可以考虑用钱解决。浩成机敏，电话里没多说话更没发脾气，只问对方要多少钱。回答是多了没必要，少了也说不过去，就给二十万吧！浩成没还价，推说我一个乡镇工作人员，拿不出多少钱。这是我二叔的事，这钱要出也该由我二叔出。他让对方先别急，等他向二叔报告了再答复，同时要求保持联系。对方同意了，警告说你们不要玩阴的，我们既然敢这样做，就有十分的把握，不怕你们报案！要是不信，你们就去告，反正铁证都在我手上，备了好几份！言语中还把祝家兄妹几人，还有浩成他们这代人的姓名都很清楚地说了出来，听上去对情况非常了解。浩成本想在电话里问一下挖坟的事，对方啪地把电话挂了。整个通话不到三分钟。

这次通电话后，再无联系。

祝祖明问大家：你们怎么看？

祖亮说碰上了害人的！

祖煌说肯定是认识的人干的！说不定有本乡的，里应外合！也有可能是盗墓的。老屋场曾水保家早年被挖过墓，盗走了埋在里面的金器，到现在也没找到干坏事的人。

祖英什么也没说。

几个人都算冷静，看得出也想得到，他们事先通过气，打过商量，现在最想听的是老二的想法。

细毛公公摸了摸下巴，说出来的话有分量：小明，你在外面当干部时间长，是不是得罪了什么人？

祝祖明让浩成把短信和录音都转到自己的手机上，又看了、听了两遍。又让浩成回想是不是有什么不熟悉的人向他要过手机号码、加过他微信。浩成说都想过了，没有！

祖明又问祖煌，你生意场上朋友多，还喜欢和人打打扑克麻将，有没有金钱、人情上不愉快的事发生？祖煌明显不悦，说没有！我虽然做业务，但从不交那种不三不四的人，从不做那些不清不楚的事！要是有，人家也会直接来找我，何必拐弯？他话越说越快，声音也越说越高。

祝祖明却不紧不慢，说这事确实蹊跷，都莫急，我们来分析一下。和浩成联系的这人说他们是一帮人，但发短信通电话的就一个人一部手机；他说我是贪官得了黑钱搞了他老婆，好像有鼻子有眼，但我告诉你们，全是假的。他说的我单位的几个电话号码，都是网站上公布的座机号；他提到的名字，爷爷的碑石上明明白白写着；他说主持正义为民除害，却开价要钱；他说的是普通话，我却听出了本地口音，不是太准，有点像崇德这边的，也有些像永和那边的！

那他要做什么？敲诈还用得上挖人家祖坟？盗墓还盗到你公公头上来了？你公公从过世到如今不到四十年吧，能有什么宝贝在里头？蠢子也想得到的事！这帮鳖崽子，是我们祝家的仇敌，害人精！细毛公公义愤填膺。

祝祖亮也说，这个不是那个也不是，那到底是什么？

很可能就是敲诈，搞钱的。祝祖明说出了自己的判断。

这种事我在外面遇到过多次，晚上我再讲给你们听。眼下，有几件事我想跟你们商量，也请九叔公拿个主意，看是行还是不行。一是要报案，不用怕，要相信政府和法律，不能稀里糊涂乱来。二是要关注坟山，防止坏人再搞破坏，浩成你们年轻人要多担点事。三是要向村里报告，以免外面瞎议论，我们村不大，人口也不多，村民间虽难免有些矛盾，但是血脉相连，世代和睦，不会有人干这种事，内外勾结的可能性是零，不能猜

铜山殇

疑，也不能让别人感觉到我们在猜疑！我会找机会跟县里、市里报告。四是不要惊动老人，他那么大年纪，听了只会急，于事无补。五是浩成你之前做得对，保持联系最要紧。他发短信给你你要收着，他打电话给你你要听着，录好音保存好。他要钱你就找理由先拖住。记牢一条：不要激怒他。这有点麻烦，但你人聪明，脾气好，我相信你会处理好。

浩成怯怯地问到哪里报案，以谁的名义报？祝祖明说镇里有派出所，按照属地管理原则，应该就近在派出所报。至于以谁的名义报，人家联系的是你，还是你报比较合适。你在镇里做事，人头熟，有事沟通起来也方便。

浩成有顾虑，说镇派出所人手有限，案子都破不了，他们肯定不敢接。

祝祖明说报不报是我们的事，接不接办不办破不破得了是他们的事，走一步看一步。我知道你还想说人家指名道姓敲诈的是我不是你，你怕他们为难你，这个没关系，说得清的。坏蛋挖的是你太爷爷的坟，他们只是看我目标比较大，敲诈我就是敲诈我们这个家族。你是代表家族报案。你放心，大家都放心，我不会丢给浩成不管，我会管，管到底！再说一下，这事可能是因我而起，我在外头工作这么多年，干得不一定好，但肯定没有胡作非为，不是老郑那样的人，你们对我应该有了解，蕙枝跟我生活了四十年，她最清楚！

在这件事上得听祖明的！老阳说。

一家人心稍宽，热热乎乎吃了顿晚饭。祖煌陪细毛公公喝了几盅新酿的糯米酒。

早些年，以祝祖亮的名义，在村边的宅基地上盖了一栋砖混结构三层小楼，房间多，一直让浩成那个小家庭住着。建房子时，祖明祖煌都给了点支持。浩成媳妇整理好了几个床铺。晚饭后细毛公公摇摇晃晃回自家睡去了，祖明蕙枝和其他兄妹几个到浩成的屋里聊到很晚。浩成媳妇怕叔叔婶婶和姑姑肚子饿，还煎了米粿来吃。

兄妹虽常走动，但如此亲密长谈，已经好多年没有过了。

祝祖明讲了他在外面经历的两件事。

一件是他在永和当书记时发生的。那时手机少，微信还没有，短信也不发达，邮寄信件多。他平均每天要处理几十份公文信函。某天收到一封平信，抽出来看，是要钱的。很简单，有点像挖坟这人发的短信，笔下却更干净。没说别的，只说我掌握了你贪腐的真凭实据，我不是纪检监察机关的，只要钱，限你某日前存五万块到省城东塘区剪刀巷建设银行营业厅。钱到灾消，过期不候！要钱还是要安全，你考虑清楚，好自为之！

那你怎么办？祖亮着急地问。

这样的信我不是第一次收到，大部分都撕了。那次感觉不太对劲，就打了一个电话给县公安局局长，让他到办公室来，把信交给他处理，意思是查不查由他们决定。过了几日，局长来报告，说那个银行营业厅倒是找到了，但是县局的人到省城办案动静大了不合适。他们分析就是一封普通的敲诈信，不必理会。到了指定的日子，果然什么事也没发生。过了几个月，大家都把这事忘了。有一日，市公安局局长突然打电话来，说要陪省厅的两位同志来了解点情况，问有没有时间？这还能没时间？他们一行三人来到我办公室，开口就问你收到过一封要你打钱的信吗。我说收到过。又问你是怎么处理的，我说交给了公安局。又问你打了钱吗，我忍不住笑，说打没打钱你们问一下县公安局不就明白了。他们绷不住，便一五一十地给我说了实情。那是一个涉及全省九十三名干部的敲诈大案。作案的人是北边一个县驻省城办事处的主任。那是个正儿八经的大学毕业生、国家干部，之前做到了县委办公室副主任，想升局长没升成，心生怨气，认为天底下当领导的都是贪官。他要求调到驻省办，县里同意了，还让他当上了主任。但那人到任半年，别的事都没干，天天躲在房间里写那种信。写了一百多封，寄出去九十三封。照着省里印发的领导干部通讯录，寄给他认为有实权的官员，大部分是厅长、局长，只有少数几个是县委书记、县长。他还真从营业厅取到了几笔钱，加起来有三十多万。

那是怎么发现的呢？祖煌也来了兴致。

很简单。有个厅长收了信，到省公安厅上交了，报案了。公安厅派人在剪刀巷蹲守，逮了个正着。

那公安找哥哥你干什么呢？祖英也好奇。

这就有点复杂了。我们九十三人都收到了信，但是处理方式不一样。有七个人按要求打了钱；有七十八个人置之不理；有七个人和我差不多，交给本地本单位的纪检部门或公安去处理。只有那位老兄直接向公安厅报案。案子破了之后，查办了四个人。一个厅长被严重警告，一个副厅长被降级为处长，一个副局长被免职，一个县委书记被判了十三年，因为查到他别的重大经济问题。那时不像现在，如果是现在，处理的人会更多，也会更重……省公安厅的人和市局的廖局长谈完后留在县里吃饭，跟我说过一句"真金不怕火炼"，我到现在还记得清清楚楚。

老阳知道这事，不住地点头。

兄妹几个如释重负。

另一件事就简单。是我当厅长时候的事。也接到一封信，里面就一张照片，照片上的人是我，光着身子，怀里还抱着一个光着身子的漂亮女人。我看了笑笑，随手丢到抽斗里。过了几天又有电话打来，问我收到照片没有，我说收到了。又说收到就打十万块钱过去，否则准备进号子！我说好吧，你把账号发过来，我筹钱给你。我先拿照片给你嫂子看，她说老祝你怎么长得这么白啊。我又拿照片给厅纪检组的同志，跟他们说了情况，把电话号码告诉了他们。纪检组不含糊，立即与公安部门联系，很快捉到了那个家伙。是河南一个在省城送外卖的人，业余干这种勾当，专门从网上下载淫秽图片进行加工，漫天撒网，也打上了一些鱼。在我这里翻了船……退休以后，这种事就没有了。

祝祖明讲得轻松，其实心里堵着，当晚没睡好。他很烦躁也很愤怒。心想自己是老干部、唯物主义者不假，但也是人之子孙。虽说干部已经做到了头，膝下有女无子，但谁不希望家族兴旺发达？谁不要平安？祖坟被人开了天窗，和被人当众扇耳光有什么两样？和房子被人点着了照天烧有什么两样？他非常理解兄弟姐妹还有晚辈的悲愤心情，家族是口锅，祖父坟头上那个窟窿，就是在这锅上砸出的一个洞啊！在往外冒气啊！冒的是凉气和晦气啊！

这事无论如何不能善罢甘休！

33

祖明和蕙枝在祖亮家吃早饭，半个荷包蛋含在嘴里，手机响了。掏出一看是袁应，问老领导在什么位置，上午会回凤凰湾吗？

在熙川。小袁你有事？

祝祖明怕一两句话扯不清，避开了到崇德老家的事。

县里康书记和诸葛县长下午到凤凰湾调研，要开一个座谈会，希望几位老领导到会指导，特别说要请上您。是县里让我联系的。

祝祖明问明白了，还请了武潼光，便表示可以，上午赶回来！

跟九叔公和大哥大嫂道别。祖英祖煌回熙川，祖明和蕙枝直接回凤凰湾。

路上老阳不停地嘀咕，说来永和本是图清静，没想到出这么多让人讨厌的事，不得安生。老家也跟着凑起热闹来！早知这样，不如不来，咳就咳吧！

老祝想起武潼光的话，借来劝老阳。说人又不是生活在真空里，哪儿有净土？心底无私天地宽，住在哪里都不怕！

那人短信上说你把他老婆带到这里那里去，无风不起浪，你有这种事没有？

扯淡！我会是那种人？

你不是那种人，但你以前也管不住嘴，醉得七死八活的时候不是没有过。你会不会"吃酒吃成驴狗嘴，跳舞跳出三条腿"，借酒装疯做下轻薄人的蠢事？挖祖坟这种事实在是可疑，昨日那个细毛公公的担心不是没有道理，你确实要好好回想一下，是不是在哪里跟什么人结了仇？没有刻骨仇恨，谁会干这种事？

老阳，你好歹也是当过领导的人，这种勾当还看不出来？这就是赤膊罗汉搞的，无非是跟当年那个驻省办主任一样，以为天下乌鸦一般黑，想碰碰运气，敲几个钱过年。这泼皮也许是瘾君子，也许是从牢里放出来的惯犯！

你分析得有道理。不过有些方面你得注意。老阳还有话说。

哪些？

你们祝家这些人疑虑重重，还没有打消，我看不把挖坟的人捉到永远不会打消。你说你没事，他们不相信。你注意到细毛公公的眼神吗？很担心！大哥三妹和小弟，包括你侄子，都在担心。不光担心，还有怨气。嘴上没说，心里想的却是：你惹的祸，你坏了家族风水，你害了我们！这是一个，还有就是，我听那人电话里说话真是带着永和口音，说不定就是永和人搞的鬼，有没有阴谋难说，你要防着点！当面说好话，背后下毒手；明里喝酒，暗处捅刀的事还少吗？

我也在琢磨。家里人的心思我看出来了。我在外面当干部这么多年，虽然多少也帮过他们一些忙，但我死板，很多要求都没有满足，也满足不了，他们对我的意见自然少不了。不光我家，你家不是也一样？我不是把你的兄嫂弟妹都得罪了吗？唉，不说这些。他们儿孙满堂，对风水这种事更加在意。这不要紧，家里人嘛，怨归怨，最后总是会理解的。倒是你说的第二个问题，我也想不透，心里没有底。虽说身正不怕影子歪，却是防人之心不可无。特别是老郑这事一出，市里、县里风声鹤唳。今天下午这个会，来得比较突然。请我参加我就参加一下，进山听鸟音，临水看鱼戏。你注意一下，被人挖祖坟很尴尬，我们在永和先不要跟别人言语，只说到市里看了老人。还有，我们得赶紧回省城一趟，这事我要跟厅里说一下。

我不会讲，你自己别说就行！省城要回去，我想雯雯了，投资上的事也得理一理。回去住一阵哩，还是过几天又来？

过几天就回来。拉旗放炮了，这个时候我们拍拍屁股走人，影响不好。

说着话，车子到了凤凰湾。

让老祝没料到的是，下午的会规模挺大。永和县的康书记、诸葛县长带着县里重要部门的头头脑脑，还有乾坤镇的书记、镇长等，一共来了三十多号人。他们上午看了阴阳湾，中午进了凤凰湾，然后在凤冠酒店开会。挂的会标是"'建设生态永和，打造美丽乾坤'恳谈会"。武老书记、马朝红，还有可留山庄的谭明德和鞠玲都在。

会是圆桌会的形式。武潼光和祝祖明他们只参加"恳谈"，位置被安排在书记县长的正对面。

康书记是外地交流来的，干满了一届，正在干第二届，人已过五十，之前和他交集少，老祝认识但不熟悉。诸葛县长是 6 月份换届时从市直单位提拔来的，三十几岁，一张娃娃脸，老祝不认识。他们却像见到老朋友，十分热情地迎上来握手，连声问好。

会议由县长主持。

头一项议程是乾坤镇的杜晓娟书记汇报。讲了二十分钟，基本对着稿子念。老祝听明白了，小杜兼着凤凰湾管委会的党委书记，汪镇长兼着管委会主任。第二项议程是袁应汇报，没有稿子，讲了大约十五分钟，表达了发展的信心和决心，也提出了面对的困难和希望解决的问题，言辞恳切。

接下来，县长宣布请康书记作重要讲话。老康做姿态，说难得两位老书记莅会指导，请他们先谈吧！

武潼光和祝祖明摆手。康书记才说那好，我先来作个汇报，讲得不当之处，请老领导批评指正！

县委书记的风格各不相同，嘴皮子都利索，没有一个不是舌灿莲花的角色。康书记一口气讲了一个半小时，中间连水杯都没摸一下。

在谈到贯彻"两山"理论时，康书记充分肯定了乾坤镇和凤凰湾景区的工作与贡献，强调了它们的特殊地位，说我们不是跟风，建"乾坤小镇"就是要彰显永和深厚的历史文化，举绿色旗帜、走特色道路。"两水夹两岸、两街架六桥，远看水绕屋、近看屋包水，人在街上游、水从脚下流"是乾坤镇的追求，也是县委县政府对他们的要求。"打造最美乡镇，

展现最浓乡愁"不是口号，是必须实现的目标！凤凰湾是永和绿色发展的一面旗帜，它不只是乾坤镇、永和县的凤凰湾，也是全市、全省的凤凰湾，还要努力成为全国的凤凰湾！要让更多的人对这块红色浸染过的绿色土地注目和神往！

在布置工作时，康书记提到创建全省"生态文明建设综合示范单位"，说要实行目标责任管理，这块牌子务必拿到。生态和经济必须两手抓、两手硬，两调度、两不误。要以更广阔的胸怀、更大的气度吸纳社会投资，共力共情共赢！在镇里做项目的"绿行天下"的覃总、在凤凰湾石鼓坪做可留山庄的谭总，都是有实力讲信用的大企业家，是我们的老朋友，是新动能的代表，我们要引得进，更要留得住，还要干得好，永和要成为他们的第二故乡！不少老领导和著名的文化专家在我们凤凰湾置业、康养，这是对我们工作的认可，是给我们最宝贵的精神、智力和实际支持！各位老领导、各位客商，你们也是凤凰湾、乾坤镇、永和县的建设者啊，我们要珍惜珍惜再珍惜、感谢感谢再感谢！

康书记讲得慷慨激昂。大家的掌声也热烈。

最后一个程序是发言。

武潼光先讲，很简短。说别的我搞不清，反正凤凰湾这里我天天住着、看着，小袁他们很卖力，做得也不错。但问题不少，困难很多，压力很大，县里说的支持他们的话不能只是一泡口水，要多拿出些实际措施来。还有，郑晖跑到羊角沟鹞子嘴跳崖，他自己死得干脆，可是脏了这块地方！县里市里都要多做些工作，消除负面影响。

祝祖明谨慎。充分肯定康书记的讲话、表扬县里的工作之后，便说我来凤凰湾的原因很简单，就是我老婆支气管有毛病，我是遵医嘱为她找暖和干净、不容易诱发咳嗽的地方。已经住过一个多月了，目前还行，还得再适应、观察一段时间，确实行就可能买套房子长住，不行还要另找地方。感谢永和对我们的接纳！刚才康书记说到创建"生态文明建设综合示范单位"的事，刚好，我也从省绿色发展协会得到了一点信息，凤凰湾入围了，排名也靠前，程序还没走完。我是那个协会的副会长，熊省长是会长。这件事和协会有些关系。我接到了通知，明天要回省城去参加会长办公会，在不违背原则的前提下，我会帮你们敲敲边鼓。

康书记、诸葛县长带头鼓掌，大家跟着鼓掌。

老祝不好意思马上停住，就又说了一段：

乾坤镇打造"乾坤小镇"，前些天我去参观过，很好。有些想法我和杜书记汪镇长交流过，今天再说一下。现在建特色小镇比较热也比较乱，鱼龙混杂。我个人认为，特色小镇不管"特"的是什么，一定要有产业支撑、文化打底、生态保障和人气涵养。没有这些，跟风瞎跑，就可能劳民伤财。弄得不好，今天的"特色镇"，就是明天的"空心镇"！不一定对哈，仅供你们参考！

谭总也发了言，说这两年生意做得比较艰难。但是请县里放心，我们一定会继续努力，为第二故乡永和的绿色发展做出新贡献！

诸葛县长小结。正要宣布散会，康书记又把话筒抓过去，说我再占用几分钟。大家的发言非常好，让我们深受启发，得到鼓舞。特别是祝厅长、武书记两位老领导的讲话，高屋建瓴，满含深情，我们一定会认真学习领会，结合我们的工作抓好落实！

会后一同在凤冠酒店用工作晚餐。酒是不能喝的，县里的领导争相用乾坤镇产的米乳敬老同志。

散场后，县里、镇里的人连夜赶回去了。袁应安排车子送两位老同志回住地。武潼光问祝祖明，你和小阳不会一走了之吧？

怎么会呢？我们出来很长时间了。来时匆忙，冬天的衣服没带够。省城那边也确实有些事，我们也想外孙女了。您放心，我们去几天就回来。很可能要在凤凰湾置业——老阳唱歌上瘾了！

袁应和蓝立生都在旁边。老祝又跟他们讲，样板房我和老阳住很久了，又是住又是吃，一万元的押金应该用完了。等我们回来算下账，如数补交哈！

34

从凤凰湾回到省城，老祝花了六个小时。

袁应本来要派"霸道"送，老祝不让；老阳想坐高铁，老祝不肯。他说买了车子不开，放着生锈吗？过几年人锈了，想开也开不成了。他主要是考虑回到省城要跑些地方，有台车子方便。再来凤凰湾时，带东西也便当。

当晚的饭是在雅颂华府小区晶晶家吃的。

雯雯欢欣雀跃，问姥姥猴子还在抢花生吃吗，问姥爷水塘里的竹船还在吗，下次我要去坐！她说的"水塘"是凤凰潭，"竹船"是筏子。姥姥姥爷搂她亲她。

祝晶观察了一番，说爸爸妈妈气色都蛮好，妈妈更好！她知道老阳用了中药，一直没咳嗽。

黄继刚天没大亮就上市场买菜，下班早早回家烧，锅碗瓢盆搞得叮当作响。

黄教授和朱老师带着小黄也来了，轻轻松松聊天，热热乎乎吃饭，还提议喝酒。

老祝老阳住凤凰湾的这些日子，疫情此起彼伏。黄教授说"少年狂"只能先按住，且尽一尽做爷爷的义务！他们常到儿子家来，偶尔还会去接放学的雯雯，带她上晨光文具店买本子，上卡拉多买比萨。雯雯叽喳如鹊，叫爷爷奶奶叫得比蜜甜。祝晶也多了乖巧，爸爸妈妈叫顺了口。双休日，他们也会到黄教授住的校园去，牵了小黄在足球场上溜达，看青涩的男孩女孩读书或玩闹，找到了久违的温馨。一些湿滑酥软的念头便在心底萌动，晚上回家，兴风作浪。

还是人亲肉香啊！老祝老阳看在眼里，听在耳里，喜在心头。

老祝老阳向朱老师和黄教授介绍了凤凰湾的最新情况，重点是说硅化木，大大地表扬了林师傅，转述了袁应对黄教授的感谢和欢迎他再去考察的意愿。

黄教授很高兴，添了一杯酒，大谈了一通硅化木。他说回来查过资料，硅化木是亿万年地壳运动的结果。原始森林因地震、火山爆发等自然灾害，突然间被深埋于地下，在高压、低温、缺氧的环境下长时间浸泡在二氧化硅饱和溶液中，木头中的碳元素被二氧化硅替代，又纳入岩浆中别的矿物元素，于是有了缤纷的色彩。最后重新结晶，形成石质，就是硅化木了，也叫树化玉。

教授很肯定地说，那些东西是宝贝，化腐朽为神奇。人也是这样，在一定的条件下，也是会转变的，杰出的人就是人中之玉！

黄教授重申他的判断，认为凤凰湾那些树化玉是缅甸所产。缅甸的树化玉主要分布在曼德勒省、实皆省和马圭省，曼德勒省的那吐机县和马蓝县出土的居多，品质也最好。实皆省和马圭省出土的是"干料"，那吐机县和马蓝县出土的是"种水料"。这种东西是大自然留给人类的瑰宝，是植物的"舍利子"。它有玉石的美丽，承载了古老的地球信息，集宝石、奇石、化石、风水石于一体，不可再生。

教授很愿意再去凤凰湾。他惦记着那个勤快又心细，肯学习又懂礼貌的龙主任。

老祝对祝晶说，看来，你妈妈是比较适合在凤凰湾康养的。我们这次回来，准备收拾些衣物带过去，就在那里过年。晶晶你联系一下，安排你妈做一次体检。又对亲家公亲家母说，我们不在省城，偏劳二位了！疫情总会过去，明年春暖花开，也许就乾坤朗朗了。到那时，你们就放心驾"黄篷"带小黄周游四方，我和老阳会回来接你们的班！

黄教授和朱老师走后，老祝老阳在晶晶家又坐了一会儿。问了一下大人的工作、小孩的学习。继刚随意但比较详细地说了单位上竞聘的事，没提任何要求。

黄继刚他们的厅长姓洪，年少资格老，也在乐什买了小产权房，曾和祝家同在那边度过几个春节，也在一个锅里炖过五脚猪吃。老祝回到雅园小区，迟疑片刻，拨通了洪厅长的电话。寒暄过后，说洪老弟你是消息灵通人士，听到海南那边什么新情况吗？又说自己和老伴在永和县凤凰湾闲住，永和建设美丽生态乡村的力度大，有些看点，厅长啥时候往那个方向去指导工作，可以拐进去看一眼。

洪厅长回答没掌握新情况，只听说海南抓了几个省级干部，有农垦系统的人被牵连进去，不知道会不会扯到乐什开发。不管它！反正房子也拆了，等他们补几个钱就是，补多补少、早给晚给，听其自然！稍作停顿后又说，真羡慕你们，退休了就成闲云野鹤了，神仙眷侣，乐享"第二春"。有空我一定去看你们！

老祝这次回省城，一件重要的事情就是向厅里汇报，特别是谈祖坟被挖的事。多年的经历告诉他，凡事预则立，不预则废，针尖大的洞斗大的风，如果不小心，平地上会摔跤，阴沟里会翻船。

这日他早早地到厅里，直接上纪检组办公室。

组长和副组长都是派驻的，与他并不熟，但是很热情，都在等着。老祝恭敬认真，简略汇报了和老伴到凤凰湾康养的事，顺带说到熙川市人大常委会副主任郑晖自杀的事，最后才详细说老家祖坟被人破坏的事，并说已经在地方上报了案。

他将存在手机上的短信、录音等都转给了纪检组的同志。

副组长是转业不久的团级干部，人很直，说这帮王八蛋，都什么年代了，还干挖人祖坟这种破事，根本就是胡闹嘛，这不是脑子进水了吗！别理他们，让地方公安去查！

组长耐心听完老祝说的每一句话，才问您有什么想法和要求。老祝把自己的分析和判断说了一遍，表示眼下对单位没什么要求，只是觉得这事蹊跷，很难说它有没有复杂的可能性。我虽然退休了，但被人家指名道姓敲诈，个人可以不在乎，问题是伤了一大家子人的心，影响也不好，说不定那些人还会有更卑劣的动作，所以我要报告清楚。我在这里也很负责任地向组织上说明，并请你们做好记录：短信和电话上说的关于我的那些事，全是无中生有的！当然啰，也可以看作是一种举报，如果组织上认为有调查核实的必要，我会积极配合。我是老人，从某种意义上说也是弱者，我相信和依靠组织，请求组织为我做主！

组长说您尽管放心！要不要我们跟省公安部门联系一下，请他们重视？

那就不必了，家里一点事，浪费宝贵的行政资源不合适。

厅里在老干部工作方面，保持着良好的传统。这次活动早早就做了安排，也提前通知过。有两项任务：一是布置对党的十九届六中全会重要精神的学习，二是总支和支部改选。事前个别征求过意见。

老同志的节奏慢些，上午的活动一般十点钟才开始。老祝和纪检组的人谈完，赶到活动中心，恰好会议开始。

六中全会刚闭幕，正式的文件还没发下来，主持人念的是《人民日报》。讨论时老祝作了发言，谈了自己的理解和认识，表达了无比喜悦和振奋的心情，并说将按照中央的要求和厅里的布置，不管人在什么地方，都会继续深入学习、自觉遵循。支部负责同志给了他一些学习材料，说近期还会有一些资料发下来。老祝留了一个凤凰湾的地址，说自己如果不在省城，请老干处的同志按这个地址寄快件。

改选的事很简单，按程序走一下。

支部活动结束了，一些老同志还不肯走，要说话。

骆副厅长盯上了老祝，说厅长，听说你和夫人跑到永和县去康养，怎么样，符合你的"理论"吗？省城这边盛传熙川一个副市长在永和山里跳崖的事，沸沸扬扬，你住在那边肯定知道底细，是怎么回事嘛。

其他人也感兴趣。

老祝不好敷衍，就说确有其事，那人叫郑晖，以前是熙川的副市长，1月份转到人大常委会做了副主任。他是在凤凰湾景区的鹞子嘴跳崖的，是在一条山沟里被发现的。我和老阳借住在景区外面的一个养老小区。我调省厅工作后，这个人从市里到永和当县长，干了几年又调回市里了。案子还在查，外面各种说法都有，具体我也搞不清。

祝祖明所说的，都是网上可以查到的。

老祝在厅里汇报、开会、聊天的时候，老阳约了一块搞投资的伙伴见面。老胡见着了，一同吃了饭。老徐接了电话，人没出来，老阳估计她还在为上次到凤凰湾的事生气。

祝晶打电话给老阳，说妈，明天是周五，病人比较少，我联系了大内科的柴主任，他是呼吸系统疾病方面的权威，明天上午坐门诊，你来做检查好吗？

老阳觉得时间太紧，有点犹豫，说我还有点事，改到下午行不行？祝晶说你查呼吸系统，最好空腹，说不定要做彩超，还是上午来比较好。再说，柴主任下午不坐门诊，我也跟人家约好了！

老阳只得同意。

35

柴主任曾经为老阳做过检查和治疗，他们相互认识。他让老阳取下口罩，坐在那里做深呼吸浅呼吸。自己则用 N95 口罩上方 X 光般的目光观察。又让老阳躺下，平卧侧卧，用听诊器听了好久。感到有些奇怪，问：今年没咳？

没咳！

小祝主任，我在电脑里调看了你妈妈的门诊和治疗记录，还有今年9月份的体检报告。我担心的情况并没有出现，各项指标都不错，支气管也没有问题，没有炎症。你们没有注意到她的气色吗？没有病态嘛！老厅长，您把太太送到海南去了？

海南没有去，在永和县的凤凰湾住了两个月。

哦，这就对了！凤凰湾我知道，那里好！

让老阳冬天到温暖舒适的地方去住，多晒太阳多呼吸新鲜空气，以前说得最多的就是这位柴主任。这天他给出的意见是：用技术手段做的检查，你们想做也可以，X 光、彩超、核磁共振都可以。不过我不倾向于做这些。既然没什么症状，就别弄得那么复杂。你们看呢？主任用的是商量的口吻。

那就不做，我们谢谢柴主任！老阳自己表了态。虽然戴着口罩，但她的欢快情绪还是掩盖不住。

皆大欢喜。

祝祖明下午准时到了协会。

绿色发展协会借农业农村厅下属单位经作研究所的几间闲置房办公，靠近地铁二号线。老祝没开车，乘地铁去的，用了那张金桂花卡。

说起来有意思。熊会长做过分管农业的副省长、常务副省长，转到省人大常委会做党组副书记、副主任几年之后才退休。时任省委书记找他，说老熊你经验丰富，人退了工作还是要做的，我交给你一个任务，你牵头成立个绿色发展方面的社团，相当于搞一个智库。我跟省长合计一下，给你安排一点启动资金。要什么人、有什么问题要解决，你提就是！

熊省长是本土干部，也是公认的说话办事实在的领导，曾传过他要当省长，结果到退休也还是副省级。

熊省长清楚书记的话里包含着关怀和安慰，但他觉得这件事本身有意义，就应承下来了。祝祖明和另几位副会长都是他点的将，全是当过厅局一把手的人。这帮人曾经沧海，对这事本没有大的兴趣，碍于老领导的面子，也都答应了。熊老省长办事讲究，副会长和秘书长的任职，全是在省委组织部门备案了的，且发了通知；而他自己的任职，则是省委报请上级备案的。书记说话算话，省政府一次性安排了三百万的工作经费。如今，省委书记换了，这件事还在做着。

熊老省长非常睿智。协会开成立会时，他把组织、民政部门的同志请了来，走完别的程序，轮到会长讲话，他一字一句念完了顾秘书长准备的三页纸稿子，又临场发挥讲了一段。说承蒙各位选我当会长，我要提出"两宗旨""三原则"。什么是"两宗旨"呢？第一是服务，就是为绿色和发展服务，搞些调研，提些建议；第二是快乐，说好听点是让老同志发挥余热，说直白点就是找些闲事给你们干，让你们有机会走走、看看、说说。那什么是"三原则"？一是不图财，协会不发工资、没有奖金，大家自带干粮来办公；二是不讨嫌，帮忙鼓劲不添乱，帮不上忙不硬帮，最需要防止的是倚老卖老；三是不添堵，目标不定太高，节奏不搞太快，要求不必太严。大家有意见就提，没有这就算一个君子协定。我们先试，过后是干还是算，是留还是走，悉听尊便！协会不是衙门，办得下去就办，办不下去就打鼓散场！

全场热烈鼓掌，过后每个人记忆深刻。

这一"试"便"试"到第六年了。上年换了一次届，会长还是熊省长，顾秘书长、老祝等三个副会长留任了，又新进了三个副会长，都是资历差不多的人。会里的事并不多，起先每季度活动一次，或调研或座谈，年底开一个理事大会。这两年更加减省，今年这还是第二次相聚。平时的事，主要由秘书长对付。省里这种类型的组织，算起来也有十几个，熊省长这个是最稳定和有趣的。

祝祖明赶到会议室时，熊会长已经端坐在那里。

祖明你潇洒，听说你窝在永和享福。怎么样，宁静的凤凰湾最近好像不宁静？

老祝知道什么都逃不过熊省长的法眼。便老老实实地把如何想起去永和康养、凤凰湾的生态状况和发展势头如何值得关注，以及知道的关于郑晖的一些事扼要地汇报了几分钟。也说到上午带老太婆在省医院做检查，柴主任说大见效果。顺势说凤凰湾适合我家老阳，我们打算每年在那里住上半年。这可能会影响到协会的工作，正想向省长汇报，我辞去这个副会长！

祖明，你是首批、连任，正儿八经备了案的副会长，我看辞就不必着急。家人健康要紧，要养尽管去养着。永和不是天远地偏，协会里一般的事你不用管，一年来参加两次会议就行。我另外给你布置一个任务：凤凰湾有典型性，你就在那里蹲点，代表协会深入考察生态保护和绿色发展的情况，可以以协会的名义跟地方上建立工作联系。这边由秘书长安排人配合你。这不就一举两得了？

老顾连声称好，又说省农委评选"生态文明建设综合示范单位"，请了我们协会里的几个领导和专家参加，熙川市报了两家，被打掉了一家，留下了乾坤镇凤凰湾，排名还靠前，很快要公示。

这样吧祖明，如果那块牌子最后确定了给他们，我们就去看一下。年内怕是来不及，就春节前吧，我们到永和去调研一次，顺便慰问慰问你和你夫人，好不好？

祝祖明当然求之不得！

老祝回到家，却见老阳不开心。一问，是她接了老胡打的电话，老胡说老徐被饶江那边找过，可能有大麻烦。

这个情况引起了老祝的注意。他想了想，今天是周五，饶江的关市长家在省城，说不定会回来。如果回来，就约他见上一面。他把这想法跟老阳说了，老阳十分赞成，顺势又说，那套老房子有人想看，你有什么意见？

老祝默了一会儿神，说这事你不是在凤凰湾说过。那房子我们不会去住，晶晶他们也不会要。看看又不会少什么，你就让人家看呗！

老祝拨打关市长的手机，巧了，他正在回省城的高铁上。一听说要见面，关市长表示也很想念老领导，我们好好聊聊！

第二日下午，关市长弄了辆车子，接祝祖明到一家茶室，泡了一壶茶，叙谈了一个多小时。

关市长略显憔悴。感叹地方工作大不一样，可以想见当年老厅长在一个大县主政，会有多么大的压力。祝祖明则说现在和以前不同，你们面对的局面更复杂，工作要求更高，压力更大。你们更难！

让老祝颇感欣慰的是，关市长说饶江城投的损失不会太大，红利没有，本钱拿得回来。为了防止出现系统性风险，有关部门做了干预，打出了组合拳，正在将荣达的业务做战略性切分，主业保留并且加强，予以政策支持，其他部分重组，目标是进一步做大做强，做出真正的世界影响来。

老阳的担心也应验了，那个老徐确实有问题，她和正兴公司的老总沆瀣一气。正兴的老总其实很不正，个人贪污上千万。老徐在省城这边组织

的资金，被套在里面的一共是八千万。之前他们有过多次合作。老徐除了拿和别人一样的回报，正兴公司还按投资总额的百分之一给她回扣，光这一笔就有八十万！专案组找过她，人没有带走，但让她把钱吐出来。本来省城这边的钱有望年前退还，被她这事一搅，卡住了，看来要到春节后才能到位，争取年底吧！请老领导放心，荣达还是负责任的企业，钱在分步打到市政府监管的账户上，肯定会还的。

老祝心里一块石头落了地，用茶向关市长表示感谢。临别时不忘叮嘱，小关，这事给你添麻烦了。你现在是重要干部，前程远大，做事一定要有原则，讲规矩！个人损失是小事，违背原则是大事，你要把握好，我不希望你因为这事被人说闲话！

谨遵老领导教诲！您放心，我今天说的这些都是市里在一定范围内通报了的，处理好这些问题也是我们的工作职责。我应该代表市里感谢您的理解和支持！请老领导帮我给尊夫人带个好！

老阳听了老祝说的，也是如释重负。直骂老徐。老祝反倒劝她，说无利不起早，这一点也不奇怪。我早就怀疑那人，没跟你说，说了你也听不进去。没关系，不着急，本金拿得回来就是万幸了！

又谈到卖房子的事。老阳说中介带人看过，那人对房子是满意的，但认为老城区环境差，每平方米只肯出到一万三，而且不承担中介费。我觉得价格低了，没有点头。

老祝说也好，先不急。你可以跟中介说一个目标价，放一把钥匙在那儿，让他们多带几个人看，有合适的再考虑，没有就先放着，房子放着也不长霉。

老祝老阳在省城的几日，侄子浩成来过两次电话，转了一条短信。报案不顺利，派出所的人坚持说敲诈的对象不是他，不肯受理。另一边，挖墓的人总打电话发短信催着要钱。奇怪的是那人还说：我知道你二叔到省城活动去了，不是吓你们，我们不怕，你们找什么人都没有用！只要我把炸药包扔出来，就会炸得你们粉身碎骨！

老阳，看来我们还不能在省城住久了，得赶紧回到永和去！

水穷云起

✢

36

县里那个恳谈会开过不久，一辆挂有"沪"字牌照的轿车和几个衣着考究的人上了石鼓坪。来的是谭太太和谭公子。

谭太太与谭先生年龄相仿，富贵气逼人。谭公子高大威猛，器宇轩昂。母子二人花三十多万买机票，从墨尔本飞回上海，经防疫隔离后，坐"大奔"直驰永和。

老谭事先打过电话给袁应，说老弟，我这边可能有点麻烦，请派两个人到坪上来！

袁应让蓝立生带高路、满根、姚华成上石鼓坪相机行事。

这番布置并没有起到作用。

谭太太下车后在山上转了转，眉目含笑。别人听到她对老谭说得最重的一句话是，侬跑乡下白相？见到鞠玲也没有张牙舞爪，只是收了笑，说姑娘你年轻，又漂亮，干点什么不好，何苦在山里混？

也不知老太太用了什么法道，把丈夫、儿子还有那个"华妃"叫到屋子里，待了不到半个钟点，谭明德就拎着包乖乖地跟了出来。

蓝总，公司有些事，我得回上海去。这边该怎么管还怎么管。不好意思，有劳你们了！说过这话，老谭一溜烟走了。

满根和老姚本以为有场好戏看，结果就这么点西洋景，很不过瘾。蓝立生看着绝尘而去的汽车，神色凝重。

回到办公楼一讲，袁应的神色更凝重。

谭老板跑路了！消息不胫而走。

熙川也传来噩耗：雷宇部长的夫人王红云去世了！老雷的情况也不好！

凤凰湾这阵子雨下个不停，风也硬，吹到身上给人鞭子抽打的感觉。这种天气不宜户外活动，唱歌、跳舞、打拳和健步行都不宜。

老年大学这日安排的是健康讲座，请艾院长讲如何预防中风。他准备了讲一个半小时的材料，见来人虽多，却心不在焉，讲得没劲，不到一小时就草草收场。

讲座结束，人却不走，聚在各处说话。

棋牌室里的人还是高长征、曹远清、龙兴民、王新娟、陶川等。

老龙说王红云是心源性猝死，昨日凌晨3点在家里发病，救护车还没开到楼下，人就没了。刚满六十一，走得太早！

听者无不怆然。

雷宇和王红云在永和工作时间长，栽花得花，种豆得豆，人缘挺好。老王患心脏病有年头了，老雷退休时买凤凰湾这房子，正是因为考虑到有利于老王养病。老王却不喜欢，只住过几回，近两年根本不来。上次老雷与祝祖明同桌吃饭，是偶然碰上的。

王新娟也了解些情况，说王姐不来凤凰湾不为别的，只因医生说她的心脏病随时可能发作，不要随便外出，更不能在外面长住。

这是一个方面，关键还是老王心里那个结解不开，年纪越大越解不开。她不愿意跟永和这边的熟人见面，是怕人家和她谈论儿女的事。这个结解不开，她的病就好不了。老王的情绪影响到老雷，搞得老雷非常郁闷，少言寡语。曹远清发表看法。

曹主席说的心结，别人也知道。雷宇和王红云曾经有过一个儿子。他们的儿子在永和中学念初一的时候，和班上同学到白沙江游泳淹死了。老雷的哥哥在农村，过继了一个女儿给弟弟。老雷夫妇视继女如己出，供她读中学、念大学，等她大学毕业了，又帮她在厦门找了工作，后来她就在那里嫁了人。可继女和他们不亲，很少往来。

上半年传老王病重，蓝立生、王新娟和龙兴民结伴去市里探望过。没想到说没就没了，人还不如一棵草。

雷部长会伤心死！孩子还是亲生的好！陶川冒出一句。

不见得！关键是看有没有良心！高长征持不同意见。

老陶意识到话说快了，立即改口：部长说得对，关键是看良心！刚好，我问一下，高路大侄子的喜糖我们什么时候能吃到啊？

快了，年前办！

大家都向高长征表示祝贺。

曹远清借题发挥，说老高你好，螟蛉之子胜于己出。后人都像高路这样就好了！现在的年轻人我们搞不懂！看看"90后""00后"，一个个只图眼前快活。什么理想、信念、责任，在他们眼里就是一个屁！全是"手机控"，离了 Wi-Fi 过不了日子。连生孩子也觉得多此一举，别说生两三个，一个都懒得生。最新一次普查的结果出来了，我们永和总人口和上一次统计相比下降了！大城市更不用说，北京、上海，丁克家庭很多。丁克一族不生孩子，婚还是要结的，现在有人连丁克也觉得累赘，根本不结婚。不娶不嫁，喜欢同居，发展下去，可能干脆跟机器人同床共枕……长此以往，如何得了！

退了休的人说话，脚踩西瓜皮，滑到哪里算哪里。连曹远清这样的智者，也未能免俗。

龙兴民想把气氛搞欢快点，便说主席你不要悲观，我们国家高度重视人口生育，已经摆到了重要战略位置。看来，计生委这个部门还会恢复，但工作职责要转到促进生育上来。这个要提到社会和政治的高度来认识！王婆，你得做好准备，如果县里找不到合适的人，你就要学习穆桂英，再扎一次帅旗！只要你出山，我们永和还能被评为先进。你要提好建议，生得越多，奖励越多，提拔越快！还要加大力度做你儿子儿媳妇的工作，你

们家要率先垂范！你那个"注射器技术"不能束之高阁，要传授推广，发扬光大！

要得！老龙头你经验丰富，品种又好，赶紧请"阉得准"帮你老婆复通，你也率先垂范，再生一对儿女！

没有用！别说复通，你就是给我家老杨肚子里接一排PVC管子也没有用！窑破了，出不了货！

窑破了不要紧，修修还能用，主要是你打坏的本领高！

一般般一般般！王婆，让我做贡献也不是不可以，得出台相应的政策，放开二房三房政策！

…………

阅览室也热闹。蓝立生、孙振球、林禾水、耿忠、艾院长，还有俞建波和"波斯美女"等人都在。

也在聊雷宇家的事，个个感叹。俞建波说，雷部长家出了这么大的事，我们这些邻居也得有点表示吧？

我联系过老雷了，他说疫情期间一切从简，家里不设灵堂，明天就火化。他女儿女婿也不会回来。袁总考虑了，有安排，我们派代表去熙川参加告别仪式。老蓝回答。

话又转到可留山庄上。孙主任表达了关切，说那个谭老板人走了，后面的钱是不是就不给了？他要是不投资，小袁是不是会背包袱？

老孙问的是蓝立生。别人也拿眼睛看蓝立生。

谭老板没说不来，鞠总还在这里。老蓝回答。

很多事都坏在女人身上！姓鞠的也不是什么好东西，一粒坏酒的药！她又没有钱，留下来有什么用？林禾水夹枪带棒。

蓝伯温不接话。

祝书记和欧阳行长也好多天没见到嗬。孙振球又说。

七八天了。不知去了哪里。有人附和。

没有七八天，五六天。他们先去市里看了他老父亲，回来参加了县里的会。上星期三回省城去了，参加熊老省长开的一个会。正在回来的路上。老蓝解释。

那就好！那就好！几天没见，想念他们。孙振球说得平淡，别人听得仔细。

信息时代，很多事传来传去便传得光怪陆离。省里有个副省级官员落马。网上说，那人支持私营企业在网络上"挖矿"，扰乱经济秩序，还收了老板送的不少"币"，值好几个亿！那么大的官，弄那么多的钱，不知道会牵出多少人！如今哪，刮倒一棵树，砸死一堆人！

蓝伯温趁人不注意，悄悄走了。

袁应发了短信给他，让他到办公室去。

议论纷纷吧？蓝立生一进门，袁应便问。

老蓝点头。

都说些什么？

老郑的事不新鲜了，怀疑雷部长会受牵连。主要关注的还是谭老板和祝书记。

雷部长不贪财不好色，一生谨慎，干的都是做帽子戴帽子的事，能出什么毛病？这些人关注老谭情有可原，祝书记有什么好关注的？

你看不出来？祝书记、欧阳行长几天没露面，让人产生联想了。

联想什么？

避风！如果和出问题的副省级官员有牵连，到永和来就是避省里的风；如果和老郑老张有牵连，急匆匆回省城，就是避这边的风……我查过，祝书记和那位副省级官员同过事，时间不算长。

瞎联想！同过事就有牵连？那还能剩几个好人？你怎么看？

别的领导我不好说，对祝书记这人我有把握。他和武潼光是同一个类型的人，跟锦绣河的石子一样硬扎。他不会有事！至于他们愿不愿在凤凰湾买房子住，就要看缘分了。

你多操点心，我们把工作做细些。县里换将的事，有动静吗？

现在都守口如瓶。我看快了。

…………

天气不好，祝祖明开车全神贯注。

没有打喷嚏，但好几次被手机铃声所扰。

老阳接了电话。分别是龙兴民和蓝立生打的，问领导走到了哪里。

这两个人！好像要跟我搞对象，还一日不见，如隔三秋？

老祝颇不以为意。

37

老祝老阳前脚进样板房，老龙老蓝后脚就跟进来了。

说了谭明德和雷宇家的事。

老祝老阳觉得很突然，特别是对老雷家发生的事感到悲伤。

难怪上次吃饭他闷闷不乐。麻烦你们代表我和老阳向老雷表示问候，请他节哀顺变。明天有告别仪式是吧？去可能不合适，能否以我们的名义送一个花圈？老祝问。

龙兴民想了一下，认为表示悼念完全没有问题，送花圈就免了。现在办这种事都简省，再说也缺少一个理由。

老蓝请他们去食堂用餐，老祝说算了，路上中饭吃得晚，又带了些零碎来，得收拾一下，等会儿老阳下点面条就行。

祝祖明约了陶川和陈永刚来说事。

老陶老陈，你们是老公安。我老家出了件尴尬事，很伤脑筋。想请你们帮着分析分析。祝祖明开诚布公。

领导跟我们还客气什么？有事说就是！陶川一脸真诚。

老祝便将祖坟如何被人挖、全家如何悲伤愤怒、报案如何不顺利等叙说了一遍，也谈到向厅纪检组做了报告。

有这种事？两个老公安感到意外，却并不惊讶。

你们家里人是怎么看的？陶川问。

祝祖明又把家里分析探讨的情况讲了讲，特别说到家族里的长辈、平辈、晚辈人都窝着一肚子火。明面上没说什么，但显然有怨气，认为是我当官当出来的祸事。这案子要是破不了，我会成为家族里的罪人。

书记，方便把那些短信、电话录音给我吗？陈永刚问。

可以！

老祝当即把存在手机里的资料转给他们。

仔细看过听过，陶川问陈永刚：陈大，你的意见是？

我看简单，诈钱的。泼皮，穷疯了。人不多，顶多两三个，也可能是"独狼"。听口音是永和人。这些家伙昏了头，又是打电话又是发短信，这不是狂，是蠢！这种案子好破。

我同意陈大的分析。最近熙川出了些怪事，庙小妖风大，池浅王八多，不能看得太简单了。书记您的为人是有目共睹的，短信上说的这些，造谣诬蔑的性质也是一目了然的。不过我还是想问一句，在县里工作期间，哦，包括离开以后，因为工作或别的原因，您得罪过什么人吗？

不瞒你们两个，这几天我和老阳也在琢磨，想来想去想不明白。我不敢说一尘不染哈，但奉公守法，光明磊落，问心无愧。工作职责所系，不可能只栽花不栽刺，我也骂过人处分过人，但从未夹杂个人恩怨。说心里话，我一直认为永和人友善，没有对我恨之入骨、与我有不共戴天之仇的，所以，主观上我没有树敌。客观上的东西就很难讲，无意中是不是给人造成了伤害，我不敢说，但确实还没有发现。我也在想，我和老阳离开永和都超过二十年了，如果真有永和人视我为死敌，要找我复仇，也应该早动了手，何必等到这个时候？特别是到省里工作以后，我虽然能力有限贡献不大，但给永和做的都是好事，做好事还会得罪人吗？

明白了，祝书记！您要求我和老陈具体做什么？

向你们求教，当然也是求助！你俩和我一样，也是退了休的人，手上没有"公权力"了——有也不能滥用！我不可能要求你们去破案子，就是想咨询一下，这种情况怎么处置比较合适。现在让我苦恼的是，崇德虽然是我老家，但离开的时间太久，有点四顾茫然。再说，挖人祖坟这种事实在是太卑鄙恶劣，旧社会都说干这种事的人会遭天打雷劈，是要断子绝孙

的。这种事摊到谁头上谁咽得下这口气？这种坏事要是没人管，谁家也难保先人安宁！这次是挖我祝家的坟，说不定下次就挖到别家了，哪还有什么文明和法治可言？

祝祖明说着说着音调高了上去。

老祝你怎么沉不住气？老阳在边上听着，提醒他。

祝祖明也察觉到自己失态，赶忙说对不起二位，是请你们来帮忙的，反倒向你们倒心理垃圾。这些话，也只能跟你们这样的老朋友说说！

没关系的，祝书记、欧阳行长，你们这是看得起我俩。如果领导信任，我们应该能尽点绵薄之力。陈大，现在人家都叫你"神探"，说说你的想法！

简单的毁坏坟墓，严格地说还不构成犯罪，找到了人也只适用治安处罚，侮辱尸体才是刑事犯罪。但是用这种手段索要二十万块钱，又造成了恶劣影响，就是典型的敲诈勒索，属于严重刑事犯罪。按管理规范，永和公安不便介入，应该在崇德立案。那个镇派出所不敢接也是想得到的，他们主管治安，办这种案子不在行，也缺乏手段。这样行不行，崇德县公安局分管刑侦的焦副局长以前在我们一个派出所当过民警，我认识，我打个电话给他，建议他们县局直接受理。如果说不通，就要请陶局你出个面，他们现任的汤望东局长也是市局提拔出去的，当年是你的科员。这种案子事关法律也事关道德，性质是恶劣的，不受理是失职的，我们给他们提点建议提个醒，不违反任何原则。侦办的事应该不难，现在有的是办法。只要他们县局肯接手，中间联络的事，祝书记你不用操心，交给我就行！把你侄子的电话告诉我，我来跟他联系。

陈永刚果然雄风犹在。

没有问题！陈大你先探探焦局的口气。有障碍我再来跟汤望东打电话。这不是人情世故，就是普通人家遇到这种情况，公安机关查办也是责无旁贷！

这样就太好了！老祝心下宽慰。

陈永刚又向祝祖明询问了一些细节，如村里有多少人口、多少姓氏，你这个家族有多少人口、多少务农的、多少出门在外的，村民相处得和睦吗，祖坟山是一个村子用还是与别的村别的姓氏合用，以前出过类似的情况吗，村里有人坐过牢吗？祝祖明尽己所知，一一做了回答。老陈把要点记到手机上。

二人打算告辞。

哦，还有个事我想问问。听说上海谭老板走、雷宇夫人王红云病逝这两件事在凤凰湾引起不小反响。按常理，没必要哇，你们灵光，能跟我说说是怎么回事吗？

这个，这个……陶川支吾。

陈永刚说其实不复杂，就是大家有些担心。把这两件事跟个人利益挂起钩来了，担心投资会受损。

个人利益？投资？

老书记你可能不清楚，袁应开发凤凰湾，搞得这么大，用了外部资金。政府扶持毕竟有限。早些年争取到一些银行贷款，借了还，还了借，现在还留了一点，不多。他另外走了两条路。一条是和别人合作开发项目，做房地产，有的是他控股，像这个鹤鸣小区，有的是别人控股。还有一条就是聚合社会游资，说穿了就是向私人借钱，一部分用到房地产上，一部分充作小额贷款银行的股本。

陈永刚毕竟是搞过刑侦也搞过经侦的，说得一清二楚。

这种做法近些年比较多，规模大吗？

估计一两个亿吧。我是说民间融资，不包括银行信贷和引进的合作资金。还是老陈回答。

规模也不是太大。凤翔居和松风里待售的房子还有不少。小额贷款是国家允许的，这两年放出去的收回来会难一些，但也不可能一风吹，没有必要搞得风声鹤唳嘛！

祝书记您说的没错，袁应是有信誉的人，公司总的资产负债情况也不糟糕。但他目前遇到的问题比较突出，而且在往不好的方向发展。

陶川发表看法，做了一些分析。说受疫情影响，景区经营不景气，收入直线下滑，开门亏，不开门也亏。房地产市场整体下滑，房子卖不出，资金收不回。小额贷款成了烫手的山芋，因为放贷的对象都是些小老板，生意都做得不顺，要他们还钱就是要他们的命，眼下做的都是"打烂账"的划算，以前还可以雇人去催收，现在没人敢接这种活。各种因素叠加，导致该进的进不来、该出的还要出，就被架到火上烤了。华泰公司的重心在凤凰湾，别的暂且不论，这里的日常维护费用、员工工资他是要出的，时间一长必然坐吃山空，资金链一旦断裂，公司就会瘫痪……谭老板是死是活别人其实不在乎，但老谭老婆闹那一出，又把人架走了，这就意味着老谭那些人的后续投资进不来，还可能出现退股撤资的情况。如果是这样，老六就是屋漏又遭连夜雨。大家看在眼里，急在心里。

业主都借了钱给他吗？数目大吗？老祝问陈永刚。

也不是都借了。外地人借得少，本地人借得多。数目不一，有几万的，有几十万的，也有上百万甚至几百万的。我们这些人多少都放了一点进去。回报率比银行的存款利率要高一点，但从来没有超过银行同期存款利率的三倍，还逐年降低，现在只是略高一点，这不违反规定。问题是这些钱不是一般的钱，是养老钱，人家都指望"以资养房，以房养老"。曹主席家存了一笔钱，计划资助儿子在加拿大买房，想先增点值，全放给了老六，现在他最急。第一批借钱给公司的人，本金都收回了，现在是吃利息；后来投的就不一样，还没有得过回报。听说有人向老六要钱要不到，扬言要起诉他。

武老借了吗？

没有。武书记说过，他住这里是纯消费，只花钱，不赚钱！陶川说得很肯定。

哦，谢谢你们给我讲了这么多！听你们这么一说才知道，小袁的压力确实会比较大，大家的心情也可以理解。如此说来，我和老阳这时候到凤凰湾，岂不是"明知山有虎，偏向虎山行"？

不是，不是！我们都特别希望祝书记、欧阳行长到这里来康养！刚才说的是融资的事，你们又没参与。这里的人对你们的尊敬和欢迎，是一致的！熙川、永和很多人说，只要祝书记在凤凰湾买房子，他们就买！

陶川说话，陈永刚点头。

祝祖明转向欧阳蕙枝，说老阳啊，我们听听就好，在别处不要瞎议论！

凤凰湾也矛盾重重，蛮复杂的！老阳面露忧虑。

矛盾处处有。老陶老陈，我刚才给你们说的老家的事，那不也是矛盾引发的？我心里也充满矛盾嘞！唉，乡愁美丽，美丽中也会夹着忧伤！

两个老警察被老祝说得有些感动了。

说一千道一万，还是要拜托二位老弟施以援手，帮助我解除心头之患！

您放心，我们会尽力！老陶和老陈十分恳切地表示。

依法办事、循规蹈矩，请你们务必掌握好界限。报案查案，需要个人承担什么费用，你们跟我说！这是我家的事。我从省城带了些酒和茶来，可以给同志们解解乏。要不先放到你们那里？

陈永刚摆手：这个不用！无论崇德还是永和，肯定都不会敷衍塞责。小事我们会安排，老领导你别操心！

38

雨过天又晴，阳光朗朗的。

祝祖明早起在鹤鸣园兜圈子，转到凤翔居、松风里，隔着院门跟侍弄花草的梁彬超打了招呼，夸他勤快。又到跳舞的地方看跳舞，到唱歌的地方听唱歌。

老阳和王新娟、俞建波等人都在那一带活动。唐馆长和夫人严清也在，一个领唱，一个领舞。严清是县剧团的老花旦，是唱采茶戏的高手，别的歌舞也来得。这女人年过六十，看上去也就五十不到的模样。她在外喊老唐唐老师，在家叫汉斯。唐馆长则人前人后都叫她清清。

欧阳蕙枝唱《洪湖水浪打浪》，祝祖明也听出点意思来了，夸唐馆长，说花和尚你真是调教女人的高手！

谢谢！我不光善于教女士，也善于教男士。要不您也来学学？

我不行，我没有艺术细胞，开不得口！

不对！唱歌不难，贵在用心。会说话就会唱歌。高的唱不了唱低的，长的唱不了唱短的，雅的唱不了唱俗的，肯开口，就能唱。不过，您和我们不一样，您是有身份的人，您一般不唱，唱起来不一般！

老唐你是要赶鸭子上架么？

岂敢！刚好我们家清清也在这儿，我要告诉您一个小秘密。您在县里当书记的时候，我们俩都听过您做报告，说实话，讲什么我们不在意，现在也不记得，但听完回到家里议论过您。清清说祝书记的音色好、音域宽，要是学唱歌绝对是一把好手！清清，你证明，是不是这样说过？

汉斯说的是实话，我讲过！我们都很佩服祝书记的口才！

两口子演上了？批评我夸夸其谈？

哪里！我真不是开玩笑！祝书记您的嗓子适合唱男中音，您要是愿意学一学、练一练，很快就可以和欧阳行长对唱，我们就有望打造一个凤凰湾的歌唱品牌，类似王洁实谢莉斯那样的组合！哈哈……您地位太高，您肯学，我还未必敢教，您有实力，我缺信心！

激将？

不是，我们有过教训。像您这样的领导，破不了"三子"，本钱再好，也是调教不成的！

什么"三子"？

一是架子。架子也是面子，放不下、磨不开，总是觉得"我是不愿唱，我要开口就是李双江"，难办。二是嗓子。唱歌和跳舞打拳一样，要展得开，把嗓子优势充分发挥出来，吞吞吐吐没法学。三是胆子。胆子小肯定不好，也不是胆子越大越好。如果总以为"我指挥千军万马的人，唱你这区区小歌，有何难哉"，什么歌都敢唱，唱什么都自我陶醉，那就会出"二胡书记"，"人家唱歌要钱，你唱歌要命"！

现场的人都笑。

严清说汉斯玩笑开过头了！

老祝却真被激发了，乐呵呵地说好！好！那我们来订个君子协定，我破"三子"，你教我唱歌！打拳我试过，不行。武的弄不成，跟你弄文的，争取什么时候和我家老阳同台献艺！老年大学教唱歌的课我一定去听，插班学习！

这么一闹，不光早上，一整天的气氛也和谐了。

老祝老阳在住地吃过鸡蛋挂面，有人敲门。打开一看，是章眉和辛寡妇。

桂云师傅做了些年货，我陪她来送给你们。小章说。

桂云？老阳不解。

就是我，辛寡妇。我叫辛桂云，我男人小名叫草包，大名叫姚华成，看门还会吹号的那个人。

辛寡妇果然"辛"，说着话跨进门来，直接往厨房走，将手上提的东西一样样搁到灶台上，边放边念叨：这是香肠，这是腊肉，这是熏"顺风"（猪耳朵），这是酱肘子。

原料你们尽管放心，是小桃经理在乾坤街上采购的，都是土猪肉。小章补充。

老祝老阳记得赶集的事。

你们城里人怕咸。盐放得不多，都是细盐，拌了一点冰糖粉，不知道对不对胃口。

桂云师傅你太客气了，还有你女儿小姚，辛辛苦苦不容易，不用记挂我们。这些东西不能收！

老阳有觉悟，她这样说不完全是客气。

不是我的东西，我只负责加工。是袁总的心意，蓝总让我们办的。蓝总还跟我讲，老辛你不光猪脚烧得好，别的本事也不少，要显露出来呀，让老领导了解你呀！你们得收下，要不我就犯难了！

是袁总和蓝总让她们办的。两位老总说你们会在凤凰湾过年，让她们

帮着准备点年货。桂云师傅有绝活，她做出来的东西地道。还有这些，是欧阳行长上次和王主任、俞行长在芭茅洲订的，也取来了。小章说着，把手上拎的一袋东西放到茶几上。

老阳一看，鼓鼓囊囊的，知道是芝麻糖和酒糟鱼。

到了这个份上，再不收就让人难堪了。老祝圆场，说老阳收下吧！辛师傅、小章，谢谢你们！也请你们代我们向袁总、蓝总表示感谢！

…………

一言既出，驷马难追。祝祖明没了退路，上午便跟着老阳去了管理楼。先到卡拉 OK 室、球室、棋牌室转了转，向每一位见到的、熟与不熟的人打过招呼，然后上到二楼的多功能教室——唱歌的大课在那里上。

原以为人不多，没想到座无虚席。除了唐馆长夫妇、俞建波和其他一些熟悉的面孔，还有很多生面孔。老俞迎上来，告诉他们，年年都这样，一到深冬，住进小区的人便多，参加文体活动的人也就更多。今天严老师讲乐理，她是音乐辅导专家，比唐馆长讲得还好，听的人就特别多。

既来之，则安之。老祝和老阳找空位子坐下来，认认真真当起了学生。

课是唐汉斯和严清配合着教。理论讲得少，现场演示多，很有吸引力和感染力。

下课后，唐馆长把老祝和老阳领到卡拉 OK 室。

领导您真来了？来了好，您真学，我就真教！那我还得提醒您，唱歌毕竟不是做报告，得用巧劲，我比较挑剔，您要做好心理准备。您官大，年纪也不小，我怕您接受不了。

老唐，你不要有任何顾虑，也别再说什么官不官的，我拜在你的门下，就是你的学生，该怎么要求就怎么要求！

好嘞！您要向欧阳行长学习，她没有背思想包袱，把唱歌和健康联系起来了，放开了、投入了，所以很快就找到了感觉，进入了状态。她会越唱越好——熟能生巧嘛！我要因材施教，用教姚华成的那种方法来教您。别见怪哈！我不能教您太多，只教您几支歌，您要往死里练，死记硬背，烂熟于心，那样才能出彩，登台表演未必行，唱卡拉 OK、朋友小聚时，助个兴什么的，包您博得满堂彩！

什么满堂彩不满堂彩的，快乐就行！

唐馆长建议祝祖明学《西沙，我可爱的家乡》和《篱笆墙的影子》。老祝问可不可以唱《东方之珠》《我爱五指山我爱万泉河》《再见了大别山》，还有《北京颂歌》，说自己喜欢这些歌。老唐说《我爱五指山我爱万泉河》《再见了大别山》不行，太高了；唱《东方之珠》得唱出那种很细腻的气韵才有味道，您唱不了；《北京颂歌》比较短，可以试试。也可以多听听对唱歌曲《选择》。他帮老祝在手机上下载了唱歌软件，告诉他怎么用，吩咐他别忙着唱，先听，听个百十来遍，听得滚瓜烂熟以后，跟着哼，哼到能背出词来，再来找我，我教您怎么用嗓子、怎么运气，保准您成功！

自此，老祝每日听歌两三个小时。

唐馆长在卡拉 OK 室指导祝祖明唱歌的时候，有几个人悄悄溜进来，笑眯眯地旁听。是高长征、龙兴民和梁彬超。

高长征说，祝书记您以前在武装部活动室唱过，唱《少年壮志不言愁》《梦驼铃》，相当不错！

龙兴民说唱歌好，上了年纪的人唱唱歌或玩玩乐器，既有趣又安全。体育活动则要小心！之前这里组织过一支球队，每星期打两场篮球，结果有个老兄冲得太猛，摔断了骨头，到现在还拄拐杖。后来就把那球队解散了。

祝祖明细瞧梁彬超，看他宽阔光亮的脸膛，还有隆起的小腹。伸手拍了一下他厚实的肩膀，问怎么样。问得很随意。

蛮好的！答得很得体。

"波斯美女"跟两个"卷毛"呢？

美女在这里"搬砖"，"卷毛"在那边"念经"。梁彬超用手向近处的棋牌室指了一下，又朝远处的县城指了一下。

总在屋子里坐着没意思，不如到凤凰潭那边转转？龙兴民提议。

高长征说老金在这儿"吃和"（等着和别人打出的牌），你们去，我得陪着她。

冬日里，凤凰潭水凉，他们只在潭边的竹林附近转悠，又到锦绣河旁的樟树下，看静静流过的水、偶尔跃起的鱼。

老龙，我那亲家公对你是念念不忘，赞扬有加！

祝祖明向龙兴民转达了黄教授的意思，顺带把到省城开会、老阳体检等事提了一下，特别介绍了黄教授关于硅化木的高见。也说到熊省长对乾坤镇这边很关注，打算带人过来实地考察。

龙兴民马上说这是很好的事，我得赶紧告诉老六和老蓝，让他们做准备。又报告了他和王新娟、蓝立生到熙川雷部长家吊唁的情况，说老雷身体很差，状态不好。大家劝他过些日子住到凤凰湾来，他没说来，也没说不来。转而说黄教授好玩，他是真有学问的人。不知"永和天目"打磨得怎么样，完工了应该请教授过来看看。

梁彬超像是突然想起，说你们不提我差点忘了，云南的邵老板打过电话，很关心我们这边的事。他一直没放下那批石头，每次都会问一问。他说如果疫情不严重，准备元旦前过来住几日。

你和邵老板熟？

都是生意场上的人，容易熟。我和他，还有老谭不是邻居吗？他们倒好，满世界跑，我和小潘带着一条狗帮他们看家护院！

这邵、谭二位你们应该很了解，是真老板还是假老板？

都是真老板，假不了！谭老板的生意比较单一，主要是做海产品贩运，早些年动不动包几个集装箱，把高端海货从世界各地运到中国来。这两年遭受了些损失，但他家大业大，光在上海置的商铺、商品房就值几个亿。这人不像一般的上海人，他洒脱。他原本说好了不再管生意上的事，就是到永和来和朋友们搭伴度晚年。他老婆和儿子、女儿都是经商的高手，以前也不过问他的这些破事，这回不知道吃错了什么药，跑来把他挟持走了。估计主要还不是因为鞠玲，应该跟生意上的大事、大钱有关系。在他们眼里，玩乐是小事，几百上千万是小钱。

照你分析，他还会回来？

我估计会。他在上海给我和老六打过电话，说把后院扫一扫就过来。老谭这人讲义气。他那帮朋友也都是豪侠之士。

那就好！

邵老板也是重友情的。他几次遭遇麻烦，都是因为得到朋友帮助才转运。他常说"老婆是自己找的，合适就过，不合适就换；好朋友是碰上的，跑了一个就少一个。做生意，朋友比老婆重要"……祝书记，我一直想请您和欧阳行长到家里吃个饭，最近外面的人风言风语，我都不敢提这件事。下次老邵来，请你们一起到家里坐坐，品尝一下"波斯美女"做的菜可以吗？她真能做出一点西部风味来，什么手抓饭、大盘鸡，我那小岳母把做这些的技术都传给她了。您放心，我没有事，我只是在卓萍萍做华阳镇那个"维多利亚"项目时跟她有过一次小合作，没有猫腻。我是摔过跟头的人，老婆年轻儿子小，必须规规矩矩。太野太险的，我不会碰！

这就好！小梁你的重资都在房地产上，现在这个形势下……

祝祖明表达的是发自内心的关切，他有担忧。

梁彬超却说，杜甫那时候就把"安得广厦千万间，大庇天下寒士俱欢颜"作为理想。在我们国家，房产占了家庭财产的大头，说不值钱就不值钱啦？一般人家要是房子上出了问题，特别是用房贷购买的房子出了问题，那真会"辛辛苦苦几十年，一夜回到解放前"！要降虚火、堵邪路，还得谋大势、稳人心。否则，图一时之快，撒得开，收不拢，弄得不好，狂风四起，掀起惊涛骇浪！我这不是危言耸听，房地产可不是一粒普通的沙子，它就是一座山，对国家是山，对老百姓更是山。

老梁，听你讲话，好像还是党委书记？

老龙你别打岔。我说的是实际情况。房子又不是比特币，实物摆在这里，哪里会一风吹？居者有其屋，耕者有其田，幼者有其教，劳者有其业，老者有其养，病者有其医，生民有其乐。这都是幸福的具体表现。人人都说房地产业面临寒冬，会烂成一锅粥。我不这样看，我认为困难肯定有，会重新洗牌，但这个产业不会垮，也垮不起！现在就要看谁挺得住、

扛得久。最关键的是命脉掌握在自己手上还是别人手上，标志是杠杆的粗细和长短！

小梁，搞企业和做人的道理是一样的，规规矩矩最要紧。房地产我不懂，但形势严峻是谁都看得出来的。今天不说这些。你刚才说请我们吃饭是吧？这是赏我和老阳的脸，谢谢你和小潘！老龙小梁，那些硅化木躺在岛子上睡觉不是个事，不知小袁是怎么盘算的，准备全打磨了拿出来展览哩，还是像他说的，给黄教授一个面子，磨一根玩玩？

据我观察，老六现在心思不在这上头，他没有想这么细。龙兴民揣测。

这样，老龙你跟小袁和老蓝讲一下，找个时间，我们一起再进去看看，看老林鼓捣成什么样子了。

好，我会跟他们说！县里不少退下来的老领导想念你，现任的一些领导也尊敬你，纷纷表示要来看你，还想请你去县里走动走动。你看可以做一点安排吗？

大家对你们是真心的，要不这么多年了，谁还记着？我建议您更潇洒一些，多出去转转，熙川十几个县有五万多平方公里，有特色的地方多得很，都应该去看看。您要是不嫌弃，我当司机，保证您的安全！梁彬超豪气冲天。

老祝被感染了，说感谢感谢！不急，让老阳在这里再适应适应。

39

休闲度假的地方办老年大学，有玩概念的嫌疑。

凤凰湾算做得不错的。开办了歌舞、乐器、书法、绘画、烹饪等多个兴趣班，蛮像一回事。龙兴民平时说话俏皮，但正经时很正经，也有敏锐的政治眼光。在他的建议和推动下，结合老年大学的筹办，鹤鸣小区业主的党组织建设进一步抓起来了，成立了总支，下设三个支部。推举孙振球当总支书记，曹远清和王新娟当副书记，老龙做了一个委员。

这日没有集体活动，天气也好。老祝问老阳，出去走走吧？

老阳问去哪里，要不要邀上新娟和建波？

算了吧，各有各的事，不能老缠着她们。

夫妇俩慢悠悠地走。

凤凰潭里的竹筏子静静地泊在水面。

想不想上去做个梦？

老阳没搭这个茬。她见那草地上的草更黄更软了，想起"黄篷"在这地方停了好几天，雯雯和小黄在草地上打滚，雯雯还在"黄篷"里睡了一晚，她便心生暖意。

冬日的鼎罐坝少了些缤纷，却也不显苍凉。黄灿灿的稻子没有了，红艳艳的果子没有了。新盖了一些暖棚。耕过的地块上还没有种作物，黑黢黢的泥土在阳光下晒着。大片的田地里仍是生机无限，铺着深深浅浅的绿，开着星星点点的花，那是一些越冬作物，有青菜萝卜大蒜薤头，面积最大的是油菜和从日本引种的蒿菜，绿油油的覆盖了半个坝子，看得出几何图形。老祝一望便知，这是经过精心设计的，有实用价值，更有风景方面的考量。不难想象，转年，二月春风一吹拂，这片田地里的碧绿、深紫、明黄、粉红会神奇地变幻，呈现出大而美、浓淡相宜的图景，配上锦绣河水的吟唱，配上四面青山的回响，配上纷至沓来的红男绿女，会很漂亮，会让人心旌摇荡……人生真是美好，美好的人生是需要这些美好事物的。

老阳不像老祝想得那么复杂。她倒是很注意地头竖的那些牌子，发现竟然他们省行也有一块，标明占地九亩，种的是油菜。老阳念叨：省行食堂的油和菜，不知有没有来自这里的。

上回老窦和俞建波带老阳来挖红薯芋头的地方，有人在劳作。走近了看，是在拔草松土。细看地头的牌子，"爱心人"一栏写的是"博格达公司"。老祝猜想，应该是梁彬超名下的。小潘的父亲是在博格达峰下遇上小潘娘的。

老祝来了兴致，问那干活的人：地是梁彬超的？

那人直起腰看了他们一眼，说你怎么晓得。很快认出他们来了。你是祝书记，你们在"荡马路"？地是梁总潘总租用的。

农工看上去五十开外，瘦而不黑。他把散步叫做"荡马路"，和上海人的说法一样。

祝祖明和他聊了起来。

交谈中了解到，这个区域以前是一些小块的稻田和旱地，后来被分割成更小的地块，租给鹤鸣小区的业主和县城、熙川甚至更远一些地方的个人使用。对于种什么、什么时候种有一个总的要求，怎么种则由各自决定，但规定了不准用有毒农药，不准随便施化肥，公司会提供生物防治等方面的技术指导，贯彻绿色、有机的要求。种出来的东西，自己吃得了自己吃，吃不了剩下的由公司统一收购、销售。

这样好！不过也会有问题呀，我看买了房子的人有的在住，有的不住，住的也不一定天天住，其中年轻人少，年纪大的居多。他们还真能种田种地？

没事！都是玩，你看那边，不是有人在玩吗？特别是节假日，一家一家来，大人小孩都来，舞弄几下，乐和乐和。吃苦受累的事我们来做。

那怎么保证你们是按要求做的？怎么保证种出来的东西是有机无公害的？

你放心，我们都是汪山本地人，在公司挂了名，公司会管。再说这坝子里到处都装了摄像头，我们在做什么事，田地里的东西是死是活，菜是青是黄，花是开是谢，东家在手机上看得清清楚楚，有事马上会打电话来，不满意随时可以向公司投诉。

哦……农药有低毒和无毒的，可庄稼一枝花，全靠肥当家，不施足够的肥，地里是长不出东西来的。不用化肥，那用什么肥？总不会把人的粪便和尿液都收集起来吧？

没有肥肯定不行。这里都是用公司供应的有机肥。

哪有那么多有机肥？在网上买？

不是，公司在阴阳湾那边办了养猪场、养牛场，还养鸡养鸭，猪粪牛粪鸡粪鸭粪不浪费，全部发酵除臭，加工成有机肥，既能肥田肥地，又无污染。你看，那不就是……

那人指着地头一堆黑乎乎的东西给老祝看，说梁总要求明年种点小黄姜，姜吃肥，我得赶紧帮他把肥埋进地里去。

嘿，有意思！老弟你贵姓？

免贵，姓钟。我们汪山村人都姓钟，祖宗是同一个。我也算袁总公司里的人，只是他不给我发工资。

你的收入怎么保证？一年能赚多少？

还好，我帮几家人管这种地，每家按月发给我几百块或千把块钱，加起来不就是几千？村里我还开有一家民宿，是公司出钱帮我用老屋改的，那里可以住客也可以吃饭，早几年生意好，这两年差一些，也不亏，赚多赚少的事。反正我也没有雇人，就我老婆在搞，客多做不赢，就叫女儿回来帮帮手。我老婆几个菜炒得也不比云境驿站差，你们有空去吃个饭唄！

老阳，怎么样？体验体验？

老阳也被老钟所讲的吸引了，笑笑，未置可否。

好，那就说定了，今天我们去你家吃饭！请你老婆炒几个菜，别做太多，浪费了不好。你可以先通知她，我们在这里再走走，十一点半之前准时到你家去。哦，忘了问，你那店有没有名字？怎么找？

有名字，"香三里"，经"矮矮四水"往西再过两家就是。我老婆叫米香，她做的米粉肉跟醋鱼在村里最有名、最香，所以叫"香三里"。

老钟挺健谈。

老祝你也真是，说吃饭就吃饭？人也不认识，也不问问什么菜什么价？离开了老钟，老阳嗔怪。

哈哈，吃饭可不是想吃就吃，难道还要开会研究？汪山村民，给梁彬超种菜的，会杀我猴子（杀猴子：宰客）？你就放心跟我再转转，到时候去吃就是。饭钱照付，一文不少！我倒是一看到这个老钟，就想起当年在县农科所跑乡下跟农民打交道的那些事来。

这倒是。那时候工资低，生活也简单，但是人快乐。永和人对我们蛮

好。我不像你，在全县各地跑，交了不少农民朋友，但在金融单位也有不少像俞行长那样的好姐妹，邻居也都对我们好。唉，时间长了，这些年走动得少了，慢慢地就都忘了……

老阳说到不少朋友、邻居的名字，也忆起不少跟他们之间的往事。特别是那年调离永和，搬家时，很多身份普通的朋友、邻居来道别，泪眼婆娑，握着手不肯放，反反复复说，要多回来呀，要多回来呀，莫忘记我们啦，莫忘了我们啦。

说到这些，两人心里既温暖又惆怅。

他们没有忘记我们，我们忘记了他们！我们走了，一走二十几年，偶尔回来，也多是在场面上风光。我们不找他们，他们就不好找我们。我知道，好些熟人上省城办事、看病，怕给我们添麻烦，更怕我们嫌弃，都不告诉我们。他们地位比我们低，但是做人比我们实在！

老阳听了，更是神情惆怅。

在这方面我们也不如袁应。袁应办的是实事，是实实在在帮人。我们也可以帮。最好的帮法就是到他们的店里去吃饭，买他们做的芝麻糖、酒糟鱼。钱攥在手里是纸，花到这样的地方来，就会对老钟、横仔、满根、矮矮、辛桂云这样的人有帮助。我们总说回馈，怎么回馈？这就是回馈！

老祝，你说这么多大道理，是有什么计划？

老阳产生了警觉。

下个决心，就到这里来康养吧！

我感觉身体倒是可以。还是怕这边情况复杂。你不是也有烦恼，还在犹豫吗？

武书记说得对，哪里都有矛盾，哪里都有烦恼，心底无私天地宽！住在这里，就算我们年纪再大些，也还有老龙、新娟他们做伴，还能得到小章、小姚、小高，以及小简、蛮子的崽那帮年轻人的帮助。这些在省城可能办得到，也可能办不到。回到永和，住在凤凰湾，不愿跟我们打交道的人，不会装出笑脸来跟我们打交道；肯和我们打交道的，一定是真心实意和我们打交道。有些人想和我们打交道，怕我们不乐意，还不好意思来跟我们打交道。这都是有感情打底的，是经过时间考验的，我们完全可以打这种交道！当然，不必刻意为之，随缘就好。只要我们不端架子，相信会有更多的朋友回到我们身边来。这些，在省城做不到啊……

说到这里，老祝自己的鼻子发酸，搞得老阳也鼻子发酸，说老祝你今天怎么多愁善感了。

我是有感而发。是，不必想太多！不过想穿了也没什么不好。我们别指望凤凰湾是天堂，住在这里就一定没有烦恼、一定不生病、一定能长寿。还是快快乐乐过好每一天，多想想好些人还活不到我们这个年纪，有些人还在为吃穿发愁。生病也不要紧，人吃五谷哪有不生病的？病了就治。治不好死了也不要紧，世界上哪有栽千年草的？

呸，老祝你臭嘴巴又说多了！时间不早了，你不是和老钟约好去他家吃饭？走吧！

找到香三里，梁彬超笑嘻嘻地站在门外，"波斯美女"和大白也在近处溜达。老钟和他老婆米香在店里忙。

怎么回事？祝祖明问。

您和欧阳行长在看我自留地时，我就发现了。不过，你们要来这里吃中饭，确实是老钟打电话告诉我的。刚好，小潘不愿意做，我们来搭个伙。老钟家和我家互助合作，他不光帮我种地，还帮我打理院子，我和小潘都不在时，全靠他照管。

老阳小声问一个月给老钟多少工钱，梁彬超伸了三根手指头，老祝竖了一下大拇指。

老钟没有吹牛，香三里的菜确实好，不仅香，也好看，难得的是味道好。老阳要结账，小潘早早把单买了。

离开时老钟夫妻送出门来。祝祖明回头看了一眼他们身后的招牌，说老钟、米香，叫"香三里"格局小了点，怎么也得叫"香八里"吧，要不景区的游客都闻不到，怎么顺着香气过来吃你们的饭菜呀？

香三里隔壁是家茶室，是喝茶喝咖啡品酒的地方，也可以打麻将。起的是文雅名字：对箦轩。梁彬超是熟客，和里面的人逐一打招呼，说这是

村里在外打工的年轻人回来办的，主要吸引外地游客。还别说，旅游旺季生意特别好。

在梁彬超的引导下，老祝老阳进去转了转，觉得很别致，透着淡雅，自有天地。后门外是水渠，房子与水渠之间长着几丛竹子，店名可能与之有关。虽是淡季，也有客人。店不大，仅有四五个雅间，都比较私密。

下次亲家公亲家母来，可以带他们到这里坐坐。想到这儿，老祝从柜台上取了一张卡片。

汪山村两排房子夹一条长路，路上也像乾坤镇那样铺了石板，说是街，实际只有一里多，不过把两头延伸的算上就不止了，所以号称三里。

梁彬超说，除夕前老六都要在这街上设长桌宴，请所有在凤凰湾过年的人吃一顿饭，热闹得很。去年没办成，不知今年办不办得了。

40

祝晶打来电话，向老爸报告继刚竞聘处长的事有进展，已经报过组织部门了，正在公示。如果没有问题，一周以后会正式上任。

祝祖明说继刚很稳重，能有什么问题？又问黄教授知道吗？高兴吗？他对当官的不太感冒嘞！

知道，高兴得很！他嘴上说无所谓，实际上很在意。

售房中介打电话给欧阳蕙枝，说老房子被人看上了。是一对有钱的老年夫妇，想把省城新区的大房子让给儿孙住，老两口儿在老城区买一套小的。那房子让他们满意，主要是离医院、公园、商场近。老夫妻很认真，自己看了几次，又带子女看过，还带亲戚朋友看过。他们表示可以接受每平方米一万五的价格，但希望中介费用由出售方负担。

老胡也打电话给老阳，说饶江正兴公司正式通知，项目清算已经结束，荣达如数归还了占用的资金，只还本金，没有利息，钱近期会转出来。只要荣达的钱一到账，省城这个组合的钱就可以第一时间还过来，也是只还本金，不计利息。元旦前一定会搞干净。老徐人没有事，退了一百多万，不舒服，也不好意思。

老祝老阳一凑情况，高兴。老阳问老祝，在继刚竞聘的事上，你起了一些作用吧？

老祝反问，你认为我能起什么作用？继刚的条件本来就不错，现在轮到他们了。

房子卖还是不卖？人家等着我们回话。我算过，一百四十三平方米，就按每平方米一万五算，总价有二百一十四万多。刨除中介费，能净得将近两百万。当年，我们买的这套房子超出规定面积三平方米，我们按市场价补了点钱，总花费还不到六万！

老阳，还有一个好消息，洪厅长打电话给我，说乐什那房子的钱年前也能给，不出意外，有五六十万。要不这样，在凤凰湾买房子，把省城的旧房子卖掉。房子多了也不好。这两天我在厅里的老干群看到老骆转发的一个帖子，说日本有一门学问叫"终活"，是专门研究人要怎么理性地过日子，也就是如何"终结活动"的，主张"断舍离"，从四十岁开始做减法。到了高龄，房子、车子等各样东西处理得差不多了，拎上包就可以去养老院，不给社会和儿女留垃圾添负担。

太绝了，不合中国国情！

现在看不合，以后恐怕差不多。到了我们这个年纪，不管情愿不情愿，都要做好退场、谢幕的准备，要少做加法、多做减法。我们都"奔七"了，得好好规划一下晚年。

鼎罐坝上空是"鸟道"，有大雁飞过。"燕孤一时，雁孤一世"，雁是最深情专一的生灵，一生一世只有一个伴侣，失去了另一半，就不再结对，也活不长久。这让老祝老阳触景生情……

我真没想到厅里那套旧房子值这么多钱，你看我们花了不到六万块钱到手的，现在可以卖到两百多万！这不是天上掉下来的好事？我们怎么能不常怀感恩之心？如果贪污两百万，放到改革开放前要被枪毙！

你是不知道，省城光倒腾房子，赚几百万上千万甚至更多的人不少，

北京上海更不用说！我们这是毛毛雨！

工人农民有这等好事？普通市民有这种机会？都说企业家要回报社会，我们就没有一个回报的问题？

老祝你杞人忧天！我看你先别玩高尚，务实点。家里的大事还是你来决定，老房子你说卖就卖，这里的房子你想买就买。问题是在这里买什么样的房子好？

样板房你感觉怎么样？

蛮好。

既然好，就买下来！我了解过，鹤鸣园这边没有别的房源了，要买只能买二手房；凤翔居和松风里那边的都是大房子，不适合我们。这个样板房里什么都是现成的，省事，袁应也早就决定了要卖的，在网上挂过价。

多少钱？

九十九万，包括所有物品。

也不贵。找一下小袁，说不定还不用这么多。

要买就别讲价，讲价就说不清！依我看，我们在人家这里混了几个月，只交过那一万块钱。干脆来个整数，给他一百万，清清爽爽。你要是同意，就找个机会跟他们说。

好……哦，缓一步吧，我把卖房子的事先搞定。也不用回去，房本、钥匙都放在晶晶那里了，现在网上也可以办。祝家埝那边挖坟的事不是还没有查出结果吗？等那里水落石出了，再买这里的房子也不迟。

好，就照你的意思办！

老两口儿正谈得热火时，陶川打了电话来，说崇德那边接上了头，有新情况，想和老陈过来汇报一下。老祝说好，下午来！转而又说不用到我这儿来，我会找个清静的地方说话，你们等我通知！

老祝掏出那张名片，接通了对篁轩的座机，订了一个包间，又发短信给陶川。想了想，对蕙枝说：下午我跟他们聊，你就别参加了。

老祝从带来的茶叶里挑了两种，一种是"德红"茶，一种是"猪牯垴"茶，各取了一盒。

日头偏西的时候，老祝揣着"德红"和"猪牯垴"进了对篁轩，见老陶和老陈已经在茶室等候，热气腾腾的茶也泡上了。

搞公安的就是敏捷，说四点会面，我提前一刻钟来，还是让你们抢了先！喝我这个吧。老祝摇晃着手上的茶。

您这是名茶，等会儿再喝。先喝几盅"凤凰仙芝"，雷公尖的，明前云雾茶，名气不大，难得的是用古法炒制。老陶坐在泡茶的位置上，递了一杯给老祝，才对一旁的老陈说，陈大，汇报一下吧！

立了案，上了手段，人还没抓到，但肯定跑不了！

老陈先说大概，再展开来谈：

那天听你谈了情况，我当晚跟焦副局长取得了联系，陶局长也和汤局长通了电话。他们都说应该重视。第二天就回话了，他们让你侄子直接到县局报案。我联系你侄子，把县局的意思转告给他。他说你也打电话吩咐过。你侄子把情况又给我详细说了一遍，也说到挖坟的人还在给他发短信。接到正式报案，崇德县局考虑到敲诈钱财的可能性大，就让经侦大队办。经侦大队肖大队长也是我的熟人，说一定会安排精干力量，他亲自抓。

摸到线索了吗？

线索有。那些家伙有一点反侦查能力，贪吃但还没有咬死钩。跑不了！你来看这个……

陈永刚拿出一张画着草图的纸，展开在茶桌上，指给老祝看。

图画得很潦草，就是几条弯弯曲曲的线条，线条上圈了一些圆点，圆点旁写着地名，崇德、熙川、泰阳、饶江、黄峰、衢州、余姚等等。

怎么还有浙江的地名？

这是那个手机这些天的轨迹。一直在运动中，平均每天移动四百多公里，估计是乘高铁流窜。

这么说就不是我们这一带的人？

未必！老陈你跟书记好好解释一下。陶川看出了祝祖明的焦急。

崇德警方上了手段，他们的设备和你侄子的手机可以同步接收信号。

这是根据那个手机发给你侄子的短信、打过的电话，做大数据分析后描绘出的轨迹。

老陈对着那张图，一个点位一个点位指给老祝看，并且请老祝注意那些用很小的阿拉伯数字做的标注。这就让老祝清楚了，他似乎看到一个人或一伙人，坐高铁奔来跑去，甚至想象得到那个或那帮家伙架着腿在啃鸡腿喝啤酒或吃泡面，那种玩世不恭，那种张狂或沮丧！

这么看来，浩成打电话说了些什么，办案的人也都知道啰？老祝突然想到。

都知道，技术上不存在问题。但办案的人只注意跟案子有关的东西，不管别的。陈永刚十分肯定地说。

这个厉害！我侄子跟他老婆打电话说的话，也会被人听了去？祝祖明笑。

理论上是可以的。这个您侄子也应该清楚。现在是大数据时代，5G网络广泛应用，不仅公安，很多系统和部门都在使用这些技术。严格地说，不管是谁，只要用了手机，就没有隐私可言。只要人家注意，我们在这里喝茶，待会儿回家，就全在掌握之中。不说别的，防疫扫码，首先扫出的就是手机持有者的实时位置和运动轨迹。目前一般是用GPS，特殊领域用北斗系统。陶川解释。

这么说那些人的实时位置是清楚的？既然清楚，抓起来不就得了？

不行，还有障碍。查了，那是一部专门为作案准备的手机，卡是用别人遗失的身份证办的，身份证的主人找到了，是熙川一家药店的收银大妈，五十多岁了，天天在店里上班。所以究竟是什么人在用这个卡，目前还不能确定。还有，对方发短信和打电话都是在移动状态中，每次时间都很短，不超过三分钟，即使锁定了位置，也拿不到人。陈永刚说得很专业。

这不就麻烦了？

也不麻烦，就是得多一点耐心。这和钓鱼是一样的，钩子上装了饵，贪吃的鱼迟早是要上钩的。根据对语音的技术分析，可以确定打电话的人是永和的，北乡人。陶局做了工作，永和县局也在协查。初步判断人不多，即便是团伙，也不会超过三个人！

谢谢你们二位，也谢谢其他所有参与办案的同志！需要我和老家那边再做些什么吗？

不需要。现在已经在按专业程序走，你耐心等就是，我估计很快会有结果。对你侄子也不用再说什么，不要搞得他压力太大了。他好像蛮委屈。

老祝听出了陈永刚话里的微妙意思，没有追问。

查案的事说完了，老陶老陈却没有起身走人的意思。

书记您不是带了好茶吗？泡一壶来喝呗！陶川笑。

老祝把茶叶盒子推过去，也把话递过去：二位是人精，还有忠告？

再精也精不过您！听说您准备在老六这里买房子？

在考虑。你们帮我参谋一下？

有个情况要报告。

什么情况？袁应跟郑晖扯不清？

那倒不是。陈大，经侦上的事你清楚，你说吧！

也没别的，还是那天在祝书记您住的地方说的，公司现在资金紧张，债主们很担心，特别是那些借钱给他的散户，已经稳不住了，有人在告状。

告什么？告逾期不还？

不是告这个，告这个不要紧，是直接告他非法融资，涉嫌诈骗！这个分量就重了，实名举报，公安不能不受理。公安一介入，动静就小不了，要带人、封账，这边马上就会受影响，别说发展，维持都难！

这么严重？你们是老公安，又是这里的业主，上次你们说也放了钱在公司。你们是怎么看这件事的？我问的主要是怎么看小袁，是诈骗吗？

主观上不是，但解不了套，还不上钱，让投资者受了实际的经济损失，客观上就成了诈骗。法律讲的是理性。所以，这时候是不是在这里买房子，我们建议您慎重考虑。

谢谢你老陶！我再问一下，依你们的分析，小袁的这个结能解吗？

完全能解，就怕老六不干。陈大队长语音不高，话却干脆。

说具体一点。

很简单，老话，破财消灾。老六公司的资产负债率不到百分之六十，还没算无形资产。但是，他的资产在房子上、在别人账上，还有其他一些固定资产，流动性差。他只有割肉，出让资产，把紧急的债务特别是欠个人的钱清偿掉，才能解套。这样做，就意味着他的个人资产会缩水，对下一步的发展会有负面影响，估计他不肯干。还有一条路，那是最简单的，就是政府出面，让银行给他一定额度的贷款。这个现在很难，几乎不可能，当领导的都不是傻子，没有人会蹚这浑水。

陈永刚的意思很明白。

祝书记，不知您听说没有，市委组织部这几天正在县里搞民意测评，考察干部，两个主要领导可能有好事。

陶川你消息灵通，我没有听到什么。时间不早了，我代表全家再次向二位表示感谢！这些话就说到这里！你们坐着，我去买单。

祝书记您还记着这种小事？我和老陈是这里的老客，存了钱在账上，您放心回去就是，欧阳行长在等您吃晚饭！

凤凰于飞

------------- ✤ -------------

41

寒气重，早上就别出去了。老祝提醒老阳。

出去也枉然。唐汉斯和严清回县城了。离开了那两位，蕙枝还不敢放声歌唱。

管理楼那边很热闹，麻将开了好几桌。

这张桌上还是坐着高长征、曹远清、王新娟、龙兴民四只"铁脚"。

推摸之间，老龙发过几次"轮子"，意在逗引大家，搞搞气氛。收效却不显著。王婆不接招，一双凤眼只看牌，不看人。屋子里除了牌与牌撞击的脆响，只有从不同的嘴里爆出的"三筒""四索""二饼""八万""麻子""东风"……

牌风一向端正的曹主席，这日手臭，连失数局。好不容易转了风，上了几张牌，已然"定口"，"四面风"和"中""发"在握，就等摸出一个"白板"来，便可"德国"大和，赢个"七星德国十三烂"。

他瞄到了，桌上打出的牌里只有一个"白板"。

胜利在望之际，上家老龙扔了个"一条"，对面王婆尖叫一声，好，就等捉你"幺鸡"！哗啦一推，和了，一吃三！

老曹懊恼至极。伸手在牌垛上抓起那个即将到手的牌来，大拇指和食

指一捻，脸色骤变，果然是"白板"！

曹先生把它重重地拍在桌上，吼了一句"去你的'白板'"！一桌牌哗啦啦乱响。

龙兴民笑言：主席，昨晚爬山了？

曹远清反唇相讥：老龙头你干得漂亮，总往王婆笼子里送鸡！

龙兴民和王新娟的脸色起了变化，有话要说。

高长征和颜悦色，说老曹，你我今天都手臭，不能再打了，赶紧回家去，用消毒液好好洗洗，明天把本扳回来！各位，我家高路的大喜日子快到了，拜托你们帮忙！新娟，你是红娘，你要多多指点老金，她善于调教小姑娘，搞不定大姑娘！

…………

祝祖明很想去阴阳湾那边看华泰的养殖基地，让龙兴民去协调。说了一个多星期，不见动静。

近午时分，龙兴民来了，却不是说去阴阳湾的事。

祝书记，武老书记又想跟你聊聊，有空吗？

你明知故问？走！

敲开武家的门。龙兴民准备离开。武潼光说小龙你别走，一起摆龙门阵！

祖明，小袁找你借钱了吗？

武家开着空调。武潼光的话却温度不高。

没有哇！他哪里会找我？怎么了？

小龙，还是你来说。

老六有麻烦。昨天县政府门口拉了一条横幅，写的是："恶霸袁半街，还我血汗钱！"小区里这几天见不到他人影，电话打不通，蓝伯温也跟着不见了。

出了什么状况？搞得这么紧张？

很多人担心放在他那里的钱收不回来。这个月公司员工的工资也只发了一半。

哦？故意的？

不是！捉襟见肘，走投无路。明箭暗箭都来了。有人说他欺骗政府，项目资金没有用到项目上；有人告他儿子在外国混文凭，当阔少，转移资产；有人说他包小三，养私生子；有人揭发他在北京、上海购置房产。据说告状信到了高层，有批示。

这不是山雨欲来风满楼？祝祖明的眉头皱了起来。

情况没有那么严重。武潼光说话了。

对人对事，还是要有一个基本判断的。祖明，我跟你说过好几次小袁，我相信我这双老眼。他不是那种坑蒙拐骗的人。不过，眼下这个坎他要跨过去，过去了千好万好，过不去凤凰湾会出大乱子。要是那样，你还考虑什么康养、买房？赶紧回省城去！

老书记，您的意思是？

我的意思是雪中送炭！让小龙把你请过来就是想和你打个商量。小龙是你的老部下，明白人。我再申明一下，我和老秦是这里最早的业主，老孙小马小高小曹小龙小王他们在这里买房子，都受了我的影响。但是，我没有得回扣，没有投资！小袁尊敬我不假，对我和老秦生活上有些照顾不假，得到他照顾的也不光是我和老秦，住在这里的老年人都得到了照顾。我不是因为跟他有利益瓜葛才为他说好话，我老武觉悟没有那么低！

武老，有话您直说！

祖明，我担心啦！我担心好端端的一个凤凰湾会垮台啊！这里要是垮了、烂了，那帮靠这里吃饭的人怎么办？二十几年的基业，两千多名员工啊！搞破坏容易，搞建设难啦！当年你们封他的窑，那是救他；今天他在做好事，有难处，大家伸手拉一把，帮他渡过难关，也是救他！保住凤凰湾，就是保住一片绿水青山；帮凤凰湾渡过难关，就是帮了成千上万人。事在关口，都伸手扶一扶，就站住了；墙倒众人推，就全倒了。倒下去再竖起来就难了！

武老，我估计您不光是叫我来听道理的。有什么具体想法和要求吗？

祖明、小龙，我是有些"想法"。小袁急得团团转，满世界跑，千方百计借钱，开了很高的价码，那是不行的，那叫饮鸩止渴！我们要劝住他，也要帮帮他。我和老秦准备借一百五十万给他，不要利息。我俩一把年纪了，这钱估计用不上，也不想留给子女，就丢到凤凰湾来。就算华泰公司倒台、小袁坐牢，我也认栽，不后悔！这算"具体"吧？还有，我直说啊，希望祖明你和小阳这个时候不要撤退，你们也表个态，在这里买套房子。我知道你们有这个能力。你们要是肯这样做，就是雪中送炭！你的影响比我大。还有一点，祖明我想请你一起做做小袁的工作，要他处理掉一些东西，把钱聚拢来，把该还的还给人家，甩掉包袱，轻装上阵，安下心来搞这个凤凰湾。解铃还须系铃人，小袁布的局，这棋还得他自己下才能活。

祝祖明被武潼光的真挚和坦荡感动，不由得肃然起敬。他不完全赞同武潼光的看法和说法，但从这位老人身上，他看到了光明磊落。

祖明你不要为难！我的话你可以听，也可以不听。我今天说这些，和小龙是打过商量的。别看他表面上嘻嘻哈哈，他明白事理，也懂你这位老领导，认为我这样说你能接受，不至于见怪。当然，我也不怕你见怪。我是因为你在永和当过领导，人品好官品好，再说当年也是你把小袁逼到这条路上来的，关心和帮助他，你也有责任。你说对不对？武潼光说着说着，自己笑了起来。

祝祖明也笑，说老书记您到现在还给我压担子呀？

在边上旁听的龙兴民，这时抓住机会发言，说我对两位老领导很崇敬。凤凰湾的问题确实不能单纯地看，更不能以"市场竞争，自然淘汰"为借口简单化处理。这其实不是个案，比凤凰湾情况更复杂更严重的，我们市乃至我们省，甚至全国各地都有，多得很！看看那些特色小镇、度假村、主题园区、风情街，除了只要形象不计回报的，有几家没有玩过花样？应声而起时，一阵风、一窝蜂，千好万好；环境一变、政策一收，一个接一个穿帮漏渣。老板可能留了后手，大难临头学泥鳅，受累的是普通百姓，擦屁股的还是政府！这种事就像发洪水，决了口子堵不住，会泛滥成灾。这算不算系统性风险？

小龙，你这样说话是不是带了个人情绪？你也是债主之一！

武老您不能这样看我。我虽然地位低，但起码的觉悟还是有的。我是真怕现在没人肯负责、敢担当，都把凤凰湾当成臭狗屎，躲得越远越好。你前面说了，凤凰湾成了一潭死水，还会有一大帮人跟着倒霉，而且主要是底层的人！

祝祖明默然，良久才说，老阳在这里感觉倒是不错，买套房子也的确不是难事。但这里要是出现大的风波，我们想住也住不安稳哪！武老您希望我做小袁的工作，这个没有问题，老龙你安排一下，我尽快跟他谈，只是未必有用。还有，我离开永和这么多年，听到的看到的多是表象，你们前面所说的，别人告小袁的那些事，不知是真是假。

有真有假，比较夸张。龙兴民回答。

搞企业的人，磕磕绊绊那么多年，要是用考核党员领导干部的标准去套他们，有几个人是经得起推敲的？对于有些东西，要看大节、看整体、看趋势。我对小袁这个人还是有把握的。祖明，我再问你一个事，县里考察干部，都说小康要走，市里另派县委书记来。还说新书记是你推荐的。有这回事吗？

瞎说的！我有什么人可推荐？我有什么资格推荐？老书记，我跟您一样，就是个退休公务员。您这么有责任心正义感，我自愧不如哇！

42

龙兴民利索，通过蓝立生联系上了袁应，第二天晚上就让他们会上了面。

地点是乾坤镇的天香客栈。

袁应本想安排吃饭。老祝说只谈事，不吃饭！他吃了老阳做的晚餐，坐龙兴民的车子去阴阳湾。

蓝立生也在。

袁总，你眼睛里有血丝，上火了！武老书记为你着急，我也想跟你聊聊。你先说吧！

老祝学习武潼光，不兜圈子。

几日未见，袁应不光憔悴，嗓子也哑了。

很不好意思啰，祝书记！我到省城请您和欧阳行长，本来是想让你们开心的，没想到反而给你们添了堵，我一个摅作到壁上去了！

不能这么讲！有些事你也无可奈何！

凤凰湾这阵子不平静，我压力很大！老蓝老龙他们最清楚。您见得多，我不能隐瞒。您说我眼睛里有血丝，何止眼睛里，心里也有！我心里压着一块石头，比当年关我煤窑时大得多的石头！这两天，我才晓得为什么有人要跳楼、跳崖！

胡说！究竟是什么情况？

资金链马上要断！你们没有见到我，不是我躲，我是在跑，跑银行、跑政府，找朋友、找亲戚，跑遍了、找遍了。不瞒领导，我也想过找您和欧阳行长，实在是拉不下脸张不开口。

有些效果吗？

四处碰壁，一无所获！公安局叫我去了几次，给了我期限，一个月内解不了套，他们就采取措施。已经过了一个星期了。我现在真是度日如年。

数额很大吗？

说大也不大，说小也不小。银行旧债还剩不到两千万；项目合作的钱，主要是凤凰湾小区后两期的工程款，有几千万，这种三角债哪里都有，逼得还不算紧。最让人头疼的是私人的那些，会逼死人，往上告状、放狠话的，就是这些人。唉，说起来也是朋友，想不到……其实，也就两百多万利息没有按时付，投资都还没到期。

到期你拿得出，还得了吗？

拿不出，还不了。实在是少了进账，"天香"产品销售还不旺，景区卖门票得的钱还不够开员工工资的零头。我的员工是真好，欠了他们工资，还没人说三道四，他们要是闹起来，马上就得关门。咬得最狠的也就是几个人，我都点得出。逼我还账还说得过去，有更可怕的，不是我欠他们的，是他们欠我的，不还我钱，还巴不得我翻船，希望我跳鹞子嘴！

这些就别说了！你要设身处地为别人想，特别是那些老人。人家把一生的积蓄都交给你，原指望从你这里得到你许诺过的回报，赚一点，结果适得其反，换成你，你怎么想？人在关键时刻要掂得出轻重，看得清方向。恕我直言，你现在状态不好，你给人家的是个一筹莫展的形象，还有一点躲和赖的嫌疑，没有让人家看到希望。没有希望就会绝望，绝望就会愤怒，愤怒就会爆发。你们二位说，是不是？

龙兴民点头。蓝立生不点头也不摇头。

说我赖账那是冤枉我！袁应感到委屈。

小袁，你的家底我不清楚，也不想打听。但我能断定你开的不是皮包公司。这几十年的经历也证明你讲诚信、有责任心，甚至可以说是境界比较高的企业家。你就没有想过车路不通走马路，适当调整一下，做点必要的取舍，把急事先办一办？你是本土企业家，信誉和性命一样要紧嘞！

您和武老是要我变卖家产？

不叫家产，是资产。也不叫变卖，是调整、重置。留得青山在，不怕没柴烧。不行吗？

武书记跟我说过，老蓝和老龙也劝过我。我不是不想，实在是不忍。现在处置资产明摆着是吃"逼水"，和做股票"割肉"没两样，亏的不是小数目。还有，这个时间点，别人捏我痛脚趾，我就是肯割，也没谁敢要哇！就是要，我也未必割得下来、卖得出去呀！远水救不了近火。祝书记，我跟您说心里话，我手上这点东西，也是几代人几十年的心血换来的！我也有老婆孩子，要是都贱卖了，没有了，只赌凤凰湾一把牌，输了怎么办？疫情还在，市场这样冷，要是翻不过身来，我还有什么？我欠别人的钱不假，别人不也欠我的吗？我找谁告去？搬石头打天？

那把你请到局子里去，按法律程序来清算，你就拖得过、保得住？小袁，我虽然没有办过企业，但是能体会你的心情。现在的问题是，你一定要面对现实。我有句话可能重了，说到底，你还是对凤凰湾这份事业缺乏透彻的理解和真正的信心，你那做公益、做慈善的漂亮话是含了水分的，内心深处，你的"小煤窑情结"还在。你要明白，时也运也，什么都不想放下，可能什么都留不住！哦，还有一个事，你这里解不了套，估计那块示范单位的牌子也拿不到，熊省长他们也不会来，你的声誉就真坏了！

那……我该舍什么得什么？

你不是"净棍"（穷光蛋），不能"就地滚"（耍无赖）！这个套要你自己解！我想你有这个能耐，不是做不到，是愿不愿做的问题！小额贷款银行你有没有股份？北京、墨尔本你有没有房产？这里你有没有"半街"？老祝说着，用手点点脚下。

祝书记，"绿行天下"的覃总确实找过我，想要我这块资源，我没松口。您想想，我怎么能松口？乾坤镇以前是什么样子您不是不知道，我老六在这里动手的时候，他老覃连乾坤镇的名字都没听过。他把自己当成强龙了？袁应还是气鼓鼓的。

小袁，我没有资格教训你、强迫你。这些事你自己把握。我和老阳倒是商量过了，只要你下定了决心，拿出了实际行动，我们也向武书记学习，拿点实际行动出来。你们几个都在这里哈，我表个态。第一，买你那套样板房，不要任何优惠，按市场价，就是你在网上挂了好几年也没人响应的那个价！第二，你们公司帮我在鼎罐坝上调出一小块地来，租给我种粮种菜，我出钱在汪山村雇人帮忙。第三，有人看上了厅里分给我的那套老房子，老阳打算卖，卖成了，钱到了手，我们也借一笔给你救急，不要利息。不为别的，就冲吃了永和县几十年的水米，就冲你在这里干的事是好事！

袁应激动了，站起来，显出少有的嗫嚅，说话也不流利：这，这……这怎么可以！

蓝立生也站起来，说袁总你赶紧谢谢祝书记！祝书记和欧阳行长肯在你这里买房子，就会有带动效应。祝书记都能借钱给你，谁还会不放心？这是最大的支持啊！

且慢，我有要求。不等袁应开口，祝祖明接着说。

我这样做是有前提的。我的条件就是，你要做出正确的姿态、拿出实际的行动来，把到期的债，特别是欠个人的本金和利息都还了，把该理顺的理顺了、该抹平的抹平了，让所有人对你的信誉完全认可！

袁应缓过神来，恢复了机智：感谢书记！您这样做，不怕别人说您的闲话？不怕我玩不转打您的烂账（打烂账：抵赖不认账）？

小袁，我反问你。第一，你认识我这么多年，我们之间有见不得人的勾当吗？我这样做能占到你的便宜吗？第二，你也许有办法跑到澳大利亚去，或者躲到北京去，在这个世界上你冷不到也饿不死，但你甘心看着凤凰湾变成烂泥滩吗？凤凰湾不烂，你会打我的烂账吗？

肯定不会！

这不结了？我担心什么？怕什么？退一万步讲，你袁老六真坏透了，卷款外逃或蹲了号子，我会流离失所吗？

龙兴民、蓝立生不约而同地想起当年水泥厂改制，祝祖明在千人大会上做报告的情形，想到他和上访工人对话的情形。袁应则想起祝书记当着他的面，在矿难现场给治理组的人下命令，那些话又在耳边炸响：把机器给我拆了，把矿主给我逮起来！这不是出煤的口，是老虎口！这里挖出的不是煤，是人骨头！有脏水尽管泼过来，有炸药包尽管扔过来，本人的乌纱帽在办公桌上，一百三十斤皮肉在这里！

三个人不约而同，霍地站起来。

龙兴民说：书记苦口婆心！

蓝立生说：书记点到穴位上了！

袁应一扫脸上的晦气，伸手一拍茶桌：祝书记您不用再说了，老六我不是熊包，也不是混蛋，我掂得出好歹轻重！您给我点时间，我拿实际行动给您、给武老书记、给其他人看！

祝祖明反倒过意不去，说坐坐，坐下来！小袁你别激动，你们也别笑话，退了休，我就是普通老头。你们都是我的朋友。要说分量呢，现在小袁的分量最重！遇大事要沉得住气，我相信你是条好汉，有条件也有办法

克服眼前的困难！我听你说过，云南的那个邵老板和你有交情，那些硅化木上还记载了你们之间的友谊，那人现在情况怎么样？

哟，我真是急昏了头，差点忘了。蓝总，福建的林师傅不是让你带话给我，说他已经磨出两块石头了，希望我们去验收，他好结了工钱回家过年吗？老邵也听说了这个事，打过电话给我，说要亲自过来看。

祝祖明看老蓝。蓝伯温点头。

那好啊！小袁，你早点把邵老板请过来，我们一起再去开开眼。我那个教授亲家公一直惦记着这事，他也想来看看。

一定要请黄教授！老蓝，这事你抓紧办，我来联系老邵。你跟教授定个时间，我们一起去验收。祝书记，您一定要参加！

我参加没有问题。请黄教授的事建议让老龙出面办。老蓝你莫介意，我那亲家公跟老龙好像特别有缘分。

袁应和蓝立生都说好。

临别时，蓝立生报告，康书记这两天会走，陶书记要来。

老蓝，你真是神仙！这样的事你半年前就料到了？龙兴民又调侃起来。

祝祖明拿眼睛在几位的脸上扫来扫去，说小袁、老蓝，你们这话是什么意思？想让我做"媒子"（托儿）？

袁应不敢接话。

蓝立生大大方方地说：谁敢让厅长做"媒子"？袁总知道你看好他的事业，想借点东风而已！

43

小雪过后是大雪，大雪过后是冬至。

冬至眼看就要到了。

老武找老祝，老祝找袁应，对这些事陶川和陈永刚是一清二楚。

他们合计过，不能分祝书记的心！崇德那边的事，祝祖明不问，他们就不报；问了，也只说在查，快了。但他们和祝浩成、崇德办案的人还有永和相关的人员保持着热线联系，而且悄悄跑了几趟。涉及法律的事不能任意妄为，问问情况还是可以的。

冬月十五月儿圆，就在这天的夜里，挖祝家祖坟的人被逮到了。

是两个人。在横岭县拿下的。玩的是猫捉老鼠的游戏。

崇德的办案人员跟这两人在高铁沿线周旋了半个多月，行程达数千公里，终于在横岭车站附近的一个足浴店里，将吃过饭喝过三花酒歪在躺椅上让人推背捏脖子的两个家伙逮了个正着。

这两人都是观前村人，和满根一样，是袁应的发小，跟他同宗同族同辈。一个大名叫袁海泉小名叫"阔口"，一个大名叫袁志辉小名叫"精怪"。袁应挖煤、满根当民兵连连长时，这哥俩每人带资两万六进了县水泥厂。袁应煤窑被关来到凤凰湾，满根械斗犯法坐班房时，水泥厂改制重组。两人都参加了上访和围攻县政府的事，也都参加了青峰集团和县里联合组织的培训。培训期间，穷极无聊，把耗子药裹在猪油里，夜里摸出去，药翻了村民一条黑狗，用生姜土蒜桂皮干椒焖了一锅，一伙人吃喝。村民找上门来，要打他们。公司出面赔钱，他们也受到警告，留下了不良记录。结业考核时，两人成绩都不好，没有被录用，带的资如数发还，人也被除了名。袁应邀他们到凤凰湾做事，可两人觉得从国有企业出来进民营企业，从工业企业出来到农业企业，丢不起那人！后来，他们到昆山打工，在华阳镇开剃头店，还凑钱做过贩羊的生意，一事无成。"阔口"一直单身，"精怪"娶了老婆还生了一个儿子。最近这十多年，两人在外面胡混，和湖南一帮古董贩子联手，干了几票挖古墓的事，钱没搞到，人被关了两年。出来还是不务正业，居无定所。

崇德警方将这二人抓住审过，又拍了照片发到永和，真相大白。

他们没有什么阴谋，就是想以挖祖坟为手段，敲诈钱财。他们和满根关系好，跟满根电话聊天时得知，当年卖水泥厂的县委书记住在凤凰湾，这勾起了他们的旧仇；后又听说姓郑的副市长跳鹞子嘴，贪了好几亿，搞了几十个女人，又激起了新恨。他们推想，都是在永和当过官的人，一个

当的是书记，一个当的是县长，肯定有勾结。姓祝的比姓郑的官大，贪的钱肯定更多，搞的女人也肯定更多。这种贪官，不敲白不敲！挖坟他们轻车熟路，也料定当官的人都讲迷信。动手之后，本想直接找祝祖明，虑及他人在永和，说不定底下还有人手，容易出麻烦，所以绕了个弯找他侄子，敲山震虎。他们假装做橙子生意，在崇德西廊镇混了三天，摸清了祝家祖坟的情况，还溜到镇财政所，在值班表上查到祝浩成的手机号码，精心演了这么一出。"阔口"没文化，"精怪"混到了高中文凭。那些短信都是"精怪"炮制的，电话也是他打的，至于所用的手机，是他们在熙川街上花三百块钱买的二手货，手机卡是花钱买别人丢失的身份证办的黑卡。

挖坟的那晚，他们干了将近两个小时。带了一个网上买的金属探测器，挖开土探了好久，假如听到嘟嘟的响声，他们就会把棺材凿开来，结果没什么响动，就收手了。

费神搞了这么久，他们有点不耐烦了。幸好陶川和陈永刚把多年的经验贡献出来，向崇德办案的人提了若干建议，又指导祝浩成如何配合，中间还按约定给过三万块钱，才将这二位稳住。最后锁定他们的位置，也是这三万块钱起了作用。

这两人是油子，不吃眼前亏。落网的当晚，就在酒店里竹筒倒豆子一般，把什么都说了。那三万块钱，已被他们花去了大半。

问短信上写的那些事有依据没有，他们说一点也没有，全是根据网上公布的贪官案例编出来的。问为什么干这种缺德事，他们反问缺哪样德？县里害得我们下岗，穷得吃不上饭讨不起老婆，那才叫缺德！问后悔不后悔，说反正是这个样子，在外面有一餐没一餐，到号子里还有饭吃，一点也不后悔！告诉他们犯了敲诈勒索罪，要判刑的，他们说人死卵朝天，不死万万年，判就判！

祝祖明听完老陶和老陈的讲述，既恨且哀，默然良久才说话。感谢你们！我想请教一下，这种情况真要判刑吗？一般会判多少年？如果我侄子那边撤诉，也不能协商解决吗？

那不行，这是公诉案件，一定会按程序走。不过，如果当事方有撤诉意愿，在量刑时是可以考虑从轻的。判出来，应该是三年以上，十年以下。陶川回答。

过几天是冬至，我要回老家去"填冬"。事情搞清楚了就行，让人坐牢不是目的。我想和家里人商量一下，不管轻判重判，要表达一下撤诉的意愿。

祝书记，你可能要慎重。据我所知，这件事让你家里人受到了很深的伤害。那三万做饵的钱，也是你侄子垫的，如果这两个无赖没有资产，还不一定拿得回去。你如果提撤诉，你家里人怕是接受不了，社会影响也不好。陈永刚嘴上这样说，心里更是对老祝的态度多有不解。

这是两个惯犯、人渣，不值得同情！陶川也说。

其人可恶，其情可哀，事出有因！我都清楚了，谢谢二位的鼎力相助！也请代我向崇德、永和两地参与破案的同志表示感谢！钱不是事，我来出。家里人的工作，我来做，争取他们的理解吧。还有一件事要麻烦你们，请帮我了解一下他们两家现在的实际情况，特别是那个"精怪"家的情况。

和老陶老陈刚谈过，崇德那边的电话也打过来了。先是浩成的，他语带欢喜，说二叔，案子破了，坏蛋抓到了！转述了公安局向他通报的情况。之后是祖煌的，很激昂，说坏蛋真是你们永和县的！两个鳖崽子，要好好收拾他们！

今年这个冬至，太阳从早照到晚，是难得的好天气。

头天，老祝和老阳开车从凤凰湾回到祝家垅新村，祖英和祖煌也到了。还是在祖亮家吃晚饭，请了九叔公。

九叔公喝着酒说着话。

小明，我都听说了，这事是你在永和那边惹的，破这个案子你多少也出了力，没有公安同志重视，破不破得了还天晓得！现在好，我那个老哥哥可以在地下睡安稳了，别人也不好嚼舌头。明日把出门在外的人多叫些回来，一起到山上去磕头吧！那两个死崽十恶不赦，总该判个十年八年吧？

　　都搞清楚了，是两个下岗工人干的，家里都很困难。判轻还是判重，跟我们的态度会有些关系。他们这是敲诈勒索行为，就是想搞几个钱过年。浩成垫过三万块钱是吧？这钱我出，等会儿你婶婶用微信转给你。我还有一个考虑，跟大家商量一下，就是让浩成撤诉，后面就由相关部门去处理。你们看行不行？

　　撤诉？还白白搭进去三万块钱？小明，这是哪里来的道理？

　　九叔公，这两户人家真的很苦。我在永和工作那么多年，不想看到他们雪上加霜。

　　老二，不是钱的事！公公的坟被搞成那个样子，风水就坏了，这口气你也忍得下？难得开口的祖亮说。

　　那不是迷信吗？现在还讲那个？

　　祖英和浩成不说话，悲愤都挂在脸上。

　　二哥，你要这样说我就听不下去了！迷信也好，法律也罢，挖人祖坟和烧人房子没两样，这是血海深仇！人是关在号子里，要是在外面，不扒了他们半张皮我这个"祝"字倒过来写！你能吞下这口气，我吞不了！我也闹不明白，你怕什么？你是当过官，我们是百姓！这个公公是你的，也是我们的，我们还有儿子、孙子！祖煌满脸通红。他喝了酒。

　　一旁的老阳听不下去，不便说别人，只能责备丈夫。

　　祖明，你别再出馊主意了，爸爸管不了事，听九叔公和大哥的！在职在位时你讲原则，也没有帮到家里人多少，现在你老了，退休了，又没有顶门立户的后人，还起什么劲？早些睡觉，明天上山向祖宗谢罪吧！

　　祝祖明不再说话，别人也没有再说。

　　冬至当日，祖亮、祖英、祖煌的儿孙来了不少。除了大嫂在家做饭之外，提砍刀担土箕荷锄头，老少都上了山，细毛公公也上了山。

　　被挖的坟里填满了新土，坟头比原来的高出不少。

　　每人都添了土，烧了纸，燃了香，磕了头。近几年提倡文明祭扫，清明和冬至原则上不让燃放爆竹，祖煌还是搞了一盘米筛那样大的环保爆竹来，是新材料做的，噼噼啪啪放了，声音响彻山林。

诸事完毕，时近中午。众人下山。

祝祖明让老阳跟祖英走，自己留在后面。也没让谁陪。

早年，每当清明、冬至，这片山上很热闹。住在村里的、出门在外的，包括远在深圳厦门等地打工的，纷纷回来祭祖。大家办起"清明会""冬至会"，一同上山敬祖宗，一同起伙办酒席。近年殡葬改革，逝者全都火化，统一安葬到乡村公墓，后人则要分成两拨去祭拜，力量便分散了。受疫情影响，外面的人回来得也少。今年冬至，天公如此作美，若在以往，应是车水马龙人语喧哗，但这天，只有祝祖明家里人多，别的都显得稀稀拉拉。

顺着上次和浩成走过的路线，祝祖明又走了一遍。

看山，山枯黄；看渠，渠干涸；看田畴，田畴空落；看天，阳光明亮却苍白。看着看着，祝祖明的眼睛迷离起来。

山上那些坟包里是有人的，墓碑上是有名字的。坟包里的人和墓碑上的名字，在祝祖明的心里，很多都是有血肉有故事的。在年轻人那里就未必了，在他们的眼里和心里，也许只是一堆堆干冷的黄土，只是石板上冰凉的文字。

祝祖明左看右看。

又看到了祖父，听到祖父"吆吆""呔呔""驾驾"的使唤牛的声音。

过去，这山多高，这渠多长，这路多远，这地方多大啊！现在，这山多矮，这渠多短，这路多近，这地方多小啊！

刚才，他本想让浩成和另几个后生留下来陪着一起走走，终于没开口。顾忌他们各有各的事，更顾忌面对这山这水这田地，后生们的心思和他的不一样——绝对不一样！他不知道他们会想些什么，也不知道能和他们说些什么。但可以肯定，他们明亮的眸子里，很少有弓身推车、荷担伐薪、白发垂髫、牵牛过垄、水漫田畴、烟笼房舍，鸡犬竞逐、童呼叟唤……眼里很少有，心里更少有。这是属于祖字辈以上的人的事与物，是只会让祖字辈以上的人牵挂和感动的事与物。

这溪流这山丘，曾经是自己的黄河泰山。现在不是了。在后人的心中

更不是。

村还是这个村，事不是那些事，人也不是那些人。

高大亮丽的新屋把灰暗破败的老宅包裹了、淹没了。就像被淡忘了的恩字辈、义字辈、兴字辈、忠字辈的那些人一样，放绳、戽鱼、车塘、耘田、扯秧、打场之类的事被淡忘了，面朝黄土背朝天、一颗汗珠摔八瓣的事被淡忘了。没经过的人不知道，经过了的人也淡忘了。像酒一样，放的时间长了，封得不严实，喝着喝着成水了。

新的安坟场所已然启用，祝家垱再不会有人"托体同山阿"了。先人们在另一个世界相聚，也要"打的士"了。

晶晶、雯雯他们来这里本来就少，以后会更少。自己和老阳，也会来得越来越少。

铜勺子山上有自己的"一穴之地"吗？没有，也不必有。别的地方有吗？没有，也不必有！别说"一穴之地"，就是"一盒之地"也不用！到了某日，可以把骨灰撒到江河里去。不，撒到江河里会污了水，还是放到树蔸下。要先说好，悄悄办，找深山里的树，放得深些，不让人看见，不做任何记号！这样最好，省了多少赶路、除草、填土、烧纸的麻烦，不用担心被人踩被人挖……记住一座山、一片林子就好！

"何惧朔风催胡雁，我心安处是故乡。"

故乡何乡？

祝祖明打了一个激灵。心想真的老了！

44

一群人簇拥着上岛时，邵老板坐的飞机还在天上，但他派了老岩和小刀来，这一老一少两个云南人头天就赶到了。

黄教授是坐学生陈博士的车到凤凰湾的。

谭明德谭老板也回来了。不光回来了，还将老岩、小刀、黄教授和陈博士请到可留山庄吃了一餐饭、住了一晚。

袁应打电话，逐一约上了武潼光、祝祖明、马朝红、高长征、曹远清、龙兴民、王新娟、俞建波和梁彬超，说请大家为"天目"开光！

蓝立生和章眉忙前忙后。

与上次的凌乱不同，珍宝岛的现场被清理过。红绸蒙着的两尊柱状物挺立在工棚的中央，红光闪亮。几十根原色硅化木整齐地码放在棚子的两侧。地面没有碎石和黑灰。林师傅刮过胡须，穿了干净的衣服，面带喜色站在那里。茶桌上烧着水，泡茶品茶诸物摆放整齐。

蓝总，开始吧！袁应吩咐蓝立生。

诸位领导、专家、朋友，经过林大师两个多月的辛勤劳动，见证奇迹的时刻到了！今天，袁总请大家共同鉴赏两件艺术珍品，分享林大师的创作成果！红绸下面，说不定是两位绝代佳人，现在要请嘉宾掀起她们的盖头来！

稍稍商议，确定林师傅、老岩、袁应和武潼光为一组，黄教授、小刀、谭明德和祝祖明为另一组，两组同时揭开绸布。

乾坤朗朗，日月辉煌，宝石开光，凤凰吉祥！揭幕！

蓝伯温话音一落，八双手同时动作，两块红绸飘然而起。

哇！呀！在场的人齐声惊呼。

挺立在他们眼前的，是两件耀眼的物品。

大家曾经看过的那尊，如今呈现了被雕饰后的全貌，竟是如此晶莹剔透、光艳夺目。不知老林怎么弄的，这东西让人感觉不是木，不是石，就是玉，是完整的、硕大的玉！它通体透亮，看似柔润实则坚硬，看似温热实则冷峻。它像戟像斧像柱更像人。它像男人，因为雄壮、刚健、挺拔、坚硬；也像女人，因为高洁、秀美、凹凸有致、婀娜多姿。它分明有头、有腰、有腹、有臀、有腿。上次发现的那两粒似眼之玉，恰好在眉目部位，那是碧绿中透着深褐的翡翠；中间略凹陷处，有一粒玛瑙色的石子、浑圆、隆起、晶亮，恰是在肚脐的位置。环视之、审察之，在羊脂玉的底色中，嵌着不少或赤或紫或蓝或翠的玉粒，大者如卵，小者如豆。

另一块，高矮不相上下，形制迥然不同。这是用不规则、有缺损的材料加工出来的。给人的第一印象就是像鸟。它有冠、有喙、有羽、有翅。粗看似苍鹰，细看如孔雀，再细看就是凤凰了。它的上面也布满了各色像玉一般的石子。

林师傅，你真是一个圣手！黄教授把人们从聚精会神和惊讶的状态中唤醒。

老林站在那里憨笑，说了一些话，大致意思是：不好意思啦，我就是个磨石的啦，是东家看得起我，把我派到这里来赚钱的啦！他说话时，眼睛不时看黄教授身边那个年轻人。

黄教授这才把艺术家模样的年轻人介绍给众人，说这是我的学生小陈，玉振集团的掌门人。玉振是福建名列前茅、业界大名鼎鼎的公司。小陈做过我的博士研究生，现在是玉石界的专家！

陈博士则做谦虚状，说黄教授是我的恩师，林师傅是黄教授让我推荐过来的，他不善于语言表达，但手艺绝对是好的。加工这种硅化木，一般把表面打磨光亮就可以了。这两块完全不一样，大家应该看得出来，这里面有老林的艺术创造。不过，技术再精湛，没有好的材质也是做不出精品来的。这两件作品，我看非常有价值。这是缅甸老料，真正的树化玉！可遇不可求，老板是有福有缘之人！

蓝立生把缩在人后的老岩和小刀扯到前面来。

老岩说邵总下午会到，可以请他过来看看。

那是肯定的！老蓝，你调度好，下午我再陪邵总进来！袁应爽快地表示。

曹远清说确实开了眼界！袁总，上次我们来，给那块取名叫"永和天目"，看来比较贴切。这块是不是也得有个名啊？

要有，一定要有！就请各位赐名吧！

小袁，这两件东西好，将来你要找地方好好展览出来。我们这里叫凤凰湾，如果取名，还是要跟凤凰联系起来才好。祖明，你说呢？武潼光把话递给祝祖明。

祝祖明点头，未语。

于是大家七嘴八舌说起来。有说"凤凰和鸣"的，有说"凤舞龙蟠"的，有说"龙跃凤舞"的，有说"龙凤呈祥"的。袁应笑着听着，蓝伯温不语。

叫"凤凰于飞"好吗？王新娟冒出一句，说得小心翼翼。她参加过不少人的婚礼，经常见到红纸上写着"凤凰于飞"四个字，突然想了起来。

不行，那是娶亲嫁女时说的话，就是祝福婚姻美满的意思，用到这上头不合适！老龙第一个反对，不忘顺嘴一刺：王婆，你开口不离本行，就记着男欢女爱那点事！

句子其实是好句子，出处也有，是《诗经》里面的。说的是凤凰高飞、百鸟相随的意思，后用来祝人婚姻美满、夫妻恩爱，不光适合新婚的年轻人，也适合白头相守的老人！拿来给这块石头命名，也是可以的。曹远清说出了一番道理。

我有资格发表意见吗？黄教授问。

这件事的首倡者就是您，您没资格谁有？龙主任抢答。

我倒认为这位女士的意见好，寓意丰富，韵味十足。龙主任和这位领导说的当然也不错。"凤凰于飞"来自《诗经》，一般用于祝福人的婚姻。我们要关注它的本义，也就是它最初始的意义，那就是凤凰展翅高飞，其他鸟跟着飞。为什么凤凰一飞别的鸟都跟着它飞呢？因为它高雅、漂亮、吉祥，它是美丽和幸福的象征！这多好！古语新用，不是切合现在的"打造美丽幸福样板"吗？你们凤凰湾不是一直想做这个样板吗？再说它的引申义、比喻义，放在这里也是合适的。你们凤凰湾最具诗意的那条路叫什么路？是不是情侣路？这里吸引来最多的是什么人？是不是那些老夫老妻？你们是不是都想做这样的"凤凰"？大家琢磨琢磨，幸福是什么？幸福就是男欢女爱、琴瑟和鸣啊！你们镇叫乾坤镇，你们县叫永和县，阴阳和合才有"乾坤"、才能"永和"嘛！情与爱，是幸福美满最基本的元素！这不就贴切了吗？我和我家朱老师是飞来飞去的鸟，我们这对亲家要在这里做"凤凰"。他们的想法是对的。我走过很多地方，看来看去，比

较起来还是你们这里好，怀珠抱玉，吹箫引凤，丹凤朝阳，情意绵绵，既是青山绿水，也是情山爱水！

敬佩！我被教授的宏论征服了，我赞成叫"凤凰于飞"！龙兴民叫好。

蓝伯温拼命点头。

大家不约而同鼓掌，包括俞建波、谭明德。

王婆满面绯红，双目晶莹。

祝祖明也开心，说亲家公你了得！小袁，黄教授这番话是对"凤凰于飞"最好的解释，有原创意义，这就是文化，他有知识产权！你们记下了吗？你的员工，特别是导游，要学习理解、灵活运用！

袁应马上布置：蓝总、小章，回去就搞出文字来，送给教授过目，以后可以用到我们的宣传手册上去！谢谢黄教授，谢谢黄教授！等会儿我要好好敬您几杯"凤茅"！

教授讲雅的，我来问一个俗问题。这些东西的市场价值该怎么看呢？武潼光说话。

大家屏息凝神，纷纷把眼光投向黄教授。

你们别看我，要问他们！黄教授手指老岩、小刀、陈博士和老林。

老岩、小刀还是闭口不语。

陈博士说这个难讲。不同时期有不同的价，原料和成品也有不同的价。像这种打磨好了的精品，放到前些年，一件拿出来开价几百万也不为过。现在市场降了温，还是值些钱的。但是一定要加工得好，光看原料是看不出来的，这就像赌石。从磨出来的这两块看，整个这批硅化木玉化的程度都比较高，值多少钱很难说，但求有缘人，美美与共，情谊无价，那就是佳话了！

是这么个道理！黄教授赞许。

小章提醒：袁总，公司在凤冠酒店安排了工作午餐，还要探讨文化建设。请大家移步出岛，去酒店吧。

出得工棚，老祝看到一队穿保安制服的年轻人笔挺地站在路口，举手行礼。领头的小伙子很精神，上嘴唇的右侧有一道疤痕。祝祖明走过他身边，小伙子喊道：首长好！音量大，吐字却含混。高部长笑眯眯地说这是我儿子高路。

袁满根站在高路身旁，神情凛然。

老祝叫一声"满根"，抓起他的手来。满根现紧张神色，说书、书记，"阔口"、"精怪"，贼骨头，作死！对不起书、书记！祝祖明用力握了一把，什么也没说，随人群走了。

中午吃饭时，凤冠酒店迎进送出的女领班端庄秀美、粉面含春。高部长让她一一敬酒。王新娟告诉祝祖明，这是小钱，就是小高总的未婚妻，过几天要"凤凰于飞"！

黄教授和陈博士带上林师傅，下午匆匆赶去泰阳。博士的同学，教授的另一个学生在那里管理一家上市企业。袁应送他们上车，往后备厢里放了不少土产。给了林师傅一个大大的红包，那是工资之外的酬劳。

当日傍晚，梁彬超自己开车，接了祝祖明，去他的别墅吃晚饭。

是中午约定的。

除袁应、蓝立生、龙兴民外，在客厅里坐着的还有谭明德和鞠玲，以及云南的邵云龙老板和他的助手老岩、小刀。

不容易，三座宅子的主人到齐了！祝祖明进门打招呼。

邵老板上来握手，说久仰久仰！

这人和袁应、梁彬超年龄不相上下，不肥不瘦，衣着讲究，一口普通话说得也地道。

听口音邵总不像是云南人？

我是唐山人，出来早，北人南相。我和袁总有三十多年交情，二十年前就知道您的大名，也知道您现在还在关心我这个共过患难的兄弟。这边的情况我都清楚了。老六有麻烦，我不能袖手旁观。你们还在岛上的时候，小刀就发视频给我看过。下午我和袁总又去看了，也谈过。多了我一时拿不出，准备给他九千万，把那批原料拖走，算是物归原主。两块磨好了你们称之为"永和天目"和"凤凰于飞"的，就留给老六，算是对我们兄弟情谊永远的纪念！这样行吗？领导您还有什么要求？

邵老板真是豪爽人！我没有资格对你提要求。小袁，你有什么想法？

邵大哥为朋友两肋插刀，救了我的急，我只有感激！这些石料是花六百万拿进来的，二十五年，翻了十五倍，我还留下了两件宝，这是最理想的了！

当年你那六百万也救了我的急！十五倍不算多，你要是用那六百万做本，没有失手，现在可能变成了六个亿！我只有这么大能耐，兄弟你别嫌少！

你们都义气，好！有句老话是怎么说的？种瓜得瓜，种豆得豆！现在能过火焰山吗？祝祖明盯着袁应，也扫了一眼梁彬超和谭明德。

没有问题！这里的二期和三期工程都是我的队伍做的，三千来万尾款不用急着还，等房子卖了再给我！梁彬超表态。

没有问题！石鼓坪那边，我说过的都会办到，袁总不用操心。有人说我走了就不会回来，以为上海佬靠不住是吧？看来，永和的乡亲对我们还是缺乏了解！我不是说过吗，我们是在这片土地上流过血流过汗的，那可不是一般的血和汗，是青春的血和汗！永和是我们的第二故乡，我能轻易离开吗？谭明德也爽朗地表态。

祝祖明已经听说过，鞠玲春节后要走，谭明德的一个朋友请她去管理昆山的酒店。谭夫人另找了职业经理人接管可留山庄。

应该没有问题了！邵总这笔款一到位，个人部分，不管到期了还是没到期，我一次性解决，连本带利还干净！机构的呢，我想把这边的房源降价处理，加紧促销，用回笼资金来解决。再不行，我就把镇上的店面盘给"绿行天下"。祝书记您说得对，有舍有得，我不能对不起朋友。还有一件事我也向大家报告：澳洲那边现在情况不好，我儿子在那里吊着，一心挂两头，我和老婆商量了，让他回来。事业还是要年轻人来干。他回来，我就把墨尔本的房子处理掉，也能收回一笔钱。主要还是为了解决接班人的问题。袁应深受感动，当场表态。

这太好了！小袁，我们没有看错你！你有这样的态度和决心，大家就放心了！

这餐饭吃得热气腾腾。

梁彬超拿出的是年份茅台，说在他手上就放了十八年！祝祖明皱了一会儿眉头，又朗朗地说：今天有客商，做东的是朋友，我们是在帮政府做纾困的工作，应该是讲得清楚的。我就破个例，陪你们喝两杯。不过话要说明白，我喝的是定心酒！喝了这酒，你们说的话都要算数，一言既出，驷马难追！你们做的事必须地道，踏石留印，抓铁有痕！

酒美菜丰，气氛是相当轻松而热烈。

祝祖明注意到桌上除了手抓饭大盘鸡之外，还有一盘蜜汁猪手，他拿眼瞟梁彬超。

老梁朝厨房的方向努嘴。果然，进进出出的人里，除了"波斯美女"，还有另一个女人，那是辛桂云。

袁应敬酒，想对祝祖明说说祝家垵的事。老祝没给他机会。

鞠玲向祝祖明敬酒，悄悄说记得"美快真"，那次是受谭总委派去省城办事，把身份证弄丢了，临时急着补办。有眼不识泰山，得罪了老领导！说完喝了满满一杯。

喝过酒，邵老板兴奋起来，说我赌了几十年石头，现在不赌了。这批石头是明摆着的，不用赌。老六兄弟你也不用遗憾，别听人家说这里面有多少玉，值多少钱。这种玉和真的玉不是一回事，你把这些东西抠出来，离开了石头，它们是不值钱的！放到市场上，这些石头别人肯出三千万买就不错了。你这房子我也会留着自己用，等我老了，每年也带老伴来住几个月！

45

邵云龙说到做到，不出一星期，就把那批未经打磨的硅化木轰隆隆拖走了。

石头去了，钱来了。

凤凰湾归于和乐。

老阳继续跟着唐馆长夫妇、俞建波等唱歌，间或到艾院长和晏医师那儿去，让他们号号脉，跟他们聊聊天。王婆不让她闲着，总有办法拉她出去，找好玩的地方玩、好吃的东西吃。路不远就走过去，路远就开车。多半用"波斯美女"的车，这女人漂亮，车也开得漂亮。老祝则是动静结合，每天要走上几千步，《篱笆墙的影子》《北京颂歌》等也唱得有模有样，花和尚说开发得晚了，多了一个领导，少了一个歌唱家！不散步不唱歌时，他能在样板房的沙发上一坐两小时，看电视，翻架子上的闲书。

他和老阳又回了一趟省城，这次坐高铁。

饶江的钱如数到了，除了两百万本金之外，还象征性给了一点利息；老房子卖了，办完手续，扣除种种，实得一百九十二万；海南那边这回利索，主动派人上门，请业主在材料上签字，办事员回到岛上，钱立马打了过来，老阳得了一个整数，五十五万。

老阳和老徐老胡老吴老周等吃过两次饭，洗了一回脸。老吴的先生是电信集团的退休高管，赶时髦，两口子每周吸氢两次，认为很好，推荐大家都去吸。老阳看她脸色确实好，说自己吸不成，只能跟老头子到永和吸氧。老徐脸上原本光洁，现在多了褐色斑，而且头上添了不少白发。她还没有完全缓过来，直说后悔死了！

老胡向老阳推荐省金融办操作的一个大项目，募集的资金用于修建城际快速通道，三年期综合回报率为百分之十六。老阳把情况告诉老祝，老祝说你看着办，老阳便放了一百万进去。老阳和招行的理财经理保持着联系，经理说人保总公司委托他们做一个基金，还有一点额度，问有没有兴趣。除提醒老阳"投资自愿，风险自担"外，还说清楚了两年期预期的回报率为百分之十二点六，老阳在这人手上办过几单，结果都还好，便投了一点。她还想再找地方把剩余的钱都投下去，被老祝劝住。老祝说先放卡上吧！

黄继刚已经走马上任。当处长和当副处长果然不一样，人精神多了，话也多了，只是更忙了，常出差，常加班，"5+2""白＋黑"是常态。之前祝晶回家伸手吃饭缩手放碗，现在不行了，也要下厨房给雯雯和自己做吃的喝的，却并无抱怨。

祝祖明又到协会去了一趟。没遇上会长，只见到了秘书长。老顾给他看一张纸，农办转的复印件，内容是告永和县华泰实业公司非法集资、诈骗。秘书长是老到之人，说农办只是向我们通报情况。怎么调查和处理是他们的事，如果所告属实，那块牌子就到不了永和。熊会长的意思是我们等农办的意见，如果取消了，考察计划就相应取消！

祝祖明有点急，把永和的情况向秘书长讲了一通，阐明了自己的观点：凤凰湾走到今天不容易，正是爬坡过坎的时候。信访件所告不实，只是经营出了一点状况，已经解决了。这样的典型不多，还是应当予以关怀和支持！

顾秘书长建议他直接向会长报告。

老祝便把电话打到会长家里。熊会长爽朗表态：祖明，你不用多说。下面有反映，上面要回应。农办缪主任跟我说过，安排了调查，很快会出结果。你跟市里和县里的同志说一下，要认真配合。如果所告不实，牌子能给，我们的计划就不变！

老阳来年三月满六十五周岁。老祝跟她提建议，说你现在脸色好，要不要去拍个近照，过了年也把金桂花卡办了？

老阳同意。

涂脂抹粉不能搞。老阳用梳子蘸水，在家里拢好头发，找了件素色羊绒衣贴身穿着，裹了外套，和老祝去"美快真"。路上，老祝叮咛复叮咛：嘴巴张开一点，不要听她们的！

"美快真"高矮俩女子都在。见到老夫妇，她们笑脸相迎。祝祖明开起玩笑来：二位美女，我是没法子，想"扮俏"扮不成。我太太还嫩！你们行行好，帮她把标准照拍好来！

俩女子记得先前的事，窃笑。矮个子请老阳进里间，提醒坐正，却没有喝令闭嘴。洗印出来，老祝看看照片又看看人，说不错不错，真不错，照出来和本人一样嫩！老阳斥他没正形！

隔日回到凤凰湾，老祝也没跟谁打招呼，踱到公司办公楼去。

袁应、蓝立生都在。

二人感到意外，说老领导有事打电话就是，怎么跑过来了？

我从省城回来。"生态文明建设综合示范单位"的名单正在公示。你们这里节外生枝，要核查，知道吧？

知道。昨天县、市委农办和镇里的人都来过。情况我们也汇报清楚了。

有态度吗？

他们说还要做些了解，会尽快向省里报告。

熊省长，哦，熊会长的意见很明确，如果这块牌子得不到，协会来这里考察就师出无名，我上次给你们打过招呼的计划就会取消。

哎呀，取消了我们会很被动！蓝立生没有掩饰住焦急。

祝书记，这件事您要关心到底！我知道您和熊省长关系好，请您做做熊省长的工作。这个时候，凤凰湾的问题还蛮敏感，最需要上级支持！

袁应更急。

关键不在熊会长！职责在农办。部门办事要讲程序讲规矩，谁也不敢打马虎眼。所以，你们要有各种思想准备。

情况您是最了解的。别人那样告我，虽然事出有因，也是唯恐天下不乱。我有苦难言！您都看见了，为了解决这事，我真是把老本全押上了。这样子还不能得到理解，我冤屈死了！省农办的人我认识一些，想去一趟，直接向他们汇报汇报，您看可以吗？

下面向上面正常反映情况，有什么不可以？但是你要记住：必须实事求是，不能发牢骚、苛责他人、粉饰自己；要有明确的态度和措施，取信于人；不能搞任何歪门邪道，否则会弄巧成拙、事与愿违！

这个我懂！

马上就到年底了，要去就得抓紧。协会的人来或不来，都得和县里镇里协商好，做必要的准备。冬天少了些花花草草，但凤凰湾还是经得起看也经得起问的。领导和专家大老远地来，不是来玩的。县领导班子变动，结果出来了吗？

定了，康书记得到提拔，先到市人大常委会任党组成员，过两个月将被补选为副主任。诸葛县长不动。陶平秘书长接任书记。陶秘书长兼过市委农办主任，他来县里，祝厅长你跟他言语一声，很多问题都将迎刃而解！

伯温啊伯温，这些你都掐到了、算准了？小袁，你跑到我家里摇唇鼓舌，是不是早就知道有这布局？

袁应不敢接话。

言重了，书记言重了！那天在凤凰潭的筏子上我不是说过，我什么预见的本领也没有，要是有，我老蓝就不是今天这样子了。但是，任何事物都是有因有果的，注意观察和分析，就会有所发现。

你怎么断定小陶要来永和？

要说这个，你是专家呀！康书记在永和干满了一届，功不突出，过也没有，具备了提拔条件。今年换届他没走成，是因为市里一时腾不出位子，有了位子就应该安排。陶书记是你培养的，在吉丰干过几年县长，又在现在这个位子上坐了两年，年富力强，堪当大任。永和在熙川的位置靠前，特别是农业和绿色发展任务重责任大，陶书记有优长，主政永和，有谁比他更合适？这不是顺理成章吗？书记你不是心知肚明吗？蓝伯温恢复了惯常的机智。

我心知肚明？我看你这个伯温真要成神仙了！我跟你们说，现在不比从前，地下组织部部长，瞎打听、瞎议论、跑风漏气，和找关系、托门子一样，是要被追查、问责的！陶平是我们厅里出来的干部不假，但他在熙川已经工作五年多了，我也退休两年多了，平时很少联系。听说有人传他给我当过秘书，那是瞎说！他被下派时是办公室副主任，不是什么秘书，厅长也不能配秘书。你们不要跟着乱议论！当然，小陶的综合素质是不错的，经过这几年磨炼，很成熟了。他来做永和的书记，这副担子应当挑得起。你们和我一样，都要理解和支持他的工作！

领导说得对，我们会牢记！袁应和蓝立生异口同声。

不管谁当书记谁任县长，我表过的态不会变！只要你们这里事做得地道，买房、投钱、租地，我都会落实，不要半点照顾，不占一分钱便宜！款子我已经筹好了，就在老阳卡上。你们的事做没做好，不是你们说了算，省里那块牌子扛不扛得下来是一个标志！小袁，我准备花两百万在你这里，权当在省城的华康养老公司买了个会员资格，你可得把这里的事办牢靠，别让我失望！

我破釜沉舟……不瞒老领导，心里还是七上八下。这不像挖煤，煤挖出来，贵也好贱也好，总换得到一些钱，搞休闲度假旅游现在实在难讲。房子不打紧，买了终归是房子。现金借给我，我要是亏光了，再也没有硅化木了，也不会有老邵那样的朋友出手相救了，您和欧阳行长真不怕我赖账？

你还是担心疫情？我想不至于，真出现了极端情况，糟糕的也不光是凤凰湾，钱放在哪里都不安全！风分东西南北，月有阴晴圆缺，汪山还是汪山，乾坤还是乾坤，永和还是永和。只要你披肝沥胆地干，上上下下都看得到，土地菩萨也看得到！

感谢老领导的信任！书记您放心，老六我明白，我不会留后手，我把全家都跟凤凰湾绑定！蓝总你先去帮我安排明天的事，我跟书记再聊几句。

蓝立生离开，顺手带上了办公室的门。

祝书记，我们村出了做缺德事的坏蛋，很对不起您，对不起您全家！我心里难受，想把那两个鬼捉来揍一顿！

案子破了，事情就过去了。那是他们两个人造的孽，跟别人没有关系，跟你更没有关系，你有什么对不起我的？

我不把你们请到这里来，可能就不会出这种事，我真是无脸见您和欧阳行长！您还为他们求情，还准备让家里人撤诉，他们知道了要上吊！

没那么复杂！撤诉看来有困难，在这件事上，我在家族里说话没有分量。进入司法程序了，也不是随意改变得了的。

没有必要改变！他们是自作自受，不受牢狱之苦，接受不了教训！

苦了他们的家人！特别是那个"精怪"，上有老下有小，怎么办？听说他儿子也在外面浪，千万不能走他老子的路！你们是一个村的，又是发小，你要帮帮他们！

好，等忙过这阵，我会把这件事处理好，给他老婆或者他儿子找份事做，让他们安身。

不光是安身，还要安心！祝祖明指指自己的胸口。你算是他儿子的叔辈吧？要好好教育他。

……………

对于投钱的事，老阳还有点纠结，说这次来凤凰湾蹚了浑水，不知深浅。

祝祖明很坚定，说水是有点浑，但浑不怕，浑了总会清。清了，水是什么水，泥是什么泥不就看得明明白白？如果不浑一下，表面上看清清亮亮，实际上泥里有烂冬瓜，一脚踩进去，就更恶心！不怕水浑，怕的是人浑！不闹一通，我还真不敢在这里康养，这一闹，我倒踏实了！

青山在　人未老

———— ✣ ————

46

　　这个婚礼别致。

　　老高夫妇本打算元旦办，争取女儿女婿回来亲热一下，但不能如意，那一家子来不了。有两个障碍：女儿高霞和女婿翁承忠不能离沪，因为他们所住小区出现了"小阳人"；原以为凤凰湾元旦热闹不起来，结果预订门票和酒店的还挺多，若不限制，开年的几日，游客量能达到疫情前的水平，公司紧急开会，要求员工坚守岗位，实现开门红，打响第一炮，小高小钱是骨干，不愿因为个人的事耽误老板的事。

　　小高小钱的婚期延后了，别的新人却踊跃地到凤凰湾办喜事。有在凤冠酒店张灯结彩的，有到可留山庄花好月圆的。在鼎罐坝摆 pose 拍婚纱照的，更是一拨接着一拨。高路和钱小凤在为别人提供服务的过程中，分享了幸福，受到了启发，也增添了期待。袁老板看在眼里，爱在心里，把蓝立生和章眉叫到办公室，说小高小钱表现好，要奖励！要把他们的婚礼作为公司的一件大事来办，办得欢天喜地！请老龙头和王婆出来撑台，高部长和金院长掌掌盘子就行，琐碎的事别让他们操心！

　　日子是蓝伯温选的，2022 年 1 月 9 日，阴历辛丑年腊月初七。他翻了几本历书，认定这个日子最好，宜嫁宜娶宜出行。"9"代表天长地久，

"七"代表七子团圆，上上大吉。又是星期天，不耽误宾客上班。

当日，早起的人开门见喜。小区路灯的柱子上贴满了"囍"字，挂着红灯笼。唱歌跳舞的人穿了鲜艳服装。唐汉斯着唐装，严清穿旗袍，王新娟裹了红袄子，龙兴民也穿上了西装。吹唢呐的钟三宝、吹箫的钟二狗、拉二胡的袁欢欢、打洋鼓的张金云、敲小锣的林充、吹葫芦丝的曾建建、吹萨克斯管的姚华成等，着装齐整，聚在凤鸣亭演练。

到处挂着红花与彩带。

上午9时，用电瓶车改装的三台花车从凤冠酒店鱼贯而出。

第一台车上是新郎新娘和伴娘。伴娘有一群，花枝招展的，全是小钱的同事。

第二台车上是乐手，除了先前在小区演练的那帮人，又增加了吹小号的、打小鼓的、吹树叶琴的，全是高路的伙伴。

第三台车上坐着女方的亲属，小钱的大舅小姑、三叔二姨，个个春风满面。

装点这几台车的花花草草，全是公司花圃里种的、路边采的、山上折的。鲜艳的果子，一串串挂在车的两侧，有并蒂的脐橙、抱团的金橘。车行果动花枝颤，如风铃摇荡，无声胜有声。

乐手们反复演奏《月亮代表我的心》《回家》《纤夫的爱》《我心永恒》。

阳光洒在花上果上，洒在新娘新郎脸上，洒在所有人脸上。小高雄壮，这日更雄壮；小钱秀美，这日最秀美。

花车队先在景区内巡游，沿水边道路转了一大圈。出得景区，从汪山村浩浩荡荡开过，惹得商户、游人、清洁工，还有掉了牙瘪着嘴的老翁老妪，都站在屋外引颈观望。在鼎罐坝五颜六色的田地间转了半个钟点，菜蔬搔首弄姿，花草含羞带露。

花车在凤凰潭边的坪上停住。

这里搭好了婚棚和礼台，铺了红毯。

潭里的筏子——经过装点，全是花筏。

乐手们移座花筏之上。吹的人鼓着腮帮子吹，拉的人忘乎所以地拉，打的人手起槌落拼命打。音波搅动水波，水波融进音波，和成美妙一团，撩得人逸兴遄飞。这种美妙于水面生成，从水上升起，漾开来，飞起来，飞越汪山村、鹤鸣小区、鼎罐坝，飞往锦绣河、石鼓坪、雷公尖……

婚棚的背面是粉红色的大幕。

章眉示意乐手们暂停。

幕布上打出了"凤凰于飞"四个镶着金边的大红字。一帧帧展示的，全是高路和钱小凤拉手、搂腰、亲嘴、跳跃、奔跑、喊叫的画面，笑得灿烂，美得醉人。背景中的山、水、花、鸟、石、竹、树，初看像外国的，细看全是凤凰湾的。

这个视频，是章眉做的。

草上、水边、树下，站满了人。站满了汪山村民、小区住户、公司员工，还有游客，个个笑眯了眼，乐开了怀。很多人在画面上找自己和别人，说这个是我、那个是你，哈哈哈、嘻嘻嘻……游客中有年少男女，说这才叫浪漫，我们也要这样办！

主持人是龙兴民。他手抓话筒，轻巧地跨上台子，朗朗地说：阳光照，吉时到，欢天喜地，凤凰于飞！在这美好的日子里，我们在美丽的凤凰潭边庆贺这对小凤凰喜结连理！他们的结合，会繁衍出纯种的金凤凰！一花引来万花开，愿更多的俊男靓女到凤凰湾成双作对。凤凰湾好事连连、幸福绵绵，会成为人人向往的凤凰窝！

这段话别开生面，博得一片叫好。

后面倒也不复杂。

主持人介绍新郎新娘，不吝赞誉之辞。

新郎新娘挽着各自的父母上台。小钱的父亲郑重地将女儿交给小高；小高小钱分别拥抱对方的父母；新人拜天地，拜高堂，对拜。小高发言，漏了一点风，却很得体，说到"我爸我妈给了我第二次生命，凤凰湾是我们成长的摇篮、青春的舞台，我们一定牢记父母的恩情，珍惜工作的机会，做孝顺的晚辈、优秀的员工"时，在场的人无不动容。

高长征这日穿的是马裤呢旧军服。他代表男方家长讲话，先来了个标准的立正敬礼，讲过后又大叫一声：高路出列！

高路跨出一步，放声喊：到！

我命令你，要像对待我和你妈一样对待你岳父岳母，要像对待我和你妈一样对待这里的每一位爷爷奶奶叔叔和阿姨，要像对待自己的生命一样对待你的工作！做得到吗？

高路挺直身体答：保证完成任务！

父子俩这一闹，大家笑出了眼泪。

老龙打趣，说高路，你首长爸爸的命令不严谨，我有意见！他没有让你和小钱像对待父母一样对待我们这些伯伯！

玩笑间，老龙忘了让证婚人讲话。

王婆抢步上台，从龙兴民手上夺过话筒，说我是红娘，我要讲话。以前我搞计划生育，总是破坏生育。现在我要千方百计让年轻人早结婚、早生贵子！小高小钱，我祝你们多子多福！一定要做到工作和生崽两手抓、两手硬、两不误！有什么困难和问题，尽管来找我！

王奶奶，这个忙你帮不上，送奶粉纸尿裤就行！龙兴民要回了话筒。

婚礼行将结束，章眉通知，婚宴准备好了，在小区食堂。新郎新娘的亲戚到楼上包间就座，有工作人员引导；其余宾客，移步至食堂一楼大餐厅，为大家准备了自助午餐！

老阳跟着俞建波、甘大夫、小潘等，看了这场热闹。

老祝和袁应、蓝立生没有出现在婚礼现场。他们跑到阴阳湾，过了锦绣河，仔细查看猪场、牛场，交代了若干事项。拐进乾坤镇政府，跟杜晓娟和汪鸣见了面作了交流。

市委、县委农办的正式通知下来了，省里的十家"生态文明建设综合示范单位"已经敲定，其中有凤凰湾！牌子到了市里。

顾秘书长也给老祝打来电话，说熊会长定了时间，下周带人到永和，已经通知了县里，请祝会长现场把握。不要过多惊动地方，但该看的还是要看，该了解的情况还是要了解。

陶平已上任。第一时间联系老领导，表示要到凤凰湾拜访、求教！

老祝说我到县里去看你！这个双休日有何安排？

如果市里没有会议，周六去电厂，周日看县城。

那好，我星期天过来！

47

老祝老阳同往县城。

老阳去了兰枝家。

老祝把别克开到县委办公楼前。

陶平和一个很年轻的人在迎候。

老祝上了陶平的车。驾车的就是那年轻人，县委办公室副主任小邱。

车子直奔玉紫公园。

三人边走边看边聊，缓步登上玉紫峰。

站到那块平整光滑的大石头上，小邱指点河山，说那是老城，那是新城，那是"大地之母"，那是"大地之父"，那是锦绣河，那是白沙江……

以前来过吗？祝祖明问陶平。

来过，没有细看。

变化很大！我在县里时，县城只有远处那一点。山下这片全是农田，山也是荒山，河对面也是荒山。才过去多少年，华阳镇已经是一座像模像样的城市了。现在有多少人口？过二十五万了吧？

报告老书记，三十万了！邱主任回答。

三十万？不得了！放到上个世纪，是中等城市！新城老城，三江六岸，格局不小，气度非凡啊！

陶书记祝书记，现在是下午，要是晚上来，灯光、月光、星光、水光，交相辉映，更加好看！

这是永和历届班子带领永和人民写在大地上的锦绣文章！我们一定要倍加珍惜组织的重托与厚望，倍加珍惜全县人民的信任和期望，倍加珍惜新时代赋予的广阔舞台，将才智和汗水洒在这片干事创业的热土上。否则，就无颜见老领导，无颜见永和百姓！陶平若有所思，语气庄重。

说得好！小邱，可以把你们陶书记的这些话写到报告里去！

祝祖明看了一眼神情严肃的陶平，觉得气氛过于凝重，便用了比较轻松的口气。

厅长，县里八月份换届，康书记作过报告，明确了新一届班子的工作思路与举措，我的职责就是抓落实。永和的工作基础还是不错的。我初来乍到，您要多多教导！

小陶你不能这样说！长江后浪推前浪。你们的眼光、气度，是我不及的。

邱主任你安排一下，用我的饭卡，到食堂订几样菜，晚上我要和老领导一起吃饭。就在我宿舍。厅长您看好吗？

听你的！

小邱利落。祝祖明和陶平在玉紫峰你一言我一语聊着的时候，他把吃晚饭的事搞定了。车子回到县领导住的周转房，陶平引老祝进宿舍，食堂的菜也到了。

陶平从柜子里取出一瓶酒，亮给祝祖明看。

这是那年我跟您去宏毅县君子冲，在那儿买的刺葡萄酒。来永和前我回了一趟家，两瓶都带过来了，知道有机会与您分享。君子冲那个项目凝聚了您的心血。

嘿，你有心！酒不错，来路也正，只是不能喝！

为什么？您很少喝白酒，红酒没有问题呀！

我开车，喝了就回不去了。你主政一方，身不由己！不喝酒，喝杯茶吃碗饭就行。

没有关系！县城有酒店，您住一晚再走。一定要回也行，我找人送。今天是法定休息日，现在是晚上。您既是老领导也是长辈，我在自己住的地方请您喝自己买的酒，不违反任何规定。我们不多喝，只喝这一瓶，另一瓶下次再喝！

这样吗？也好！你也不用考虑住和送的事，老阳也过来了，在她亲戚家，我自己会找人开车。

趁陶平洗杯子开酒的空当，老祝给老阳发了短信。

酒和话齐头并进。

让你到永和来，有预兆吗？喝下第一口，祝祖明就直通通地问。

多少有一些。

来了好几天，印象如何？

蜻蜓点水。我只能说点初步的。

行！

基础不错，势头不好；外表光鲜，里面拉杂。

说具体点！祝祖明端杯子和陶平碰了一下。

陶平便将到任之后，如何与班子成员交谈，在乡镇、重点企业和重要部门调研所了解到的情况以及初步的看法说了。主要是关于经济的。永和县今年的财政收入号称有八十六亿，他认为实际上要打八折，甚至七折六折。如果真有这么大的规模，就不会困难成现在这个样子。上半年有一个月连发工资的钱都凑不齐，求市财政局救急。老康说留了多少亿，那是账面数字。实际情况是县乡两级政府债台高筑，入不敷出。这两年经济下行的压力持续加大，县里除了几个国有大企业，别的都困难。工业园区里，百分之九十开工不足，百分之五十勉强维持，百分之四十裁员减薪，百分之二十关门歇业，百分之十打官司，好些个企业法人上了老赖名单。上缴的税费，扣去以各种名目返还的，同比下滑了百分之四十，而且还在往下走！陶平没有掩饰的意思。

这么严重？祝祖明虽有预料，仍感意外。

相当严重。经济不景气，就业的矛盾也突出了。县属企业挤出来不少人，外出务工的跑回来上万个。说是"返乡创业"，实际上就是失业。一两万人窝着啊！这还不包括隐性的。您到街上转转，有几家能正常营业？店员比顾客多！

你说的这些是阶段性问题。要破局，还是要贯彻新发展理念，扩大内需、激活市场、促进双循环。关键是找准突破口，牵住牛鼻子，培育新的经济增长点！

老祝说这话，心里并不踏实。

工作肯定要这样做。本届县委确定了"五个一"方针，问题是抓准了，话也讲得很到位，就是落实起来难。陶平跟祝祖明碰杯。

难是肯定的！派你来，不就是要你攻坚克难？永和难，哪里不难？现在难，什么时候不难？你应该听说过，当年搞国企改革，我被水泥厂工人围在办公楼里出不来，狼狈不堪。

您说得没错，什么时候都难、哪里都难。我不怕困难，就怕力不从心，辜负了组织和群众的期望。所以，您要教导我、帮助我！

不知不觉，瓶子里的酒只剩下一半。

你别给我戴高帽子。我离开永和二十多年了，退休也好几年了。我的认识已经远远跟不上时代。不过，有些往事可以说给你听听。

我洗耳恭听！

组织上决定让我接任永和县委书记时，市委领导找我谈话，说了三句话，我牢牢记着。

哪三句？

第一句是"三根支柱不动摇"，指当时县里的三大骨干企业，就是电厂、水泥厂、连杆轴承厂出不得问题。第二句是"北线无战事"，指永和北乡民风强悍，经常为争资源跟邻县的人打架，搞得鸡犬不宁，要治住。第三句是"后院不失火"，要求我保持清廉，不能"装错荷包上错床"。现在看，三句话虽简单，却很精当。对于一个地方的一把手，这些都是大事。当时是大事，现在也是大事。

这三句话您都做到了，您是典范，我要好好学习！

不！别人怎么评价我不知道，我自己做过反思和小结：三句话记住了、领会了，但只做到了两句。

怎么讲哩？

我先说完全做到了的那句，就是"北线无战事"。我在永和当书记的

几年，挂点在械斗危险性最高的岙里，建立了联防联控机制，那一带再没有出现群体性斗殴事件。现在就更加稳定了。前些天我到观前，有村干部说，就是出钱请人打，也打不起来。这句话算是不折不扣做到了。当然是大家齐心协力的结果。"后院不失火"，凭良心讲，只做到了一半。我自己的后院没有失火，还算过得硬。当然我说了不算，永和人有嘴巴，你听得到。但是，县委书记光自家后院不失火不行，还有个大后院。现在看就有情况。那些年我们对干部的管理显然失之于宽失之于软，出问题落马的不少，有人退休多年，到现在还很危险。认真追究起来，我有责任。至于"三根支柱不动摇"，严格地说，也只做到了一半。我调离之前，这三家企业确实都没有倒，但也没有大没有强。我离开后，电厂做大了，水泥厂做大了。连杆轴承厂壳子还在，半死不活。还有一个酒厂，虽然没有列在"支柱"中，但当时在省内很有名，现在垮了。说"三根支柱不动摇"这句话时，领导语重心长，是要我们既守业又创新。老实说，这业我守得不算好，新更没有创好。

您要求太高了。有些事是大环境决定的。一个县只是一个小局部，局部服从全局。很多问题根子不在基层。再说，都是历史性问题，要辩证地看。

辩证地看问题是对的，但不能成为推卸责任的借口。为官一任，造福一方，守土有责，守土尽责。如果主政一方的人政绩观价值观没有出现偏差，很多问题是不至于出现的。即使出现了，负面影响也不会那么大。小陶，县委书记官虽不大，但岗位很重要！我常想，很多事情没有搞好，可以推倒重来，但有两件事是不可能重来的。一个是出身，父母决定；一个是当官，特别是当县委书记、县长这样的官，组织决定。这都由不得个人选择，不大可能重新来过。所以，要多存感恩之情和敬畏之心，忠于职守，念兹在兹，努力造福一方。现在都说当官是高风险职业，我看也是最容易留下遗憾的职业！

谢谢老领导教诲！我会牢记在心，念兹在兹！

陶平给祝祖明和自己的杯子里又添了些酒，碰过，喝了。

你刚才说到目前的困难，我理解。但不必悲观。不管是"新冠"还是"旧冠"，人类都一定有办法战胜它，而且为期不远。我不是盲目乐观，你翻翻历史，天花、梅毒、鼠疫、流感，哪一样没给人类造成过重大伤害？摧毁了人类吗？没有！国内战争、世界大战，死了多少人，地球停止转动了吗？没有！时间能证明一切，坚持就是胜利！

陶平从祝祖明的话里听出了豪迈，也听出了别的意味。

战胜疫情我们充满信心！现在最关键的还是抓好经济和社会发展。永和虽然基础不错，但好项目太少了。没有项目就没有载体，也没有抓手和后劲。我想在这方面一定要有些突破，正像您刚才说的，既要有继承、坚守，也要有创新、发展。要以永和百姓安居乐业为出发点和落脚点。

你这话说到点子上了！你抓项目的观点我完全赞同，但想提醒你几句。做地方工作要有定力，最要不得的是朝令夕改，还有新官不理旧政。有些地方换届，后任一到，就急着显示能耐，动不动搞"十大项目""八大工程"，大轰大嗡。区区一个县，资源只有这么多，一届班子的时间只有这么长，能做好几个项目？能完成几个工程？我们当年那些拉旗放炮信誓旦旦要做的"工程"，别说全部落实，就是搞成一半，那会是什么景象？我说这些，不是泼冷水，是提醒你不能瞎折腾。瞎折腾是要付出代价的。所有的项目都要有资源支撑，政府的钱、企业的钱、个人的钱，说到底都是社会财富，都是人民的钱，任何项目做砸了，都会损害人民的利益。所以，一方面要有新思路新招数，上必要的新项目；另一方面，要对过去和现在负责，对将来负责，只要是合情合理的，哪怕是烂摊子，也要花工夫收拾！老弟，担子不轻哟！两千七百八十平方公里土地，将近九十万人口，相当于一个小国家，山山水水指望你养护，芸芸众生指望你关顾啊！

陶平听得仔细，也警觉起来。

话讲到这里，我要跟你提一下凤凰湾的事。省里决定授予他们"生态文明建设综合示范单位"的牌子，来之不易！省绿色发展协会熊会长很快会带人来看，不知道县里是怎么安排的。凤凰湾这种项目，是很有意义的。这两年碰到一些经营上的困难，最近还发生资金紧张、有人起哄告状的事，我看这是暂时的，克服了，挺过去了，前景就没有问题。所以，我和武潼光老书记一样，持肯定和支持的态度。你别误会，我今天来不是给袁应当说客，没有让你对他们特别关照的意思，我只是表明认识和态度。

这个您不用担心！我知道凤凰湾的分量和价值。县里会一如既往、更进一步地重视和支持。熊老省长带队来调研的事办公室跟我说了，我们会紧密配合。只要没有特殊情况，我就全程陪同！

那倒不一定，你们做好相应安排就行……哦，我差点忘了，前面说上项目、抓发展，有个事我还得提一提，就是请你们高度重视环境保护。听说青峰水泥公司扩建要用鸡公岭的石头做原料，你们要深入研究！

这是肯定的！牺牲环境上项目，现在对此从上到下都管得很严卡得很死，设置了高压线，想搞也搞不成！

还有一点建议，不知好不好提。

酒精已经在老祝身上起作用了。

厅长您说便是！

有没有考虑把老婆调过来？

这显然大大出乎陶平的意料。他把酒杯握在手上，半天没说话。

我唐突了？

不是，调家属……我真没想过，也不敢想。不瞒老领导，现在我们这些做书记、县长的人，感觉和战争年代带兵打仗的团长差不多，天天在火线上，说不定什么时候就中弹落马。自己牺牲也就罢了，还要把家属搭进来，这个……他们不来还好，来了不是更容易后院起火吗？

我和你的理解不一样！现在从严治党从严治政，有不少地方的领导出问题。但你仔细研究一下看，有几个是因为抓工作抓发展出事的？有几个不是因为腐败倒台的？腐败腐败，无非是贪赃枉法敛财。敛财又是为什么？钱和色是搅在一块的！我说"后院不起火"，有点经验可以与你分享，就是让老婆一直跟在身边。都是人，我也是从年轻时候走过来的。当年坐着车在永和大地上飞跑，我也发过飘，也曾认为在这一亩三分地上，上天是老大，我祝祖明是老二。虽然只是一闪念，但很蠢很危险！假如没有强有力的监督，很容易失足！那时候纪检机关当然起了作用，老阳也起了作用！有些朝代规定知府知县上任要带家眷，恐怕也是有这方面考量的。我知道你们的家属都有稳定的工作，动一下不是小事，还有孩子的学习等等。我个人认为啊，干到了你们这样的位置，只要站稳了，家属工作、孩子前途都不是大的问题。要有这个信心！

这个，这个……这个我还真得好好想想！

是要好好想想，我现在还后怕！一旦失了足，就没有今天的自由之身来和你谈这些陈词滥调了！"权力是春药"，共产党人的初心和高悬头顶的党纪国法是最好的解药，是"金钟罩铁布衫"！

由衷感激老领导！只有您才会跟我这样推心置腹地说话！厅长，您的意思我明白，您的意见我也会认真考虑，但这确实不是我简单说一句话的事，我要跟家里人好好商量，真行动起来还得向组织请示报告。但不管老婆来不来，都请您放心，我一定会用好"金钟罩铁布衫"，守住清廉的底线！

好！你不用感激我，不怪我倚老卖老胡说八道就行！你开君子冲的刺葡萄酒给我喝，不就是想听我这样说话吗？我们把酒喝干！人不负青山，青山定不负人！

48

祝祖明和袁应、蓝立生、龙兴民、章眉一同到景区的大牌楼下等候。诸葛县长领着县政府办公室主任和乾坤镇的书记、镇长同时赶到。

小车全撤走。县里来了一台丰田考斯特。

县长解释，说陶书记一早到市里参加重要会议，委托他和县有关部门的同志迎接和陪同省里来的领导。陶书记会参加明天的活动。

这次协会的人来，顾秘书长按照熊会长的指示，通过祝祖明与县里

多次沟通，确定了一个轻车简从的方案。省城只来两台车，包括司机八个人。一台车子是以熊会长的名义向机关事务管理局要的，公务车；另一台是绿盛集团派的，商务车。绿盛是省内经营绿色农产品规模最大的民营企业，在凤凰湾有基地，也是协会的常务理事单位。除了熊会长、祝祖明之外，还来了三个副会长、一个秘书长，以及财大的方教授。

熊会长雷厉风行。两台车早上 7 点半从省城出发，风驰电掣般开了五个小时，于中午 12 点半抵达凤凰湾。

不是有导航吗？这么多人到路口来接？熊会长见到祝祖明，劈头说了一句。

这不是路口，是门口。我们来配合考察。县长机灵。

大家都上了考斯特。

在车上，顾秘书长介绍协会来人，没落下祝副会长。诸葛县长介绍县、镇和凤凰湾的人，没忘记解释陶书记在市里开会，并推出袁应。袁应表示了欢迎之后，推出章眉，说她是我的发言人，这边的情况由她来汇报！

方教授和章眉打过交道，喜欢这女孩，说她人美嘴甜，智商情商都高，由她介绍最合适！

车子直接上石鼓坪，进可留山庄。利用路上的十来分钟，小章把相关背景、概貌说了个明白。特别提到可留山庄是合作项目，是一群在永和当过知青的上海企业家参加建设的，既是凤凰湾最好的休闲度假酒店，也是上海企业家回报永和的一份事业。

高级酒店，我们住可以吗？顾秘书长问了一句。

这是考察的内容之一，我们是体验。祝祖明替小章回答。

谭明德和鞠玲已等候多时。

大家在云境驿站用午餐。餐点是永和特色。

就算没有美味的菜肴，坐在云境驿站喝一杯茶、吹一阵风，也是令人开怀的。体验效果自然好。

下午看景区。

路也走了，岛也上了，桥也过了，船也坐了。

这类景区景点，协会的人去得多见得多，他们最关注的是人气。发现这里虽谈不上熙攘，游人却也不少，各种游玩项目都在正常经营。方教授认为，在疫情背景下，有这种状况就不错了，算得上凤毛麟角！

不是因为我们来专门组织的吧？熊会长随意问了一句。

绝对不是！今天的人算少的，双休日更多。袁应言之凿凿。

景区各处，那些演奏乐器和跳土风舞的，一看便知不专业，而且吹萨克斯管、葫芦丝、小号、长箫、短笛的人还穿着保安制服。这引起领导和专家们的注意。熊会长没吱声，只拿眼睛看袁应。

全是我的员工，我们自己训练出来的。外面的人我请不起养不起。袁应说得自然。

珍宝岛上的工棚拆了，现场也进一步清理过。

大家被那两块树化玉吸引。

方教授和几个副会长还有秘书长，绕着两个物件转来转去，啧啧称奇。熊会长也看得仔细。

蓝立生把石头的来历，以及如何请人加工、如何命名等逐一做了介绍，该说的说清了，不该说的也隐去了。

"永和天目""凤凰于飞"……熊会长沉吟。

方教授赞叹，说这两个物件不简单！这里面有文化积淀，是凤凰湾守正创新、转型蝶变的象征。不，不能局限于凤凰湾，有更加广泛的意义！要注意挖掘和传扬它们的文化价值，讲好故事，把它们作为镇湾之宝、镇山之宝！

我给你们提两条小建议：第一，这两件东西不要放在这里，起码不能全放在这里；第二，这个岛也不一定要叫珍宝岛。怎么弄好，你们再合计合计。熊会长简短地表示。

第二日一早，陶平赶了过来，熙川市政府的匡副市长也早早赶到。

上午到乾坤镇参观。过锦绣河，到"太极图"的"黑鱼"那边，仔细看了华泰公司的牛场和猪场。熊会长很满意，认为规模不小，最难得的是

符合绿色发展要求，对畜粪尿做了无害化处理，变废为宝，这很好！

转到镇里，走了那条石板街。小杜书记紧随会长，边走边汇报。

对于乾坤镇的地形地势，方教授发了一通议论。他认为这是一个天造地设的好地方，颇有禅味。

回看鼎罐坝。各位会长、专家看得认真也问得细致。蔬菜大棚一个一个钻进去，牌子上的字一一辨认。流转的地块有多大？田里种的是什么？农工在这里干活收入如何？经济效益怎么样？……不但问袁应，也问市、县的干部。有的答得流利，有的答不上来，旁边便有人帮忙。

时间紧，山林没有办法进去看。

下午安排的是座谈。陶平认为机会难得，问可不可以扩大点范围，让县里和乡镇的一些干部，还有公司的中层以上人员旁听，受些教育。顾秘书长答复说适当扩大一点是可以的，但不要搞得跟工作会、现场会那样。

中饭是在天香驿站吃的。熊会长笑问祝祖明：怎么都是"驿站"？又是"体验"？

蓝立生忍不住，说领导问得好，我们凤凰湾的目标就是打造最美的人生驿站！

座谈会安排在凤冠酒店开，一百多号人参加。

顾秘书长主持。

匡副市长和陶平书记分别代表市、县致辞表示欢迎。

从省城来的几位副会长各有所表。

祝祖明迟迟不开口。

祖明同志，你是永和的老书记，今年又在这里深入了几个月，最有发言权，你不说说？熊会长点名了。

我就不占用时间了，想多听听会长和方教授的。方教授是这里的文化顾问，在这片热土上倾注了心血。熊省长您高屋建瓴，大家都等着听您的指示！

方教授怕熊会长先说，自己落到做总结的位置上，赶紧"抢话筒"。

我来发言，最后听领导的！祖明会长说得对，对凤凰湾我情有独钟。

我看好袁总。我曾经说过，他虽然不是共产党员，但他的事业和境界，和党的要求是完全契合的！

方教授语出不凡。这人不愧是省内的名嘴，洋洋洒洒讲了一个多小时，紧扣乾坤镇和凤凰湾的绿色发展，围绕两个话题展开，一是"怎么看"，二是"怎么办"。

讲"怎么看"时，他重申了之前说过的话，认为袁应坚持做凤凰湾项目二十多年，是从地下转到地上，从黑色转到绿色，从消耗资源转到涵养资源。又强调这话是两年前讲的，这两年大浪淘沙，凤凰湾也风高浪急，但我的基本判断没有变！这次跟随协会的领导们来实地考察，我的看法就更坚定了。我要说，这是一个好项目，是一个应被树立为典型的好项目！它被省里授予示范单位的牌子，实至名归！

市、县、镇和凤凰湾的人听了，脸上都有光。

方教授认为在比较清冷的市场环境下，乾坤镇和凤凰湾总体上是欣欣向荣的，这种欣欣向荣不是装出来的，是干出来的！华泰公司这样的生态型企业也许还不能为地方贡献很多税收，但它美了一方山水、富了一方百姓，也是县域经济的骨干，是新动能、新希望的代表！他们这两年走得很艰难，但方向是正确的！他们这是"凤凰涅槃"。为了这个项目，为了公司的员工，为了这片青山绿水，袁总忍痛割爱，转让了一批珍爱的宝石，整合了一批优质的资产，还要把在国外的儿子召回来接班，这不摆明了要与凤凰湾共存亡吗？没有这样的决心和胸怀成得了事吗？难道我们不应该为这样的企业家点个赞，给予充分的肯定和鼓励吗？

说到这儿，方教授自己鼓起掌来，搞得袁应满脸通红。

有个现象大家应该注意到了，景区里那些弹唱吹拉、起舞弄影的人，不是搞艺术的，而是普通员工。他们的表演是多么投入、多么深情、多么有感染力啊，我看不亚于专业人员。我们要知道，这些人原本就是农民！这个现象太发人深省了。不是发自内心热爱这个集体、珍惜这份工作、信任这个老板，过去拿扫把扛锄头握炒勺的人，怎么可能演奏出如此美妙动人的乐章？

从省城来的人纷纷点头。

在谈到"怎么办"时，方教授也是语惊四座。说地方政府怎么办，公司怎么办，员工怎么办，这里已经有现成答案了。协会怎么办？协会的态度，从某种意义上说，也是省里的态度。要我说，就是要支持支持再支持！我听说了，熙川市政协的武老主席长期住在这里，祝祖明厅长带着夫人也住在这里，要卖掉省城的房子来这里买房子康养，我很敬佩！这体现了什么？体现的是两个老书记、老共产党员对这片绿水青山和这里人民的一往情深，也体现了光明磊落！毛主席说过，我们共产党人好比种子，人民好比土地，我们到了一个地方，就要同那里的人民结合起来，在人民中间生根、开花。我以为，武主席、祝厅长正是在身体力行！

教授的话匣子一打开，轻易关不上。熊会长没有不耐烦的神情，秘书长便由着他说。

方教授继续发挥：我以为，凤凰湾的发展模式有典型意义。对于增加休闲旅游产业的文化含量，巩固扩大脱贫攻坚成果，发展绿色经济，提升幸福指数，包括应对人口老龄化问题，等等，都有意义！它不只是一个国家 4A 级旅游景区，也是一个休闲养老基地。大家注意，这里有一部分养老地产。这个问题怎么看？我个人持肯定的观点。根据最新统计数据，我国老龄人口约为二点七亿。改革开放后的四十多年，人口红利为我们国家的发展做出了重大贡献。现在，青年人口的红利就要消耗殆尽了。有专家提出要挖掘使用老年人口的红利，听起来费解，但我觉得颇有建设性意义。老年人口的红利在哪里？总不能让老年人再上岗吧？这就要从身边的人身边的事说起了。像武主席、祖明兄这样，用自己的积蓄来这里消费，为建设凤凰湾出力，同时追求自己的健康与快乐，我看就是老有所为，就是贡献红利！从这个意义上说，凤凰湾的养老地产和文化旅游项目真是珠联璧合！此外，疫情的演化也引发了我另一点思考：城市化必须符合生态发展的规律。城市未必越大越好，人口未必越集中越好，尤其是老年人，都挤在大城市狭小的空间里，未必是上策！顺便提一下，我为凤凰湾做文化顾问，也体现了情怀。我没有得过他们的报酬！袁总，你要作证！

袁应笑着点头、拱手。

方教授你高看我了。你这样一讲，我反而在这里住不安稳，得打背包回省城！我没你说的那么高尚，我和老伴在永和工作多年，跟这里有感情是事实，但我们今年来，就是找一个适合老伴养病的地方。也还没有定下来！祝祖明听不下去，不得不做了这番表白。

祖明不要紧张嘛，教授嘛，讲话跟我们不一样。

熊会长开始表态了：

先说清楚，绿色发展协会是社团，不代表党委政府，我们的意见仅供参考。我也说几点。第一，方教授方才的意见我原则上赞同。这里坚持生态惠民，我们从员工、游客、业主、村民的脸上已经找到答案了。我对华泰这个企业没有更多的了解，但他们做的事摆在这里，青山绿水摆在这里。第二，现在的经济形势确实比较严峻，更多更大的困难可能还在后头。越是在这样的时候，越要清醒坚定。省里给个牌子，表明了态度和要求，支持企业主要还得靠地方。在防控好疫情的前提下，培育市场、激活能量、聚集人气很重要。这样的项目要维持要发展，确实要想方设法吸引更多的人，包括把游客培育成业主，把业主培育成建设者。第三，住在这里的老人比较多，不管他们之前是什么身份，既然老了，就都是社会要关怀和照顾的对象。老者乐，社稷安嘛。第四，祝祖明副会长跟我谈过他对这里的看法和想法。我也认为他和他夫人是有眼光的。他们虽然是来康养的，但这个时候来，体现的就是一种姿态，也是一种境界。祖明同志，你不要有顾虑。我给你一项工作任务，凤凰湾是我们省绿色发展协会的一个窗口，你在这里挂点联系，当观察员和监督员。不过，你要继续发扬奉献精神，没有工资、没有奖金、没有补贴，每年还要请你出一份考察报告。有好的建议尽管提，我们可以集体研究，提供给省委省政府参考。

场上掌声哗然。

匡副市长和陶平书记又分别作了表态性发言。

袁应很有说话的冲动，蓝立生把他拦住了。

公司在凤冠酒店安排了工作餐。祝祖明向熊省长提了个建议，说还有

一项考察任务没完成，请协会的同事到鹤鸣小区去看看，在小区食堂吃一餐饭才好。

这餐饭安排在颐和堂，请上了武潼光。

上了蜜汁猪手，喝了祝祖明从家里拿来的"凤茅"。

熊会长问清了缘由，强调了纪律。

熊会长和武潼光原本认识，敬酒问安。

武潼光借机询问：省长，我和祖明这样的人，长期住在凤凰湾这样的地方，是不是脱离群众、养尊处优啊？

潼光同志，这个问题请教授解答。

武老，座谈会上回应过了，您的担心完全没有必要！从中央到地方，各级各单位都强调老干部是财富。要照顾好人民就要照顾好老人，要照顾好老人当然也就要照顾好老干部！您在这里不是养尊处优，是深入群众、发挥余热！方教授慷慨陈词。

熊会长给武潼光夹了一个雪花丸子。

方教授对蜜汁猪手赞叹不已，认为可以成为凤凰湾的招牌菜，可惜名字太过平庸，还不如"寡妇猪脚"有听觉冲击力。但"寡妇猪脚"失之粗俗，建议换一个既具个性又有文化的名称，唔……叫"辛氏蹄"如何？一滴水中见太阳，一只猪脚中见历史！

熊会长则认为，凤凰湾打的是"天香"牌，要尽量往那上面靠。可以考虑叫"天香蹄"，制定标准，确保质量，让它叫得响、行得远。

49

送走熊会长一行，老祝和老阳开始认真筹划过年的事。

就在凤凰湾过年，意见没有分歧。女儿女婿会带外孙女来。住这么久了，给别人添的麻烦不少，趁过年的机会，要分别感谢。第一要感谢的是艾院长夫妇和晏医师夫妇，第二要感谢的是陶川和陈永刚，第三要感谢的是龙兴民、王新娟、俞建波、唐馆长、严老师……亲戚也不能怠慢，要把兰枝、蛮子一家，还有老江和小古他们请过来吃一次饭。不管小简来不来，都要上他家里去看看。从省城带来的酒啊茶啊，全都用出去！

有腊肉香肠黄米粿、麻糍烫皮芝麻糖、花生瓜子月亮粑、肉丸鱼丝豆腐乳、红心脐橙胭脂柚、无籽蜜橘百香果，丰富得很。老阳格外有感觉。早年在永和，老祝没当什么领导的时候便是这样的，亲友邻里来往密切，感情淳朴，相帮着准备年货，互相惦记和关照，充满温情！

所以，在办理买房、租地、请农工这些事情上，老祝没有费口舌。

关于这套样板房，袁应一再说原来的价开高了，只肯收九十万。老祝则说市场上的事讲不清，你在网上挂一百万的价，说不到这个价免谈，我就照这个价给你。房子有年头了，你安排人把水电气检修检修，老旧了的东西换一换，今后有问题也要找你们解决，就算预付点材料费、人工费。小块地是从秦行长手上转来的。老秦儿子在苏州，要生二胎，老两口儿要过去帮忙。准备借给袁应公司的一百万，放在老阳银行卡上。老阳催老祝，说要给赶紧给，不给我做理财！老祝催袁应办手续，袁应坚决不要，说邵老板的九千万到位了，之前闹着要还本付息的人也不闹了，二期、三期的房子有人在买，收到了几笔款子，资金不紧张了！

疫情不明朗，管控不放松。凤凰湾的住户，之前想到外地和儿孙一起过年的不敢走了，身在外地想进山的晚辈也改了主意。所以，武潼光、马朝红、孙振球、高长征、曹远清、龙兴民、王新娟、唐汉斯等，都在凤凰湾过年。景区遵照政府的要求，采取谨慎开放的方针——对省内的游客完全放开，不接省外的。所以，对春节期间的经营，袁应抱谨慎乐观的态度。

在一件事上大家拿不定主意。闹疫情前，华泰公司出钱出物，连续几年腊月二十八日晚上在汪山村摆长桌宴，请在小区过年的人吃一次，有兴趣的游客也可以沾光，很热闹，媒体还做过报道。去年没搞成，很多人怀念，问今年能不能搞？老祝向龙兴民蓝立生谈了自己的看法，意思是防疫无小事，这个要谨慎。那年武汉百步亭社区吃过亏，教训要吸取！但新春

佳节，死气沉沉不好。公司和业主可以就这个问题好好商议一下，提一个方案，向镇里、县里报告之后再定。

这日上午，老祝老阳在屋子里搞卫生，又接到浩成的电话，他是从上班的地方打来的。

浩成慌慌张张，说二叔，永和又来人了，要上山！

老祝大吃一惊，问怎么回事，还要挖？

不是，来了一伙人，是与那两个人同村的，来赔礼道歉。有个老头，当过村支书，认识你！

赔礼道歉？浩成你听我讲，你马上请假回去，把情况搞清楚，我这边也了解一下。注意不要跟人家吵，好好接待。尽量阻止他们上山。有新情况随时给我电话！我回来一趟！

老祝联系陶川，电话是通的，但老陶和陈永刚在县城参加老公安的聚会。问他们崇德那边有没有新情况，回答是没有听到。

翻出蓝立生的手机号，刚要拨，又改了主意。直接打给袁应。

小袁，观前有人跑到我老家去了，你知不知道？

两个死崽不是被关起来了吗？村里人去，肯定不是干坏事，祝书记您就别管了！

你知道？你策划的？小袁我跟你说，不能乱来！你告诉他们，先在村里待着，不要轻举妄动！我马上回去！

袁应着急起来：那我陪您去！开我的车去！

你没脑子？你要害我？听我的：第一，你不能去，老蓝也不能去，谁都不准去；第二，帮我找一个开车子的来，从你的普通员工里找；第三，用我自己的车！

不到一餐饭工夫，有人敲门。来的是高路，气喘吁吁的。

小高，会开车吗？

祝祖明尽量把语气放缓和，脸色也平静。

袁总让我来的。开车没有问题，我老爸老妈去上海看姐姐，也是我开车。请首长下命令！

小高你别紧张。我有点事，要回崇德老家一趟，争取今天去今天回。我会开车，怕年纪大了赶路不安全，请你帮忙送一送，就用我的车。你是新郎官，新娘子不会有意见吧？

没有意见，保证完成任务！

小高车开得果然又稳又快，两个来小时就跑到了。

从永和北乡驱车两百多里到崇德去的，是观前村的吊眉毛和会计，还有那个"精怪"的大哥和儿子。开的是一台昌河面包车，驾车的是袁满根！蓝伯温出的主意，袁应发的话，瞒着祝祖明和欧阳蕙枝。满根倒是向高路请过假，只说回耷里，没说干这事。

大哥大嫂在灶房忙，杀鸡切肉，神情平和。

人呢？祖明问祖亮。

劝不住，都到山上去了。九叔公和浩成也去了。浩成讲你吩咐要接待好，我就在家准备酒饭。人家是好意！

祖英祖煌也从熙川赶了过来。祝祖明打算和他们上山。祖亮说浩成来过电话，山上的事搞完了，上了供，燃了香纸打了爆竹，那个"精怪"的崽还跪着磕了头，在归来的路上。就在家等吧！

及至见面，祝祖明拉着吊眉毛的手摇晃，说袁老书记啊，你啊你啊，年轻人不懂事，你不能跟他们一样胡搞哇！你们这样搞，影响很不好嘞！

吊眉毛抖着下巴，说对不住你呀祝书记，我袁家当败，出了不肖子孙，干下这种会遭天打雷劈的事，已经搞得你影响不好了。今日我们几个代表本族本家，来给你们赔罪！

细毛公公在旁帮腔：这位老哥带子弟起大早赶过来，这是人家的一片心意，难得！

村会计也说了许多赔礼道歉的话。"精怪"的哥哥年过七十，话不多，拉着侄子到老祝跟前，递上一个红布包。祝祖明不知何意，不肯接。吊眉毛说是那两个狗东西敲你的三万块钱。这个你得收！父债子还天经地义，不收你就把他看死了，这孩子以后也做不起人！

祝祖明还是不肯接，说一个家被他老子害得不成样子，哪里还有钱来

补窟窿？

这个你就不要操心，这是我们袁家的事！

祖明唤祖亮过来，让他收那钱。

祖亮不肯，说钱是你出的，要还也得还给你，我怎么好拿？

大哥，你就别让袁老书记他们为难了。这么多年，我出门在外东跑西跑，老家这边的事关顾得少，对不住祖宗也对不住你们。往后顶门立户、守山看坟的事，还是落在你和侄子浩成他们身上。你收下来，就算我的一点补偿！

小亮，小明给你，你就收了吧！细毛公公发话。

高路拉满根到一旁，问是怎么回事，满根说我也搞不清，得问袁总！

祖亮心善，当着永和人的面对浩成说，事情搞清了就行，撤不撤诉，听你二叔的！

细毛公公拈须颔首。

祖英祖煌没说话。

细毛公公和吊眉毛书记并排坐到八仙桌旁的两把交椅上。祝家人和袁家人坦诚说话，欢快喝酒。

几杯酒下肚，吊眉毛夸祝祖明是好人好官，不贪不占，退休了还在为永和做好事！细毛公公这才转向坐在一侧的祝祖明，说小明，之前错怪了你。要不是这位老哥带人来，乡里、村里，就是我们家里人都不安心。我们怕你在外头也做了不好的事，给祝家埼惹祸、倒祖宗牌位！

老弟，你们错怪了祝书记，他是什么样的官，永和百姓看得最清，你这做叔叔的就把心放到肚子里！

祝祖明不好说别的，笑着纠正吊眉毛：不是叔叔，是公公，九叔公！

吃过中饭，观前村的人开车回永和，祝祖明叮嘱满根路上不用急，注意安全！

祝祖明的车跟祖英祖煌的车一同到熙川。

看了老父亲。状态还好。

爸爸，马上要过年了，我来看看你跟周阿姨，送个年！

蕙枝没来?

她没来。初一我跟她带你孙女孙女婿,还有曾外孙女雯雯来拜年!

旺生老倌见祖英祖煌都在,便问,祝家垅去过了?看过你公公婆婆跟你娘了?……小明,老三讲,你要把省里房子卖了,到别处租房子住?租就莫租啰,冇屋住,你不可以到祝家垅去,和老大搭伴?

老爷子忘了自己住的正是二儿子的房子。

祝祖明感觉老太爷察觉到了什么,知道跟他一时半会儿扯不清,只说好、好,住老家、住老家,跟老大搭伴、跟老大搭伴!临出门时,塞给周阿姨一个红包。

祖英祖煌要留二哥吃饭,祖明不肯,说今天就算了,过年再吃。凤凰湾那边还有事,我得回去。

50

业主党总支组织党员开会,请县委党校吴校长作辅导报告。

吴校长结合永和实际,把党的十九届六中全会、中央经济工作会议和总书记新年贺词的精神融会贯通地讲,深入浅出,条理分明,很有启发性,而且很生动。只讲了一个来小时,反响却很好。

学习会是曹远清主持的,有一百多人参加。武潼光、祝祖明都到了。谭明德也到了。

武潼光的党龄超过了五十年,祝祖明的将近四十年。两个老党员都认为这种学习形式好,一堂课听下来,理解和把握上更进了一步。特别是对一些重要论述和精辟语言,有了新的领会,如"江山就是人民,人民就是江山""人不负青山,青山定不负人""一起向未来"。曹主席在小结时也强调,退休老党员身退心不退,要不断加强学习和党性锤炼。

辅导报告快结束的时候,乾坤镇的杜晓娟来了。曹远清通知总支、支部的骨干,各党小组组长,还有蓝立生、唐汉斯和谭明德等人留下,也请

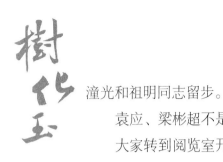

潼光和祖明同志留步。

袁应、梁彬超不是党员，杜晓娟让人把他们也请来了。

大家转到阅览室开小会，小章在那里搞服务。

杜晓娟说，我特地从镇里过来，就是想和大家商量一件事。今年凤凰湾的迎春活动搞不搞？搞的话要怎么搞？

县里有什么意见？武潼光问。

县里比较讲原则，就三条。第一条是坚守疫情防控各项工作要求不动摇，注意工作方法，防止简单化；第二条是着力营造欢乐祥和的节日气氛，让人民群众有幸福感；第三条是凤凰湾这样的国家 4A 级景区，不能关门歇业，要正常开放，为全县新一年工作开门红做表率。

那镇里有什么意见？也是原则要求吗？

不是不是，我来就是抓落实的。之前镇里和袁总、蓝总他们做过沟通，形成了一个初步方案。因为事情涉及大家，所以利用今天这个机会来开个"诸葛亮会"，你们最有代表性和发言权。蓝总，你来讲一下好吗？

唐馆长是总筹划，请唐馆长说吧！蓝伯温谨慎起来。

好，那我来说！唐汉斯声音很大。

前几年吃迎春团圆饭，都是袁总出钱，在村里摆一溜，我们这些人和凑热闹的游客只管吃喝，欢天喜地。去年这样搞不成，今年也不行。那怎么办？受到高路和小钱那场婚礼的启发，我们觉得参照那个来搞也蛮好。所以建议在除夕搞两项活动，一是组织彩车在景区、汪山村、小区和鼎罐坝巡游，鼓乐齐鸣。这是我们的强项，效果一定好。乾坤街上有板凳龙表演，二者相互呼应，形成声势，那就更好。二是搞一台我们自己的文艺晚会，地点就选在凤凰潭边。节目是现成的，由公司员工和业主展示才艺，自娱自乐。袁总说了，长桌宴办不成，公司还是要有表示的，会给每家每户送一个大礼包！

创意挺新颖，大家纷纷给予肯定。也提了一些问题：活动在户外开展，遇上下雨怎么办？除夕自己演，不是会耽误看"春晚"吗？我们这里唱歌跳舞的人倒是有，老梆子多，会不会搞得老气横秋？

蓝立生一一解答。说这都不是事，我查了气象分析，春节前后雨水确实比较多，但我们凤凰湾有小气候，除夕那天停雨的概率大。可以搞个预案，天气不好就把晚会转到室内办，凤冠酒店或小区食堂都可以。至于春晚，现在不比从前，除夕在家也不一定看，大家反倒喜欢看自己办的"春晚"，再说"春晚"会重播，可以补看。"老气横秋"就更不用担心，唐馆长训练出来的文艺骨干，个个老当益壮、青春焕发，公司青年人才济济，能出不少节目，小章小高小姚那样的人，跳起来可以把凤凰潭的水烧开。唐馆长联系了县剧团，他们会提供设备，还会派骨干来助阵。

剧团没问题！我让他们把这个列到"三下乡"活动里去，带负责灯光音响和装台的人来。至于主持和压轴节目，还得请他们上。我初步考虑，团里两根台柱子都要来，《领航》那首歌一定要唱；《难忘今宵》放到最后唱，大家一起唱。我还有一个设想，不敢写到方案里去，就是想请祝书记和欧阳行长联袂出一个节目，唱《选择》，那会很有意思！

老唐你干什么？要出我们洋相？我们还上得了台面？

你们不是我的学生吗？上不上得了台我清楚啊！

花和尚将老祝的军。别人也说好。

你们别跟着起哄！字怕上墙，戏怕上台，我真要唱，你们会把年夜饭吐出来！老唐是闹着玩的，说别的吧！

袁应表态：感谢大家对我老六的支持，我们凤凰湾新年新气象，大吉大利！后勤保障公司全包了，放一万个心！大礼包在准备中，没有问题！

是什么好东西？孙振球问。

这个暂时保密！

气氛一下子非常活跃。

我表个态行吗？谭明德要求。

杜书记说当然可以！

我和我夫人都在凤凰湾过年。还有一些上海的朋友，过几天也会开车过来。大家放心，我们都打了加强针，也会按要求做核酸检测。我们这些人对永和心存感激，跟凤凰湾有特殊的感情，搞迎新年活动，我赞助十万

块钱!

众人报以掌声。

我也表个态!我和"波斯美女"、"卷毛"还有大白在这里过年,我出六万块钱!城里不让燃放爆竹,这里能不能放点无毒烟花?要是行,钱就用来买这些东西,让老人孩子们开开心!梁彬超也挺身而出。

杜晓娟情绪高昂,说我看这样很好,符合县里的原则要求。我会把情况向上汇报,如果得到了批准,就按这个方案执行。我们争取把这个列到全县的重点活动里去,请县领导来参加一下,媒体做些报道。哦,还有一件事要考虑,我们搞得这么丰富,总得有个主题吧?唐馆长,你想好了吗?

叫"欢乐的凤凰湾"如何?

那还不如叫"欢乐向未来"!武潼光说。他天天看电视。

好,就叫"欢乐向未来"!杜晓娟说就这么定了。

尾　声

————✦————

天公作美。

除夕这日，乾坤镇一带无风无雨。

黄继刚、祝晶带着雯雯，驾着"黄篷"，和黄教授朱老师赶到了凤凰湾。

教授说"我心安处在野外"，坚持在锦绣河边的古樟树旁安营扎寨，把房车稳稳地停在那里。

两家一起，在样板房吃年夜饭。

大礼包前一日就送达了。是一个精致的、贴了"福"字的细篾篮。里面装了六样物品：鱼丸、肉丸、粉丝、挂面，还有一袋乾坤黄牛肉、四个标着"天香蹄"的真空包装袋。

鱼丸、肉丸寓意团团圆圆，粉丝、挂面寓意长长久久，牛肉寓意牛气冲天。看那"天香蹄"，却是开袋即食的猪蹄子——寡妇猪脚！这讨的是哪样彩头？欧阳蕙枝不解。

雯雯在边上，说姥姥您看，这不是猪蹄，是虎蹄。

大家都来看。果然动了手脚，"天香蹄"压成了虎爪的形状。原来是虎虎生威！

屋子里暖暖的。

　　喝着"凤茅"，啃着"虎蹄"，吃着肉丸、鱼丸、粉丝和挂面，老人孩子的脸上全是春的气息。小黄也无比快乐，在厅堂里转着圈撒欢。

　　此前祝祖明去现场看过。那两块树化玉，"永和天目"留在珍宝岛上，"凤凰于飞"被请到了凤凰潭边。都做了大理石基座，基座上安装了由下往上照的射灯。

　　"凤凰于飞"面山背水而立，近看晶莹，远观壮丽。

　　晚会逐渐进入高潮。大喇叭里不断传出美妙的歌声：

　　"我们心中有一团火，红红火火你和我，火热蓬勃你和我，创造美好生活。"

　　工作人员不专业，把《难忘今宵》也早早地放了出来。但却非常好听：

　　"不论天涯与海角，神州万里同怀抱。共祝愿祖国好，祖国好。"

　　"青山在，人未老。青山在，人未老。"

创作谈：油豆泡儿禾草串

我老家把赶集叫"当街"，把油豆泡叫"煎豆腐"。

四五十年前，当街的日子，哭皮伯伯和他老伴一定上街卖煎豆腐。铺板上有事先煎好了的，摊子旁半锅油里还在煎，吱吱作响。油乌亮乌亮，豆泡金黄金黄。有人来买，伯母就左手持一根大号铁丝做的小签子，右手抽一根黄中透白细又长的糯禾草，把草扣在铁签的弯钩上，再两手并用，把蓬松的豆泡一个一个通过铁签串到禾草上，完了在草梢打个结，成了圆圆的豆泡圈，形同老和尚脖子上的佛珠。

哭皮伯伯的豆泡按挂卖。乡里人买煎豆腐不说买，说"拈"。如同买肉说"称"，买布说"扯"，买米说"量"，买酒买油说"打"。普通人家吃油豆泡不是随随便便的事，须过年过节、遇上红白好事，或来客了，或请了匠人，才会去拈上一两挂。吃法多样，通常两种：一是焖，就是跟肉一块儿烧，叫"猪跑到豆腐里去哩"；一是氽，就是把豆泡放到有肉片或肉丝的宽汤里煮，叫"豆腐角子作洗（洗澡）"。都好吃得无可名状。

我写《树化玉》，也是想学学哭皮伯伯，搞点禾草串煎豆腐那样的玩意儿出来。

活了六七十年，也积了些"豆子"，现在看还有形有色，不去弄它们，日后终是一个无。我便挑一些出来，浸泡、磨浆、收汁、煮沸、点卤、滤水、切块、油炸，做成"豆泡"，就是这二十来万字。倘能制成书，在我自己心目中，一本一挂，也算带了些豆香油香的煎豆腐串。

书里写到的武潼光、龙兴民、王新娟、袁应、蓝立生、唐汉斯、陶平、梁彬超、黄教授、晏德举、陈永刚、吊眉毛书记、细毛公公、章眉、高路、辛寡妇、满根、小简、"矮牯子"、横仔、"精怪"、"阔口"，以及郑晖、菲儿等人，还有乐什过年、凤凰湾会友、玉紫峰重游、吃"寡妇猪脚"、品永和"四水"、投资理财、跳崖、掘墓、抓人、老夫聊发少年狂等事，都是"豆泡"。而串起它们的"禾草"，主要是祝祖明夫妇择地康养这件事。他们也是"豆泡"。

我晓得，长篇小说没有曲里拐弯的故事、别出心裁的桥段、你死我活的冲突、难分难解的矛盾，没有特异人物、微言大义和连珠妙语，是不受待见的。我办不到这些，只能絮絮叨叨地说，说予有缘、有闲和有耐心的人听。各种平常、凡俗、琐屑，"土"是肯定的。我也想，吃多了大鱼大肉，偶尔拈一挂这种"煎豆腐"换换口味，未必不是一种选择。

这样干，算独辟蹊径还是胡搭家伙乱唱戏？我不清楚。所幸，文学之马可以自由驰骋，只要跑得不是太偏。

当然不是"无事好烦恼"。我有关注——关注过去，也关注当下和未来；关注老人，也关注年轻人；关注身份高的人，也关注底层人。万事万物都是互相牵连着的。粗粗地看，我说的主要是城里人的事，但根子在乡土，毫无疑问。

前几年，我写过一些散文随笔，没碰小说。

散文是散文，小说是小说。我崇敬鲁迅，总记着他老人家说过的话："所写的事迹，大抵有一点见过或听到过的缘由，但决不全用这事实，只是采取一端，加以改造，或生发开去，到足以几乎完全发表我的意思为止。人物的模特儿也一样，没有专用过一个人，往往嘴在浙江，脸在北京，衣服在山西，是一个拼凑起来的角色。"（《南腔北调集·我怎么做起小说来》）